EL CUENTO DE
LA CRIADA

Margaret Atwood

EL CUENTO DE
LA CRIADA

Traducción del inglés de
Elsa Mateo Blanco

 salamandra

Título original: *The Handmaid's Tale*

Ilustración de la cubierta © Fred Marcellino
Used with the permission of Pippin Properties, Inc.

Copyright © O.W. Toad Ltd., 1985
Copyright de la introducción © O.W. Toad Ltd., 2017
Copyright de la edición en castellano © Ediciones Salamandra, 2017

Traducción de la introducción de Enrique de Hériz

Publicaciones y Ediciones Salamandra, S.A.
Almogàvers, 56, 7º 2ª - 08018 Barcelona - Tel. 93 215 11 99
www.salamandra.info

ISBN: 978-84-9838-801-5
Depósito legal: B-9.236-2017

1ª edición, abril de 2017
7ª edición, octubre de 2017
Printed in Spain

Impresión: Romanyà-Valls, Pl. Verdaguer, 1
Capellades, Barcelona

A Mary Webster y Perry Miller

Y viendo Raquel que no daba hijos a Jacob, tuvo envidia de su hermana, y dijo a Jacob: «Dame hijos, o me moriré.»

Y Jacob se enojó con Raquel, y le dijo: «¿Soy yo, en lugar de Dios, quien te niega el fruto de tu vientre?»

Y ella dijo: «He aquí a mi sierva Bilhá; únete a ella y parirá sobre mis rodillas, y yo también tendré hijos de ella.»

Génesis, 30: 1-3

En cuanto a mí, después de muchos años de ofrecer ideas vanas, inútiles y utópicas, y perdida toda esperanza de éxito, afortunadamente di con esta propuesta...

JONATHAN SWIFT
Una humilde propuesta

En el desierto no hay ninguna señal que diga: «No comerás piedras.»

Proverbio sufí

Introducción

En la primavera de 1984 empecé a escribir una novela que inicialmente no se iba a llamar *El cuento de la criada*. La escribía a mano, casi siempre en unos cuadernos de papel pautado amarillo, y luego transcribía mis casi ilegibles garabatos con una gigantesca máquina de escribir alquilada, con teclado alemán.

El teclado era alemán porque yo vivía en Berlín Occidental, ciudad rodeada todavía, en esa época, por el Muro: el imperio soviético se mantenía firme y aún iba a tardar otros cuatro años en desmoronarse. Todos los domingos, las fuerzas aéreas de Alemania Oriental provocaban una serie de estallidos que rompían la barrera del sonido y nos recordaban su cercanía. Durante mis visitas a diversos países del otro lado del Telón de Acero —Checoslovaquia, Alemania Oriental— experimenté la cautela, la sensación de ser objeto de espionaje, los silencios, los cambios de tema, las formas que encontraba la gente para transmitir información de manera indirecta, y todo eso influyó en lo que estaba escribiendo. Otro tanto ocurrió con los edificios reutilizados: «Antes, esto era de los... pero luego desaparecieron.» Escuché historias como ésa en múltiples ocasiones.

Como nací en 1939 y mi conciencia se formó durante la Segunda Guerra Mundial, sabía que el orden establecido puede desvanecerse de la noche a la mañana. Los cambios pueden ser rápidos como el rayo. No se podía confiar en la frase: «Esto aquí no puede pasar.» En determinadas circunstancias, puede pasar cualquier cosa en cualquier lugar. En 1984 ya llevaba uno o dos años evitando enfrentarme a esa novela. Me parecía un empeño arriesgado. Había leído a fondo mucha ciencia ficción, ficción especulativa, utopías y distopías, desde la época del instituto, allá por los años cincuenta, pero nunca había escrito un libro de esa clase. ¿Sería capaz? Era una forma sembrada de obstáculos, entre los que destaca la tendencia a sermonear, las digresiones alegóricas y la falta de verosimilitud. Si iba a crear un jardín imaginario, quería que los sapos que vivieran en él fuesen reales. Una de mis normas consistía en no incluir en el libro ningún suceso que no hubiera ocurrido ya en lo que James Joyce llamaba la «pesadilla» de la historia, así como ningún aparato tecnológico que no estuviera disponible. Nada de cachivaches imaginarios, ni leyes imaginarias, ni atrocidades imaginarias. Dios está en los detalles, dicen. El diablo también.

En 1984, la premisa principal parecía —incluso a mí— más bien excesiva. ¿Iba a ser capaz de convencer a los lectores de que en Estados Unidos se había producido un golpe de estado que había transformado la democracia liberal existente hasta entonces en una dictadura teocrática que se lo tomaba todo al pie de la letra? En el libro, la Constitución y el Congreso ya no existen; la República de Gilead se alza sobre los fundamentos de las raíces del puritanismo del siglo XVII, que siempre han permanecido bajo la América moderna que creíamos conocer.

La acción concreta del libro transcurre en Cambridge, Massachusetts, donde tiene su sede la Universidad de Harvard, que en nuestros tiempos es una institución educativa y liberal de la mayor importancia, pero en otros fue un seminario teológico para los puritanos. El Servicio Secreto de Gilead está en la biblioteca Widener, entre cuyas pilas de libros yo había pasado muchas horas para investigar sobre mis antepasados de Nueva Inglaterra y sobre los juicios de las brujas de Salem. ¿Se ofendería alguien si usaba el muro de Harvard como lugar de exhibición de los cuerpos de los ejecutados? (Sí, se ofendieron.)

En la novela, la población se está reduciendo a causa de la contaminación ambiental, y la capacidad de engendrar criaturas escasea. (En el mundo real de hoy en día, hay estudios que revelan un agudo declive de la fertilidad de los varones en China.) Como en los regímenes totalitarios —o, de hecho, en cualquier sociedad radicalmente jerarquizada—, la clase gobernante monopoliza todo lo que tenga algún valor, la elite del régimen se las arregla para repartirse las hembras fértiles como Criadas. Eso tiene un precedente bíblico en la historia de Jacob y sus dos esposas, Raquel y Lía, y las dos criadas de éstas. Un hombre, cuatro mujeres, doce descendientes... pero las criadas no podían reclamar a sus hijos. Pertenecían a las respectivas esposas.

Y así sigue la historia.

Cuando empecé, *El cuento de la criada* se llamaba *Offred*, el nombre de su personaje principal. Está compuesto por el nombre de pila de un hombre, Fred, y el prefijo que denota posesión: es como el «de» en francés y español, el «von» del alemán, o el sufijo «son» de los apellidos ingleses, como Williamson. El nombre insinuaba también otra posible interpretación: *offered*, «ofrecida», que aludía a una ofrenda religiosa, o a una víctima ofrecida en sacrificio.

¿Por qué no llegamos a conocer en ningún momento el verdadero nombre del personaje principal? Me lo preguntan a menudo. Porque, respondo, a lo largo de la historia mucha gente ha visto su nombre cambiado, o simplemente ha desaparecido de la vista. Hay quien deduce que el nombre verdadero de Defred es June porque, de todos los nombres susurrados entre las criadas en el gimnasio/

dormitorio, June es el único que no vuelve a aparecer nunca más. No era ésa mi idea original, pero, como encaja, los lectores son libres de creerlo si así lo desean.

En algún momento, durante la escritura, el título pasó a ser *El cuento de la criada*, en parte como homenaje a los *Cuentos de Canterbury* de Chaucer, pero también en referencia a los cuentos de hadas y a los relatos folclóricos: la historia que narra el personaje central forma parte —para sus lectores, u oyentes, lejanos— de lo increíble, lo fantástico, igual que las historias relatadas por quienes han sobrevivido a algún suceso trascendental.

A lo largo de los años, *El cuento de la criada* ha adoptado muchas formas distintas. Se ha traducido a cuarenta idiomas, o tal vez más. En 1989 se convirtió en una película. Ha sido una ópera y también un ballet. Se está haciendo con ella una novela gráfica. Y en 2017 se estrenó una serie de televisión.

Participé en el rodaje de esta última con un pequeño cameo. Se trata de una escena en la que las Criadas recién reclutadas se ven sometidas a un lavado de cerebro, al estilo de los que practicaba la Guardia Roja, en una especie de edificio destinado a la reeducación llamado Centro Rojo. Tienen que aprender a renunciar a sus identidades anteriores, a asimilar el lugar y las obligaciones que les corresponden, a entender que no tienen ningún derecho verdadero, pero que obtendrán protección hasta cierto punto, siempre y cuando sean capaces de amoldarse, y a tenerse en muy baja estima para poder aceptar el destino que se les adjudica sin rebelarse ni huir.

Las Criadas están sentadas en corro, mientras las Tías, equipadas con sus aguijadas eléctricas, las fuerzan a participar en lo que ahora —no así en 1984— se llama «la deshonra de las zorras» contra una de ellas, Jeanine, a quien se obliga a relatar la violación en grupo que sufrió en la adolescencia. «Fue culpa suya, ella los provocó», canturrean las otras Criadas.

Aunque sólo era «una serie de la tele» en la que participaban actrices que al cabo de un rato, en la pausa para el café, se irían a echar unas risas, y yo misma «sólo estaba actuando», la escena me produjo una horrenda perturbación. Se parecía mucho, demasiado, a la historia. Sí, las mujeres se agrupan para atacar a otras mujeres. Sí, acusan a las demás para librarse ellas: lo vemos con absoluta transparencia en la era de las redes sociales, que tanto favorecen la formación de enjambres. Sí, aceptan encantadas situaciones que les conceden poder sobre otras mujeres, incluso —y hasta puede que especialmente— en sistemas que por lo general conceden escaso poder a las mujeres: sin embargo, todo poder es relativo y en tiempos duros se percibe que tener poco es mejor que no tener ninguno. Algunas de las Tías que ejercen el control son verdaderas creyentes y consideran que hacen un favor a las Criadas: al menos no las han mandado a limpiar residuos tóxicos; al menos, en este nuevo mundo feliz, no las viola nadie, o no exactamente, o por lo menos quien las viola no es un desconocido. Entre las Tías hay algunas sádicas. Otras son oportunistas. Y se les da muy bien tomar algunos de los reclamos favoritos del feminismo en 1984 —como las campañas contra la pornografía y la exigencia de mayor seguridad ante los asaltos sexuales— y usarlos en su propio beneficio. Como decía: la vida real.

Lo cual me lleva a las tres preguntas que me hacen a menudo.

La primera: ¿*El cuento de la criada* es una novela feminista? Si eso quiere decir un tratado ideológico en el que todas las mujeres son ángeles y/o están victimizadas en tal medida que han perdido la capacidad de elegir moralmente, no. Si quiere decir una novela en la que las mujeres son seres humanos —con toda la variedad de personalidades y comportamientos que eso implica— y además son interesantes e importantes y lo que les ocurre es crucial para el asunto, la estructura y la trama del libro... Entonces sí. En ese sentido, muchos libros son «feministas».

¿Por qué son interesantes e importantes? Porque en la vida real las mujeres son interesantes e importantes. No son un subproducto de la naturaleza, no representan un papel secundario en el destino de la humanidad, y eso lo han sabido todas las sociedades. Sin mujeres capaces de dar a luz, la población humana se extinguiría. Por eso las violaciones masivas y el asesinato de mujeres, chicas y niñas ha sido una característica común de las guerras genocidas, o de cualquier acción destinada a someter y explotar a una población. Mata a sus hijos y pon en su lugar a los tuyos, como hacen los gatos; obliga a las mujeres a tener hijos que luego no pueden permitirse criar, o hijos que luego les robarás para tus intereses personales; niños robados, un motivo cuyo uso generalizado se remonta a tiempos lejanos. El control de las mujeres y sus descendientes ha sido la piedra de toque de todo régimen represivo de este planeta. Napoleón y su «carne de cañón», la esclavitud y la mercancía humana, una práctica eternamente renovada: ambas encajan aquí. A quienes promueven la maternidad forzosa habría que preguntarles: *Cui bono?* ¿A quién beneficia? A veces a un sector, a veces a otro. Nunca a nadie.

La segunda pregunta que me plantean con frecuencia: *¿El cuento de la criada* es una novela en contra de la religión? De nuevo, depende de lo que se quiera decir. Ciertamente, un grupo de hombres autoritarios se hacen con el control y tratan de instaurar de nuevo una versión extrema del patriarcado, en la que a las mujeres —como a los esclavos americanos del siglo diecinueve— se les prohíbe leer. Aun más, no pueden tener ningún control sobre el dinero, ni trabajar fuera de casa, no como algunas mujeres de la Biblia. El régimen usa símbolos bíblicos, como haría sin la menor duda cualquier régimen autoritario que se instaurase en Estados Unidos: no serían comunistas, ni musulmanes.

Las vestiduras recatadas que llevan las mujeres en Gilead proceden de la iconografía religiosa occidental: las Esposas llevan el azul de la pureza, de la Virgen María; las

Criadas van de rojo por la sangre del alumbramiento, pero también por María Magdalena. Además, el rojo es más fácil de ver si te da por huir. Las esposas de los hombres que ocupan lugares inferiores en la escala social se llaman Econoesposas y llevan trajes a rayas. He de confesar que las tocas que esconden los rostros de las Criadas proceden no sólo de los trajes de la época media victoriana y de los hábitos de las monjas, sino también del diseño de los detergentes de la marca Old Dutch Cleanser de los cuarenta, en los que aparecía una mujer con el rostro oculto y que de niña me aterrorizaba. Muchos regímenes totalitarios han recurrido a la ropa —tanto prohibiendo unas prendas, como obligando a usar otras— para identificar y controlar a las personas —pensemos en las estrellas amarillas, y en el morado de los romanos—, y en muchos casos se han escudado en la religión para gobernar. Así resulta mucho más fácil señalar a los herejes.

En el libro, la «religión» dominante se ocupa de alcanzar el control doctrinal y consigue aniquilar las denominaciones religiosas que nos resultan familiares. Igual que los bolcheviques destruyeron a los mencheviques para eliminar la competencia política, y las distintas facciones de la Guardia Roja luchaban a muerte entre ellas, los católicos y los baptistas se convierten en objeto de identificación y aniquilación. Los cuáqueros han pasado a la clandestinidad y han montado una ruta de huida a Canadá, como —según sospecho— les correspondería hacer en la realidad. La propia Defred tiene una versión personal del Padre Nuestro y se resiste a creer que este régimen responda al mandato de un dios justo y misericordioso. En el mundo real de nuestros días, algunos grupos religiosos lideran movimientos que procuran la protección de grupos vulnerables, entre los que se encuentran las mujeres.

De modo que el libro no está en contra de la religión. Está en contra del uso de la religión como fachada para la tiranía: son cosas bien distintas.

¿El cuento de la criada es una predicción? Es la tercera pregunta que suelen hacerme, cada vez más a menudo, a medida que ciertas fuerzas de la sociedad norteamericana se hacen con el poder y aprueban decretos que incorporan lo que siempre habían dicho que querían hacer, incluso en 1984, cuando yo empezaba a escribir la novela. No, no es una predicción, porque predecir el futuro, en realidad, no es posible: hay demasiadas variables y posibilidades imprevisibles. Digamos que es una antipredicción: si este futuro se puede describir de manera detallada, tal vez no llegue a ocurrir. Pero tampoco podemos confiar demasiado en esa idea bienintencionada.

El cuento de la criada se nutrió de muchas facetas distintas: ejecuciones grupales, leyes suntuarias, quema de libros, el programa Lebensborn de las SS y el robo de niños en Argentina por parte de los generales, la historia de la esclavitud, la historia de la poligamia en Estados Unidos... La lista es larga.

Pero queda una forma literaria de la que no he hecho mención todavía: la literatura testimonial. Defred registra su historia como buenamente puede; luego la esconde, con la confianza de que, con el paso de los años, la descubra algún ser libre, capaz de entenderla y compartirla. Es un acto de esperanza: toda historia registrada presupone un futuro lector. Robinson Crusoe llevaba un diario. Lo mismo hacía Samuel Pepys y registró en él el Gran Incendio de Londres. También muchos de los que vivieron en la época de la Peste Negra, aunque a menudo sus relatos tienen un final abrupto. También Roméo Dallaire, que dejó testimonio del genocidio en Ruanda y, al mismo tiempo, de la indiferencia que le deparó el mundo. También Ana Frank, escondida en su desván.

El relato de Defred tiene dos grupos de lectores: el que aparece al final del libro, en una convención académica del futuro, que goza de libertad para leer, pero no siempre resulta tan empático como uno quisiera; y el formado por los lectores individuales de la novela en cualquier época. Ése es el lector «real», ese «querido lector» al que se dirigen todos los escritores. Y muchos queridos lectores se convertirán, a su vez, en escritores. Así empezamos todos los que escribimos: leyendo. Oíamos la voz de un libro que nos hablaba.

Tras las recientes elecciones en Estados Unidos, proliferan los miedos y las ansiedades. Se da la percepción de que las libertades civiles básicas están en peligro, junto con muchos de los derechos conquistados por las mujeres a lo largo de las últimas décadas, así como en los siglos pasados. En este clima de división, en el que parece estar al alza la proyección del odio contra muchos grupos, al tiempo que los extremistas de toda denominación manifiestan su desprecio a las instituciones democráticas, contamos con la certeza de que, en algún lugar, alguien —mucha gente, me atrevería a decir— está tomando nota de todo lo que ocurre a partir de su propia experiencia. O quizá lo recuerden y lo anoten más adelante, si pueden.

¿Quedarán ocultos y reprimidos sus mensajes? ¿Aparecerán, siglos después, en una casa vieja, al otro lado de un muro?

Mantengamos la esperanza de que no lleguemos a eso. Yo confío en que no ocurra.

I

LA NOCHE

1

Dormíamos en lo que, en otros tiempos, había sido el gimnasio. El suelo, de madera barnizada, tenía pintadas líneas y círculos correspondientes a diferentes deportes. Los aros de baloncesto todavía existían, pero las redes habían desaparecido. La sala estaba rodeada por una galería destinada al público, y me pareció percibir, como en un vago espejismo residual, el olor acre del sudor mezclado con ese toque dulce de la goma de mascar y el perfume de las chicas que se encontraban entre el público, vestidas con faldas de fieltro —así las había visto yo en las fotos—, más tarde con minifaldas, luego con pantalones, finalmente con un solo pendiente y peinadas con crestas de rayas verdes. Allí se habían celebrado bailes; persistía la música, un palimpsesto de sonidos que nadie escuchaba, un estilo tras otro, un fondo de batería, un gemido melancólico, guirnaldas de flores hechas con papel de seda, demonios de cartón, una bola giratoria de espejos que salpicaba a los bailarines con copos de luz.

En la sala había reminiscencias de sexo, soledad y expectación de algo sin forma ni nombre. Recuerdo esa sensación, el anhelo de algo que siempre estaba a punto de ocurrir y que nunca era lo mismo, como no eran las mismas las manos que sin perder el tiempo nos acariciaban la región lumbar, o se escurrían entre nuestras ropas cuando nos agazapábamos en el aparcamiento o en la sala de la televisión con el aparato enmudecido y la luz de las imágenes parpadeando sobre nuestra carne exaltada.

Suspirábamos por el futuro. ¿De dónde sacábamos aquel talento para la insaciabilidad? Flotaba en el aire, y aún se respiraba, como una idea tardía, cuando intentábamos dormir en los catres del ejército dispuestos en fila y separados entre sí para que no pudiéramos hablar.

Teníamos sábanas de franela de algodón, como las que usan los niños, y mantas del ejército, tan viejas que aún llevaban las iniciales U. S. Doblábamos nuestra ropa cuidadosamente y la dejábamos sobre el taburete, a los pies de la cama. Enseguida bajaban las luces, pero nunca las apagaban del todo. Tía Sara y Tía Elizabeth hacían la ronda; en sus cinturones de cuero llevaban colgando aguijadas eléctricas como las que se usaban para el ganado.

Sin embargo, no portaban armas de fuego; ni siquiera a ellas se las habrían confiado. Su uso estaba reservado a los Guardianes, a quienes se escogía entre los Ángeles. No se permitía la presencia de Guardianes dentro del edificio, excepto cuando se los llamaba; y a nosotras no nos dejaban salir, salvo para dar nuestros paseos, dos veces al día y de dos en dos, en torno al campo de fútbol que ahora estaba rodeado por un cercado de cadenas, rematado con alambre de espino. Los Ángeles permanecían fuera, dándonos la espalda. Para nosotras eran motivo de temor, y también de algo más. Si al menos nos miraran, si pudiéramos hablarles... Creíamos que de ese modo lograríamos intercambiar algo, hacer algún trato, llegar a un acuerdo; aún nos quedaban nuestros cuerpos... Ésa era nuestra fantasía.

Aprendimos a susurrar casi sin hacer ruido. En la semipenumbra, cuando las Tías no miraban, estirábamos los brazos y alcanzábamos a tocarnos las manos. Aprendimos a leer el movimiento de los labios: con la cabeza pegada a la cama, tendidas de costado, nos observábamos mutuamente la boca. Así, de una cama a otra, comunicábamos nuestros nombres:

Alma, Janine, Dolores, Moira, June.

II

LA COMPRA

2

Una silla, una mesa, una lámpara. Arriba, en el techo blanco, una moldura en forma de guirnalda, y en el centro de ésta, un espacio en blanco tapado con yeso, como el hueco que quedaría en un rostro después de arrancarle un ojo. Alguna vez debió de haber allí una araña. Pero han quitado todos los objetos a los que sea posible atar una cuerda.

Una ventana, dos cortinas blancas. Bajo la ventana, un asiento con un cojín pequeño. Cuando la ventana se abre parcialmente —sólo se abre parcialmente— el aire entra y mueve las cortinas. Puedo sentarme en la silla, o en el asiento de la ventana, con las manos cruzadas, y dedicarme a contemplar. La luz del sol también entra por la ventana y se proyecta sobre el suelo de listones de madera estrechos, muy encerados. Huelo la cera. En el suelo hay una alfombra ovalada, hecha con trapos viejos trenzados. Ésta es la clase de detalle que les gusta: arte popular, arcaico, hecho por las mujeres en su tiempo libre con cosas que ya no sirven. Un retorno a los valores tradicionales. Quien nada desperdicia, nada necesita. Yo no soy un desperdicio. ¿Por qué tengo necesidades?

En la pared, por encima de la silla, un cuadro con marco pero sin cristal: es una acuarela de flores, lirios azules. Las flores aún están permitidas. Me pregunto si las demás también tendrán un cuadro, una silla, unas cortinas blancas. ¿Serán artículos repartidos por el gobierno?

Imagínate que estás en el ejército, decía Tía Lydia.

Una cama. Individual, de colchón semiduro cubierto con una colcha blanca rellena de borra. En la cama no se hace nada más que dormir... o no dormir. Intento no pensar demasiado. Como el resto de las cosas, el pensamiento tiene que estar racionado. Hay muchas cosas en las que es mejor no pensar. Si pensamos corremos el riesgo de perjudicar nuestras posibilidades, y yo tengo la intención de resistir. Sé por qué el cuadro de los lirios azules no tiene cristal, y por qué la ventana sólo se abre parcialmente, y por qué el cristal de la ventana es irrompible. Lo que temen no es que escapemos —al fin y al cabo no llegaríamos muy lejos—, sino esas otras salidas, las que una puede abrir en su cuerpo si dispone de un objeto afilado.

De modo que, aparte de estos detalles, ésta podría ser la habitación de los invitados de un colegio, pero la de los menos distinguidos; o una habitación de una casa de huéspedes como las de antes, adecuada para damas de escasos recursos. Así estamos en este momento. Las posibilidades han quedado reducidas... para quienes aún tenemos posibilidades.

Pero la silla, la luz del sol, las flores... no deben despreciarse. Estoy viva, existo, respiro, saco la mano por la ventana y la abro al sol. El lugar en que me encuentro no es una prisión sino un privilegio, como decía Tía Lydia, a quien le encantaban los extremos.

Está sonando la campana que mide el tiempo. Aquí el tiempo lo miden las campanas, como ocurría antes en los conventos. Y, también como en un convento, hay pocos espejos.

Me levanto de la silla, doy un paso hacia la luz del sol con los zapatos rojos de tacón bajo, que no han sido pensados para bailar sino para proteger la columna vertebral. Los guantes rojos están sobre la cama. Los recojo y me los pongo, dedo a dedo. Salvo la toca que rodea mi cara, todo es rojo, del color de la sangre, que es el que nos define. La falda es larga hasta los tobillos y amplia, con un canesú liso que cubre el pecho, y las mangas son anchas. La toca blanca también es de uso obligatorio; su misión es impedir que veamos, así como que nos vean. El rojo nunca me ha sentado bien, no es mi color. Recojo la cesta de la compra y me la cuelgo del brazo.

La puerta de la habitación —no es mi habitación, me niego a reconocerla como mía— no está cerrada con llave. De hecho, ni siquiera ajusta bien. Salgo al pasillo, encerado y cubierto por una alfombra central de color rosa ceniciento. Como un sendero en el bosque, como una alfombra para la realeza, me indica el camino.

La alfombra traza una curva y baja por la escalera; la sigo, apoyando una mano en la barandilla que alguna vez fue árbol, fabricada en otro siglo, lustrada hasta hacerla resplandecer. La casa es de estilo victoriano tardío y fue construida para una familia rica y numerosa. En el pasillo hay un reloj de péndulo que mide el tiempo lánguidamente y luego una puerta que da a la sala de estar materna, con sus tonos carnosos y sus sombras. Una sala en la que nunca me siento, sino donde permanezco de pie o me arrodillo. Al final del pasillo, encima de la puerta principal, hay un montante en forma de abanico de vidrios de colores: flores rojas y azules.

En la pared de la sala aún queda un espejo. Si vuelvo la cabeza —de tal manera que la toca blanca que enmarca mi cara dirija mi visión hacia él—, alcanzo a verlo mientras bajo la escalera; es un espejo redondo, convexo como el ojo de un pescado, y mi imagen reflejada en él semeja una sombra distorsionada, una parodia de algo, como la figura de un cuento de hadas cubierta con una capa roja, descendiendo hacia un momento de indiferencia, que equivale a decir peligro. Una Hermana, bañada en sangre.

Al pie de la escalera hay un perchero para los sombreros y los paraguas; tiene barrotes de madera, largos y redondeados, que se curvan suavemente para formar ganchos que imitan las hojas de un helecho. De él cuelgan varios paraguas: uno negro para el Comandante, uno azul para la Esposa del Comandante, y el que me han asignado, de color rojo. Dejo el paraguas rojo en su sitio: por la ventana veo que brilla el sol. Me pregunto si la Esposa del Comandante se encontrará en la sala. No siempre está allí sentada. A veces la oigo pasearse de un lado a otro, una pisada fuerte y luego una suave, y el sordo golpecito de su bastón sobre la alfombra de color rosa ceniciento.

Camino por el pasillo, paso por delante de la puerta de la sala de estar y de la que comunica con el comedor; abro la del extremo y entro en la cocina. Aquí ya no huele a madera encerada. Encuentro a Rita de pie ante la mesa pintada de esmalte blanco. Luce su habitual vestido de Martha, de color verde pálido, como las batas que llevaban antaño los cirujanos. Su vestido es muy parecido al mío, largo y recatado, pero por encima lleva un delantal con peto, y no tiene toca ni velo. El velo sólo se lo pone para salir, pero a nadie le importa demasiado quién ve el rostro de una Martha. Tiene el vestido remangado hasta los codos y se le ven los brazos oscuros. Está haciendo pan: extiende la pasta para el breve amasado final antes de darle forma.

Rita me ve y mueve la cabeza —es difícil decidir si a modo de saludo o como si simplemente tomara conciencia de mi presencia—, se limpia las manos enharinadas en el delantal y hurga en el cajón en busca del libro de los vales. Frunce el ceño, arranca tres vales y los tiende hacia mí. Si sonriera, su rostro incluso resultaría amable. Pero su expresión no va dirigida personalmente a mí: le desagrada el vestido rojo y lo que éste representa. Me considera contagiosa, como una enfermedad o una especie de desgracia.

A veces escucho detrás de las puertas, algo que antes jamás habría hecho. No escucho demasiado tiempo porque no quiero que me pillen. Sin embargo, una vez oí que Rita le decía a Cora que ella no se rebajaría de ese modo.

Nadie te lo pide, respondió Cora. Además, ¿qué harías, si pudieras?

Irme a las Colonias, afirmó Rita. Ellas pueden escoger.

¿Con las No Mujeres, a morirte de hambre y sabe Dios qué más?, preguntó Cora. Estás loca.

Estaban pelando guisantes; incluso a través de la puerta entornada llegaba hasta mí el tintineo que producían al caer dentro del bol de metal. Oí que Rita gruñía o suspiraba, no sé si a modo de protesta o de aprobación.

En cualquier caso, lo hacen por nosotras, o eso dicen, prosiguió Cora. Si yo no tuviera las trompas ligadas y fuese diez años más joven, podría tocarme a mí. No es tan malo. Y tampoco es lo que se llama un trabajo duro.

Mejor ella que yo, dijo Rita, y en ese momento abrí la puerta.

Tenían la expresión típica de las mujeres cuando las sorprendes hablando de ti a tus espaldas y creen que las has oído: una expresión de incomodidad y al mismo tiempo de desafío, como si estuvieran en su derecho. Aquel día, Cora se mostró conmigo más amable que de costumbre y Rita más arisca.

Hoy, a pesar del rostro impenetrable de Rita y de sus labios apretados, me gustaría quedarme en la cocina. Vendría Cora desde algún otro lugar de la casa con su botella de aceite de limón y su plumero, y Rita prepararía café —en las casas de los Comandantes aún hay café auténtico— y nos sentaríamos alrededor de la mesa de Rita —que no le pertenece más que a mí la mía— y charlaríamos de achaques, de enfermedades, de nuestros pies, de nuestras espaldas, de las diferentes clases de travesuras que nuestros cuerpos —como criaturas ingobernables— son capaces de cometer. Asentiríamos con la cabeza, como si cada una subraya la frase de la otra, indicando que sí, que ya sabemos de qué se trata. Intercambiaríamos remedios y cada una intentaría superar a las demás en la exposición de nuestras miserias físicas; nos lamentaríamos en voz baja y triste, en tono menor, como las palomas que anidan en los canalones de los edificios. «Sé lo que quieres decir», afirmaríamos. O, utilizando una expresión que aún pronuncia la gente mayor: «Ya te oigo llegar», como si la voz misma fuera un viajero que llega de algún lugar lejano. Que podría serlo, que lo es.

Solía desdeñar este tipo de conversación. Ahora la deseo ardientemente. Al menos era una conversación, una manera de intercambiar algo.

O nos dedicábamos a chismorrear. Las Marthas saben cosas, hablan entre ellas y hacen correr de casa en casa las noticias oficiosas. No hay duda de que escuchan detrás de las puertas, como yo, y ven cosas por mucho que desvíen la mirada. Alguna vez las he oído, he captado fragmentos de sus conversaciones privadas. «Nació muerto.» O: «Le clavó una aguja de tejer en el vientre. Debieron de ser los celos, que la estaban devorando.» O, en tono tentador: «Lo que usó fue un producto de limpieza. Funcionó a las mil maravillas, aunque cualquiera diría que él habría notado el gusto. Muy borracho debía de estar; claro que a ella la pillaron, por supuesto.»

O ayudaría a Rita a hacer el pan, hundiendo las manos en esa blanda y resistente calidez que se parece tanto a la carne. Me muero por tocar algo, algo que no sea tela ni madera. Me muero por cometer el acto de tocar.

Pero aunque me lo pidieran, aunque faltara al decoro hasta ese extremo, Rita no lo permitiría. Estaría demasiado preocupada. Se supone que las Marthas no confraternizan con nosotras.

Confraternizar significa comportarse como con un hermano. Me lo dijo Luke. Dijo que no existía ningún equivalente de comportarse como una hermana. Según él, tenía que ser sororizar, del latín. Le gustaba saber esa clase de detalles, la procedencia de las palabras y sus usos menos corrientes. Yo solía tomarle el pelo por su pedantería.

Tomo los vales que Rita me extiende. Tienen dibujados los alimentos por los que se pueden cambiar: una docena de huevos, un trozo de queso, una cosa marrón que se supone que es un bistec. Me los guardo en el bolsillo de cremallera de la manga, donde llevo el pase.

—Diles que los huevos sean frescos —me advierte—. No como la última vez. Y que te den un pollo, no una gallina. Diles para quién es y ya verás que no fastidian.

—De acuerdo —respondo. No sonrío. ¿Para qué tentarla con una actitud amistosa?

3

Salgo por la puerta trasera al jardín, grande y cuidado: en el medio hay césped, un sauce y candelillas; en los bordes, arriates de flores: narcisos que empiezan a marchitarse y tulipanes que se abren en un torrente de color. Los tulipanes son rojos, y de un color carmesí más oscuro cerca del tallo, como si los hubieran herido y empezaran a cicatrizar.

Este jardín es el reino de la Esposa del Comandante. A menudo, cuando miro desde mi ventana de cristal irrompible, la veo aquí, arrodillada sobre un cojín, con un velo azul claro encima del enorme sombrero y a su lado un cesto con unas tijeras y trozos de hilo para sujetar las flores. El Guardián asignado al Comandante es el que realiza la pesada tarea de cavar la tierra. La Esposa del Comandante dirige la operación, apuntando con su bastón. Muchas esposas de Comandantes tienen jardines como éste; así tienen algo que ordenar, mantener y cuidar.

Yo también tuve un jardín. Recuerdo el olor de la tierra removida, la forma redondeada de los bulbos abiertos, su plenitud en mis manos, el crujido seco de las semillas entre los dedos. Así el tiempo pasaba más rápido. En ocasiones la Esposa del Comandante pide que le saquen una silla a su jardín y se queda allí sentada. Desde cierta distancia irradia un halo de paz.

Ahora no está aquí, y empiezo a preguntarme por dónde andará: no me gusta encontrármela por sorpresa. Quizá esté cosiendo en la sala, con su artrítico pie izquierdo sobre el escabel. O tejiendo bufandas para los Ángeles que están en el frente. Me resulta difícil creer que los Ángeles tengan necesidad de esas bufandas; en cualquier caso, las de la Esposa del Comandante son muy complicadas. Ella no se conforma con el dibujo de cruces y estrellas, como las demás Esposas, porque no representa un desafío. Por los extremos de sus bufandas desfilan abetos, águilas o rígidas figuras humanoides: un chico, una chica, un chico, una chica. No son bufandas para adultos, sino para niños.

A veces pienso que no se las envía a los Ángeles, sino que las desteje y vuelve a convertirlas en ovillos para tejerlas de nuevo. Tal vez sólo sirva para tenerlas ocupadas, para dar sentido a sus vidas, pero yo envidio el tejido de la Esposa del Comandante. Está muy bien eso de contar con pequeños objetivos fáciles de alcanzar.

Y ella, ¿qué envidia de mí?

No me dirige la palabra, a menos que no pueda evitarlo. Para ella soy una deshonra. Y una necesidad.

La primera vez que estuvimos cara a cara fue hace cinco semanas, cuando llegué a este destacamento. El Guardián del destacamento anterior me acompañó hasta la puerta principal. Los primeros días se nos permite utilizar la puerta principal, pero después tenemos que usar la de atrás. Las cosas no se han normalizado, aún es demasiado pronto y nadie está seguro de cuál es su situación exacta. Dentro de un tiempo tendremos que entrar y salir siempre por la misma puerta.

Tía Lydia me dijo que hizo lo posible para que me dejaran seguir usando la principal. El tuyo es un puesto de honor, dijo.

El Guardián tocó el timbre por mí, y la puerta se abrió de inmediato, sin tiempo para que nadie oyera la llamada y acudiese a abrir. Seguramente ella estaba al otro lado, esperando. Yo creía que iba a aparecer una Martha, pero en cambio salió ella, vestida con su traje azul pálido, inconfundible.

De modo que eres la nueva, me dijo. Ni siquiera se apartó para dejarme entrar; se quedó en el hueco de la puerta, bloqueando el paso. Quería que me diera cuenta de que no podía acceder a la casa si ella no me lo indicaba. En estos días, siempre tienes la sensación de que caminas por la cuerda floja.

Sí, respondí.

Déjala en el porche, le indicó al Guardián, que llevaba mi maleta. Era de vinilo rojo y no muy grande. Tenía otra maleta con la capa de invierno y los vestidos más gruesos, pero la traerían más tarde.

El Guardián soltó la maleta y saludó a la Esposa del Comandante. Luego oí sus pasos desandando el sendero y el chasquido del portal, y tuve la sensación de que me despojaban de una mano protectora. El umbral de una casa nueva es un lugar solitario.

Ella esperó a que el coche arrancara y se alejara. Yo no la miraba a la cara, sino sólo aquella parte de ella que lograba percibir con la cabeza baja: su gruesa cintura azul y su mano izquierda sobre el puño de marfil del bastón, los enormes diamantes del anular, que antaño debía de ser hermoso y aún se conservaba bien, aunque algo nudoso, con la uña limada hasta formar una suave curva. Era como si ese dedo ostentara una sonrisa irónica, como si se mofara de ella.

Será mejor que entres, dijo. Se volvió, dándome la espalda, y entró cojeando en el vestíbulo. Y cierra la puerta.

Llevé la maleta roja hasta el interior, como seguramente ella quería, y cerré la puerta. No abrí la boca. Tía Lydia decía que era mejor no hablar, a menos que te hicieran una pregunta directa. Intenta ponerte en su lugar, añadió apretando las manos y sonriendo con expresión nerviosa y suplicante. Para ellas no es fácil.

Aquí, indicó la Esposa del Comandante. Cuando entré en la sala ella ya estaba en su silla, el pie izquierdo sobre el escabel, encima de su cojín de *petit-point* con una cesta de rosas estampada. Tenía el tejido en el suelo, junto a la silla, y las agujas clavadas en él.

Me quedé de pie delante de ella, con las manos cruzadas. Bien, dijo. Se llevó un cigarrillo a los labios para encenderlo. Mientras lo sujetaba, éstos se le veían finos, enmarcados por esas líneas verticales que aparecen en los labios de los anuncios de cosméticos. El mechero era de color marfil. Los cigarrillos debían de proceder del mercado negro, pensé, lo cual me hizo alentar esperanzas. Incluso ahora que ya no hay dinero de verdad, existe un mercado negro. Siempre existe un mercado negro, siempre hay algo que intercambiar. En aquel tiempo ella podía saltarse las normas, pero yo ¿qué tenía para negociar?

Miré el cigarrillo con ansia. Tenía prohibido fumar, así como beber café o alcohol.

De modo que ese viejo no funcionó, dijo.

No, señora, respondí.

Soltó algo parecido a una carcajada y luego tosió. Mala suerte la suya, dijo. Es el segundo, ¿no?

El tercero, señora, repuse.

Y la tuya, agregó. Otra carcajada y volvió a toser. Siéntate, pero no te acostumbres, es sólo por esta vez.

Me senté en el borde de una de las sillas de respaldo recto. No quería curiosear por la sala, ni dar la impresión de que estaba distraída, así que la repisa de mármol de mi derecha y el espejo de encima y los ramos de flores sólo eran sombras que captaba con el rabillo del ojo. Más adelante tendría tiempo de sobra para mirarlos.

Ahora su cara estaba a la misma altura que la mía. Me pareció reconocerla, o al menos percibí en ella algo familiar. Por debajo del velo se le veía un poco el cabello. Aún era rubio. Entonces pensé que tal vez se lo tiñera, que el tinte para el pelo quizá fuese otra de las cosas que conseguía en el mercado negro, pero ahora sé que es rubio de verdad. Llevaba las cejas depiladas en finas líneas arqueadas, lo que le proporcionaba una mirada de sorpresa permanente, o de agravio, o inquisitiva, como la de un niño asustado, pero sus párpados revelaban fatiga. No así sus ojos, de un azul liso y hostil, como un cielo de verano a pleno sol. Alguna vez su nariz debió de ser bonita, pero ahora era demasiado pequeña en relación con la cara, que no era gorda, pero sí bastante grande. De las comisuras de los labios arrancaban dos líneas descendentes, y entre éstas sobresalía la barbilla, apretada como un puño.

Quiero verte lo menos posible, señaló. Espero que sientas lo mismo con respecto a mí.

No respondí; un sí podría haber sido insultante, y un no, desafiador.

Sé que no eres tonta, prosiguió. Dio una calada y soltó una bocanada de humo. He leído tu expediente. En lo que a mí respecta, esto es como una transacción comercial, pero si me ocasionas molestias, tendrás problemas. ¿Comprendido?

Sí, señora, contesté.

Y no me llames señora, me advirtió en tono de irritación. No eres una Martha.

No le pregunté cómo se suponía que tenía que llamarla, porque me di cuenta de que ella confiaba en que yo no tuviera ocasión de llamarla de ninguna manera. Me sentí decepcionada. Había deseado que ella se convirtiera en mi hermana mayor, en una figura maternal, en alguien que me comprendiera y protegiese. La Esposa del destacamento del que yo venía pasaba la mayor parte del tiempo en su habitación; las Marthas aseguraban que bebía. Yo quería que ésta fuera diferente. Quería creer que ella me habría gustado, en otro tiempo y en otro lugar, en otra vida; pronto, sin embargo, advertí que no me gustaba, ni yo a ella.

Apagó el cigarrillo, sin terminarlo, en un pequeño cenicero de volutas que estaba a su lado en una mesa baja. Lo hizo con actitud resuelta, dándole un golpe seco y después aplastándolo, en lugar de apagarlo con una serie de golpecitos delicados, como solían hacer casi todas las otras Esposas.

En cuanto a mi esposo, dijo, es nada más y nada menos que eso: mi esposo. Quiero que esto quede absolutamente claro. Hasta que la muerte nos separe. Y sanseacabó.

Sí, señora, volví a decir, olvidando su advertencia anterior. Antes, las niñas pequeñas jugaban con muñecas que hablaban cuando se tiraba de un hilo que llevaban a la espalda; tuve la impresión de que hablaba como una de ellas, con voz monótona, voz de muñeca. Lo más seguro era que desease darme una bofetada. Ellas pueden castigarnos, hay precedentes en las Escrituras, pero no pueden emplear ningún utensilio; sólo las manos.

Ésta es una de las cosas por las que hemos luchado, explicó la Esposa del Comandante, y advertí que en lugar de mirarme contemplaba sus manos nudosas cargadas de diamantes; entonces comprendí dónde la había visto antes.

La primera vez fue en la televisión, cuando tenía ocho o nueve años. Los domingos por la mañana, mi madre se quedaba durmiendo, y yo me levantaba temprano y me sentaba ante el televisor, en su estudio, y pasaba de un canal a otro, buscando los dibujos animados. En ocasiones, si no los encontraba, veía *La hora del Evangelio para las almas inocentes*, donde contaban relatos bíblicos para niños y cantaban himnos. Una de las mujeres que trabajaban en el programa se llamaba Serena Joy. Era la soprano y protagonista, una mujer menuda, de cabello rubio ceniza, nariz respingona y ojos azules que, cuando entonaban los himnos, siempre miraba al cielo. Era capaz de reír y llorar al mismo tiempo, dejando deslizar graciosamente una o dos lágrimas por las mejillas, como si fuera algo estudiado, mientras su voz se elevaba con las notas más altas, trémula, sin ningún esfuerzo. Fue más tarde cuando se dedicó a otras cosas.

La mujer que estaba sentada frente a mí era Serena Joy. O alguna vez lo había sido. La cosa era peor de lo que yo pensaba.

4

Camino por el sendero de grava que divide el césped como si fuera una raya en el pelo. Anoche llovió: la hierba está mojada y el aire es húmedo. Por todas partes hay gusanos —prueba de la fertilidad del suelo— que han sido sorprendidos por el sol, medio muertos, flexibles y rosados como labios.

Abro la cancela blanca de la verja y cruzo el césped de la parte delantera hacia la puerta principal. Uno de los Guardianes asignados a nuestra casa está lavando el coche en el sendero de entrada. Eso significa que el Comandante se encuentra en la casa, en sus habitaciones al otro lado del comedor, donde según parece pasa la mayor parte del tiempo.

Es un coche muy caro, un Whirlwind; mejor que un Chariot, y mucho mejor que el pesado y práctico Behemoth. Es negro, por supuesto, el color de prestigio —y el de los coches fúnebres—, y largo y elegante. El conductor lo frota a conciencia con una gamuza. Al menos una cosa no ha cambiado: el modo en que los hombres miman los coches buenos.

Tiene puesto el uniforme de los Guardianes, pero lleva la gorra graciosamente ladeada y la camisa arremangada hasta los codos, dejando al descubierto sus antebrazos bronceados y sombreados por el vello oscuro. Un cigarrillo cuelga en la comisura de sus labios, lo cual demuestra que él también tiene algo con lo que comerciar en el mercado negro.

Yo sé cómo se llama este hombre: Nick. Lo sé porque oí que Rita y Cora hablaban de él, y una vez oí que el Comandante le decía: Nick, no necesitaré el coche.

Vive aquí, en la casa, encima del garaje. Pertenece a una clase social baja; no le han asignado una mujer, ni siquiera una. No reúne las condiciones: algún defecto, o falta de contactos. Sin embargo, se comporta como si no lo supiera o no le importara. Es muy despreocupado y no lo bastante servil. Quizá sea por estupidez, pero no lo creo. Solían decir que olía a chamusquina, o a gato encerrado. Como si la inadaptación apestara. Contra mi voluntad, me imagino cómo debe de oler: no a chamusquina, sino a piel bronceada, húmeda bajo el sol e impregnada de humo de cigarrillo. Suspiro de sólo pensarlo.

Me mira y advierte que estoy observándolo. Tiene cara de francés, delgada, angulosa, y arrugas alrededor de la boca, de tanto sonreír. Da una última calada al cigarrillo, lo deja caer al suelo y lo pisa. Se pone a silbar y me guiña un ojo.

Bajo la cabeza, me vuelvo de tal manera que la toca blanca oculte mi cara, y echo a andar. Él ha corrido el riesgo, pero ¿para qué? ¿Y si yo lo delatara?

Quizá sólo pretendía mostrarse amistoso. Quizá haya malinterpretado la expresión de mi cara. En realidad, lo que yo quería era el cigarrillo.

Quizá lo haya hecho para probar, para ver mi reacción.

Quizá sea un Ojo.

Abro el portal principal y lo cierro a mis espaldas. Miro hacia abajo, pero no hacia atrás. La acera es de ladrillos rojos. En ese paisaje se concentra mi mirada, un campo de rectángulos que trazan suaves ondas donde la tierra, después de décadas de heladas invernales, ha quedado combada. El color de los ladrillos es viejo, pero fresco y limpio. Las aceras se conservan más limpias de lo que solían estar en otro tiempo.

Camino hasta la esquina y espero. Antes no soportaba esperar. También se puede servir simplemente esperando, decía Tía Lydia. Nos lo hizo aprender de memoria. También decía: No todas lo superaréis. Algunas fracasaréis o encontraréis obstáculos. Algunas sois débiles. Tenía un lunar en la barbilla que le subía y le bajaba al hablar. Decía: Imaginad que sois semillas, y de inmediato adoptaba un tono zalamero y conspirador, como las profesoras de ballet cuando decían a los niños: Ahora levantemos los brazos... imaginemos que somos árboles.

Estoy de pie en la esquina, simulando ser un árbol.

Una figura roja con el rostro enmarcado por una toca blanca, una figura como la mía, una mujer anodina, con una cesta, camina hacia mí por la acera de ladrillos rojos. Se detiene a mi lado y nos miramos a la cara a través del túnel blanco que nos sirve de marco. Es la que esperaba.

—Bendito sea el fruto —me dice, pronunciando el saludo aceptado entre nosotras.

—El Señor permita que madure —recito la respuesta aceptada.

Nos volvemos y pasamos por delante de las casas grandes, en dirección al centro de la ciudad. No se nos permite ir allí a menos que lo hagamos en parejas. Se supone que es para protegernos, aunque se trata de una idea absurda: ya estamos bien protegidas. La realidad es que ella es mi espía, y yo la suya. Si una de las dos comete un desliz durante el paseo diario, la otra carga con la responsabilidad.

Esta mujer es mi acompañante desde hace dos semanas. No sé qué pasó con la anterior. Un día no apareció, sencillamente, y ésta ocupó su lugar. No se hacen preguntas sobre esta clase de cosas, porque las respuestas suelen ser desagradables. De todos modos, tampoco habría respuesta que dar.

Es un poco más regordeta que yo. Tiene los ojos pardos. Se llama Deglen, y ésas son las dos o tres cosas que sé de ella. Camina de forma recatada, con la cabeza baja, las manos, cubiertas con guantes rojos, cruzadas delante, y pasitos cortos, como los que daría un cerdo adiestrado para andar sobre las patas traseras. Durante las caminatas jamás ha dicho nada que no sea estrictamente ortodoxo, de modo que yo tampoco. Sin duda se trata de una auténtica creyente, en su caso lo de Criada debe de ser algo más que un nombre. Así que no puedo correr el riesgo.

—He oído decir que la guerra va bien —comenta.

—Alabado sea —respondo.

—Nos ha tocado buen tiempo.

—Lo cual me llena de gozo.

—Ayer derrotaron a más grupos de rebeldes.

—Alabado sea —digo. No le pregunto cómo lo sabe—. ¿Qué eran?

—Baptistas. Tenían una fortaleza en los Montes Azules. Los obligaron a desalojarla con bombas de humo.

—Alabado sea.

A veces me gustaría que se callara y me dejara pasear en paz, pero estoy hambrienta de noticias, cualquier tipo de noticias; aunque fueran falsas, de todos modos significarían algo.

Llegamos a la primera barrera, que es como las que usan para bloquear el paso cuando hacen obras, o para levantar las alcantarillas: una cruz de madera pintada con rayas amarillas y negras y un hexágono rojo que significa «alto». Cerca de la puerta hay unas farolas, que están apagadas porque aún no ha oscurecido. Sé que por encima de nuestras cabezas hay focos sujetos a los postes de teléfono, que se emplean en casos de emergencia; y que en los fortines emplazados a los lados de la carretera hay hombres apostados con ametralladoras. La toca que me rodea la cara me impide ver los focos y los fortines. Pero sé que están ahí.

Detrás de la barrera, junto a la estrecha entrada, nos esperan dos hombres vestidos con el uniforme verde de los Guardianes de la Fe, con penachos en las hombreras y la boina que luce en su insignia dos espadas cruzadas encima de un triángulo blanco. Los Guardianes no son auténticos soldados. Les asignan tareas de vigilancia y otras propias de lacayos, como cavar la tierra en el jardín de la Esposa del Comandante. Son tipos estúpidos o mayores o inválidos o muy jóvenes; y además entre ellos hay Espías de incógnito.

Estos dos son muy jóvenes: uno de ellos aún tiene el bigote ralo y el otro la cara roja. Su juventud resulta conmovedora, pero sé que no debo llamarme a engaño. Los jóvenes suelen ser los más peligrosos, los más fanáticos y los que más se alteran cuando tienen un arma en la mano. Aún no han aprendido a existir en el tiempo. Hay que tener mucho tacto con ellos.

La semana pasada, aquí mismo, le dispararon a una mujer. Era una Martha. Estaba hurgando en su traje, buscando el pase, y ellos creyeron que iba a sacar una bomba. La tomaron por un hombre disfrazado. Ha habido varios incidentes de este tipo.

Rita y Cora conocían a esa mujer. Las oí hablar de ella en la cocina.

Cumplieron con su obligación, dijo Cora. Velar por nuestra seguridad.

No hay nada más seguro que la muerte, replicó Rita en tono airado. Ella no se metía con nadie. No había razón para dispararle.

Fue un accidente, señaló Cora.

De eso nada, protestó Rita. Todo esto es desagradable. Yo la oía remover las cacerolas en el fregadero.

Bueno, de todas maneras se lo pensarían dos veces antes de hacer volar esta casa, afirmó Cora.

Da igual, respondió Rita. Ella era muy trabajadora. No se merecía morir así.

Hay muertes peores, comentó Cora. Al menos ésta fue rápida.

Habla por ti, concluyó Rita. Yo preferiría tener un poco de tiempo. Para arreglar las cosas.

Los dos jóvenes Guardianes nos saludan acercando tres dedos al borde de sus boinas. Es la señal para nosotras. Se supone que deben mostrarse respetuosos, debido a la naturaleza de nuestra misión.

De los bolsillos de cremallera de nuestras amplias mangas sacamos los pases; los inspeccionan y los sellan. Uno de los jóvenes entra en el fortín de la derecha para perforar los números en el Compuchec.

Cuando me devuelve el pase, el del bigote de color melocotón inclina la cabeza en un intento de echar un vistazo a mi cara. Levanto un poco la cabeza para ayudarlo; me mira a los ojos, le devuelvo la mirada y se ruboriza. Su rostro es alargado y triste, como el de un cordero, y tiene los ojos enormes y profundos, como los de un perro... no un terrier, sino un spaniel. Su piel es blanca y parece malsanamente frágil, como la de debajo de una costra. Sin embargo, imagino que pongo la mano sobre esta cara descubierta. Es él quien se aparta.

Esto es un acontecimiento, un pequeño desafío a las normas, tan breve que puede pasar inadvertido; pero momentos así son una recompensa que me reservo para mí misma, como el caramelo que, de niña, escondí detrás de un cajón. Momentos como éste son una posibilidad que se abre, igual que una mirilla diminuta.

¿Y si viniera por la noche, cuando está solo —aunque jamás le permitirían estar tan solo—, y le dejara ir más allá de mi toca? ¿Y si me despojara de mi velo rojo y me exhibiera ante él, ante ellos, a la incierta luz de las farolas? Esto es lo que ellos deben de pensar a veces, mientras se pasan las horas muertas detrás de esta barrera que nadie traspone excepto los Comandantes de la Fe en sus largos y ronroneantes coches negros, o sus azules Esposas, y sus hijas, con sus blancos velos en su devoto viaje a Salvación o Plegarias, o sus regordetas y verdes Marthas, o algún Nacimóvil de vez en cuando, o sus rojas Criadas, a pie. O, a veces, una furgoneta pintada de negro, con el ojo blanco y alado en un costado. Las ventanillas de las furgonetas son de color oscuro, y los hombres que van en el asiento delantero llevan gafas oscuras: una oscuridad sobre otra.

Por cierto, las furgonetas son más silenciosas que los coches. Cuando pasan, apartamos la mirada. Si del interior sale algún sonido, intentamos no oírlo. Ojos que no ven, corazón que no siente.

Cuando las furgonetas llegan a un puesto de control, les dejan pasar sin detenerse. Los Guardianes no quieren correr el riesgo de registrar el interior y poner en entredicho su autoridad. Al margen de lo que piensen.

Si es que piensan, porque por su expresión es imposible saberlo.

Lo más probable es que no piensen en nada promiscuo. Si piensan en un beso, de inmediato deben de pensar en los focos que se encienden y en los disparos de fusil. En realidad, piensan en hacer su trabajo, en ascender a la categoría de Ángeles, tal vez en que les permitan casarse y, si son capaces de alcanzar el poder suficiente y llegan a viejos, en que les asignen una Criada sólo para ellos.

El del bigote nos abre la pequeña puerta para peatones, se hace a un lado para apartarse del todo, y pasamos. Sé que mientras avanzamos, estos dos hombres —a quienes aún no se les permite tocar a las mujeres— nos observan. Con la mirada sí nos tocan, en cambio, y yo muevo un poco las caderas y siento el balanceo de la amplia falda. Es como burlarse de alguien desde el otro lado de la valla, o provocar a un perro con un hueso poniéndoselo fuera del alcance, y enseguida me avergüenzo de mi conducta, porque nada de esto es culpa de esos hombres, que son demasiado jóvenes.

Pronto descubro que en realidad no me avergüenzo. Disfruto con el poder: el poder de un hueso, que no hace nada pero está ahí. Abrigo la esperanza de que lo pasen mal mirándonos y tengan que frotarse contra las barreras, subrepticiamente. Y que luego, por la noche, sufran en los camastros del regimiento. Ahora no tienen ningún desahogo a excepción de sus propios cuerpos, y eso es un sacrilegio. Ya no hay revistas, ni películas, ni ningún sustituto; sólo yo y mi sombra alejándonos de los dos hombres, que se cuadran junto a la barrera mientras observan nuestras figuras en retirada.

5

Recorro la calle acompañada por mi doble. Aunque ya no estamos en el recinto cerrado de los Comandantes, aquí también hay casas enormes. En una de ellas se ve a un Guardián segando el césped. Los jardines están cuidados, las fachadas son bonitas y se ven bien conservadas; son como esas fotos hermosas que solían aparecer en las revistas de casas y jardines y de interiorismo. Y la misma ausencia de gente, la misma sensación de que todo duerme. La calle semeja un museo, como si formara parte de la maqueta de una ciudad, hecha para mostrar cómo vivía la gente. Y al igual que en esas fotos, esos museos y esas maquetas, no se ve ni un solo niño.

Estamos en el centro de Gilead, donde la guerra no llega salvo a través de la televisión. No sabemos dónde están los límites, varían según los ataques y contraataques. Pero éste es el centro, y aquí nada se mueve. La República de Gilead, decía Tía Lydia, no tiene fronteras. Gilead está dentro de ti.

Alguna vez vivieron aquí médicos, abogados, profesores universitarios. Ahora los abogados no existen, y las universidades están cerradas.

A veces, Luke y yo paseábamos juntos por estas calles. Decíamos que nos compraríamos una casa como éstas, una casa grande, y que la arreglaríamos. Habría un jardín y columpios para los niños. Porque tendríamos niños. Aunque sabíamos que era poco probable que pudiéramos permitirnos ese lujo, al menos era un tema de conversación, un juego para los domingos. Ahora, aquella libertad parece una quimera.

En la esquina doblamos hacia la calle principal, donde hay más tráfico. Pasan coches, la mayor parte de ellos negros, y algunos grises o marrones. Veo más mujeres con cestas, algunas vestidas de rojo, otras con el verde opaco de las Marthas, otras con vestidos a rayas rojas, azules y verdes, baratos y modestos, lo que prueba que son las mujeres de los hombres más pobres. Las llaman Econoesposas. Estas mujeres no están divididas según sus funciones, sino que tienen que hacer de todo, si pueden. De vez en cuando se ve alguna totalmente vestida de negro, lo que significa que es viuda. Antes se veían más viudas, pero al parecer se están extinguiendo.

No se ven Esposas de Comandantes por las aceras: sólo pasean en coche.

Aquí, las aceras son de cemento. Intento no pisar las grietas, como hacen los niños. Recuerdo cuando caminaba por estas aceras, en otros tiempos, y el calzado que solía usar. A veces llevaba zapatillas deportivas con el interior acolchado y agujeritos para que el pie respirara, y estrellas de tela fosforescente que reflejaban la luz en la oscuridad. Sin embargo, nunca corría de noche, y durante el día sólo lo hacía por las calles muy concurridas.

En aquel entonces las mujeres no estaban protegidas.

Recuerdo las reglas, reglas que no estaban escritas pero que cualquier mujer conocía: No abras la puerta a un extraño, aunque diga que es un policía; en ese caso, pídele que pase su tarjeta de identificación por debajo de la puerta. No te pares en la carretera a ayudar a un motorista que parezca tener un problema; no frenes y sigue tu camino. Si alguien silba, no te vuelvas para mirar. No entres sola de noche en una lavandería automática.

Pienso en las lavanderías. Pienso en lo que me ponía para ir: pantalones cortos, vaqueros o chándal. Y en lo que metía en la lavadora: mi propia ropa, mi propio jabón, mi propio dinero, el dinero que había ganado. Recuerdo cómo era llevar el control del dinero.

Ahora caminamos por la misma calle, en parejas y de rojo, y ningún hombre nos grita obscenidades, ni nos habla, ni nos toca. Nadie nos silba.

Hay más de una forma de ser libres, decía Tía Lydia. Puedes gozar de algunas libertades, pero también puedes liberarte de ciertas cosas. En los tiempos de la anarquía, se os concedían ciertas libertades. Ahora se os concede vivir libres de según qué cosas. No lo menospreciéis.

Frente a nosotras, a la derecha, está la tienda donde encargamos los vestidos. Algunas personas los llaman «hábitos»; una buena definición: es difícil abandonar los hábitos. En la fachada de la tienda hay un letrero de madera enorme, en forma de azucena: se llama Azucenas Silvestres. Debajo de la azucena, aún se ve el sitio donde estaba pintado el rótulo; pero decidieron que incluso los nombres de las tiendas eran demasiada tentación para nosotras. Ahora las tiendas se conocen sólo por los signos.

Antes, Azucenas era un cine. Era muy concurrido por los estudiantes; cada primavera se celebraba el festival de Humphrey Bogart, con Lauren Bacall o Katharine Hepburn, mujeres independientes que tomaban decisiones. Vestían blusas abotonadas que sugerían las diversas posibilidades de la palabra «suelto». Aquellas mujeres podían ser sueltas; o no. Parecían capaces de elegir. En aquellos tiempos, nosotras parecíamos capaces de elegir. Éramos una sociedad en decadencia, decía Tía Lydia, con demasiadas posibilidades de elección.

No sé cuándo dejaron de celebrar el festival. Seguramente yo ya me había hecho mayor. Por eso no me enteré.

No entramos en Azucenas; cruzamos la calle y caminamos por la acera. El primer sitio en el que entramos es una tienda que también tiene un letrero de madera: tres huevos, una abeja y una vaca. Leche y miel. Hay cola; nos sumamos a ella para aguardar nuestro turno, siempre en parejas. Veo que hoy tienen naranjas. Desde que América Central se perdió a manos de los Libertos, las naranjas son difíciles de conseguir: a veces hay y a veces no. A causa de la guerra, tampoco llegan muchas naranjas de California, y con las de Florida no se puede contar por culpa de las barricadas y la voladura de las vías del ferrocarril. Miro las naranjas y se me hace la boca agua. Pero no he traído ningún vale para naranjas. Se me ocurre que podría volver y contárselo a Rita. A ella le encantaría. Presentarme con las naranjas sería un pequeño triunfo.

A medida que llegan al mostrador, las mujeres entregan sus vales a los dos hombres con uniformes de Guardianes que están al otro lado. Casi nadie habla, pero se oye un murmullo y las mujeres mueven la cabeza furtivamente mirando a un lado y a otro. Es en estos momentos, haciendo la compra, cuando existe la posibilidad de encontrarte con alguien a quien conoces de los tiempos pasados, o del Centro Rojo. El solo hecho de divisar uno de esos rostros sería estimulante. Si pudiera ver a Moira, sólo verla, saber que aún está viva... Ahora es difícil recordar lo que representa tener una amiga.

Deglen, que está a mi lado, no mira. Quizá ya no conozca a nadie. Quizá todas las mujeres a las que conocía hayan desaparecido. Tal vez no quiera que la vean. Permanece en silencio, con la cabeza gacha.

Mientras esperamos en doble fila se abre la puerta y entran otras dos mujeres, ambas vestidas de rojo y con la toca blanca de las Criadas. Una de ellas está embarazada; bajo las ropas sueltas su vientre sobresale triunfante. En la sala se produce un movimiento, se oye un susurro, algunos suspiros; muy a nuestro pesar, volvemos la cabeza con descaro para ver mejor. Sentimos unos deseos enormes de tocarla. Para nosotras, ella es una presencia mágica, un objeto de envidia y de deseo, de codicia. Es como una bandera en la cima de una montaña, la demostración de que todavía se puede hacer algo: nosotras también podemos salvarnos.

La excitación es tal que las mujeres cuchichean, prácticamente conversan.

—¿Quién es? —oigo que preguntan a mi espalda.

—Dewayne. No. Dewarren.

—Cómo presume —murmura alguien, y es verdad.

Una mujer preñada no tiene obligación de salir ni de hacer la compra. El paseo diario deja de ser obligatorio, para el buen funcionamiento de los músculos abdominales. Sólo precisa los ejercicios de suelo y los de respiración. Podría quedarse en su casa. En realidad, para ella es peligroso salir, y junto a la puerta siempre hay un Guardián que la espera. Ahora que es portadora de una nueva vida, está más cerca de la muerte y necesita una protección especial. Podría ser víctima de los celos, lo que ya ha ocurrido en otros casos. Ahora todos los niños son deseados, pero no por todas las personas.

El paseo, sin embargo, quizá sea un antojo, y si no se ha producido un aborto y el embarazo ha llegado hasta este punto, a ellos les gusta satisfacer los antojos. O quizá sea una de esas a las que les encanta decir: «Dale duro, que yo aguanto», o sea, una mártir. Ella mira alrededor y logro verle la cara. La que murmuraba tenía razón: ha venido a exhibirse; está rebosante de salud y disfruta de cada minuto.

—Silencio —dice uno de los Guardianes, y nos callamos como colegialas.

Deglen y yo hemos llegado hasta el mostrador. Entregamos los vales y uno de los Guardianes registra en ellos un número con el Compuperfo, mientras el otro nos entrega nuestra compra, la leche y los huevos. Lo guardamos todo en las cestas y nos disponemos a salir de la tienda; pasamos junto a la embarazada y su compañera que, comparada con la primera, parece raquítica y arrugada... igual que todas nosotras. El vientre de una mujer preñada es como un fruto enorme. «Bestial», como decíamos en mi infancia. Ella apoya las manos en él, como si quisiera defenderlo, o como si buscara calor y fuerza en su interior.

Cuando paso me mira a los ojos, y entonces la reconozco. Estaba conmigo en el Centro Rojo, era una de las preferidas de Tía Lydia. Nunca me gustó. En aquellos tiempos, se llamaba Janine.

Janine me mira y esboza una sonrisa afectada. Baja la vista hacia mi vientre —una tabla debajo del traje rojo— y la toca le cubre la cara. Sólo consigo ver un pequeño trozo de su frente y la punta rosada de su nariz.

Después entramos en Todo Carne, reconocible por una enorme chuleta de cerdo de madera que cuelga de dos cadenas. Aquí no hay mucha cola: la carne es cara y ni siquiera los Comandantes pueden comerla todos los días. Sin embargo —y es la segunda vez esta semana—, Deglen pide filetes. Se lo contaré a las Marthas: es la clase de comentarios que les encanta oír. Les interesa sobremanera saber cómo se administran las otras casas; estos cotilleos triviales brindan ocasiones para el orgullo o el enojo.

Tomo el pollo, envuelto en papel parafinado y atado con un cordel. Ya no quedan muchas cosas de plástico. Recuerdo aquellas bolsas blancas que daban en los supermercados; cómo odiaba malgastarlas, las amontonaba en el armario que había debajo del fregadero, hasta que llegaba a haber tantas que al abrir la puerta del armario resbalaban hasta el suelo. Luke solía quejarse, y de vez en cuando las sacaba y las tiraba.

La cría podría meter la cabeza en una bolsa, me advertía. Ya sabes las cosas que hacen los niños cuando juegan. Nunca lo haría, le decía yo. Ya es mayor. (O inteligente, o afortunada.) Pero yo sentía un escalofrío, y luego culpa por haber sido tan imprudente. Era verdad, en aquellos tiempos lo daba todo por sentado, confiaba en la suerte. Las guardaré en un armario más alto, decía. No las guardes, repetía Luke. Nunca las usamos. Como bolsas de basura, insistía yo, y él me decía...

Aquí no. La gente está mirando. Me vuelvo y veo mi silueta en la luna del escaparate. O sea que hemos salido, estamos en la calle...

Un grupo de personas se acerca a nosotras. Son turistas, parecen japoneses, o tal vez formen parte de una delegación comercial y estén visitando los lugares históricos o más típicos. Son pequeños y van pulcramente vestidos. Cada uno lleva una cámara fotográfica y una sonrisa. Lo observan todo con mirada atenta, inclinando la cabeza hacia un costado, como los petirrojos; su alegría resulta agresiva y no puedo evitar mirarlos fijamente. Hacía mucho tiempo que no veía mujeres con faldas así de cortas. Les llegan justo por debajo de las rodillas, lo que deja al descubierto gran parte de sus piernas semidesnudas, con esas medias tan finas y llamativas, y los zapatos de tacón alto con las tiras sujetas a los pies como delicados instrumentos de tortura. Se balancean como si anduvieran sobre unos zancos desiguales; tienen la espalda arqueada a la altura del talle y las nalgas prominentes. Llevan la cabeza descubierta y el cabello a la vista con todo lo que tiene de oscuro y sexual; los labios, pintados de rojo, delinean las húmedas cavidades de sus bocas como los garabatos de la pared de un lavabo público de otros tiempos.

Me detengo. Deglen se para junto a mí y comprendo que ella tampoco puede apartar la mirada de esas mujeres.

57

Nos fascinan y a la vez nos repugnan. Parece que vayan desnudas. Qué poco tiempo han tardado en cambiar nuestra mentalidad con respecto a esta clase de cosas.

Entonces pienso: Yo solía vestirme así. Eso era la libertad.

«Occidentalización», solían llamarlo.

Los turistas japoneses se acercan a nosotras, inquietos; volvemos la cabeza, pero ya es demasiado tarde: nos han visto la cara.

Los acompaña un intérprete, vestido con el traje azul clásico y corbata con un estampado en rojo y alfiler en forma de alas. Da un paso adelante, apartándose del grupo y bloqueándonos el paso. Los turistas se apiñan detrás de él; uno de ellos levanta una cámara fotográfica.

—Disculpadme —nos dice en tono cortés—. Preguntan si os pueden tomar una foto.

Clavo la vista en la acera y respondo que no con un movimiento de la cabeza. Ellos sólo deben de ver un fragmento de rostro, mi barbilla y parte de mi boca. Pero no mis ojos. Me guardo muy bien de mirar al intérprete a la cara. La mayoría de los intérpretes son Espías, o eso es lo que se rumorea.

También me cuido mucho de decir que sí. Recato e invisibilidad son sinónimos, decía Tía Lydia. Nunca lo olvidéis. Si os ven —si os *ven*— es como si os penetraran, añadía con voz temblorosa. Y vosotras, niñas, debéis ser impenetrables. Nos llamaba «niñas».

Deglen, que está a mi lado, también guarda silencio. Ha escondido las manos enguantadas dentro de las mangas.

El intérprete se vuelve hacia el grupo y habla de forma entrecortada. Sé lo que les estará diciendo, conozco el paño: que las mujeres de aquí tienen costumbres diferentes, que el saberse observadas a través de la lente de una cámara equivale para ellas a ser violadas.

Aún tengo la vista fija en la acera, hipnotizada por los pies de las mujeres. Una de ellas lleva unas sandalias que le dejan los dedos al descubierto, y tiene las uñas pintadas de rosa. Recuerdo el olor del esmalte de uñas, y cómo se arrugaba si pasabas la segunda capa demasiado pronto, la textura satinada de las medias transparentes al entrar en contacto con la piel, y el roce de los dedos empujados hacia la abertura del zapato por el peso de todo el cuerpo. La mujer de las uñas pintadas cambia el peso del cuerpo de un pie al otro. Casi siento sus zapatos en mis propios pies. El olor del esmalte me ha abierto el apetito.

—Disculpadme —dice otra vez el intérprete para llamar nuestra atención. Asiento con la cabeza, dándole a entender que lo he oído—. Preguntan si sois felices —continúa.

No me cuesta imaginar la curiosidad de esta gente: ¿son felices?, ¿cómo pueden ser felices? Siento sus ojos brillantes sobre nosotras, cómo se inclinan un poco hacia delante para oír nuestra respuesta, sobre todo las mujeres, aunque los hombres también: somos un misterio, algo prohibido, los excitamos.

Deglen no dice nada. Reina el silencio. A veces, no hablar es igualmente peligroso.

—Sí, somos muy felices —murmuro. Tengo que decir algo. ¿Qué otra cosa puedo decir?

6

A una manzana de distancia de Todo Carne, Deglen se detiene, como si no supiera qué camino seguir. Tenemos dos posibilidades: volver en línea recta, o dando un rodeo. Ya sabemos cuál elegiremos porque es el que seguimos siempre.

—Me gustaría pasar por la iglesia —anuncia Deglen en tono piadoso.

—De acuerdo —respondo, aunque sé tan bien como ella misma lo que pretende.

Caminamos tranquilamente. Ya se ha puesto el sol, y en el cielo aparecen nubes blancas y aborregadas, de esas que parecen corderos sin cabeza. Con la toca que llevamos —las anteojeras— es difícil mirar hacia arriba y tener una visión completa del cielo, o de cualquier cosa. Pero aun así lo logramos, un poco cada vez, con un pequeño movimiento de la cabeza, arriba y abajo, a un costado y hacia atrás. Hemos aprendido a ver el mundo en fragmentos.

A la derecha se abre una calle que baja hasta el río. Hay un cobertizo —donde antes guardaban los barcos de remo—, algún que otro puente, árboles, verdes lomas donde uno podía sentarse a contemplar el agua o a los jóvenes de brazos desnudos que levantaban sus remos al sol mientras hacían carreras. En el camino hacia el río se encuentran los antiguos dormitorios —destinados ahora a algún uso distinto—, con sus torres de cuento de hadas pintadas de blanco, dorado y azul. Cuando evocamos el pasado, escogemos las cosas bonitas. Nos gusta creer que todo era así.

Allí también está el estadio de fútbol, donde se celebran los Salvamentos de Hombres. Y los partidos de fútbol. Eso todavía sigue.

Ahora nunca voy al río ni a caminar por los puentes. Ni al metro, aunque allí mismo hay una estación. No se nos permite la entrada, hay Guardianes y no existe ninguna razón oficial para que bajemos por esas escaleras y viajemos en esos trenes, por debajo del río y la ciudad principal. ¿Para qué querríamos nosotras ir de aquí para allá? Podríamos tramar algo malo, y ellos se enterarían.

La iglesia es pequeña, una de las primeras que se erigieron aquí, hace cientos de años. Ya no se usa, excepto como museo. En su interior hay cuadros de mujeres con vestidos largos y de colores sombríos, tocadas con sombreros blancos, y de hombres respetables, de rostro adusto, vestidos con trajes oscuros. Nuestros antepasados. La entrada es libre.

Sin embargo, no entramos; nos quedamos en el sendero que hay delante, contemplando el cementerio. Aún están las antiguas lápidas mortuorias, deterioradas por el paso del tiempo, erosionadas, con el signo de la calavera y las tibias cruzadas y la inscripción *memento mori*, con ángeles de expresión veleidosa y relojes de arena con alas —para que recordemos lo efímera que es la vida—, y las tumbas de algún siglo posterior, rodeadas de sauces en señal de duelo.

No se han molestado en tocar las lápidas ni la iglesia. Lo único que les ofende es la historia más reciente.

Deglen permanece con la cabeza gacha, como si rezara. Siempre está así. Se me ocurre que tal vez ella también ha perdido a alguien, a alguna persona determinada, un hombre, un niño. Pero no lo sé a ciencia cierta. Pienso en ella como en alguien que actúa para que lo vean, alguien que está realizando una actuación más que un verdadero acto. Me da la impresión de que hace estas cosas para parecer buena. Ha decidido conformarse.

Sin embargo, ésa debe de ser la impresión que ella tiene de mí. ¿Acaso podría ser diferente?

Nos volvemos de espaldas a la iglesia; allí está lo que en realidad hemos venido a ver: el Muro.

El Muro también tiene cientos de años de antigüedad, o por lo menos más de un siglo. Al igual que las aceras, es de ladrillos rojos, y alguna vez debió de ser sencillo pero hermoso. Ahora las puertas están custodiadas por centinelas, y por encima de ellas hay unos focos horribles montados sobre postes de metal, alambre de espino en la parte inferior y trozos de cristales en la parte de arriba.

Nadie traspone estas puertas por voluntad propia. Esas precauciones existen para los que intentan salir, aunque llegar hasta el Muro desde el interior y evitar la alarma electrónica sería casi imposible.

Junto a la entrada principal hay otros seis cuerpos colgados por el cuello, con las manos atadas delante y las cabezas envueltas en bolsas blancas, caídas de lado, hacia los hombros. Esta mañana temprano deben de haber hecho un Salvamento de Hombres. No he oído las campanadas. Quizá ya me haya acostumbrado a ellas.

Nos detenemos al mismo tiempo, como si respondiéramos a una señal, y nos quedamos mirando los cuerpos. No importa que miremos. Podemos hacerlo: para eso están ahí, colgados del Muro. A veces los dejan durante días —hasta que llega un nuevo contingente—, para que los vea la mayor cantidad de gente posible.

Penden de unos ganchos, que han sido clavados en el Muro con este propósito. No todos están ocupados. Parecen garfios, o signos de interrogación de acero, puestos de costado.

Lo peor de todo son las bolsas que envuelven las cabezas, peor aún de lo que serían las caras mismas. Con ellas, los hombres parecen muñecas a las que todavía no les hubiesen pintado la cara; o espantapájaros, que en cierto modo es lo que son, porque están expuestos para espantar. Es como si sus cabezas fueran sacos rellenos con harina o alguna clase de pasta. Es la obvia pesadez de las cabezas, su vacuidad, el modo en que están inclinadas a causa de la fuerza de gravedad y de la falta de vida que las sostenga. Son como ceros.

Sin embargo, mirando muy atentamente, como nosotras, es posible distinguir el contorno de los rasgos bajo la tela blanca, como sombras grises. Parecen cabezas de muñecos de nieve, con los ojos de carbón y las narices de zanahoria caídos ya. Las cabezas se están derritiendo.

En una de las bolsas hay sangre que se ha filtrado a través de la tela blanca, en el lugar donde debería estar la boca. La sangre forma otra boca, pequeña y roja como la que pintaría un niño de parvulario con un pincel grueso. La idea que un niño tiene de una sonrisa. Finalmente, la atención se fija en esta sonrisa sangrienta. Después de todo, no son muñecos de nieve.

Los cuerpos llevan bata blanca, como las de los médicos o los científicos. No siempre son médicos y científicos, también hay otros, pero esta mañana les debe de haber tocado a ellos. Cada uno tiene un cartel colgado del cuello, que explica por qué ha sido ejecutado: el dibujo de un feto. Eran médicos en los tiempos en que estas cosas no estaban prohibidas por la ley. Hacedores de ángeles, solían llamarlos, ¿o podía ser de otro modo? Los han descubierto al investigar los archivos hospitalarios, o —lo que parece más probable, ya que cuando quedó claro lo que iba a ocurrir casi todos los hospitales destruyeron ese tipo de historial— interrogando a informantes: quizá una exenfermera, o un par de ellas, porque el testimonio de una sola mujer ya no se admite; u otro médico que quisiera salvar el pellejo; o alguien que ya hubiera sido acusado, por perjudicar a su enemigo, o al azar, en un intento desesperado por salvarse. Aunque los informantes no siempre obtienen el perdón.

Según nos han dicho, estos hombres son como criminales de guerra. El hecho de que su actuación fuera legal en otro tiempo no representa ninguna excusa: en su caso la ley tiene efecto retroactivo. Cometieron atrocidades, y deben servir de ejemplo a los demás. Aunque prácticamente no es necesario. En estos tiempos, ninguna mujer que esté en sus cabales intentaría evitar el nacimiento de una criatura, eso si fuera tan afortunada para concebirla.

Se supone que nosotras tenemos que sentir odio y desprecio hacia esos cadáveres. Pero no es eso lo que yo siento. Estos cuerpos que cuelgan del Muro son viajeros del tiempo, anacronismos. Provienen del pasado.

Lo que siento hacia ellos es vacuidad. Lo que siento es que no debo sentir. Lo que siento es cierto alivio, porque ninguno de estos hombres es Luke. Luke no era médico. No lo es.

Miro al de la sonrisa roja. El rojo de la sonrisa es igual al de los tulipanes del jardín de Serena Joy, más intenso cerca del tallo, donde empiezan a cicatrizar. Es el mismo rojo, pero no hay ninguna relación entre ambos. Los tulipanes no son de sangre y las sonrisas rojas no son flores, y ninguno de los dos hace referencia al otro. El tulipán no es un motivo para no creer en el colgado, y viceversa. Cada uno es válido y está ahí realmente. Es entre una serie de objetos válidos como éstos de donde debo escoger mi camino, todos los días y en todos los aspectos. Representa un gran esfuerzo hacer tales distinciones. Necesito hacerlas. Necesito tener las ideas muy claras.

• • •

Noto que la mujer que se encuentra a mi lado se estremece. ¿Está llorando? ¿El llanto puede contribuir de alguna manera a que parezca buena? No puedo permitirme el lujo de averiguarlo. Me doy cuenta de que yo misma tengo las manos muy apretadas en torno al asa de mi cesta. No voy a revelar nada.

Lo normal, decía Tía Lydia, es aquello a lo que te acostumbras. Tal vez ahora no os parezca normal, pero al cabo de un tiempo os acostumbraréis. Y se convertirá en algo normal.

III

LA NOCHE

7

La noche es mía, un tiempo para mí, puedo hacer lo que quiera con él siempre que esté callada. Siempre que no me mueva. Siempre que permanezca tumbada. Hay algunas diferencias entre tumbarse y acostarse. Cuando te tumbas es para no hacer nada. En cambio, acostarse... Quiero acostarme contigo, decían antes los hombres. Todo esto es pura especulación. En realidad, yo no sé qué decían los hombres. Sólo sé lo que me cuentan.

El caso es que me tumbo en la habitación, bajo el ojo de escayola del techo, tras las cortinas blancas, tan limpia y ordenada como las sábanas que me cubren, y doy un paso al lado para salirme del discurrir de este tiempo mío. Me salgo del tiempo. Aunque ni esto deja de ser el tiempo ni yo me he salido de él.

Pero de noche me salgo del tiempo. ¿Adónde podría ir?

A un sitio agradable.

Moira estaba sentada en el borde de mi cama, con las piernas cruzadas al estilo indio; llevaba una bata de color púrpura, un solo pendiente y las uñas doradas para parecer excéntrica; entre sus dedos regordetes y amarillentos sostenía un cigarrillo. Vamos a buscar una cerveza.

Me llenarás la cama de ceniza, protesté.

Si hicieras la cama, no tendrías estos problemas, replicó.

Dentro de media hora, le aseguré. Al día siguiente tenía que entregar un trabajo. ¿De qué era? Psicología, literatura, economía... Antes estudiábamos asignaturas como ésas. En el suelo de la habitación había varios libros, abiertos y boca abajo, puestos de cualquier manera, una extravagancia.

Ahora, dijo Moira. No necesitas maquillarte, sólo estoy yo. ¿De qué va tu trabajo? Yo acabo de entregar uno sobre casos de acoso en primeras citas.

Casos de acoso, repetí. Qué bien hablas. A lo mejor se dan en el ocaso.

Ja, ja, se rió Moira. Toma el abrigo.

Lo descolgó y me lo lanzó. ¿Me prestas cinco dólares?

O a un parque de algún lugar, con mi madre. ¿Cuántos años tenía yo? Hacía tanto frío que podíamos ver nuestro aliento suspendido delante del rostro; los árboles no tenían hojas y en el estanque sólo había dos patos desconsolados. Tenía migas de pan entre los dedos y en el bolsillo... Ah, sí: ella me dijo que íbamos a dar de comer a los patos.

Pero había algunas mujeres quemando libros; en realidad, ella estaba allí por esa razón: para ver a sus amigas. Me había mentido; se suponía que el sábado me lo dedicaría a mí. Me aparté de ella, enfurruñada, pero el fuego me obligó a retroceder.

Había también algunos hombres, y vi que en lugar de libros quemaban revistas. Debían de haber echado gasolina, porque las llamas eran altas, y luego empezaron a arrojar revistas que sacaban de unas cajas, sólo unas pocas por vez. Algunos de ellos cantaban; se acercaron unos cuantos curiosos.

Parecían felices, casi en éxtasis. Eso lo provoca el fuego. Incluso el rostro de mi madre, siempre pálido y delgado, se veía rubicundo y alegre, como el de una postal de Navidad; había otra mujer, alta, con una mancha de hollín en la mejilla y un gorro de punto color naranja, la recuerdo.

¿Quieres tirar uno, cariño?, me preguntó. ¿Cuántos años tendría yo?

Vamos a deshacernos de todo esto, dijo entre risas. ¿Te parece bien?, le preguntó a mi madre.

Si ella quiere, respondió mi madre; solía hablar de mí a los demás como si yo no la oyera.

La mujer me entregó una de las revistas. En ella vi a una mujer bonita, sin ropa, colgada del techo con una cadena atada a las manos. La miré con mucho interés. No me asustó. Creí que se estaba columpiando, como hacía Tarzán con las lianas en la televisión.

No dejes que lo vea, dijo mi madre. Vamos, me apremió, tira eso, rápido.

Arrojé la revista a la hoguera. El aire producido por el fuego hizo que se abriera; enormes copos de papel se soltaron y salieron volando, todavía en llamas, partes de cuerpos de mujer convertidas en negras cenizas ante mis ojos.

Pero ¿qué pasó después, qué pasó después?

Sé que perdí la noción del tiempo.

Debieron de pincharme, debieron de darme píldoras o algo así. Es imposible que haya perdido la noción del tiempo hasta ese extremo, sin ayuda. Has sufrido una conmoción, me dijeron.

Me abrí paso entre un mar de gritos y desorden, como la espuma en el rompiente de las olas. Recuerdo que me sentía bastante tranquila. Recuerdo que gritaba, me parecía que gritaba, aunque sólo debió de ser un susurro: «¿Dónde está? ¿Qué habéis hecho con ella?»

No había noche ni día, sólo un parpadeo. Al cabo de un rato empecé a ver sillas, y una cama, y más allá una ventana.

Está en buenas manos, me decían. Con gente sana. Tú no estás sana, pero quieres lo mejor para ella, ¿no es así?

Me enseñaron una foto de ella; estaba de pie en un pequeño prado, su rostro parecía un óvalo cerrado. Llevaba el cabello echado hacia atrás y atado a la altura de la nuca. Iba de la mano de una mujer que yo no conocía. Era tan pequeña que apenas le llegaba al codo.

La habéis matado, dije. Ella parecía un ángel, solemne, compacta, etérea.

Llevaba un vestido que nunca le había visto, blanco y largo hasta los pies.

Me gustaría creer que esto no es más que un cuento que estoy contando. Necesito creerlo. Debo creerlo. Los que pueden creer que estas historias son sólo cuentos tienen mejores posibilidades.

Si esto es un cuento que estoy contando, entonces puedo decidir el final. Habrá un final para este cuento, y luego vendrá la vida real. Y yo podré retomarla donde la dejé.

Esto no es un cuento que estoy contando.

También es un cuento que estoy contando, en mi imaginación, sobre la marcha.

Contando, y no escribiendo, porque no tengo con qué escribir y, de todos modos, escribir está prohibido. Pero si es un cuento, aunque sólo sea en mi imaginación, tengo que contárselo a alguien. Nadie se cuenta un cuento a sí mismo. Siempre hay otra persona.

Aunque no haya nadie.

Un cuento es como una carta. Querido, diría. Tan sólo querido, sin nombre. Porque si agregara tu nombre, te agregaría al mundo real, lo cual es más arriesgado y más peligroso: ¿quién sabe cuáles son las posibilidades de supervivencia? Diré querido, querido, como si se tratara una antigua canción de amor. Querido puede ser cualquiera.

Querido pueden ser miles.

Te diré que no corro un peligro inminente.

Haré como si me oyeras.

Pero no está bien, porque sé que no puedes.

IV

LA SALA DE ESPERA

8

Sigue el buen tiempo. Es casi como si estuviéramos en junio, cuando sacábamos los vestidos playeros y las sandalias, y comprábamos helados. En el Muro hay tres cadáveres nuevos. Uno es el de un sacerdote que todavía lleva la sotana negra. Se la pusieron para el juicio, aunque dejaron de usarla hace unos años, cuando empezó la guerra de las sectas; con las sotanas llamaban demasiado la atención. Del cuello de los otros dos cuelgan placas de color púrpura: Traición a su Género. Aún van vestidos con el uniforme de Guardianes. Los deben de haber pillado juntos, pero ¿dónde? ¿En el cuartel? ¿En una fiesta? Quién sabe. El muñeco de nieve de la sonrisa roja ya no está.

—Tendríamos que volver —le digo a Deglen. Siempre soy yo quien lo dice. A veces pienso que si no lo dijera, ella se quedaría aquí para siempre. ¿Llora por estas muertes, o se regodea?, me pregunto. Aún no lo sé.

Sin mediar palabra, se vuelve, como activada por mi voz, como si anduviera sobre un par de ruedecillas aceitadas, como si fuera la figura de una caja de música. Me ofende su elegancia. Me ofende su docilidad, su cabeza inclinada como para contrarrestar un fuerte viento. Pero no hay viento. Nos alejamos del Muro en busca del sol, por el mismo camino por el que llegamos.

—Es un hermoso día de mayo —comenta Deglen. Más que verla, siento que vuelve la cabeza hacia mí, como esperando una respuesta.

—Sí —respondo—. Alabado sea —agrego, como si me acordara en el último momento.

Un día de mayo; Mayday era una señal de socorro que solía emplearse hace mucho tiempo en alguna de las guerras que estudiábamos en la escuela. Aún las confundo, pero si prestabas atención podías distinguirlas por los aviones. Fue Luke el que me habló de Mayday. Era el código que usaban los pilotos de los aviones que habían sido alcanzados, o los barcos... ¿Los barcos también? Quizá los barcos utilizaran el SOS. Me gustaría averiguarlo. Y era algo de Beethoven, de la victoria de una de esas guerras.

—¿Sabes de dónde derivaba la palabra «Mayday»? —me preguntó Luke.

—No —respondí—. Es extraño que emplearan semejante palabra para eso, ¿no?

Periódicos y café en las mañanas de domingo, antes de que naciera ella. En ese entonces todavía existían los periódicos. Solíamos leerlos en la cama.

—Del francés —me explicó—. De *m'aidez*.

Ayudadme.

Una pequeña procesión se acerca a nosotras; se trata de un cortejo fúnebre: tres mujeres, cada una con un velo negro transparente sobre el tocado. Una de ellas es una Econoesposa, y las otras dos las plañideras, también Econoesposas y tal vez amigas suyas. Sus vestidos a rayas parecen deteriorados, igual que sus caras. Algún día, cuando las cosas mejoren, decía Tía Lydia, nadie tendrá que ser una Econoesposa.

La primera es la desconsolada madre; lleva una pequeña vasija negra. Por el tamaño de la vasija es posible deducir el tiempo que llevaba en el vientre de ella cuando fracasó, sumergido en la corriente de la muerte. Dos o tres meses, demasiado poco para saber si era o no un No Bebé. A los mayores y a los que mueren al nacer los ponen en cajas.

Nos detenemos en señal de respeto, mientras el cortejo pasa. Me pregunto si Deglen siente lo mismo que yo, un dolor en las entrañas, como una puñalada. Nos llevamos las manos al pecho para expresar nuestra condolencia a estas desconocidas. A través del velo, la primera nos dedica una mirada amenazadora. Una de las otras dos se aparta y escupe en la acera. A las Econoesposas no les gustamos.

Pasamos de largo por delante de las tiendas, llegamos a las barreras y las dejamos atrás. Seguimos andando entre las casas con aspecto de deshabitadas y céspedes cuidados. En la esquina, cerca de la casa donde estoy destinada, Deglen se detiene y se vuelve hacia mí.

—Que Su Mirada te acompañe —me dice, siguiendo la fórmula de despedida correcta.

—Que Su Mirada te acompañe —respondo, y ella asiente con un leve movimiento de la cabeza. Vacila, como si fuera a agregar algo, pero se vuelve y echa a andar calle abajo. La observo. Es como mi propia imagen reflejada en un espejo del cual me estoy alejando.

En el camino de entrada encuentro a Nick, que sigue lustrando el Whirlwind. Ha llegado a la parte cromada trasera. Pongo mi mano enguantada sobre el picaporte de la verja y la abro empujándola hacia dentro; luego se cierra con un chasquido. Los tulipanes están más rojos que nunca, ahora no parecen copas sino cálices; es como si se elevaran por sí solos, pero ¿con qué objetivo? Al fin y al cabo, están vacíos. Cuando crecen se vuelven del revés, revientan lentamente y los pétalos se les caen a trozos.

Nick levanta la vista y empieza a silbar. Luego me pregunta:

—¿Ha ido bien el paseo?

Asiento con la cabeza, pero no digo nada. Se supone que él no debe hablarme. Por supuesto, algunos lo intentarán, me advertía Tía Lydia. La carne es débil. La carne es efímera, la corregía yo mentalmente. Ellos no pueden soportarlo, añadía, Dios los ha hecho así. Pero a vosotras no os hizo así, os hizo diferentes. Os corresponde a vosotras marcar los límites. Algún día os lo agradecerán.

En el jardín de detrás está la Esposa del Comandante, sentada en una silla que ha sacado de la casa. Serena Joy, qué nombre tan estúpido. Como si fuera una de esas cosas que en otros tiempos se ponían en el pelo para estirarlo. Serena Joy, debía de decir en el frasco, que seguramente tenía grabada en la etiqueta la silueta de una cabeza femenina sobre un fondo ovalado de color rosa con bordes dorados. Con todos los nombres que hay, ¿por qué eligió precisamente ése? Porque Serena Joy nunca fue su verdadero nombre, ni siquiera entonces. Se llamaba Pam. Lo leí en una reseña biográfica publicada en una revista, mucho después de verla cantar los domingos por la mañana, mientras mi madre dormía. En aquellos tiempos se merecía una reseña biográfica, en el *Time*, o tal vez en el *Newsweek*. Entonces ya no cantaba, pronunciaba discursos. Y lo hacía bien. Hablaba de lo sagrado que era el hogar, y de que las mujeres debían quedarse en casa. Ella no predicaba con el ejemplo, por cierto, y justificaba este fallo suyo argumentando que se sacrificaba por el bien de todos.

Fue por esa época cuando alguien intentó pegarle un tiro, sin éxito. En cambio, mató a su secretaria, que estaba de pie exactamente detrás de ella. Otra persona instaló una bomba en su coche, pero explotó demasiado pronto. Sin embargo, muchos aseguraban que esa bomba la había puesto ella misma para ganarse la simpatía del público. Así es como fueron empeorando las cosas.

A veces Luke y yo la veíamos en el último noticiero de la noche. En albornoz y gorro de dormir. Contemplábamos su cabello rociado de laca, su histeria, las lágrimas que aún soltaba a voluntad y el maquillaje que le oscurecía las mejillas. Por entonces iba más maquillada. La encontrábamos divertida. Mejor dicho, Luke la encontraba divertida. Yo sólo fingía. En realidad era un poco aterradora. De veras que lo era.

Ya no pronuncia discursos. Se ha vuelto muda. Se queda en su casa, aunque no parece sentarle bien. Qué furiosa debe de estar, ahora que le han quitado la palabra.

Está mirando los tulipanes. Tiene el bastón en el suelo, a su lado. Está de perfil, lo advierto por la rápida mirada de reojo que le echo al pasar. Jamás la miraría fijamente. Ya no es una silueta perfecta de papel, su rostro se está hundiendo sobre sí mismo y me hace pensar en esas ciudades construidas sobre ríos subterráneos, donde casas y calles enteras desaparecen durante la noche bajo ciénagas repentinas, o ciudades carboníferas tragadas por sus propias minas. Algo así debió de ocurrirle a ella cuando vio el verdadero cariz que tomaban las cosas.

No vuelve la cabeza. No reconoce en absoluto mi presencia, aunque sabe que estoy aquí. Sé que lo sabe, su conocimiento es como un olor: algo que se vuelve agrio, como la leche de varios días.

No es de los esposos de quienes tenéis que cuidaros, decía Tía Lydia, sino de las Esposas. Siempre debéis tratar de imaginaros lo que sienten. Por supuesto, os guardarán rencor. Es natural. Intentad compadecerlas. Tía Lydia creía que era muy buena compadeciendo a los demás. Intentad apiadaros de ellas. Perdonadlas, porque no saben lo que hacen. Y volvía a mostrar esa temblorosa sonrisa de mendigo, elevando la mirada —a través de sus gafas redondas con montura de acero— hacia la parte posterior del aula, como si el techo pintado de verde se abriera y de él bajara Dios, montado en una nube de polvos faciales de color rosa perlado, entre los cables y las tuberías. Debéis comprender que son mujeres fracasadas. Han sido incapaces de...

En este punto se le quebraba la voz y hacía una pausa durante la cual yo percibía un suspiro a mi alrededor, un suspiro colectivo. Durante esas pausas no era conveniente susurrar ni moverse: Tía Lydia quizá pareciese abstraída, pero era consciente del mínimo movimiento. Por eso no se oía más que un suspiro.

El futuro está en vuestras manos, resumía. Extendía las manos hacia nosotras, en ese antiguo gesto que significaba tanto un ofrecimiento como una invitación a un abrazo, una aceptación. En vuestras manos, decía mirándose las suyas como si éstas le hubieran dado la idea. Sin embargo, no veía nada en ellas, las tenía vacías. Eran las nuestras las que supuestamente estaban llenas de futuro, un futuro que sosteníamos pero no podíamos ver.

Rodeo la casa hasta la puerta trasera, la abro, entro y dejo la cesta en la mesa de la cocina. Han fregado la mesa para quitar la harina; el pan del día, recién horneado, se está enfriando en la rejilla. La cocina huele a levadura. Es un olor impregnado de nostalgia, me recuerda otras cocinas que fueron mías. Huele a madre, aunque mi madre no hacía pan. Huele a mí, hace tiempo, cuando yo era madre.

Es un olor traicionero y sé que no debo hacerle caso.

Rita está sentada ante la mesa, pelando y cortando zanahorias. Son zanahorias viejas, gruesas, arrugadas, y les han salido barbas de llevar tanto tiempo almacenadas. Las zanahorias nuevas, tiernas y pálidas, no estarán en su punto hasta dentro de unas semanas. El cuchillo que ella usa es afilado y brillante, tentador. Me gustaría tener uno como ése.

Rita deja de cortar zanahorias, se levanta y saca los paquetes de la cesta, casi con ansiedad. Tiene ganas de ver lo que he traído, aunque siempre frunce el ceño mientras abre los paquetes; nada de lo que traigo le gusta. Cree que ella lo habría hecho mejor. Le gustaría hacer la compra, coger exactamente lo que quiere; envidia mis paseos. En esta casa, todos envidiamos algo a los demás.

—Tenían naranjas —comento—. En Leche y Miel. Todavía quedan algunas. —Se lo aclaro como un ofrecimiento. Quiero congraciarme con ella. Las naranjas las vi ayer, pero no le dije nada a Rita: estaba demasiado malhumorada—. Si me das los vales, mañana podría traer algunas.

Le paso el pollo; ella quería filetes, pero no había.

Rita gruñe, sin expresar placer ni aceptación. El gruñido significa que durante su rato de ocio se lo pensará. Abre el paquete que contiene el pollo, lo toca con la punta de los dedos, le dobla un ala, mete el dedo en la cavidad y saca los menudillos. El pollo queda allí, sin cabeza y sin patas, con la carne de gallina, como si tuviera escalofríos.

—Hoy es día de baño —anuncia Rita sin mirarme.

Entra Cora, que viene de la despensa de atrás, donde guardan las fregonas y las escobas.

—Un pollo —dice, casi con regocijo.

—Puro hueso —afirma Rita—, pero tendrá que servir.

—No había muchos más —explico, pero Rita no da señales de oírme.

—A mí me parece bastante grande —apunta Cora.

¿Me está defendiendo? La miro, para ver si sonríe; pero no, sólo estaba pensando en la comida. Ella es más joven que Rita; la luz del sol, que ahora entra por la ventana oeste, le toca el pelo peinado con raya y echado hacia atrás. Hasta no hace mucho tiempo debía de ser bonita. Tiene una pequeña marca semejante a un hoyuelo en cada oreja, donde antes estaban los agujeros para los pendientes.

—Grande —argumenta Rita—, pero huesudo. Deberías protestar —añade, mirándome a la cara por primera vez—. Tú no eres del montón. —Se refiere al rango del Comandante; pero por el sentido que da a sus palabras, está claro que ella sí me considera del montón. Tiene más de sesenta años y no va a cambiar de opinión.

Se acerca al fregadero, pasa las manos rápidamente bajo el chorro de agua y se las seca con el paño de cocina. Éste es blanco con rayas azules. Los paños de cocina siempre son iguales. A veces estos destellos de normalidad me atacan de forma inesperada, como si me tendieran una emboscada. Lo normal, lo habitual, un recordatorio, semejante a una patada. Observo el paño de cocina fuera de su contexto y se me corta la respiración. Para algunos, en cierto sentido, las cosas no han cambiado tanto.

—¿Quién se ocupa del baño? —Rita no se dirige a mí sino a Cora—. He de ablandar el pollo.

—Ya lo haré yo más tarde —responde Cora—, después de quitar el polvo.

—Mientras lo haga alguien... —concluye Rita.

Hablan de mí, como si yo no las oyera. Para ellas soy una faena de la casa, una de tantas.

Me han hecho a un lado. Cojo la cesta, salgo por la puerta de la cocina y recorro el pasillo hasta el reloj de péndulo. La puerta de la sala está cerrada. El sol atraviesa el montante en forma de abanico, tiñendo el suelo de colores: rojo, azul, púrpura. Doy un paso para plantarme bajo la luz y estiro las manos, que se cubren de flores luminosas. Subo por la escalera y veo mi rostro —distante, blanco y deformado— enmarcado en el espejo del vestíbulo, que sobresale como un ojo aplastado. Recorro la alfombra de color rosa ceniciento del pasillo de arriba, en dirección al dormitorio.

Veo a alguien de pie en el pasillo, cerca de la habitación donde me alojo. El pasillo está oscuro; pero distingo a un hombre, de espaldas a mí. Está mirando hacia el interior, y su silueta oscura se recorta contra la luz que sale de la habitación. Ahora lo veo: es el Comandante, y se supone que no debe estar aquí. Me oye llegar, se vuelve, vacila y finalmente avanza. Viene hacia mí. Está violando las normas. ¿Qué debo hacer?

Me detengo y él me imita; no logro ver su rostro, me está mirando, ¿qué quiere? Por fin vuelve a avanzar, se aparta para no tocarme, inclina la cabeza y desaparece.

Algo se me ha revelado, pero ¿qué? Como la bandera de un país desconocido, vista fugazmente en la loma de una colina; podría significar un ataque, podría significar la posibilidad de parlamentar, podría significar el final de algo, de un territorio. Las señales que los animales se hacen mutuamente: los párpados bajos, las orejas hacia atrás, el pelo erizado. El destello de unos dientes... pero ¿qué demonios estaba haciendo? Nadie más lo ha visto. Eso espero. ¿Estaba invadiendo la habitación? ¿Estaba en mi habitación?

He dicho «mi».

9

Mi habitación, entonces. Al fin y al cabo, ha de existir algún espacio que pueda reivindicar como mío, incluso en estos tiempos.

Estoy aguardando en mi habitación, que en este momento es una sala de espera: cuando me acuesto se transforma en un dormitorio. Las cortinas aún se agitan bajo la suave brisa, fuera todavía brilla el sol, que no entra por la ventana. Se ha desplazado hacia el oeste. Estoy intentando no contar cuentos, o al menos no contar éste.

Alguien ha vivido en esta habitación antes que yo. Alguien como yo, o eso quiero creer.

Lo descubrí tres días después de mudarme aquí.

Tenía que pasar mucho tiempo en este lugar, de modo que decidí explorar la habitación. No a la ligera, como se haría en una habitación de hotel, sin esperar sorpresas, abriendo y cerrando los cajones, las puertas de los armarios, desenvolviendo la diminuta pastilla de jabón y toqueteando las almohadas. ¿Alguna vez volveré a estar en la habitación de un hotel? Cómo desperdicié aquellas habitaciones, aquella posibilidad de librarse de las miradas ajenas.

Libertad alquilada.

Por las tardes, cuando Luke aún huía de su esposa, cuando yo todavía era imaginaria para él. Antes de que nos casáramos y yo me solidificara. Yo siempre llegaba primero y me registraba. No ocurrió muchas veces, pero ahora me parece una década, una era; recuerdo qué ropa me ponía, cada blusa, cada pañuelo. Mientras lo esperaba me paseaba de un lado a otro, encendía el televisor y lo apagaba, me ponía unos toques de perfume detrás de las orejas, se llamaba Opium. Venía en un frasco de aspecto chino, rojo y dorado.

Estaba nerviosa. ¿Cómo iba a saber si me amaba? Debía ser sólo una aventura. ¿Por qué siempre decíamos «sólo»? En esa época, los hombres y las mujeres se probaban mutuamente, como quien se prueba un traje, rechazando lo que no les sentaba bien.

Entonces llamaban a la puerta; yo abría, sintiendo alivio y deseo. Todo era tan momentáneo, tan condensado... Y sin embargo, parecía no tener fin. Después nos quedábamos tumbados en la cama, tomados de la mano, charlando. De lo posible, de lo imposible, de qué hacer. Pensábamos que teníamos problemas. ¿Cómo íbamos a saber que éramos felices?

Ahora también echo de menos las habitaciones, incluso los horribles cuadros de las paredes: paisajes de hojas caídas, o de nieve derritiéndose sobre los árboles, o de mujeres vestidas con trajes de época y rostros de muñeca de porcelana y sombrillas, o de payasos de mirada triste, o de cuencos con frutas rígidas y de aspecto gredoso. Las toallas limpias, listas para que alguien las robara; las papeleras, que se abrían como una incitación para los desperdicios descuidados. Descuidados: en esas habitaciones yo me convertía en una persona descuidada. Levantaba el auricular y de inmediato aparecía la comida en una bandeja, la comida que yo había elegido. Comida que no me convenía, lo mismo que la bebida. En los cajones de los tocadores había ejemplares de la

Biblia, colocados allí por alguna institución benéfica, aunque probablemente nadie las leía. También había postales con la foto del hotel, y podías escribir en ellas y mandárselas a quien quisieras. Ahora todo eso parece imposible; un puro invento.

Bien. Entonces exploré a fondo esa habitación, no como si se hubiese tratado de la habitación de un hotel. No deseaba hacerlo todo de una vez, quería que durara. Dividí mentalmente la habitación en sectores; me adjudicaba un sector por día y lo examinaba con la mayor minuciosidad: la irregularidad del yeso debajo del papel de la pared, los rasguños en la pintura del zócalo y del alféizar, las manchas del colchón... porque incluso llegué a levantar las mantas y las sábanas de la cama y a darles la vuelta, un poco cada vez, para ponerlas rápidamente en su sitio si venía alguien.

Las manchas del colchón. Semejantes a pétalos de flores secas. No eran recientes, sino de un amor antiguo; ya no hay otra clase de amor en esa habitación.

Cuando las vi, cuando vi la prueba que dos personas habían dejado de su amor, o de algo así, al menos de su deseo, al menos de contacto entre dos que quizá ya fueran ancianos o estuviesen muertos, volví a cubrir la cama y me tendí encima. Levanté la vista hasta el ojo de yeso del techo. Quería sentir que Luke yacía a mi lado. Suelo padecer estos ataques del pasado; son como desmayos, como una ola que invade mi mente. A veces apenas logro soportarlo. ¿Qué puedo hacer, qué puedo hacer?, pienso. No hay nada que hacer. También es posible servir estando de pie y esperando. O tendido y esperando. Ya sé por qué el cristal de la ventana es irrompible. Y por qué quitaron la araña. Quería sentir a Luke tendido a mi lado, pero no había espacio.

Me reservé el armario para el tercer día. Primero estudié la puerta, por dentro y por fuera, y luego las paredes y sus ganchos de latón; ¿por qué habían pasado por alto los ganchos? ¿Por qué no los habían quitado? ¿Estaban demasiado cerca del suelo? Aun así, habría bastado con una media. Y la barra con las perchas de plástico y mis vestidos colgados de ellas, la capa roja de lana para los días fríos, el chal. Me arrodillé para examinar el suelo y allí estaba, en letras diminutas, bastante reciente por lo que se veía, marcado con un alfiler, o tal vez simplemente con la uña, en el rincón más oscuro: *Nolite te bastardes carborundorum.*

No sabía qué significaba, ni en qué idioma estaba escrito. Pensé que quizá fuese latín, pero yo no sabía nada de latín. Sin embargo, se trataba de un mensaje, alguien lo había escrito, lo que de por sí estaba prohibido, y nadie lo había descubierto todavía, excepto yo, a quien iba dirigido. Iba dirigido a quienquiera que llegara después.

Me gusta reflexionar sobre este mensaje. Me gusta pensar que me comunico con ella, con esa mujer desconocida. Porque es desconocida, y si no lo es, nunca me han hablado de ella. Me gusta saber que su mensaje tabú logró perdurar para que lo viera al menos otra persona, se escondió dentro de mi armario hasta que yo abrí la puerta y lo leí. A veces repito las palabras para mis adentros. Me proporcionan un pequeño gozo. Cuando imagino a la mujer que las escribió, pienso que debe de tener mi edad, quizá un poco menos. La identifico con Moira, tal como era cuando iba a la universidad y ocupaba la habitación contigua a la mía: ocurrente, vivaz, atlética, montada en una bicicleta y con una mochila a la espalda, lista para hacer excursionismo. Pecosa, creo; osada e ingeniosa.

Me pregunto quién era o quién es, y qué habrá sido de ella.

El día que encontré el mensaje, tanteé el humor de Rita.

¿Quién era la mujer que estaba en esa habitación?, le pregunté. La que estaba antes que yo. Si le hubiera hecho una pregunta distinta, si le hubiera dicho: ¿Ocupó alguna mujer esa habitación antes que yo?, tal vez no habría obtenido ninguna respuesta.

¿Cuál?, me preguntó; parecía hablar a regañadientes, con suspicacia, pero a fin de cuentas conmigo siempre habla en ese tono.

Así que había habido más de una. Algunas no se habían quedado durante el período que les correspondía, dos años completos. Algunas habían sido despedidas, por una u otra razón. O tal vez no las hubiesen despedido... ¿Estarían muertas?

La que era tan alegre, arriesgué. La de las pecas.

¿La conocías?, me preguntó Rita, más desconfiada que nunca.

La había visto, mentí. Oí decir que estuvo aquí.

Rita lo admitió. Sabe que existe la posibilidad de que corran rumores, o de que haya una especie de información clandestina.

No funcionó, respondió.

¿En qué sentido?, inquirí, en el tono más neutro posible.

Rita apretó los labios. Aquí soy como una criatura, hay ciertas cosas que no se me deben contar. Lo que no sepas no te hará daño; fue su única respuesta.

10

A veces canto para mis adentros, mentalmente; es un himno presbiteriano, lúgubre y triste:

> *Asombrosa gracia, qué dulce sonido*
> *que pudo salvar a un desdichado como yo,*
> *otrora perdido y ahora salvado,*
> *otrora prisionero y ahora liberado.*

Ignoro si la letra era exactamente así. No consigo recordarla. Ahora estas canciones no se entonan en público, sobre todo si contienen palabras como «liberado»; se las considera demasiado peligrosas. Pertenecen a las sectas proscritas.

> *Me siento tan solo, pequeña,*
> *me siento tan solo, pequeña,*
> *me siento tan solo que podría morir.*

Ésta también está proscrita. La recuerdo de un viejo casete de mi madre; ella también tenía un aparato chirriante y poco fiable en el que aún era posible oír canciones como ésta. Solía poner el casete cuando sus amigos venían a tomar unas copas.

No canto así muy a menudo. Luego me duele la garganta.

En esta casa no se oye mucha música, excepto la que ponen en la televisión. A veces Rita canturrea mientras amasa o pela verduras; es un canturreo sin palabras, discordante, insondable. Y a veces, desde la sala de enfrente llega el débil sonido de la voz de Serena; sale de un disco grabado hace mucho tiempo, puesto con el volumen bajo para que no la sorprendan escuchando mientras teje y recuerda su antigua y ahora amputada gloria: *Aleluya*.

Hace calor para esta época del año. Las casas como ésta no tienen buen aislamiento y se calientan con el sol. El aire parece estancado, a pesar de la ligera corriente, del soplo que atraviesa las cortinas. Me gustaría abrir la ventana de par en par. Pronto nos dejarán ponernos los vestidos de verano.

Los vestidos de verano están fuera de la maleta, colgados en el armario; dos de ellos son de puro algodón, y por lo tanto mejores que los de tela sintética, más baratos; pero incluso así, durante julio y agosto, cuando hay bochorno, se suda mucho. Pero ya no hay que preocuparse por las quemaduras del sol, decía tía Lydia. Menudo espectáculo solían dar las mujeres. Se untaban con aceite como si fueran un trozo de carne para el asador, e iban por la calle enseñando la espalda y los hombros, y las piernas, porque ni siquiera llevaban medias; no me extraña que ocurrieran esas cosas. «Cosas» era la palabra que usaba cuando lo que ocurría era demasiado desagradable, obsceno u horrible para que sus labios lo pronunciaran. Para ella, una vida venturosa era la que evitaba las cosas, la que excluía las cosas. Semejantes cosas no les ocurren a las mujeres decentes. Y no es bueno para el cutis, en absoluto, te queda arrugado como una manzana vieja. Aunque al decir eso olvidaba que nuestro cutis, supuestamente, ya no debía importarnos.

A veces, en el parque, decía Tía Lydia, hombres y mujeres se acostaban sobre una manta, juntos; en este punto se echaba a llorar, allí plantada delante de nosotras, sin disimular.

Hago todo lo que puedo, decía. Intento que tengáis las mejores oportunidades. Parpadeaba, la luz era demasiado fuerte para ella; los labios le temblaban, dejando al descubierto los dientes delanteros, que le sobresalían un poco y eran largos y amarillentos; me hacían pensar en el ratón que encontramos muerto en el umbral cuando vivíamos en una casa los tres, cuatro contando el gato, que era el que hacía esta clase de ofrendas.

Tía Lydia apretaba la mano contra su boca de roedor muerto. Después de un minuto la apartaba. Yo también querría llorar porque me lo recordaba. Si al menos él no se hubiera comido la mitad, le dije a Luke.

No creáis que para mí es fácil, señalaba Tía Lydia.

Moira entra con aire despreocupado en mi habitación y deja caer la chaqueta tejana en el suelo.

¿Tienes un cigarrillo?, me pregunta.

En el bolso, contesto. Pero no tengo cerillas.

Moira hurga en mi bolso. Tendrías que tirar toda esta porquería, comenta. Voy a dar una fiesta de subvestidos.

¿De qué?, exclamo. Es inútil intentar trabajar, Moira no te lo permite, es como un gato que se pasea por encima de la página cuando intentas leer.

Ya sabes, como esas reuniones para vender Tupperware, sólo que de ropa interior; estilo fulana: bragas de encaje, ligueros y sujetadores de esos que te levantan las tetas. Encuentra el encendedor y enciende el cigarrillo que ha sacado de mi bolso. ¿Quieres uno? Me tira el paquete, con gran generosidad considerando que es mío.

Muchas gracias, respondo en tono irónico. Estás loca. ¿De dónde has sacado semejante ocurrencia?

En el trabajo que hago para pagarme los estudios, explica. Tengo relaciones. Un amigo de mi madre. Está de moda en los barrios residenciales, en cuanto les salen las primeras manchas de la edad en la piel, les da por ponerse a competir. Van a las sex shops, o a donde haga falta.

Me echo a reír. Ella siempre me hacía reír.

Pero... ¿aquí?, le pregunto. ¿Quién va a venir? ¿A quién puede interesarle?

Nunca es demasiado pronto para aprender, sentencia. Venga, será fabuloso. Nos moriremos de risa.

¿Así vivíamos entonces? Pero llevábamos una vida normal. Como casi todo el mundo, la mayor parte del tiempo. Todo lo que ocurre es normal. Incluso lo de ahora es normal.

Vivíamos, como era normal, haciendo caso omiso de todo. Hacer caso omiso no es lo mismo que ignorar, hay que esforzarse para ello.

Nada cambia en un instante: en una bañera en la que el agua se calienta poco a poco, uno podría morir hervido sin tiempo de darse cuenta siquiera. Por supuesto, en los periódicos aparecían noticias: cadáveres en las zanjas o en el bosque, mujeres asesinadas a palos o mutiladas, mancilladas, solían decir; pero eran noticias sobre otras mujeres, y los hombres que hacían semejantes cosas eran otros hombres. Nosotras no conocíamos a ninguno de ellos. Las noticias de los periódicos nos parecían sueños o pesadillas soñadas por otros. Qué horrible, decíamos, y lo era, pero sin ser verosímil. Sonaban excesivamente melodramáticas, tenían una dimensión que no era la de nuestras vidas.

Éramos las personas que no salían en los periódicos. Vivíamos en los espacios en blanco, en los márgenes de cada número. Esto nos daba más libertad.

Vivíamos entre las líneas de las noticias.

• • •

Desde el camino de entrada llega el sonido de un automóvil que se pone en marcha. Ésta es una zona tranquila, no hay mucho tráfico, se pueden oír con claridad sonidos como el de motores de coches, cortadoras de césped, el chasquido de unas tijeras de podar, un portazo. Podría oírse con claridad un grito, o un disparo, si alguien aquí hiciera esa clase de ruidos. A veces, a lo lejos, se oyen sirenas.

Me acerco a la ventana y me instalo en el asiento de la repisa, demasiado estrecho para resultar cómodo. Hay un cojín, duro y pequeño, con una funda de *petit-point* con la palabra «FE» bordada en letras de imprenta y rodeada por una guirnalda de azucenas. Las letras son de un azul pálido; las hojas de las azucenas, de un verde deslucido. Este cojín tuvo algún uso en otro lugar y quedó desgastado, pero no tanto como para tirarlo. Por alguna razón, lo han pasado por alto.

A veces me paso minutos, decenas de minutos, recorriendo las letras con la mirada: FE. Es lo único que me han dado para leer. Si me sorprendieran haciéndolo, ¿lo tendrían en cuenta? No fui yo quien puso el cojín aquí.

El motor se enciende, me inclino hacia delante y cierro la cortina frente a mi rostro, como si se tratara de un velo. Como es semitransparente, veo a través de ella. Si pego al frente al cristal y miro hacia abajo, diviso la mitad posterior del Whirlwind. No veo a nadie, pero al cabo de un momento advierto que Nick rodea el coche hasta la puerta de atrás, la abre y permanece de pie y rígido junto a ella. Ahora lleva la gorra bien puesta, y las mangas bajas y abotonadas. Desde el ángulo en que me encuentro, diviso su cara.

De pronto aparece el Comandante. Sólo logro verlo por un instante, en escorzo, mientras camina hacia el coche. No lleva puesto el sombrero, por lo que deduzco que no va a ningún acto oficial. Tiene el cabello gris. Plateado, debería decir para ser amable. Pero no tengo ganas de ser amable. El anterior era calvo, de modo que supongo que éste representa todo un progreso.

Si pudiera escupir, o arrojar algo, por ejemplo el cojín, tal vez conseguiría darle.

Moira y yo tenemos bolsas de papel llenas de agua. Bombas de agua las llamaban. Nos asomamos por la ventana de mi dormitorio y arrojamos las bombas a los chicos que están abajo. Fue una idea de Moira. ¿Qué intentaban hacer ellos? Subir por una escalera de mano en busca de algo. De nuestra ropa interior.

Aquel dormitorio había sido mixto en un tiempo, en uno de los lavabos de nuestro piso aún había urinarios. Pero para cuando llegué, ya habían puesto a las mujeres y a los hombres de nuevo en su sitio.

El Comandante se detiene, entra en el coche y Nick cierra la puerta. Un momento después el coche retrocede, baja por el camino de entrada, sale a la calle y desaparece detrás del seto.

Debería odiar a este hombre. Sé que debería, pero no es lo que siento. Lo que siento es más complicado. No sé cómo llamarlo. No es amor.

11

Ayer por la mañana fui al médico. Me acompañó un Guardián, uno de los que llevan brazalete rojo y se ocupan de esa clase de cosas. Viajamos en un coche rojo, él delante y yo detrás. Mi doble no iba conmigo; en estas ocasiones soy una solitaria.

Me llevan al médico una vez al mes, para someterme a diversas pruebas: análisis de orina, de sangre y de hormonas, biopsia para detectar si hay cáncer; igual que antes, sólo que ahora es obligatorio.

La consulta del médico está en un edificio moderno de oficinas. Subimos en el ascensor, silenciosamente, y el Guardián y yo quedamos frente a frente; veo su nuca en el espejo ahumado del ascensor. Cuando llegamos al consultorio, entro; él aguarda fuera, en el vestíbulo, con los otros Guardianes, en una de las sillas dispuestas con ese fin.

En la sala de espera hay otras mujeres, tres de ellas vestidas de rojo: este médico es un especialista. Nos miramos furtivamente, evaluando el tamaño de nuestros respectivos vientres. ¿Alguna de nosotras habrá tenido suerte? El enfermero introduce nuestros nombres y los números de nuestros pases en el Compudoc, para comprobar si somos quienes debemos ser. Es un hombre de unos cuarenta años, mide alrededor de un metro ochenta y tiene una cicatriz que le atraviesa la mejilla en diagonal; está escribiendo y sus manos se ven demasiado grandes en relación con el teclado; aún lleva la pistola en la sobaquera.

Cuando me llaman, paso a la habitación interior. Es blanca, tan anodina como la de fuera, salvo por un biombo —un trozo de tela roja extendida sobre un marco— con un ojo pintado en dorado y, debajo, una serpiente enroscada en torno a una espada, en posición vertical, como una especie de empuñadura. Las serpientes y las espadas son resabios del antiguo simbolismo.

Lleno el frasco que me han dejado preparado en el lavabo, me quito la ropa detrás del biombo y la dejo doblada encima de la silla. Cuando termino de desnudarme me tiendo en la camilla, sobre la lámina de papel desechable, frío y crujiente. Estiro la sábana, la de tela, sobre mi cuerpo. A la altura de mi cuello hay una tercera lámina que cuelga del techo; se interpone entre el médico y yo, para que él no me vea la cara. Sólo tendrá que tratar con un torso.

Una vez lista, estiro la mano y busco a tientas la pequeña palanca que está a la derecha de la mesa; tiro de ella. En algún otro sitio suena un timbre, pero no lo oigo. Un minuto después se abre la puerta y se oyen los pasos y la respiración de alguien que entra. Él no debe hablarme, salvo que sea absolutamente necesario; pero este médico es muy locuaz.

—¿Cómo vamos? —pregunta, utilizando un tic del habla de otros tiempos. Aparta la lámina de mi piel y un escalofrío me recorre el cuerpo. Un dedo frío, cubierto de goma y gelatina, se desliza dentro de mí, hurga en mi interior. El dedo retrocede, se introduce en una dirección diferente y se retira—. Todo está bien —comenta, como si hablara consigo mismo—. ¿Te duele algo, cariño?

Me llama «cariño».

—No —respondo.

Ahora les toca el turno a mis pechos, que son palpados en busca de señales de envejecimiento, podredumbre. La respiración se acerca, percibo el olor a tabaco, a loción para después del afeitado. Luego la voz, muy suave, cerca de mi cara: es él, que mueve la lámina.

—Yo podría ayudarte —susurra.

—¿Qué? —pregunto.

—Chist —me advierte—. Podría ayudarte. He ayudado a otras.

—¿Ayudarme? —digo, en voz tan baja como la suya—. ¿Cómo?

¿Sabe algo, ha visto a Luke, lo ha encontrado, puede traerlo?

—¿Cómo crees? —inquiere, todavía en un susurro. ¿Es su mano la que se desliza por mi pierna? Se quita el guante—. La puerta está cerrada con llave. Nadie puede entrar. Ninguno de ellos sabría jamás que no es suyo.

Levanta la lámina. La parte más baja de su cara está cubierta por la reglamentaria mascarilla blanca de gasa. Un par de ojos pardos, una nariz, y una cabeza de cabello castaño. Tiene la mano entre mis piernas.

—La mayoría de esos viejos no están en condiciones de hacerlo —me explica—. O son estériles.

A punto estoy de dar un respingo: ha pronunciado la palabra prohibida: «estéril». Ya no existe nada semejante a un hombre estéril, al menos oficialmente. Sólo hay mujeres fértiles y mujeres estériles, eso dice la ley.

—Montones de mujeres lo hacen —prosigue—. Tú quieres un bebé, ¿verdad?

—Sí —admito.

Es verdad, y no pregunto la razón porque la conozco muy bien. Dame hijos, o me moriré. Esta frase tiene más de un sentido.

—Estás a punto —añade—. Ahora es el momento. Hoy o mañana sería perfecto, ¿por qué desaprovechar la oportunidad? Sólo llevaría un minuto, cariño. —Así debía de llamar a su esposa; tal vez aún lo haga, pero en realidad es un término genérico. Todas nosotras somos «cariño».

Vacilo. Él se me está ofreciendo, me ofrece sus servicios, con cierto riesgo para su persona.

—Detesto ver las cosas que os hacen pasar —murmura.

Su actitud es auténticamente compasiva. Y sin embargo, con o sin compasión, el caso es que lo disfruta. La compasión le humedece los ojos; su mano recorre mi cuerpo, nerviosa e impaciente.

—Es demasiado peligroso —argumento—. No... No puedo.

Esto se castiga con la muerte, aunque tienen que pillarte in fraganti, y presentar dos testigos. ¿Qué posibilidades existen? ¿Habrá un micrófono oculto en la habitación? ¿Quién está exactamente al otro lado de la puerta?

Su mano se detiene.

—Piénsalo —me aconseja—. He visto tu gráfico; no te queda demasiado tiempo. Pero se trata de tu vida.

—Gracias —le digo.

No debo dar la impresión de que estoy ofendida, sino abierta a su sugerencia. Aparta la mano casi con reticencia, lentamente; en lo que a él respecta, aún no se ha dicho la última palabra. Podría falsear las pruebas, informar que sufro de cáncer, que no soy fértil, hacer que me envíen a las Colonias con las No Mujeres. Nada de todo esto se ha mencionado, pero el conocimiento de su poder queda suspendido en el aire mientras me da una palmada en el muslo; luego se aparta hasta quedar detrás de la lámina colgante.

—El mes que viene —sugiere.

Vuelvo a vestirme detrás del biombo. Me tiemblan las manos. ¿Por qué estoy asustada? No he traspasado ningún límite, no le he dado ninguna esperanza, no he corrido ningún riesgo, todo está a salvo. Es la decisión lo que me aterroriza. Una salida, una salvación.

12

El cuarto de baño está junto al dormitorio. Tiene un empapelado de florecillas azules, nomeolvides y cortinas a juego. Hay una alfombra de baño azul y, sobre la tapa del inodoro, una cubierta azul de imitación piel. Lo único que le falta a este cuarto de baño para ser como los de antes es una muñeca que tape con su falda el rollo de papel higiénico de recambio. Aparte de que han reemplazado el espejo de encima del lavabo por un rectángulo de hojalata, y que la puerta no tiene cerradura, y que no hay maquinillas de afeitar, por supuesto. Al principio, en los cuartos de baño se producían incidentes: cortes, ahogos. Antes de que alisaran todas las superficies. Cora se sienta en una silla, en el vestíbulo, para vigilar que nadie más entre. En un cuarto de baño, en una bañera, sois vulnerables, decía Tía Lydia. No explicaba a qué.

El baño es un requisito, pero también un lujo. El simple hecho de quitarme la toca blanca y el velo, el simple hecho de tocar otra vez mi propio cabello, es un lujo. Tengo el cabello largo y descuidado. Debemos llevarlo largo, pero cubierto. Tía Lydia decía: San Pablo afirmaba que debía llevarse así, o rapado, y soltaba una carcajada, una especie de relincho, echando la cabeza hacia atrás, algo típico de ella, como si hubiera contado un chiste.

Cora ha llenado la bañera, que humea igual que un plato de sopa. Me quito el resto de la ropa, la sobrepelliz, la camisa blanca y las enaguas, las medias rojas, los pantalones holgados de algodón. Los leotardos te pudren la entrepierna, solía decir Moira. Tía Lydia jamás habría utilizado una expresión como «pudrir la entrepierna». Ella usaba la palabra «antihigiénico». Quería que todo fuera muy higiénico.

Mi desnudez me resulta extraña. Mi cuerpo parece anticuado. ¿De verdad me ponía bañador para ir a la playa? Lo hacía sin reparar en ello, entre los hombres, sin importarme que mis piernas, mis brazos, mis muslos y mi espalda quedaran al descubierto y alguien los viera: vergonzoso, impúdico. Evito mirar mi cuerpo, no tanto porque sea algo vergonzoso o impúdico, sino porque no quiero verlo. No quiero mirar algo que me determina de forma tan absoluta.

Me meto en la bañera y me tiendo. El agua está templada. Cierro los ojos y de pronto, sin advertencia, ella está conmigo; debe de ser el olor del jabón. Acerco la cara al suave pelo de su nuca y la huelo: talco de bebé, piel de niño recién bañado y champú, con un vago olor a orina en el fondo. Ésta es la edad que tiene cuando estoy en la bañera. Se me aparece a diferentes edades, por eso sé que no es un fantasma. Si lo fuera, tendría siempre la misma edad.

Una vez, cuando tenía once meses, justo antes de que empezara a caminar, una mujer me la robó del carrito del supermercado. Era un sábado, el día que Luke y yo hacíamos la compra de la semana, porque los dos trabajábamos. Ella estaba sentada en el asiento para los niños que en otro tiempo tenían los carritos de los supermercados, con huecos para las piernas. Se la veía muy contenta; me volví de espaldas, creo que era en la sección de comida para gatos; Luke estaba en la carnicería, al otro extremo de la tienda, fuera de la vista. Le gustaba elegir la carne que íbamos a comer durante la semana. Decía que los hombres necesitaban más carne que las mujeres, que no se trataba de una superstición y que él no era ningún tonto, para algo había estudiado. Existen diferencias, decía. Le encantaba repetirlo, como si yo intentara demostrar lo contrario. Pero en general lo decía cuando estaba mi madre presente. Le encantaba provocarla.

Oí que empezaba a llorar. Me volví y vi que desaparecía por el pasillo en brazos de una mujer a la que yo jamás había visto. Lancé un grito y la mujer se detuvo. Debía de tener unos treinta y cinco años. Lloraba y decía que era su bebé, que el Señor se la había dado, que le había enviado una señal. Sentí pena por ella. El gerente de la tienda se disculpó, y la retuvieron hasta que llegó la policía.

Está loca, eso es todo, dijo Luke.

En ese momento creí que se trataba de un incidente aislado.

Su imagen se desvanece, no logro retenerla aquí conmigo, ya ha desaparecido. Tal vez sí pienso en ella como en un fantasma, el fantasma de una niña muerta, una criatura que murió cuando tenía cinco años. Recuerdo las fotos que una vez tuve de nosotras dos, yo sosteniéndola en brazos, en poses típicas, encerradas en un marco y a salvo. Desde detrás de mis ojos cerrados me veo a mí misma tal como soy ahora, sentada junto a un cajón abierto, o al lado de un baúl, en el sótano, donde guardo la ropa de bebé doblada y un sobre con un mechón de pelo de cuando tenía dos años, de color rubio claro. Después se le oscureció.

Ya no tengo esas cosas, ni la ropa ni el pelo. Me pregunto qué ocurrió con nuestras pertenencias. Saqueadas, tiradas y arrancadas. Confiscadas.

He aprendido a arreglármelas sin un montón de cosas. Si tienes demasiadas cosas, decía Tía Lydia, te aferras en exceso al mundo material y olvidas los valores espirituales.

Bienaventurados los humildes. No agregó nada acerca de que heredarían la Tierra.

Sigo tendida, el agua choca suavemente contra mi cuerpo, junto a un cajón abierto que no existe, y pienso en una niña que no murió cuando tenía cinco años; que aún existe, espero, aunque no para mí. ¿Existo yo para ella, o soy una imagen en tinieblas en lo más recóndito de su mente?

Ellos debieron de decirle que yo había muerto. Sí, debieron de hacer eso. Seguramente pensaron que de ese modo a ella le resultaría más fácil adaptarse.

Ya debe de tener ocho años. He llenado el tiempo que perdí, sé todo lo que ha ocurrido. Ellos tenían razón, es más fácil pensar que ella ha muerto. Así no tengo que abrigar esperanzas ni esforzarme en vano. ¿Por qué darse con la cabeza contra la pared?, decía Tía Lydia. A veces tenía una manera muy gráfica de decir las cosas.

—No tengo todo el día —masculla Cora, al otro lado de la puerta.

Es verdad, no tiene todo el día. No tiene todo de nada. No debo robarle su tiempo. Me enjabono, me paso el cepillo de cerdas cortas y la piedra pómez para eliminar la piel muerta. Nos proporcionan esta clase de accesorios típicamente puritanos. Me gustaría estar muy limpia, libre de gérmenes y bacterias, como la superficie de la Luna. No podré lavarme esta noche, ni más tarde, ni en todo el día. Ellos aseguran que podría interferir, así pues, ¿para qué correr riesgos?

Ahora no puedo evitar ver el pequeño tatuaje de mi tobillo. Cuatro dedos y un ojo, lo contrario de un pasaporte. Se supone que sirve como garantía de que nunca desapareceré. Soy demasiado importante, demasiado especial para que eso ocurra. Pertenezco a la reserva nacional.

Quito el tapón, me seco y me pongo la bata de felpa roja. Dejo aquí la ropa que llevaba hoy, porque Cora la recogerá para lavarla. Una vez en la habitación, vuelvo a vestirme. La toca blanca no es necesaria a esta hora porque no voy a salir. En esta casa, todos conocen mi cara. Sin embargo, el velo rojo sigue cubriendo mi pelo húmedo y mi cabeza, que no ha sido rapada. ¿Dónde vi aquella película de unas mujeres arrodilladas en la plaza del pueblo, sujetas por unas manos, y con el pelo cayéndoles a mechones? ¿Qué habían hecho? Debió de ser hace mucho tiempo, porque no logro recordarlo.

Cora me trae la cena en una bandeja cubierta. Antes de entrar llama a la puerta. Me gusta ese detalle. Significa que piensa que me corresponde algo de lo que solíamos llamar «intimidad».

—Gracias —le digo, cogiendo la bandeja de sus manos. Ella me mira y sonríe, pero se vuelve sin responder. Cuando estamos las dos a solas, recela de mí.

Pongo la bandeja en la pequeña mesa pintada de blanco y acerco la silla a ella. Quito la cubierta de la bandeja. Un muslo de pollo, demasiado cocido. Es mejor que crudo, que es su otra manera de prepararlo. Rita sabe cómo demostrar su resentimiento. Una patata al horno, judías verdes, ensalada. Como postre, peras en conserva. Es una comida bastante buena, pero ligera. Comida sana. Debéis consumir vitaminas y minerales, decía Tía Lydia en tono remilgado. Debéis ser dignas portadoras. Nada de café ni té, nada de alcohol. Se han realizado estudios. Hay una servilleta de papel, como en las cafeterías.

Pienso en los demás, los que no tienen nada. Éste es el paraíso del amor, aquí llevo una vida regalada, que el Señor nos haga realmente capaces de sentir gratitud, decía Tía Lydia, o sea agradecidas, y empiezo a comer. Esta noche no tengo hambre. Siento náuseas. Pero no hay dónde echar la comida, ni macetas de plantas, y no me atrevo a usar el lavabo para algo así. Estoy muy nerviosa, eso es lo que pasa. ¿Y si la dejara en el plato y le pidiera a Cora que no se chivara? Mastico y trago, mastico y trago, y noto que empiezo a sudar. La comida me llega al estómago convertida en una pelota, un puñado de cartones humedecidos y estrujados.

Abajo, en el comedor, deben de haber puesto la gran mesa de caoba, con velas, mantel blanco, cubertería de plata, flores y el vino servido en copas. Se oirá el tintineo de los cuchillos contra la porcelana, y un chasquido cuando ella suelte el tenedor con un suspiro apenas audible, y deje la mitad de la comida en el plato, sin tocarla. Probablemente dirá que no tiene apetito. Tal vez no diga nada. Si dice algo, ¿él hace algún comentario? Si no dice nada, ¿él lo nota? Me pregunto cómo se las arregla para que reparen en ella. Supongo que debe de ser difícil.

A un costado del plato hay una ración de mantequilla. Corto una punta de la servilleta de papel, envuelvo en ella la mantequilla, la llevo hasta el armario y la guardo dentro de mi zapato derecho —del par de recambio—, como he hecho otras veces. Arrugo el resto de la servilleta: lo más probable es que nadie se moleste en estirarla para comprobar si le falta algo. Usaré la mantequilla más tarde esta noche. Ahora no estaría bien oler a mantequilla.

Espero. Me compongo. Mi persona es una cosa que debo componer, como se compone una frase. Debo presentar algo que ha sido hecho, no que ha nacido.

V

LA SIESTA

13

Hay tiempo de sobra. Ésta es una de las cosas para las que no estaba preparada: la cantidad de tiempo desocupado, los largos paréntesis de nada. El tiempo como un sonido blanco. Si al menos pudiera bordar, o tejer, hacer algo con las manos... Quiero un cigarrillo. Recuerdo cuando visitaba las galerías de arte, interesada en el siglo XIX, y la obsesión que tenían por los harenes. Montones de cuadros de harenes, mujeres gordas repantigadas en divanes, con turbantes en la cabeza o tocados de terciopelo, mientras un eunuco que montaba guardia las abanicaba con colas de pavo real. Estudios de cuerpos sedentarios, pintados por hombres que jamás habían estado allí. Se suponía que eran cuadros eróticos, y a mí me lo parecían en aquellos tiempos; pero ahora comprendo en qué reside su verdadero significado: mostraban una alegría interrumpida, una espera, objetos que no se usaban. Eran cuadros que representaban el aburrimiento.

Pero tal vez el aburrimiento sea erótico cuando quienes se aburren son las mujeres, al menos para los hombres.

Espero, lavada, cepillada, alimentada, igual que un cerdo al que se entrega como premio. En la década de los ochenta inventaron pelotas para cerdos. Eran pelotas grandes y de colores, y se las daban a los cerdos que eran cebados en pocilgas. Éstos las hacían rodar ayudándose con el hocico. Los criadores de cerdos aseguraban que mejoraba el tono muscular de los animales; los cerdos eran curiosos, les gustaba tener algo en que pensar.

Lo leí en una introducción a la psicología; eso, y el capítulo sobre las ratas de laboratorio que se aplicaban a sí mismas descargas eléctricas, sólo por hacer algo. Y el que hablaba de las palomas amaestradas para picotear un botón que al ser pulsado hacía aparecer un grano de maíz. Estaban divididas en tres grupos: el primero obtenía un grano con cada picotazo; el segundo, uno cada dos picotazos, y el tercero de forma aleatoria. Cuando el encargado del experimento dejaba de suministrarles el grano, el primer grupo se daba por vencido enseguida, y el segundo un poco más tarde. El tercero, en cambio, nunca se daba por vencido. Se habrían picoteado a sí mismas hasta morir, antes que renunciar. Quién sabe cuál era la causa.

Me gustaría tener una de esas pelotas para cerdos.

Me echo en la alfombra trenzada. Siempre puedes entrenarte, decía Tía Lydia. Varias sesiones al día, mientras estás inmersa en la rutina cotidiana. Los brazos a los lados, las rodillas flexionadas, levantas la pelvis y bajas la columna. Ahora hacia arriba, y otra vez. Cuentas hasta cinco e inspiras, retienes el aire y lo sueltas. Lo hacíamos en lo que solía ser la sala de Ciencia Doméstica, ahora libre de lavadoras y secadoras; al mismo tiempo, tendidas en pequeñas esterillas japonesas, mientras sonaba una casete de *Les Sylphides*. Eso es lo que ahora resuena en mi mente, mientras subo, bajo y respiro. Detrás de mis párpados cerrados, unas etéreas bailarinas revolotean graciosamente entre los árboles y agitan las piernas como si se tratara de las alas de un pájaro enjaulado.

● ● ●

Por las tardes nos acostábamos en nuestras respectivas camas, en el gimnasio, durante una hora: de tres a cuatro. Decían que era un momento de descanso y meditación. En aquel entonces yo creía que lo hacían porque querían librarse de nosotras un rato, descansar de las clases, y sé que en las horas de descanso las Tías se iban a la habitación de los profesores a tomar una taza de café, o lo que llamaban así, fuera lo que fuese. Ahora, sin embargo, pienso que el descanso también era una forma de entrenamiento. Nos estaban dando la oportunidad de acostumbrarnos a las horas en blanco.

Una siestecita, la llamaba Tía Lydia en su estilo remilgado.

Lo extraño es que necesitábamos descansar. Casi todas nos íbamos a dormir. La mayor parte del tiempo estábamos cansadas. Supongo que para mantenernos tranquilas nos daban algún tipo de pastillas, o drogas, que ponían en la comida. O tal vez no. Quizá fuese el lugar. Después de la primera impresión, una vez que te habías adaptado, era mejor permanecer en estado letárgico, y decirte que estabas ahorrando fuerzas.

Cuando Moira llegó, yo debía de llevar allí tres semanas. Como era habitual, entró en el gimnasio acompañada por dos de las Tías, a la hora de la siesta. Aún llevaba puesta su ropa —vaqueros y un chándal azul— y tenía el cabello corto —para desafiar a la moda, como de costumbre—, por eso la reconocí de inmediato. Ella me vio, pero se volvió: ya había aprendido a no correr riesgos. Tenía una magulladura de color púrpura en la mejilla izquierda. Las Tías la llevaron a una cama vacía, sobre la que ya estaba dispuesto el vestido rojo. Se desnudó y se lo puso, en silencio, mientras las Tías esperaban a los pies de la cama y nosotras la observábamos con los ojos entornados. Cuando se volvió, vi las protuberancias de su columna vertebral.

No logré hablar con ella durante varios días; sólo nos lanzábamos breves miradas, como quien bebe a sorbos. La amistad provocaba suspicacias, lo sabíamos, de modo que nos evitábamos mutuamente durante las horas de la comida, en las colas de la cafetería y en los pasillos, entre una clase y otra. Pero al cuarto día estaba a mi lado durante el paseo que hacíamos por parejas alrededor del campo de fútbol. Hasta que nos graduábamos no nos daban la toca blanca, de manera que, como únicamente llevábamos el velo, conseguimos hablar, con la precaución de hacerlo en voz baja y no mover la cabeza para mirarnos. Las Tías caminaban al principio y al final de la fila, por lo que el peligro lo constituían las demás. Algunas eran creyentes y corríamos el riesgo de que nos delataran.

Ésta es una casa de locos, afirmó Moira.

Estoy tan contenta de verte..., le dije.

¿Dónde podemos hablar?, me preguntó.

En los lavabos, respondí. Vigila el reloj. El último retrete, a las dos y media.

No dijimos nada más.

La presencia de Moira me hace sentir más segura. Nos permiten ir al lavabo siempre que levantemos la mano, aunque existe un máximo de veces al día, y lo apuntan en una planilla. Miro el reloj, eléctrico y redondo, que hay enfrente, encima de la pizarra verde. Cuando dan las dos y media estamos en sesión de Testimonio. Aquí está Tía Helena, además de Tía Lydia, porque la sesión de Testimonio es algo especial. Tía Helena es gorda; una vez, en Iowa, dirigió una campaña para obtener licencias de Vigilantes de Peso. Se le dan bien las sesiones de Testimonio.

Le toca el turno a Janine, que cuenta que a los catorce años fue violada por una pandilla y tuvo un aborto. La semana pasada contó lo mismo, y parecía casi orgullosa. Incluso podía no ser verdad. En las sesiones de Testimonio es más seguro inventarse algo que decir que no tienes nada que revelar. Aunque tratándose de Janine, probablemente sea más o menos verdad.

Pero ¿de quién fue la culpa?, pregunta Tía Helena mientras levanta un dedo regordete.

La culpa es suya, suya, suya, cantamos al unísono.

¿Quién los provocó? Tía Helena sonríe, satisfecha de nosotras.

Fue ella, ella, ella.

¿Por qué Dios permitió que ocurriera semejante atrocidad?

Para darle una lección. Para darle una lección. Para darle una lección.

La semana pasada, Janine rompió a llorar. Tía Helena le ordenó que se arrodillara delante de la clase, con las manos a la espalda, para que todas viéramos su cara roja y su nariz, que no paraba de gotear. Y su pelo rubio pajizo, sus pestañas tan claras que parece que no las tenga, como si se le hubieran quemado en un incendio. Ojos quemados. Tenía un aspecto asqueroso: débil, escurridiza, sucia y rosada como un ratón recién nacido. Ninguna de nosotras querría verse así, jamás. Por un instante, y aunque sabíamos lo que iban a hacerle, la despreciamos.

Llorona. Llorona. Llorona.

Y lo peor es que lo decíamos en serio.

Yo solía tener un buen concepto de mí misma. Pero en aquel momento no.

Eso ocurrió la semana pasada. Esta semana, Janine no espera a que la insultemos. Fue culpa mía, dice. Sólo mía. Yo los incité. Me merecía todo ese sufrimiento.

Muy bien, Janine, dice Tía Lydia. Has dado el ejemplo. Antes de levantar la mano tengo que esperar a que esto termine. A veces, si pides permiso en un momento inadecuado, te dicen que no. Y si realmente tienes que ir, puede ser terrible. Ayer Dolores mojó el suelo. Se la llevaron entre dos Tías, tomándola por las axilas. No apareció para el paseo de la tarde, pero por la noche volvió a meterse en su cama. La oímos quejarse hasta el amanecer.

¿Qué le han hecho?, era el murmullo que corría de cama en cama.

No lo sé.

Y el hecho de no saber lo hace todavía peor.

Levanto la mano y Tía Lydia asiente. Salgo al pasillo, procurando no llamar la atención. Tía Elizabeth monta guardia fuera del lavabo. Asiente con la cabeza, en señal de que puedo entrar.

Este lavabo era para los chicos. Aquí también han reemplazado los espejos por rectángulos de metal gris opaco, pero los urinarios siguen en su sitio, en una de las paredes, y el esmalte blanco está manchado de amarillo. Parecen extraños ataúdes para bebés. Vuelvo a asombrarme por la desnudez que caracteriza la vida de los hombres: las duchas abiertas, el cuerpo expuesto a las miradas y las comparaciones, las partes íntimas exhibidas en público. ¿Para qué? ¿Tiene algún propósito tranquilizador? La ostentación de un distintivo común a todos ellos, que les hace pensar que todo está en orden, que están donde deben estar. ¿Por qué las mujeres no necesitan demostrarse las unas a las otras que son mujeres? Cierta manera de desabrocharse, de abrir la entrepierna despreocupadamente. Como cuando los perros se olisquean.

El colegio es antiguo, los retretes son de madera, o más bien de conglomerado. Entro en el segundo empezando por el final haciendo oscilar la puerta. Por supuesto, ya no hay cerraduras. En la parte de atrás, cerca de la pared y a la altura de la cintura, hay un agujerito, recuerdo del vandalismo de otros tiempos, o legado de un mirón. En el Centro todas sabemos de la existencia de este agujero; todas excepto las Tías.

Tengo miedo de haber llegado demasiado tarde a causa del Testimonio de Janine: tal vez Moira ya ha estado aquí, tal vez haya tenido que marcharse. No te dan mucho tiempo.

Miro con cuidado por debajo de la pared del retrete, y veo un par de zapatos rojos, pero ¿cómo saber a quién pertenecen?

Acerco la boca al agujero.

¿Moira?, susurro.

¿Eres tú?, me pregunta.

Sí, respondo. Siento un enorme alivio.

Dios mío, necesito un cigarrillo, comenta Moira.

Yo también, admito.

Me siento ridículamente feliz.

Me sumerjo en mi cuerpo como en una ciénaga en la que sólo yo sé guardar el equilibrio. Mi territorio es un terreno movedizo. Me convierto en el suelo en el que aplico el oído para escuchar los rumores del futuro. Cada punzada, cada murmullo de ligero dolor, ondas de materia desprendida, hinchazones y contracciones del tejido, secreciones de la carne: son signos, son las cosas de las que necesito saber algo. Todos los meses espero la sangre con temor, porque si aparece representa un fracaso. Otra vez he fracasado en el intento de satisfacer las expectativas de los demás, que han acabado por convertirse en las mías.

Solía pensar en mi cuerpo como en un instrumento de placer, o un medio de transporte, o un utensilio para el cumplimiento de mi voluntad. Podía usarlo para correr, apretar botones de un tipo u otro, y hacer que ocurrieran cosas. Existían límites, pero aun así mi cuerpo era ágil, único, sólido, formaba una unidad conmigo.

Ahora el cuerpo se las arregla por sí mismo de un modo diferente. Soy una nube solidificada alrededor de un objeto central, en forma de pera, que es duro y más real que yo y brilla en toda su rojez rodeado por una envoltura translúcida. Dentro hay un espacio inmenso, oscuro y curvo como el cielo nocturno, pero rojo en lugar de negro. Miríadas de luces diminutas brillan, centellean y titilan en su interior, incontables como las estrellas. Todos los meses aparece una

Luna gigantesca, redonda y profunda como un presagio. Culmina, se detiene, continúa y se oculta, y siento que la desesperación se apodera de mí como un hambre voraz. Sentir ese vacío una y otra vez. Oigo mi corazón, ola tras ola, salada y roja, sin cesar, marcando el tiempo.

Estoy en el dormitorio de nuestro primer apartamento. Estoy de pie frente al armario de puertas plegadizas de madera. Sé que a mi alrededor todo está vacío, los muelles han desaparecido, los suelos están desnudos, ni siquiera hay una alfombra; pero a pesar de ello el armario está lleno de ropa. Creo que es mi ropa, aunque no lo parece, nunca he visto estas prendas. Quizá sean de la esposa de Luke, a quien tampoco he visto nunca; sólo unas fotos y su voz en el teléfono una noche que nos llamó gritándonos y acusándonos, antes del divorcio. Pero no, la ropa es mía. Necesito un vestido, necesito algo para ponerme. Saco vestidos, negros, azules, púrpura, chaquetas, faldas; ninguno de ellos me sirve, ni siquiera me van bien, son demasiado grandes o demasiado pequeños.

Luke está detrás de mí y me vuelvo hacia él. No me mira a mí; mira el suelo, donde el gato se limpia las patas y maúlla en tono lastimero. Quiere comida, pero ¿cómo puede haber comida en un apartamento tan vacío?

Luke, digo. No responde. Tal vez no me oye. Se me ocurre pensar que quizá no esté vivo.

Corro con ella, sujetándola de la mano, arrastrándola entre el helecho. Ella apenas está despierta a causa de la píldora que le he dado para que no delate nuestra presencia gritando o hablando; no sabe dónde está. El terreno es irregular, hay piedras, ramas secas, olor a tierra mojada, hojas viejas, ella puede correr muy rápido, yo sola correría más, soy buena corredora. Ahora llora, está asustada, quiero levantarla en brazos pero me resultaría demasiado pesada. Llevo puestas las botas de excursionista y pienso que cuando lleguemos al agua tendré que quitármelas de un tirón, y me pregunto si estará demasiado fría, y si ella conseguirá nadar hasta allí, y qué pasará con la corriente, no nos esperábamos esto. Silencio, le digo, enfadada. ¿Y si se ahoga? La sola idea me hace aminorar la marcha. Oigo los disparos a nuestras espaldas, no muy fuertes, no como petardos sino cortantes y claros como el crujido de una rama seca. Suenan mal, las cosas nunca suenan como uno cree que deberían sonar, y oigo una voz que grita «al suelo»; ¿es real o suena dentro de mi cabeza, o soy yo misma, que lo digo en voz alta?

La tiro al suelo y me echo sobre ella para cubrirla y protegerla. Silencio, vuelvo a decirle; tengo la cara mojada de sudor o de lágrimas, me siento serena y flotando, como si ya no estuviera dentro de mi cuerpo; cerca de mis ojos hay una hoja roja prematuramente caída. Observo sus brillantes nervaduras. Jamás he visto nada más hermoso. Disminuyo la presión, no quiero asfixiarla; me acurruco sobre ella, sin apartar la mano de su boca. Oigo la respiración, y el golpeteo de mi corazón como si llamara a la puerta de una casa durante la noche, pensando que allí se encontraría a salvo. Tranquila, estoy aquí, le digo en un susurro. Por favor, quédate callada; pero ¿lo logrará? Es muy pequeña, ya es muy tarde, nos separamos, me sujetan de los brazos, todo se oscurece y no queda nada salvo una ventana muy pequeña, como el extremo opuesto de un telescopio, como la ventanita de una postal de Navidad de las de antes, fuera todo noche y hielo, dentro una vela, un árbol con luces, una familia, incluso oigo las campanillas, son de un trineo, y una música antigua en la radio, pero a través de esta ventana puedo verla a ella —pequeña pero muy nítida— alejarse de mí entre los árboles que ya han cambiado al rojo y al amarillo, tendiéndome los brazos mientras se la llevan.

Me despierta la campanada, y luego Cora, que llama a mi puerta. Me siento en la alfombra y me enjugo la cara con la manga. De todos los sueños que he tenido, éste es el peor.

VI

LA FAMILIA

14

Cuando deja de sonar la campana, bajo la escalera: en el ojo
de vidrio que cuelga de la pared del piso inferior, soy por un
breve instante la imagen de una niña abandonada. El tictac
del reloj suena al compás del péndulo; mis pies, calzados
con los pulcros zapatos rojos, siguen el ritmo sobre los escalones.

La puerta de la sala está abierta de par en par. Entro:
de momento no hay nadie más. No me siento, pero ocupo
mi lugar, de rodillas, cerca de la silla y el escabel en los que
dentro de poco Serena Joy se entronizará, apoyándose en
su bastón mientras toma asiento. Probablemente se apoya-
rá en mi hombro para mantener el equilibrio, como si yo
fuera un mueble. Lo ha hecho otras veces.

Tal vez en otros tiempos la sala se llamó salón, y más
tarde sala de estar. O quizá sea una sala de recibo, de esas que
tienen arañas y moscas. Pero ahora, oficialmente, es una sala
para sentarse, porque eso es lo que hacen aquí, al menos algunos. Para otros sólo se trata de una sala para permanecer
de pie. La postura del cuerpo es importante: las incomodi-
dades menores son aleccionadoras.

La sala es anodina y simétrica; ésta es una de las formas
que adopta el dinero cuando se congela. El dinero ha corrido por esta habitación durante años, como si atravesara una

caverna subterránea, incrustándose y endureciéndose como las estalactitas. Las diversas superficies se presentan a sí mismas de forma silenciosa: el terciopelo oscuro de las cortinas corridas, el brillo de las sillas dieciochescas a juego, en el suelo la lengua de vaca que asoma de la alfombrilla china de borlas con sus peonías de color melocotón, el cuero suave de la silla del Comandante y el destello de la caja de latón que hay junto a ésta.

La alfombrilla es auténtica. En esta habitación hay algunas cosas que son auténticas y otras que no lo son. Por ejemplo, dos retratos de sendas mujeres, cada uno a un costado de la chimenea. Ambas llevan vestidos oscuros, como las de los cuadros de la iglesia, aunque de una época posterior. Es probable que sean auténticos. Supongo que cuando Serena Joy los adquirió —una vez que para ella fue obvio que tenía que encauzar sus energías en una dirección convincentemente doméstica— lo hizo con la intención de fingir que eran antepasadas suyas. O quizá estuvieran en la casa cuando el Comandante la compró. No hay manera de saberlo. En cualquier caso, allí están colgadas, con la espalda recta y la boca rígida, el pecho oprimido, el rostro atenazado, el tocado tieso, la piel grisácea, vigilando la sala con los ojos entornados.

Entre ambas, sobre la repisa de la chimenea, hay un espejo oval, flanqueado por dos pares de candeleros de plata, y en medio de éstos un cupido de porcelana blanca que con los brazos rodea el cuello de un cordero. Los gustos de Serena Joy son una mezcla rara: lujuria exquisita o sensiblería fácil. En cada extremo de la chimenea hay un arreglo de flores secas, y sobre la mesa de lustrosa marquetería ubicada junto al sofá, una vasija con narcisos naturales.

La sala está impregnada de olor a aceite de limón, telas pesadas, narcisos marchitos, del que queda después de cocinar —y que se ha filtrado desde la cocina o el comedor— y del perfume de Serena Joy: Lirio de los Valles. El perfume es un lujo, por lo que debe de tener un proveedor secreto. Inspiro, pensando que podría reconocerlo. Es una de esas fragancias que usan las chicas que aún no han llegado a la adolescencia, o que los niños regalan a sus madres para el Día de la Madre; el olor de calcetines y enaguas blancos de algodón, de polvos de talco, de la inocencia del cuerpo femenino libre aún de vellosidad y sangre. Esto me hace sentir ligeramente enferma, como si me encontrase encerrada en un coche, un día bochornoso, con una mujer mayor que usara demasiados polvos. Eso es lo que parece la sala de estar, a pesar de su elegancia.

Me gustaría robar algo de esta habitación. Me gustaría llevarme algún objeto pequeño —el cenicero de volutas, quizá la cajita de plata para las píldoras que está en la repisa, o una flor seca—, ocultarlo entre los pliegues de mi vestido o en el bolsillo de mi manga, hasta la noche, y esconderlo en mi habitación, debajo de la cama, dentro de un zapato o en un rasgón del cojín de la FE. De vez en cuando lo sacaría para mirarlo. Me daría la sensación de que tengo poder.

Semejante sensación, no obstante, sería ilusoria, y demasiado aventurada. Dejo las manos donde están, cruzadas sobre mi regazo. Los muslos juntos, los talones pegados debajo de mi cuerpo, presionándolo. La cabeza gacha. Tengo en la boca el gusto de la pasta dentífrica: sucedáneo de menta y yeso.

Espero a que se reúna la familia. Una familia: eso es lo que somos. El Comandante es el cabeza de familia. Él nos alimenta a todos, como haría una nodriza.

Un buque nodriza. Sálvese quien pueda.

Primero entra Cora y detrás Rita, secándose las manos en el delantal. También ellas acuden a la llamada de la campana, aunque de mala gana, porque tienen otras cosas que hacer, por ejemplo lavar los platos. Pero deben estar aquí. Todos deben estar aquí, la Ceremonia lo exige. Nos obligan a quedarnos hasta el final.

Rita me mira con el entrecejo fruncido y se coloca detrás de mí. Que ella pierda el tiempo es culpa mía. No mía, sino de mi cuerpo, si es que existe alguna diferencia. Hasta el Comandante está sujeto a los caprichos de su cuerpo.

Entra Nick, nos saluda a las tres con un movimiento de la cabeza y mira alrededor. También se instala detrás de mí. Está tan cerca que me toca el pie con la punta del zapato. ¿Lo hace adrede? Como quiera que sea, nos estamos tocando. Noto que mi zapato se ablanda, que la sangre fluye en su interior, se calienta, se transforma en una piel. Aparto un poco el pie.

—Ojalá se diera prisa —comenta Cora.

—Date prisa y espera —bromea Nick, y se echa a reír.

Mueve el pie de tal manera que vuelve a tocar el mío. Nadie puede ver lo que hay debajo de mi falda desplegada. Me muevo, aquí hace demasiado calor, el olor a perfume rancio me marea. Aparto el pie.

Oímos los pasos de Serena, que baja la escalera y se acerca por el pasillo, el golpecito seco de su bastón sobre la alfombra y el ruido sordo de su pie bueno. Entra por la puerta cojeando y nos echa una mirada, como si nos contara, pero sin vernos. Dedica a Nick un movimiento de la cabeza, en silencio. Lleva puesto uno de sus mejores vestidos, de color azul celeste, con un adorno blanco en los bordes del velo: flores y grecas. Incluso a su edad experimenta el deseo de adornarse con flores. Es inútil, le digo mentalmente, sin mover un solo músculo de la cara, ya no puedes usarlas, te has marchitado. Las flores son los órganos genitales de las plantas; lo leí una vez en alguna parte.

Avanza hasta la silla y el escabel, se vuelve, baja el cuerpo y lo deja caer con torpeza. Sube el pie izquierdo hasta el escabel y hurga en el bolsillo de su manga. Oigo el crujido, luego el chasquido de su encendedor, percibo el olor del humo y aspiro profundamente.

—Tarde, como de costumbre —dice.

No respondemos. Busca a tientas la lámpara de la mesa y la enciende; se oye un nuevo chasquido y el televisor empieza a funcionar.

Un coro de hombres de piel amarillo verdoso —hay que ajustar bien el color— canta *Venid a la Iglesia del Bosque Virgen.* Venid, venid, venid, venid, cantan los bajos. Serena pulsa el selector de canales. Ondas, zigzagues de colores y un sonido que se apaga: es la estación satélite de Montreal, que ha quedado bloqueada. Entonces aparece un predicador, serio, de brillantes ojos oscuros, que se dirige a nosotros desde detrás de un escritorio. En estos tiempos, los predicadores se parecen mucho a los hombres de negocios. Serena le concede unos pocos segundos y sigue buscando.

Pasa varios canales en blanco, y por fin aparecen las noticias. Es lo que estaba buscando. Se echa hacia atrás y aspira profundamente. Yo, en cambio, me inclino hacia delante, como un niño al que le han permitido quedarse levantado hasta tarde con los mayores. Esto es lo bueno de las veladas de la Ceremonia: que me permiten escuchar las noticias. Es como si en esta casa hubiera una regla tácita: nosotros siempre llegamos puntuales, él siempre llega tarde, y Serena siempre nos deja ver las noticias.

Tal como son las cosas, ¿quién sabe si algo de esto es verdad? Podría tratarse de noticias antiguas, o una falsificación. Pero de todos modos las escucho, con la esperanza de leer entre líneas. Ahora, cualquier noticia —sea la que fuere— es mejor que ninguna.

Primero, el frente de batalla. En realidad no hay frente: la guerra parece desarrollarse simultáneamente en varios sitios.

Colinas boscosas vistas desde arriba, árboles de un amarillo enfermizo. Si al menos ella ajustara el color... «Los montes Apalaches —dice la voz del locutor—, donde la Cuarta División de los Ángeles del Apocalipsis está desalojando con bombas de humo a un foco de la guerrilla baptista, con el soporte aéreo del Vigesimotercer Batallón de los Ángeles de la Luz.» Nos muestran dos helicópteros negros, con alas plateadas pintadas a los lados. Debajo de ellos, un grupo de árboles estalla.

Ahora vemos un primer plano de un prisionero barbudo y sucio, escoltado por dos Ángeles vestidos con sus pulcros uniformes negros. El prisionero acepta el cigarrillo que le ofrece uno de los Ángeles, y se lo lleva torpemente a los labios con las manos atadas. En su rostro aparece una breve sonrisa torcida. El locutor está diciendo algo, pero no lo oigo; estoy mirando los ojos de ese hombre, intentando descifrar lo que piensa. Sabe que la cámara lo enfoca: la sonrisa ¿es una muestra de desafío o de sumisión? ¿Lo abochorna que lo hayan pillado?

Ellos sólo nos muestran las victorias, nunca las derrotas. ¿A quién le interesan las malas noticias?

Quizá se trate de un actor.

Ahora aparece el consejero. Su actitud es amable, paternal, nos mira fijamente desde la pantalla; tiene la piel bronceada, el pelo blanco y una expresión de sinceridad en los ojos, rodeados de sabias arrugas: la imagen ideal que todos tenemos de un abuelo. Su ecuánime sonrisa da a entender que lo que nos dice es por nuestro propio bien. Las cosas mejorarán muy pronto. Os lo prometo. Tendremos paz. Debéis creerlo. Ahora id a dormir como niños buenos.

Nos dice lo que deseamos oír. Y es muy convincente.

Lucho contra él. Me digo que es como una vieja estrella de cine, con dentadura postiza y la cara operada. Al mismo tiempo, ejerce sobre mí cierta influencia, como si me hipnotizara. Si fuera verdad, si pudiera creerle...

Ahora está explicando que una red clandestina de espionaje ha sido desarticulada por un equipo de Ojos que había conseguido infiltrar a uno de sus miembros. La red se dedicaba a sacar de forma clandestina valiosos recursos nacionales por la frontera de Canadá.

«Han sido arrestados cinco miembros de la secta herética de los Cuáqueros —anuncia con una amable sonrisa—, y se esperan más detenciones.»

En la pantalla aparecen dos Cuáqueros, un hombre y una mujer. Están aterrorizados, pero intentan conservar cierta dignidad delante de la cámara. El hombre tiene una marca grande y oscura en la frente; a la mujer le han arrancado el velo y le caen unos mechones sobre la cara. Ambos deben de rondar la cincuentena.

A continuación nos muestran una panorámica aérea de una ciudad. Antes era Detroit. Por debajo de la voz del locutor se oye el bramido de la artillería. En el cielo se dibujan columnas de humo.

«El traslado de los Chicos del Jamón continúa como estaba previsto —dice el tranquilizador rostro rosado desde la pantalla—. Esta semana han llegado tres mil a la Patria Nacional Uno, y hay otros dos mil en camino.»

¿Cómo hacen para transportar tanta gente de una sola vez? ¿En trenes, en autobuses? No nos muestran ninguna foto que nos lo aclare. La Patria Nacional Uno está en Dakota del Norte. Sabrá Dios lo que se supone que tienen que hacer cuando lleguen. Dedicarse a las granjas, teóricamente.

Serena Joy ya se ha hartado de noticias. Pulsa el botón con gesto de impaciencia para cambiar de canal y aparece un anciano cuyas mejillas semejan ubres secas. Con voz de bajo barítono canta *Susurro de Esperanza*. Serena apaga el televisor.

Esperamos. Se oye el tictac del reloj del vestíbulo, Serena enciende otro cigarrillo, yo subo al coche. Es la mañana de un sábado de septiembre, y aún tenemos coche. Otras personas se han visto obligadas a vender el suyo. Mi nombre no es Defred, sino otro, un nombre que ahora nadie menciona porque está prohibido. Me digo a mí misma que no importa, el nombre es como el número de teléfono, sólo es útil para los demás; pero lo que me digo a mí misma no es correcto, y esto sí que importa. Guardo este nombre como un secreto, como un tesoro que desenterraré algún día. Pienso en él como si estuviera sepultado. Está rodeado de un aura, de algo parecido a un amuleto, a un sortilegio que ha sobrevivido a un pasado inimaginablemente lejano. Por la noche me acuesto en mi cama individual, cierro los ojos y el nombre flota justo allí, detrás de mis ojos, inalcanzable, resplandeciendo en la oscuridad.

Corre el mes de septiembre, es una mañana de sábado y me pongo mi resplandeciente nombre. La niña que ahora está muerta va sentada detrás, con sus dos muñecas preferidas, su conejo de peluche, sucio de años y caricias. Conozco todos los detalles. Son detalles sentimentales, pero no puedo evitarlo. Sin embargo, no debo pensar demasiado en el conejo porque no puedo echarme a llorar aquí, sobre la alfombrilla china, respirando el humo que ha estado en el cuerpo de Serena. Aquí no, ahora no, más tarde.

Ella creía que salíamos de excursión, y de hecho en el asiento trasero, a su lado, había una cesta con comida, huevos duros, un termo y demás. No queríamos que ella supiera adónde íbamos en realidad, no queríamos que, si nos paraban, cometiera el error de hablar y revelar algo. No queríamos que cargara con el peso de nuestra verdad.

Yo llevaba las botas de excursionismo y ella sus zapatos de lona, cuyos cordones tenían dibujados corazones de color rojo, púrpura, rosado y amarillo. Hacía calor para esa época del año, algunas hojas ya empezaban a caer. Luke conducía, yo iba a su lado, el sol brillaba, el cielo era azul, las casas se veían reconfortantes y normales, y se desvanecían una a una en el pasado, desmoronándose en un instante como si nunca hubieran existido, porque jamás volvería a verlas; al menos eso pensaba entonces.

No nos llevamos casi nada, no queremos dar la impresión de que nos vamos a algún lugar lejano o de forma permanente. Los pasaportes son falsos, pero están garantizados: valen lo que hemos pagado por ellos. No podíamos entregar dinero a cambio de ellos, por supuesto, ni ponerlos en la Compucuenta, pero usamos otras cosas: algunas joyas de mi madre, una colección de sellos que Luke había heredado de su tío. Esta clase de cosas se cambian por dinero en otros países. Cuando lleguemos a la frontera fingiremos que sólo haremos un viaje de un día, que es para cuanto sirven los visados falsos. Antes de eso le daré a ella un somnífero, y así cuando crucemos ya estará dormida. De ese modo no nos traicionará. No se puede esperar que un niño resulte convincente mintiendo.

No quiero que ella se asuste, ni que sienta el miedo que ahora me atenaza los músculos, tensa mi columna, me deja tan envarada que estoy segura de que si me tocan me romperé. Cada semáforo en rojo es una verdadera agonía. Pasaremos la noche en un motel, o mejor dormiremos en el coche, en alguna carretera secundaria, y así nos evitaremos las preguntas suspicaces. Por la mañana cruzaremos el puente con toda tranquilidad, como si fuéramos al supermercado.

Entramos en la autopista, rumbo al norte. Hay poco tráfico. Desde que empezó la guerra la gasolina es cara y escasea. Una vez fuera de la ciudad, pasamos el primer control. Sólo quieren ver el permiso. Luke supera la prueba: el permiso concuerda con el pasaporte; ya habíamos pensado en eso.

Otra vez en la carretera, me toma de la mano con fuerza y me mira. Estás blanca como el papel, me dice.

Así es como me siento: blanca, aplastada, delgada. Transparente. Seguro que es posible ver a través de mí. Peor aún, ¿cómo haré para ayudar a Luke y a la niña si estoy tan aplastada, tan blanca? Siento que ya no me quedan fuerzas; se me escaparán de las manos, como si fuera de humo, o como si fuese un espejismo que se desvanece ante sus ojos. No pienses así, diría Moira. Si lo piensas, acabará ocurriendo.

Ánimo, dice Luke. Conduce demasiado rápido. El nivel de adrenalina en sus venas ha descendido. Está cantando. Oh, qué hermoso día, canta.

Incluso el que cante me preocupa. Nos advirtieron que no debemos mostrarnos demasiado alegres.

15

El Comandante golpea a la puerta. La llamada es obligatoria: se supone que la sala es territorio de Serena Joy, y que él debe pedir permiso para entrar. A ella le gusta hacerlo esperar. Es un detalle insignificante, pero en esta casa los detalles insignificantes tienen mucha importancia. Sin embargo, esta noche él ha entrado sin darle tiempo a pronunciar una sola palabra. Quizá sencillamente haya olvidado el protocolo, o quizá lo haya hecho de forma deliberada. A saber qué le habrá dicho ella mientras cenaban, sentados a la mesa con incrustaciones de plata. O qué no le habrá dicho.

El Comandante lleva puesto el uniforme negro, con el cual parece el guarda de un museo. O un hombre semirretirado, cordial pero precavido, que se dedica a matar el tiempo. Sin embargo, ésa es sólo la impresión que da a simple vista. Si se lo mira bien, recuerda a un presidente de banco del Medio Oeste, con su cabello plateado liso y prolijamente cepillado, su actitud seria y la espalda un poco encorvada. Y además está su bigote, también plateado, y su mentón, un rasgo imposible de pasar por alto. Si se lo observa más abajo de la barbilla, parece un anuncio de vodka de esas revistas de papel satinado de los viejos tiempos.

Sus modales son suaves, sus manos grandes, de dedos gruesos y pulgares codiciosos, sus ojos azules y reservados, falsamente inofensivos. Nos repasa con la mirada, como si hiciera el inventario: una mujer de rojo, arrodillada; una de azul, sentada; dos de verde de pie; un hombre solo, de rostro delgado, al fondo. Se las arregla para mostrarse desconcertado, como si no lograse recordar exactamente cuántos somos. Como si fuéramos algo que ha heredado, por ejemplo un órgano victoriano, y no supiera qué hacer con nosotros. Ni para qué servimos.

Saluda con una inclinación de la cabeza en dirección a Serena Joy, que no emite un solo sonido. Avanza hacia la silla grande de cuero reservada para él, se saca la llave del bolsillo y busca a tientas en la caja chapada en cobre y con tapa de cuero que hay sobre la mesa, junto a la silla. Introduce la llave, abre la caja y saca un ejemplar de la Biblia de tapas negras y páginas de bordes dorados. La Biblia está guardada bajo llave, como en otros tiempos hacía mucha gente con el té para que los sirvientes no lo robaran. Es una estratagema absurda: ¿quién sabe qué haríamos con ella si alguna vez le pusiéramos las manos encima? Él nos la puede leer, pero a nosotros nos está prohibido. Volvemos la cabeza en dirección a él, expectantes: vamos a escuchar un cuento antes de irnos a dormir.

El Comandante se sienta y cruza las piernas mientras lo contemplamos. Los puntos de lectura están en su sitio. Abre el libro. Carraspea, como si se sintiera incómodo.

—¿Podría tomar un poco de agua? —dice dejando la pregunta suspendida en el aire—. Por favor —agrega.

A mi espalda, Rita o Cora —alguna de las dos— abandona su sitio en el cuadro familiar y camina en silencio hacia la cocina. El Comandante espera, con la vista baja. Suspira; del bolsillo interior de la chaqueta extrae un par de gafas de lectura, de montura dorada, y se las pone. Ahora parece un zapatero salido de un viejo libro de cuentos. ¿Cuántos disfraces tendrá de hombre benevolente?

Observamos cada uno de sus gestos, cada uno de sus rasgos.

Un hombre al que observan varias mujeres. Debe de sentir algo muy extraño. Ellas mirándolo todo el tiempo y preguntándose y ahora ¿qué hará? Retrocediendo cada vez que él se mueve, aun cuando sea un movimiento tan inofensivo como estirarse para echar mano de un cenicero. Juzgándolo, pensando: no puede hacerlo, no servirá, tendrá que servir, y haciendo esta última afirmación como si él fuera una prenda de vestir pasada de moda o de mala calidad que de todos modos hay que ponerse porque no se cuenta con nada más.

Ellas se lo ponen, se lo prueban, mientras él, a su vez, se las pone como quien se pone un calcetín, se las calza en su propio apéndice, su sensible pulgar de recambio, su tentáculo, su acechante ojo de babosa que sobresale, se expande, retrocede y se repliega sobre sí mismo cuando lo tocan de forma incorrecta y vuelve a crecer agrandándose un poco en la punta, avanzando como si se internara en el follaje, dentro de ellas, ávido de visiones. Alcanzar la visión de este modo, mediante este viaje en la oscuridad, que está compuesta de mujeres, de una mujer capaz de ver en la oscuridad mientras él se encorva ciegamente hacia delante.

Ella lo observa desde el interior. Todas lo observamos. Es algo que realmente podemos hacer, y no en vano: ¿qué sería de nosotras si él se quebrara o muriera? No me extrañaría que debajo de su dura corteza exterior se ocultara un ser tierno. Pero esto sólo es la expresión de un deseo. He estado observándolo un tiempo y no ha dado señales de debilidad.

Pero ten cuidado, Comandante, le digo mentalmente. No te pierdo de vista. Un movimiento en falso y soy mujer muerta.

Sin embargo, debe de parecer increíble ser un hombre así.

Debe de ser fantástico.

Debe de ser increíble.

Debe de ser muy silencioso.

Llega el agua, y el Comandante bebe.

—Gracias —dice.

Haciendo crujir la ropa al caminar, Cora vuelve a su sitio.

El Comandante hace una pausa y baja la vista para buscar la página. Se toma su tiempo, como si no reparara en nuestra presencia. Se comporta como quien juguetea con un bistec, sentado junto a la ventana de un restaurante, fingiendo no ver los ojos que lo miran desde la hambrienta oscuridad, a menos de un metro de distancia. Nos inclinamos un poco hacia él, como limaduras de hierro que reaccionaran ante su magnetismo. Él tiene algo de lo que nosotros carecemos: tiene la palabra. Cómo la malgastábamos en otros tiempos.

El Comandante empieza a leer, pero como si lo hiciera de mala gana. No es muy bueno leyendo. Quizá sencillamente se aburra.

Es el relato de costumbre, los relatos de costumbre. Dios hablando a Adán. Dios hablando a Noé. Creced y multiplicaos y poblad la Tierra. Después viene toda esa tontería de Raquel y Lía que nos machacaban en el Centro. «Dame hijos, o moriré. ¿Soy yo, en lugar de Dios, quien te impide el fruto de tu vientre? He aquí a mi sierva Bilhá. Ella parirá sobre mis rodillas, y así también yo tendré hijos suyos.» Etcétera, etcétera. Nos lo leían todos los días durante el desayuno, cuando nos sentábamos en la cafetería de la escuela a comer gachas de avena con crema y azúcar moreno. Tenéis todo lo mejor, decía Tía Lydia. Corren tiempos de guerra y las cosas están racionadas.

Sois unas niñas consentidas, proseguía, como si riñera a un gatito. Minino travieso.

Durante el almuerzo eran las bienaventuranzas. «Bienaventurado esto, bienaventurado aquello. Ponían un disco, cantado por un hombre. «Bienaventurados los pobres de espíritu porque de ellos será el reino de los cielos. Bienaventurados los dóciles. Bienaventurados los silenciosos.» Sabía que ellos se lo inventaban, que no era así, y también que omitían palabras, pero no había manera de comprobarlo. «Bienaventurados los que lloran, porque ellos serán consolados.»

Nadie decía cuándo.

Mientras comemos el postre —peras en conserva con canela, lo normal para el almuerzo—, miro el reloj y busco a Moira, que se sienta a dos mesas de distancia. Ya se ha ido. Levanto la mano para pedir permiso. No lo hacemos muy a menudo, y siempre elegimos diferentes horas del día.

Una vez en los lavabos, me meto en el penúltimo retrete, como de costumbre.

¿Estás ahí?, susurro.

Me responde Moira en persona.

¿Has oído algo?, pregunto.

No mucho. Tengo que salir de aquí, o me volveré loca.

Me da pánico. No, Moira, le digo, no lo intentes. Y menos aún tú sola.

Simularé que estoy enferma. Envían una ambulancia, ya lo he visto.

Como máximo llegarás al hospital.

Al menos será un cambio. No tendré que oír a esa vieja bruja.

Te descubrirán.

No te preocupes, se me da muy bien. Cuando iba a la escuela secundaria, dejé de tomar vitamina C y pillé el escorbuto. En un primer momento no pueden diagnosticarlo. Después empiezas otra vez con las vitaminas y te pones bien. Esconderé mis vitaminas.

Moira, no lo hagas.

No soportaba la idea de no tenerla conmigo, para mí.

Te envían con dos tipos en la ambulancia. Piénsalo bien. Esos tipos están hambrientos, mierda, ni siquiera les permiten meterse las manos en los bolsillos, es posible que...

Oye, tú, se te ha acabado el tiempo, dijo la voz de Tía Elizabeth, al otro lado de la puerta. Me levanté y tiré de la cadena. Por el agujero de la pared aparecieron dos dedos de Moira. Tenía el tamaño justo. Acerqué los míos a los de ella y los agarré rápidamente. Luego los solté.

—Y Lía dijo: Dios me ha recompensado porque le he dado mi sierva a mi esposo —dice el Comandante.

Deja caer el libro, que produce un ruido ahogado, como una puerta acolchada que se cierra sola, a cierta distancia: un soplo de aire. El sonido sugiere la suavidad de las delgadas páginas de papel cebolla, y del tacto contra los dedos. Suave y seco, como el *papier poudre*, gastado y polvoriento, antiguo, el que te daban con los folletos de propaganda en las tiendas donde vendían velas y jabón de diferentes formas: conchas marinas, champiñones. Como el papel de fumar. Como pétalos.

El Comandante cierra los ojos y se queda así, como si estuviera cansado. Trabaja muchas horas. Sobre él recaen muchas responsabilidades.

Serena se ha echado a llorar. La oigo, a mi espalda. No es la primera vez. Lo hace todas las noches en que se celebra la Ceremonia. Intenta no hacer ruido. Intenta conservar la dignidad delante de nosotros. La tapicería y las alfombrillas amortiguan el sonido, pero a pesar de ello la oímos claramente. La tensión que se produce entre su falta de control y su intento por superarlo resulta horrible. Es como tirarse un pedo en la iglesia. Como siempre, siento la necesidad imperiosa de soltar una carcajada, pero no porque piense que es divertido. El olor de su llanto se extiende sobre todos nosotros, y fingimos no darnos cuenta.

El Comandante abre los ojos, se da cuenta, frunce el entrecejo y hace caso omiso.

—Recemos un momento en silencio —dice—. Pidamos la bendición y el éxito de todas nuestras empresas.

Inclino la cabeza y cierro los ojos. Oigo detrás de mí la respiración contenida, los jadeos casi inaudibles, las sacudidas. Cómo debe de odiarme, pienso.

Rezo en silencio: *Nolite te bastardes carborundorum.* No sé qué significa, pero suena bien y además tendrá que servir, porque no sé qué otra cosa puedo decirle a Dios. Al menos no lo sé ahora mismo. O, como solían decir antes, en esta coyuntura. Ante mis ojos flota la frase grabada en la pared de mi armario, escrita por una mujer desconocida con el rostro de Moira. La vi salir en dirección a la ambulancia, en una camilla transportada por dos Ángeles.

¿Qué le pasa?, le pregunté en voz muy baja a la mujer que estaba a mi lado; una pregunta bastante prudente para cualquiera, excepto para una fanática.

Fiebre, respondió moviendo apenas los labios. Apendicitis, dicen.

Esa tarde yo estaba cenando albóndigas y patatas. Como mi mesa estaba junto a la ventana, vi lo que ocurría fuera, delante de la puerta principal. Vi que la ambulancia regresaba esta vez sin hacer sonar la sirena. Uno de los Ángeles bajó de un salto y le habló al guarda. Éste entró en el edificio; la ambulancia seguía aparcada y el Ángel aguardaba de espaldas a nosotras, como le habían enseñado. Del edificio salieron dos Tías con el guarda, y caminaron hacia la parte posterior de la ambulancia. Sacaron a Moira del interior, la entraron por la puerta a rastras y la hicieron subir la escalinata sosteniéndola de las axilas. Moira no estaba en condiciones de caminar. Dejé la comida, no podía seguir; en ese momento, todas las que estábamos sentadas de ese lado de la mesa mirábamos por la ventana. Ésta era del mismo color verdoso de la tela metálica que solían poner del lado de dentro del cristal. Seguid comiendo, ordenó Tía Lydia. Se acercó a la ventana y bajó la persiana.

La llevaron a una habitación que hacía las veces de Laboratorio Científico. Ninguna de nosotras entraba allí por voluntad propia. Después de eso, estuvo una semana sin andar; tenía los pies tan hinchados que no le cabían en los zapatos. A la primera infracción, se empleaban a fondo en los pies. Usaban cables de acero con las puntas deshilachadas. Después le tocaba el turno a las manos. Si el daño que producían resultaba irreversible, les daba igual. Recordadlo, decía Tía Lydia, vuestros pies y vuestras manos no son esenciales para nuestros propósitos.

Tendida en la cama, Moira servía de ejemplo. No debería haberlo intentado, y menos aún con los Ángeles, dijo Alma desde el lecho contiguo. Teníamos que llevarla a las clases. En la cafetería, a la hora de las comidas, robábamos sobres de azúcar y se los hacíamos llegar por la noche, pasándolos de cama en cama. Quizá no necesitara azúcar, pero era lo único que podíamos robar. Para regalárselo.

Aunque sigo rezando, lo que veo son los pies de Moira tal como los tenía cuando la trajeron. No parecían pies. Eran como un par de pies ahogados, inflados y deshuesados, aunque por el color cualquiera habría jurado que eran pulmones.

Oh, Dios, rezo. *Nolite te bastardes carborundorum.*

¿Era esto lo que pretendías?

El Comandante carraspea. Lo hace siempre que quiere comunicarnos que, en su opinión, es hora de dejar de rezar.

—Que los ojos del Señor recorran la Tierra a lo largo y a lo ancho, y que su fortaleza proteja a todos aquellos que le entregan su corazón —concluye.

Es la frase de despedida. Se levanta. Podemos retirarnos.

16

La Ceremonia prosigue como de costumbre.

Me tiendo de espaldas, completamente vestida a excepción de las higiénicas bragas blancas de algodón. Si abriera los ojos, vería el enorme dosel blanco de la cama de Serena Joy —de estilo colonial y con cuatro columnas—, suspendido por encima de nuestras cabezas como una nube henchida salpicada de minúsculas gotas de lluvia plateada que, si se las mira atentamente, semejarían flores de cuatro pétalos. No vería la alfombra blanca, ni las cortinas adornadas, ni el tocador con su espejo y su cepillo plateado; sólo el dosel, que con su tela diáfana y su marcada curva descendente sugiere una cualidad etérea y al mismo tiempo material.

O la vela de un barco. Las velas hinchadas, solían decir, como un vientre hinchado. Como empujadas por un vientre.

Nos invade una niebla de Lirio de los Valles, fría, casi helada. Esta habitación no es nada cálida.

Detrás de mí, junto a la cabecera de la cama, está Serena Joy, preparada. Permanece con las piernas abiertas, y entre éstas me encuentro yo, con la cabeza apoyada en su vientre y la base del cráneo sobre su pubis, mientras sus muslos flanquean mi cuerpo. Ella también está completamente vestida.

Estoy con los brazos levantados; ella me sujeta las manos con las suyas. Se supone que esto significa que somos una misma carne y un mismo ser. Pero el verdadero sentido es que ella controla el proceso y el producto de éste, si es que existe alguno. Los anillos de su mano izquierda se clavan en mis dedos, lo que quizá constituya una venganza. O quizá no.

Tengo la falda roja recogida, pero sólo hasta la cintura. El Comandante está follando. Lo que está follando es la parte inferior de mi cuerpo. No digo haciendo el amor, porque no se trata de eso. Copular tampoco sería una expresión adecuada, ya que supone la participación de dos personas, y aquí sólo hay una implicada. Pero tampoco es una violación: no ocurre nada que yo no haya aceptado. No había muchas posibilidades, pero sí algunas, y ésta es la que yo elegí.

Por lo tanto, me quedo quieta y me imagino el dosel por encima de mi cabeza. Recuerdo el consejo que la reina Victoria le dio a su hija: «Cierra los ojos y piensa en Inglaterra.» Pero esto no es Inglaterra. Ojalá él se diera prisa.

Quizá esté loca y ésta sea una forma nueva de terapia.

Ojalá fuera verdad, porque entonces me pondría bien y esto se acabaría.

Serena Joy me aprieta las manos como si fuera a ella —y no a mí— a quien están follando, como si sintiera placer o dolor, y el Comandante sigue follando con un ritmo regular de dos por cuatro, como si marcara el paso, igual que un grifo que gotea sin parar. Está preocupado, me recuerda un hombre que canturreara bajo la ducha sin darse cuenta de que canturrea, pensando en sus cosas. Es como si estuviera en otro sitio, esperándose a sí mismo y tamborileando con los dedos sobre la mesa mientras aguarda. Ahora su ritmo se vuelve un tanto impaciente. ¿Acaso estar con dos mujeres al mismo tiempo no es el sueño de todo hombre? Eso aseguraban: lo consideraban excitante.

Pero lo que ocurre en esta habitación, bajo el dosel plateado de Serena Joy, no es excitante. No tiene nada que ver con la pasión, ni el amor, ni el romance, ni ninguna de esas ideas con las que solíamos estimularnos. No tiene nada que ver con el deseo sexual, al menos para mí, y para Serena. La excitación y el orgasmo ya no se consideran necesarios; sería un síntoma de frivolidad, como los ligueros de colores y los lunares postizos: distracciones superfluas para las mentes vacías. Algo pasado de moda. Parece mentira que antes las mujeres perdieran tanto tiempo y energías leyendo sobre este tipo de cosas, pensando en ellas, preocupándose por ellas, escribiendo sobre ellas. Evidentemente, no son más que pasatiempos.

Esto no es un pasatiempo, ni siquiera para el Comandante, sino un asunto serio. El Comandante también está cumpliendo con su deber.

Si abriera los ojos —aunque fuera levemente— lo vería, vería su nada desagradable rostro suspendido sobre mi torso, algunos mechones de su pelo plateado cayendo sobre la frente, absorto en su viaje interior, el lugar hacia el cual avanza deprisa y que, como en un sueño, retrocede tan deprisa como se acerca él. Vería sus ojos abiertos.

¿Disfrutaría yo más si él fuese más guapo?

Al menos es un progreso con respecto al primero, que olía igual que el guardarropa de una iglesia, que una boca cuando el dentista empieza a hurgar en ella, que una nariz. El Comandante, en cambio, huele a naftalina, ¿o acaso este olor es una forma punitiva de la loción para después del afeitado? ¿Por qué tiene que llevar ese estúpido uniforme? Sin embargo, ¿me gustaría más su cuerpo blanco y desnudo?

Entre nosotros está prohibido besarse, así es más llevadero.

Te encierras en ti misma. Te defines.

Cuando llega al final, el Comandante deja escapar un gemido sofocado, como si sintiera cierto alivio. Serena Joy, que ha estado conteniendo la respiración, suspira. El Comandante, que estaba apoyado sobre los codos y separado de nuestros cuerpos unidos, no se concede permiso para dejar caer su cuerpo sobre los nuestros. Descansa un momento, se aparta, retrocede y se sube la cremallera. Asiente con la cabeza, luego se vuelve y sale de la habitación, cerrando la puerta con exagerada cautela, como si nosotras dos fuéramos su madre enferma. Hay algo hilarante en todo eso, pero no me atrevo a reírme.

Serena Joy me suelta las manos.

—Ya puedes levantarte —me indica—. Levántate y vete.

Se supone que a fin de aumentar las posibilidades debe dejarme reposar durante diez minutos con los pies sobre un cojín. Para ella ha de ser un momento de meditación y silencio, pero no está de humor para ello. En su voz hay un deje de repugnancia, como si el contacto con mi piel la enfermara y contaminase. Me despego de su cuerpo y me pongo de pie; el jugo del Comandante me chorrea por las piernas. Antes de volverme veo que Serena Joy se arregla la falda azul y aprieta las piernas; se queda tendida en la cama, con la mirada fija en el dosel, rígida como una efigie.

¿Para cuál de las dos es peor? ¿Para ella, o para mí?

17

Esto es lo que hago cuando vuelvo a mi habitación:

Me quito la ropa y me pongo el camisón.

Busco la ración de mantequilla en el interior de mi zapato derecho, donde la escondí después de cenar. Dentro del armario hacía mucho calor y la mantequilla se ha derretido casi por completo. La mayor parte fue absorbida por la servilleta que usé para envolverla. Se me habrá manchado el zapato. No es la primera vez que me ocurre con la mantequilla, o incluso con la margarina. Mañana limpiaré el forro del zapato con una toallita, o con un poco de papel higiénico.

Me unto las manos con mantequilla y me froto la cara. Ya no existen las cremas de belleza, al menos para nosotras. Se consideran una vanidad. Nosotras somos recipientes, lo único importante es el interior de nuestros cuerpos. Les da igual que el exterior se vuelva duro y arrugado como una cáscara de nuez. Si no hay crema para las manos es por decreto de las Esposas, que no quieren que seamos atractivas. Para ellas, las cosas ya son bastante malas tal como están.

Lo de la mantequilla es un truco que aprendí en el Centro Raquel y Lía. Lo llamábamos el Centro Rojo, porque casi todo era rojo. Mi antecesora en esta habitación, mi amiga de las pecas y la risa contagiosa, también debe de haber hecho esto con la mantequilla. Todas lo hacemos.

Mientras lo hagamos, mientras nos untemos la piel con mantequilla para mantenerla tersa, seguiremos creyendo que algún día nos liberaremos de esto, que volverán a tocarnos con amor o deseo. Tenemos nuestras ceremonias privadas.

La mantequilla es grasienta, se pondrá rancia y oleré a queso pasado, pero al menos es orgánica, como solían decir.

Hemos caído tan bajo, que recurriremos a estratagemas como ésta.

Una vez untada con mantequilla, me tiendo en mi cama individual, aplastada como una tostada. No consigo dormir. Envuelta en la semipenumbra, fijo la vista en el ojo de yeso del techo, que también me mira pero no puede verme. No corre la más leve brisa, las cortinas blancas parecen vendas de gasa que cuelgan flojas, brillantes bajo el aura que proyecta el reflector que ilumina la casa durante la noche, ¿o es la luna?

Aparto la sábana y me levanto con cautela; voy hasta la ventana, descalza para no hacer ruido, igual que un niño; quiero mirar. El cielo está claro, aunque la luz de los reflectores no permite verlo bien; pero en él flota la luna, una luna anhelante, el fragmento de una antigua roca, una diosa, un destello. La luna es una piedra y el cielo está lleno de armas mortales, pero qué hermoso es de todas formas, por Dios.

Me muero por tener a Luke a mi lado. Deseo que alguien me abrace y pronuncie mi nombre. Quiero que me valoren como nadie lo hace, quiero ser algo más que valiosa. Repito mi antiguo nombre, me recuerdo a mí misma lo que hacía antes, y cómo me veían los demás.

Quiero robar algo.

• • •

La lamparilla del vestíbulo está encendida y en la amplia estancia brilla una suave luz rosada. Camino por la alfombra apoyando con precaución un pie, luego el otro, intentando no hacer ruido, como si me internara a hurtadillas en un bosque. El corazón me late con fuerza mientras avanzo en la oscuridad de la casa. No debo estar aquí. Esto es totalmente ilegal.

Paso junto al ojo de pescado de la pared del vestíbulo y veo mi figura blanca, la cabellera que cae sobre mi espalda igual que una cascada, mis ojos brillantes. Me gusta. Hago algo por mi cuenta. En tiempo presente. Estoy presente. Lo que me gustaría robar es un cuchillo de la cocina, pero no me siento preparada para eso.

Llego a la sala de estar; encuentro la puerta entornada, entro y vuelvo a dejarla un poco abierta. La madera cruje, y me pregunto si alguien me habrá oído. Me detengo y espero a que mis pupilas se dilaten, como las de un gato o un búho. Huelo a perfume viejo y a trapos. Por las rendijas de las cortinas entra el leve resplandor de los reflectores de fuera, donde seguramente dos hombres hacen la ronda: desde arriba, detrás de las cortinas, he visto sus figuras recortadas, oscuras. Ahora logro ver los contornos de los objetos como leves destellos: el espejo, los pies de las lámparas, las vasijas, el perfil del sofá, que parece una nube en el crepúsculo.

¿Qué podría llevarme? Algo que nadie eche en falta. Una flor mágica de un bosque envuelto en la oscuridad. Un narciso marchito, no del ramo de flores secas. Tendrán que tirar estos narcisos muy pronto, porque empiezan a oler, igual que el tabaco de Serena y la peste de su calceta.

Avanzo a tientas, topo con la punta de una mesa y la toco. Se oye un tintineo, debo de haber golpeado algo. Encuentro los narcisos, que tienen los bordes marchitos y crujientes y los tallos blandos. Corto uno con los dedos; lo pondré a secar en algún sitio. Debajo del colchón. Lo dejaré allí para que lo encuentre la mujer que venga después.

En la habitación hay alguien más.

Oigo los pasos, tan sigilosos como los míos, y el crujido del entarimado. La puerta se cierra a mi espalda con un leve chasquido, impidiendo el paso de la luz. Me quedo inmóvil. Un error, venir de blanco: soy como la nieve a la luz de la luna, incluso en la penumbra.

Por fin, oigo un susurro:

—No grites. No pasa nada.

Como si yo fuera a gritar; como si no fuera a pasar nada. Me vuelvo, y sólo veo una silueta y el reflejo apagado de una mejilla pálida.

Da un paso en dirección a mí. Es Nick.

—¿Qué haces aquí?

No respondo. Él tampoco puede estar aquí, conmigo, de modo que no me denunciará. Ni yo a él; por el momento, estamos igualados. Me pone la mano en el brazo y me atrae hacia sí, su boca contra la mía, ¿qué más podría ocurrir? Sin pronunciar una sola palabra. Los dos temblando, cómo me gustaría. En la sala de Serena, con las flores secas, sobre la alfombrilla china, su cuerpo delgado tocando el mío. Un hombre totalmente desconocido. Sería lo mismo que gritar, como dispararle a alguien. Deslizo la mano hacia abajo, podría desabrocharlo, y entonces... Pero es demasiado peligroso, él lo sabe, y nos separamos un poco. Demasiada confianza, demasiado riesgo, demasiada precipitación.

—Iba a buscarte —me dice, su aliento en mi oído.

Me gustaría alargar un brazo y probar su piel; él despierta mis deseos. Sus dedos recorren mi brazo por debajo de la manga del camisón, como si su mano no atendiera a razones. Es tan agradable que alguien te toque, sentirte deseada, desear. Tú lo comprenderías, Luke, eres tú el que está aquí, en el cuerpo de otro.

Y una mierda.

—¿Por qué? —pregunto.

¿Tan mal lo pasa, que correría el riesgo de venir a mi habitación durante la noche? Pienso en los ahorcados, los que están colgados en el Muro. Apenas consigo mantenerme en pie. Tengo que irme, subir corriendo la escalera antes de desintegrarme por completo. Ahora me pone la mano en el hombro, una mano que me oprime, pesada como el plomo. ¿Moriría por esto? Soy una cobarde, no aguanto la idea del dolor.

—Me lo ha dicho él —me explica Nick—. Quiere verte, en su despacho.

—¿A qué te refieres? —pregunto.

Debe de estar hablando del Comandante. ¿Verme? ¿Qué significa «verme»? ¿No ha tenido bastante?

—Mañana —agrega Nick en tono casi inaudible.

En la oscuridad de la sala, nos apartamos, lentamente, como si una corriente oculta nos uniera y al mismo tiempo nos separara con igual fuerza.

Encuentro la puerta; hago girar el pomo sintiendo en los dedos el frío de la porcelana, y abro. Es todo lo que puedo hacer.

VII

LA NOCHE

18

Aún temblando, me tiendo en la cama. Si humedeces el borde de un vaso y pasas un dedo por él, se produce un sonido. Así es como me siento: como ese sonido. Como la palabra «añicos». Quiero estar con alguien.

Tumbada en la cama con Luke, su mano sobre mi vientre redondeado. Los tres estamos en la cama, ella dando pataditas y moviéndose. Dentro de mí. Fuera se ha desencadenado una tormenta, por eso está despierta, ellos pueden oír, duermen, pueden asustarse incluso en el sosiego de ese interior, como olas que lamieran la orilla que los circunda. Un relámpago bastante cercano hace que los ojos de Luke se vuelvan blancos por un instante.

No estoy asustada. Permanecemos despiertos, ahora la lluvia golpea, lo haremos poco a poco y con cuidado.

Si pensara que esto jamás volverá a ocurrir, me moriría.

Pero es falso, nadie muere por falta de sexo. Es por falta de amor por lo que morimos. Aquí no hay nadie a quien pueda amar, toda la gente a la que amo está muerta o en otra parte. ¿Quién sabe dónde estarán o cómo se llamarán ahora? Quizá no estén en ninguna parte, como yo según ellos. Yo también he desaparecido.

De vez en cuando vislumbro sus rostros en la oscuridad, parpadeando como las imágenes de santos en antiguas catedrales extranjeras, a la luz de las velas vacilantes, encendidas para rezar de rodillas, con la frente contra la barandilla de madera, a la espera de una respuesta. Aunque los conjure, sólo son espejismos, no perduran. ¿Quién me censuraría por desear un cuerpo verdadero para rodearlo con mis brazos? Sin él también yo soy incorpórea. Puedo oír mis propios latidos contra los muelles del colchón, acariciarme bajo las secas sábanas blancas, en la oscuridad, pero yo también estoy seca, blanca, pétrea, granulosa; es como si deslizara la mano sobre un plato de arroz; como la nieve. En esto hay cierta dosis de muerte, de abandono. Soy como una habitación en la que una vez ocurrieron cosas pero en la que ya no sucede nada, salvo el polen de los hierbajos que crecen al otro lado de la ventana, que se esparce por el suelo como el polvo.

Esto es lo que creo.

Creo que Luke está tendido boca abajo en un matorral, una maraña de helechos, las ramas del año anterior debajo de las verdes apenas desarrolladas, tal vez de cicuta, aunque es demasiado pronto para que broten las bayas. Lo que queda de él: su pelo, sus huesos, la camisa de lana a cuadros verdes y negros, el cinturón de cuero, las botas. Sé exactamente lo que llevaba puesto. Visualizo sus ropas brillantes como si de una litografía o un anuncio a todo color de una revista antigua se tratara, pero no me imagino su rostro, no con tanta claridad al menos. Empieza a desvanecerse, tal vez porque nunca era el mismo: su rostro tenía diferentes expresiones, y sus ropas no.

Ruego que el agujero, o los dos o tres —porque hubo más de un disparo— estuvieran muy juntos, ruego que al menos un agujero se haya abierto limpia, rápidamente atravesando el cráneo hasta el lugar donde se forman las imágenes, para que se haya producido un único destello de oscuridad o dolor, espero que blando, como un ruido sordo, sólo uno, y luego el silencio.

Lo creo así.

También creo que Luke está erguido sobre un rectángulo de cemento gris, en algún lugar, sobre el saliente o el borde de algo, una cama o una silla. Sabrá Dios lo que lleva puesto. Sabrá Dios lo que le habrá tocado. Dios no es el único que lo sabe, de modo que tal vez haya una forma de descubrirlo. Hace un año que no se afeita, aunque cuando les da la gana te cortan el pelo, para evitar los piojos, según dicen. Tendré que pensar en ello: si le cortaran el pelo para evitar los piojos, también tendrían que cortarle la barba. Parece lógico.

De todos modos, no lo hacen bien, el corte es descuidado, la nuca le queda desigual, aunque eso no es lo peor; parece diez años mayor, está encorvado como un viejo, tiene bolsas en los ojos; en las mejillas unas venitas reventadas, de color púrpura, y una cicatriz, no, una herida que aún no ha curado, del color de los tulipanes cerca del tallo, en el costado izquierdo de la cara, donde la carne acaba de desgarrársele. Qué fácil es lastimar un cuerpo y maltratarlo, sólo es agua y sustancias químicas, poco más que una medusa secándose en la arena.

Apenas puede mover las manos, le duelen. No sabe de qué lo acusan. Es un problema. Tiene que haber algo, alguna acusación. De lo contrario, ¿por qué lo retienen, por qué todavía no está muerto? Debe de saber algo que ellos quieren averiguar. No consigo imaginármelo. No consigo imaginarme que no lo haya dicho, sea lo que fuere. Yo lo habría hecho.

Lo rodea un olor, su olor, el olor de un animal encerrado en una jaula sucia. Me lo imagino descansando, porque no soporto imaginármelo en otro momento, así como no puedo imaginarme nada del cuello para abajo, de los puños para arriba. No quiero ni pensar en lo que han hecho con su cuerpo. ¿Tendrá zapatos? No, y el suelo es frío y húmedo. ¿Sabe que estoy aquí, viva, y pensando en él? He de creer que sí. Cuando te encuentras en una situación apurada, debes creer en toda clase de cosas. Ahora creo en la transmisión del pensamiento, en las vibraciones del éter y en tonterías así. Nunca había creído en ellas.

También creo que no lo atraparon, que después de todo no lo alcanzaron, que él lo logró, que llegó a la orilla, atravesó el río a nado, cruzó la frontera y se arrastró hasta la orilla opuesta, que era una isla. Los dientes le castañeteaban, consiguió llegar a una granja cercana y lo dejaron entrar, al principio con suspicacia, pero después, cuando comprendieron quién era, se mostraron amistosos, no eran el tipo de personas que lo entregarían, tal vez fuesen cuáqueros, y lo hicieron entrar de forma clandestina en el territorio, y pasar de casa en casa, y la mujer le preparó café caliente y le dio una muda de ropa de su marido. Me imagino la ropa. Me consolaría saber que estaba abrigado.

Se puso en contacto con los demás, debe de haber una resistencia, un gobierno en el exilio. Por allí debe de haber alguien que se ocupa de las cosas. Creo en la resistencia del mismo modo que creo que no hay luz sin sombra o, mejor dicho, no hay sombra a menos que también haya luz. Tiene que existir una resistencia porque de lo contrario, ¿de dónde salen todos los delincuentes que aparecen en la televisión?

Un día llegará un mensaje suyo. Vendrá de la manera más inesperada, de la persona que menos imaginaba, alguien de quien jamás lo habría sospechado. ¿Estará debajo de mi plato, en la bandeja de la comida? ¿O lo deslizarán en mi mano mientras entrego los vales por encima del mostrador en Todo Carne?

El mensaje dirá que debo tener paciencia: tarde o temprano él me rescatará, la encontraremos, dondequiera que la tengan. Ella nos recordará, y estaremos los tres juntos. Mientras tanto, debo resistir, protegerme para después. Lo que me ha ocurrido a mí, lo que me está ocurriendo ahora, no tendrá importancia para él, que me ama de todos modos, sabe que no es culpa mía. El mensaje también hablará de eso. Es este mensaje —que tal vez nunca llegue— lo que me mantiene viva. Creo en el mensaje.

Tal vez no todas las cosas en las que creo sean ciertas, aunque alguna debe de serlo. Pero yo creo en todas, creo en las tres versiones de lo que le ocurrió a Luke, en las tres al mismo tiempo. Esta manera contradictoria de creer me parece, en este momento, el único modo que tengo de creer en algo. Sea cual fuere la verdad, estaré preparada.

Esto también es una creencia mía. Esto también puede ser falso.

Una de las lápidas del cementerio cercano a la iglesia tiene grabados un ancla y un reloj de arena, y las palabras: CON ESPERANZA.

CON ESPERANZA. ¿Por qué dedicaron esas palabras a una persona muerta? ¿Era el cadáver el que abrigaba esperanzas o los que aún están vivos?

¿Tiene Luke esperanzas?

VIII

DÍA DE NACIMIENTO

19

Sueño que estoy despierta.

Sueño que me levanto de la cama y cruzo la habitación, no esta habitación, y salgo por la puerta, no esta puerta. Estoy en casa, una de mis casas, y ella corre a mi encuentro vestida con su camisoncito verde con un girasol en la pechera, descalza, y la levanto y siento sus brazos y piernas rodeando mi cuerpo y me echo a llorar porque comprendo que es un sueño. Estoy otra vez en esta cama, intentando despertar, y me despierto y me siento en el borde de la cama, y mi madre viene con una bandeja y me pregunta si me encuentro mejor. Cuando enfermaba de niña, ella tenía que faltar al trabajo. Pero esta vez tampoco estoy despierta.

Después de estos sueños despierto de verdad y sé que estoy realmente despierta porque veo la guirnalda del techo y mis cortinas, que cuelgan como una cabellera blanca mojada. Me siento drogada. Es probable que me estén drogando. Tal vez la vida que yo creo vivir sea una ilusión paranoica.

Ni una posibilidad. Sé dónde estoy, quién soy y qué día es. Éstas son las pruebas, y estoy sana. La salud es un bien inapreciable. La atesoro como se atesoraba antaño el dinero. La guardo, porque así tendré suficiente cuando llegue el momento.

Por la ventana entra un reflejo gris, un brillo mortecino, hoy no hay mucho sol. Me levanto de la cama, voy hasta la ventana y me arrodillo en el asiento, sobre el duro cojín de la FE, y miro hacia fuera. No hay nada que ver.

Me pregunto qué habrá pasado con los otros dos cojines. Alguna vez tuvieron que existir tres. ESPERANZA y CARIDAD, ¿dónde los habrán guardado? Serena Joy es una mujer de orden. No tiraría nada a menos que fuese muy viejo. ¿Uno para Rita y uno para Cora?

Suena la campana; ya estoy levantada, me he levantado antes de tiempo. Me visto, sin mirar hacia abajo.

Me siento en la silla y pienso en esta palabra: «silla». También significa un modo de ejecución, la silla eléctrica. En inglés, se dice *chair*, y *chair* en francés significa «carne». Ninguna de estas cosas tiene relación con el resto.

Ésta es la clase de letanías a las que recurro para calmarme.

Delante de mí tengo una bandeja, y en la bandeja hay un vaso de zumo de manzana, una píldora de vitamina, una cuchara, un plato con tres rebanadas de pan tostado, un bol con miel y otro plato con una huevera —de esas que semejan el torso de una mujer— tapada con una funda. Debajo de la funda, para que se mantenga caliente, está el segundo huevo. La huevera es de porcelana blanca con una raya azul.

El primer huevo es blanco. Muevo un poco la huevera de tal modo que ahora queda bajo la pálida luz del sol que entra por la ventana y cae sobre la bandeja brillando, debilitándose, brillando otra vez. La cáscara del huevo es lisa y al mismo tiempo granulosa. Bajo la luz del sol se dibujan diminutos guijarros de calcio que recuerdan los cráteres de la Luna. Es un paisaje árido, aunque perfecto; es el tipo de desierto que recorrían los santos para que la abundancia no dispersara sus mentes. Creo que Dios debe de parecerse a esto: a un huevo. Quizá la vida en la Luna no tenga lugar en la superficie sino en el interior.

Ahora el huevo resplandece, como si tuviera energía propia. Mirarlo me produce un intenso placer.

El sol se va y el huevo se desvanece.

Saco el huevo de la huevera y lo toco. Está caliente. Las mujeres solían llevar huevos como éstos entre los pechos, para incubarlos. Debía de ser una sensación agradable.

La mínima expresión de vida. El placer condensado en un huevo. Bendiciones que se cuentan con los dedos de una mano. Pero probablemente así es como se espera que reaccione. Si tengo un huevo, ¿qué más puedo querer?

En una situación apurada, el deseo de vivir se aferra a objetos extraños. Me gustaría tener un animal doméstico: digamos un pájaro, o un gato. Un amigo. Cualquier cosa que me resultara familiar. Incluso una rata serviría, si un día cazase una, pero no existe semejante posibilidad: esta casa es demasiado limpia.

Rompo la parte superior del huevo con la cuchara y me como lo de dentro.

Mientras doy cuenta del segundo huevo, oigo la sirena, al principio muy lejos —serpenteando en dirección a mí entre las enormes casas con el césped recortado—, un sonido agudo como el zumbido de un insecto, que se aproxima y se abre como el sonido que florece en una trompeta. Esta sirena es toda una proclama. Dejo la cuchara; el corazón se me acelera y vuelvo a acercarme a la ventana: ¿será azul, para otra distinta de mí? Veo que dobla la esquina, baja por la calle y se detiene frente a la casa sin dejar de hacer sonar la sirena. Es roja. El día se viste de fiesta, algo raro en estos tiempos. Dejo el segundo huevo a medio comer y corro hacia el armario para recoger mi capa; ya oigo los pasos en la escalera, y las voces.

—Date prisa —me apremia Cora—, no van a esperarte todo el día. —Me ayuda a ponerme la capa; está sonriendo.

Avanzo por el pasillo, casi corriendo; la escalera es como una pista de esquí, la puerta principal es ancha, hoy puedo trasponerla; junto a ella está el Guardián, que me dirige un saludo. Ha empezado a llover, sólo es una llovizna, y un olor a tierra y a hierba impregna el aire.

El Nacimóvil rojo está aparcado en el camino de entrada. La puerta trasera está abierta y subo. La alfombra es roja, igual que las cortinas de las ventanillas. Dentro ya hay tres mujeres, sentadas en los bancos instalados a lo largo de los costados de la furgoneta. El Guardián cierra y echa llave a la puerta doble y se instala de un salto en el asiento del acompañante; a través de la red metálica que protege el cristal, vemos sus nucas. El vehículo arranca con una sacudida, mientras por encima de nuestras cabezas la sirena grita: ¡Abrid paso, abrid paso!

—¿Quién es? —le pregunto a la mujer que está a mi lado; tengo que hablarle al oído, o donde sea que esté su oído bajo el tocado blanco. Hay tanto ruido, que debo hablar a voz en cuello.

—Dewarren —responde gritando.

Como movida por un impulso, me toma de la mano, me la aprieta. Al girar en la esquina, la furgoneta da un bandazo; la mujer se vuelve hacia mí y entonces veo su rostro y las lágrimas que corren por sus mejillas. ¿Por qué llora? ¿Será por envidia o por disgusto? Pero no, está riendo, me echa los brazos al cuello, no la conozco, me abraza, noto sus grandes pechos debajo del vestido rojo; se seca la cara con la manga. En un día como éste nos dejan hacer lo que queramos.

Rectifico: dentro de ciertos límites.

En el banco de enfrente, una mujer reza con los ojos cerrados y tapándose la boca con las manos. Quizá no esté rezando, sino mordiéndose las uñas de los pulgares. Tal vez esté intentando calmarse. La tercera mujer ya se ha calmado. Está sentada con los brazos cruzados y esboza una sonrisa. La sirena suena sin cesar. El sonido de la muerte, el de las ambulancias o los bomberos, era igual a éste. Probablemente hoy también sea el sonido de la muerte. Pronto lo sabremos. ¿Qué dará a luz Dewarren? ¿Un bebé, como todas esperamos, u otra cosa, un No Bebé, con una cabeza muy pequeña, o un hocico como el de un perro, o dos cuerpos, o un agujero en el corazón, o sin brazos, o con los dedos de las manos y los pies unidos por una membrana? No hay forma de saberlo. Antes era posible detectarlo mediante aparatos, pero ahora está prohibido. De todos modos, ¿qué sentido tendría saberlo? No puedes deshacerte de él; sea lo que fuere, debes llevarlo en tu interior hasta que se cumpla el plazo.

En el Centro nos han enseñado que existe una posibilidad entre cuatro. En un tiempo, el aire quedó saturado de sustancias químicas, rayos y radiación, y el agua se convirtió en un hervidero de moléculas tóxicas; lleva años limpiar todo eso a fondo, y mientras tanto la contaminación entra poco a poco en tu cuerpo y se aloja en tu tejido adiposo. Quién sabe, tu misma carne quizá esté contaminada como una playa sucia, una muerte segura para los pájaros de la costa o los bebés en gestación. Si un buitre te comiera, lo más probable es que muriese. Tal vez te encenderías en la oscuridad, igual que un reloj antiguo. Igual que un reloj de la muerte, que también es el nombre de un escarabajo que entierra la carroña.

A veces no consigo pensar en mí misma y en mi cuerpo sin imaginar mi esqueleto: me pregunto qué aspecto debo de tener para un electrón. Un armazón de vida, hecho con huesos, y en el interior, peligros, proteínas deformadas, cristales mellados como el vidrio. Las mujeres tomaban medicamentos, píldoras, los hombres rociaban los árboles, las vacas comían hierba, y todos estos meados se filtraban en los ríos. Por no mencionar el estallido de las centrales nucleares de la falla de San Andrés, los terremotos y el tipo de sífilis mutante que rompía todos los moldes. Algunas se las arreglaron por su cuenta, se cerraron las heridas con hilo para suturar o las cicatrizaron con productos químicos. ¿Cómo pudieron?, decía Tía Lydia, oh, ¿cómo pudieron hacer eso? ¡Jezabeles! ¡Despreciar los dones de Dios! Y se retorcía las manos.

Es un riesgo que corréis, señalaba Tía Lydia, pero vosotras sois las tropas de choque, marcharéis a la vanguardia por territorios peligrosos. Cuanto más grande sea el riesgo, mayor será la gloria. Se apretaba las manos, radiante con nuestro falso coraje. Nosotras clavábamos la vista en el pupitre. Pasar por todo eso y dar a luz un harapo: no era un pensamiento agradable. No sabíamos exactamente qué les ocurría a los bebés que no superaban la prueba y eran declarados No Bebés, pero sabíamos que los llevaban a algún sitio y los quitaban rápidamente de en medio.

No había una sola causa, dice Tía Lydia. Está de pie en el frente de la clase, con su vestido color caqui y un puntero en la mano. En la pizarra, donde alguna vez debió de haber un mapa, han desplegado un gráfico que muestra el índice de natalidad expresado en miles, a lo largo de varios años: un marcado declive que desciende hasta más allá de la línea del cero y continúa descendiendo.

Por supuesto, algunas mujeres creían que no habría futuro, pensaban que el mundo estallaría. Es la excusa que ponían, dice Tía Lydia. Sostenían que carecía de sentido tener descendencia. A Tía Lydia se le dilataban las fosas nasales: cuánta perversidad. Eran unas perezosas, añadía. Unas puercas.

En el sobre de mi pupitre hay grabadas unas iniciales y unas fechas. Las iniciales a veces van en dos pares, unidas por la palabra «ama». «J.H. ama a B.P., 1954; O.R.

ama a L. T.» Me recuerdan las inscripciones que solía ver grabadas en las paredes de piedra de las cuevas, o dibujadas con una mezcla de hollín y grasa animal. Me parecen increíblemente antiguas. La tabla del pupitre es de madera clara, inclinada, y tiene un brazo en el costado derecho, en el que uno se apoya para escribir con papel y lápiz. Dentro del pupitre se pueden guardar cosas: libros y libretas. Estas costumbres de otros tiempos ahora me parecen lujosas, casi decadentes; inmorales, como las orgías de los regímenes bárbaros. «M. ama a G., 1972.» Este grabado, hecho hundiendo un lápiz una y otra vez en el barniz desgastado del pupitre, posee el patetismo de todas las civilizaciones extinguidas. Es como la huella de una mano en una piedra. Quienquiera que lo haya hecho alguna vez estuvo vivo.

No hay fechas posteriores a la década de los ochenta. Ésta debió de ser una de las escuelas que cerraron definitivamente por falta de niños.

Cometieron errores, prosigue Tía Lydia. No queremos repetirlos. Su voz es piadosa, condescendiente, es la voz de una persona cuya función consiste en decirnos cosas desagradables por nuestro bien. Me gustaría estrangularla. Aparto la idea de mi mente en cuanto se me ocurre.

Las cosas se valoran, dice, sólo cuando son raras y difíciles de conseguir. Nosotras queremos ser apreciadas, niñas. Se regodea en las pausas y las saborea poco a poco. Imaginad que sois perlas. Vernos a nosotras, sentadas en fila, con la mirada baja, le provoca una especie de salivación moral. Tiene la tarea de definirnos, debemos soportar sus adjetivos.

Pienso en las perlas. Las perlas son escupitajos de ostras congelados. Luego se lo diré a Moira; si puedo.

Entre todos nosotros vamos a poneros en forma, agrega Tía Lydia, con regocijo y satisfacción.

• • •

La furgoneta se detiene, las puertas traseras se abren y el Guardián nos hace salir como si fuéramos una manada. Junto a la puerta delantera hay otro Guardián, con una de esas ametralladoras recortadas colgada del hombro. Marchamos en fila hacia la puerta principal, bajo la llovizna, y los Guardianes nos hacen un saludo. La enorme furgoneta de emergencia, la que transporta los aparatos y la unidad médica móvil, está aparcada un poco más lejos, en el camino de entrada. Veo que uno de los médicos mira por la ventanilla. Me pregunto qué hará allí dentro, esperando. Lo más probable es que esté jugando a las cartas, o leyendo; o dedicado a algún pasatiempo masculino. La mayor parte de las veces no se los necesita para nada; sólo se les permite entrar cuando su presencia es inevitable.

Antes era diferente, ellos se ocupaban. Era una vergüenza, decía Tía Lydia. Vergonzoso. Lo único que nos mostró fue una película rodada en un hospital antiguo: una mujer embarazada, conectada a un aparato, con electrodos que le salían de todas partes y le daban el aspecto de un robot destrozado, y una sonda en el brazo que la alimentaba por vía intravenosa. Un hombre con un reflector miraba entre sus piernas —la habían rasurado, dejándola como a una niña—; se veía una bandeja con brillantes bisturíes esterilizados; todos llevaban la cara tapada por una mascarilla. Una paciente colaboradora. Antes drogaban a las mujeres, les inducían el parto, las abrían de un tajo y las cosían. Eso se acabó. Ya ni se usa anestesia. Tía Elizabeth decía que para el bebé era mejor, y que: «Intensificaré enormemente el dolor de tu concepción: parirás con dolor.» En el almuerzo, nos tragábamos cosas así, con un bocadillo de pan moreno y lechuga.

Mientras subo la escalera, una escalera amplia con un jarrón de piedra a cada lado —el Comandante de Dewarren debe de gozar de una posición social más alta que el nuestro—, oigo otra sirena. Es el Nacimóvil azul, el de las Esposas. Seguramente se trata de Serena Joy, que hace su entrada triunfal. Ellas no tienen que sentarse en bancos, sino en asientos de verdad, tapizados. Pueden mirar hacia delante y no llevan las cortinas cerradas. Saben adónde van.

Probablemente Serena Joy ha estado antes en esta casa tomando el té. Tal vez Dewarren, antes la putita llorona Janine, se paseaba delante de ella y de las otras Esposas para que pudieran ver su vientre, quizá tocarlo, y felicitar a la Esposa. Una chica fuerte, con buenos músculos. Ningún Agente Naranja en su familia, comprobamos los archivos, ninguna precaución es excesiva. Y tal vez alguna frase amable: ¿Quieres una galleta, querida?

Oh, no, le haría daño, no es aconsejable que coman demasiado azúcar.

Una no le hará daño, sólo una, Mildred.

Y la pelotillera Janine: Oh, sí, ¿puedo comer una, señora? Por favor.

Qué ejemplar, tan modosita, nada hosca como otras, cumple con su trabajo y eso es todo. Como una hija para ti, dirías. Una más de la familia. Una risita ahogada de matrona. Eso es todo, querida, puedes volver a tu habitación.

Y cuando ella se ha ido: Son todas unas putitas, pero tampoco te puedes poner quisquillosa. Tomas lo que te dan, ¿verdad, chicas? Eso diría la Esposa del Comandante.

Oh, pero tú has sido muy afortunada. Vaya, algunas de ellas ni siquiera son limpias. Y jamás te sonreirían, se encierran en su habitación, no se lavan el pelo, y cómo huelen. Tengo que mandar a las Marthas a que limpien, he de llevarla prácticamente a rastras hasta la bañera y sobornarla incluso para conseguir que se dé un baño, he de amenazarla.

Yo tuve que tomar medidas severas con la mía, y ahora no come como debería; y en cuanto a lo otro, nada de nada, y eso que hemos sido muy regulares. Pero la tuya es toda una garantía para ti. Y cualquiera de estos días, oh, debes de estar tan nerviosa, está gordísima, ¿por qué estás impaciente?

¿Un poco más de té?, cambiando discretamente de tema.

Ya sé lo que viene después.

¿Y qué hace Janine en su habitación? Estará sentada, con el sabor del azúcar aún en la boca, lamiéndose los labios. Mirando por la ventana. Aspirando y espirando. Acariciándose los pechos hinchados. Sin pensar en nada.

20

La escalera central es más ancha que la nuestra, y tiene una barandilla curva a cada lado. Desde arriba me llega el sonsonete de las mujeres que ya han llegado. Subimos la escalera en fila india, con cuidado para no pisar el borde del vestido de la que va delante. A la izquierda se ven las puertas dobles del comedor —que ahora están plegadas—, y en el interior la larga mesa con un mantel blanco y cubierta de platos fríos: jamón, queso, naranjas —¡tienen naranjas!—, panecillos recién horneados y tartas. En cuanto a nosotras, más tarde nos servirán una bandeja con leche y bocadillos. Pero ellas tienen una cafetera y botellas de vino porque ¿acaso las Esposas no pueden emborracharse un poquito en un día tan señalado? Primero esperarán los resultados y luego se hartarán como cerdas. Ahora están reunidas en la sala, al otro lado de la escalera, animando a la Esposa de este Comandante, la Esposa de Warren. Es una mujer menuda; está tendida en el suelo, vestida con un camisón de algodón blanco, y su cabellera canosa extendida sobre la alfombra parece una mancha de humedad; le dan masajes en el vientre, como si en verdad estuviera a punto de dar a luz.

Al Comandante, por supuesto, no se lo ve por ninguna parte. Se ha ido a donde se van los hombres en estos casos, a algún escondrijo. Seguramente esté calculando en qué momento es más probable que se anuncie su ascenso, si todo sale bien. Ahora está convencido de que lo van a ascender.

Dewarren está en la habitación principal; una buena manera de definirla: allí es donde se acuestan el Comandante y su Esposa. Está sentada en la enorme cama, apuntalada con cojines: es Janine, hinchada pero reducida, despojada de su nombre original. Lleva un vestido recto de algodón blanco, recogido por encima de los muslos; su larga cabellera castaña está peinada hacia atrás y recogida en la nuca, para que no moleste. Tiene los ojos cerrados; al verla así casi me resulta agradable. Al fin y al cabo, es una de nosotras, ¿qué pretende, sino vivir de la forma más agradable posible? ¿Acaso los demás queremos otra cosa? El inconveniente está en lo posible. Teniendo en cuenta las circunstancias, ella no lo hace mal.

Se encuentra flanqueada por dos mujeres a las que no conozco; le sujetan las manos, o quizá es ella la que sujeta las manos de las mujeres. Una tercera le levanta el camisón, le aplica aceite para bebé en el montículo de su barriga y le administra fricciones en sentido descendente. A sus pies está Tía Elizabeth, vestida con el traje color caqui de los bolsillos en la pechera. Ella era una de las que daban clases de Educación Ginecológica. Sólo consigo ver un costado de su cabeza, su perfil, pero sé que es ella por su inconfundible nariz prominente y su hermosa y severa barbilla. A su lado se ve la silla de partos con su asiento doble, uno de ellos elevado como un trono detrás del otro. No colocarán a Janine en la silla hasta que llegue el momento. Las sábanas están preparadas, lo mismo que la pequeña bañera y el bol con cubos de hielo para que Janine los chupe.

Las demás mujeres permanecen sentadas en la alfombra con las piernas cruzadas. Forman una multitud: se supone que todas las mujeres del distrito están aquí; debe de haber veinticinco o treinta. No todos los Comandantes tienen Criada: las Esposas de algunos de ellos tienen hijos. «De cada una según sus capacidades; a cada uno según sus necesidades», dice la frase. La recitábamos tres veces al día, después del postre. Era una frase de la Biblia, o eso decían. Otra vez san Pablo, en los Hechos.

Sois una generación de transición, decía Tía Lydia. Es lo más duro. Sabemos cuántos sacrificios tendréis que hacer. Resulta difícil cuando los hombres os injurian. Será más sencillo para las que vengan después de vosotras. Ellas aceptarán sus obligaciones de buena gana.

Pero no decía: Porque no habrán conocido otro modo de vida.

Decía: Porque no querrán las cosas que no puedan tener.

Una vez a la semana, después del almuerzo y antes de la siesta, teníamos cine. Nos sentábamos en el suelo de la sala de Economía Doméstica, en nuestras esteras grises, mientras Tía Helena y Tía Lydia bregaban con el proyector. Si teníamos suerte, no cargaban la película del revés. Eso me recordaba las clases de geografía, cuando iba a la escuela, miles de años atrás, y nos pasaban películas del resto del mundo: mujeres vestidas con faldas largas o vestidos baratos de algodón estampado, que acarreaban haces de leña, o cestos, o cubos de plástico con agua que recogían de algún río, y bebés que les colgaban de los chales o de cabestrillos de red. Miraban a la cámara de soslayo o con expresión asustada; sabían que algo les estaban haciendo con aquella máquina de un solo ojo de cristal, pero no tenían idea de qué. Aquellas películas eran reconfortantes y terriblemente aburridas. Me producían sueño, incluso cuando en la pantalla aparecían hombres enseñando los músculos, picando la dura tierra con azadones y palas rudimentarios o trasladando rocas. Yo prefería las películas en las que se veían danzas, cantos, máscaras ceremoniales y objetos tallados convertidos en instrumentos musicales: plumas, botones de latón, conchas de caracoles marinos, tambores. Me gustaba ver a esa gente cuando era feliz, no cuando eran desgraciados y estaban muertos de hambre, demacrados, o se agotaban hasta la muerte por cualquier tontería, como cavar un pozo o regar la tierra, problemas que las naciones civilizadas habían resuelto hacía tiempo. Pensaba que bastaba con que alguien les proporcionara los medios tecnológicos y los dejara utilizarlos.

Tía Lydia no nos pasaba esa clase de películas.

En ocasiones nos ponía una antigua película pornográfica, de la década de los setenta o los ochenta. Mujeres arrodilladas chupando penes o pistolas, mujeres atadas o encadenadas o con collares de perro en el cuello, mujeres colgadas de árboles, o cabeza abajo, desnudas, con las piernas abiertas, mujeres a las que violaban o golpeaban o mataban. Una vez tuvimos que ver cómo descuartizaban a una mujer, le cortaban los dedos y los pechos con tijeras de podar, le abrían el vientre y le arrancaban los intestinos.

Considerad las posibilidades, decía Tía Lydia. ¿Veis cómo solían ser las cosas? Eso era lo que pensaban entonces de las mujeres. Le temblaba la voz de indignación.

Más tarde, Moira dijo que no era real, que estaba filmado con muñecas; pero resultaba difícil distinguirlo.

A veces, sin embargo, la película era lo que Tía Lydia llamaba un documental sobre No Mujeres. Imaginaos, decía, lo que representa perder el tiempo de esa manera, cuando tendrían que haber estado haciendo algo útil. Antes, las No Mujeres siempre estaban perdiendo el tiempo. Las animaban a no hacer nada. El gobierno les proporcionaba dinero exactamente para eso. La verdad es que tenían algunas ideas bastante buenas, proseguía en el tono autosuficiente de quien está en condiciones de juzgar. Incluso en la actualidad tendríamos que permitir que algunas cosas fueran como antes. Sólo algunas, en realidad, añadía tímidamente, levantando el dedo índice y agitándolo delante de nosotras. Pero ellas eran ateas y ahí está la gran diferencia, ¿no os parece?

Me siento en mi estera, con las manos cruzadas; Tía Lydia se hace a un lado, apartándose de la pantalla; las luces se apagan y me pregunto si en la oscuridad podré inclinarme hacia la derecha sin que me vean y susurrar algo a la mujer que está junto a mí. Pero ¿qué puedo susurrarle? Le preguntaré si ha visto a Moira. Porque nadie la ha visto, no apareció a la hora del desayuno. Sin embargo, la sala, aunque en penumbras, no está lo bastante a oscuras, de modo que cambio de actitud, fingiendo que presto atención. En las películas de este tipo no conectan la banda sonora, al contrario que en las películas porno. Quieren que oigamos los gritos, los gemidos y los chillidos de lo que podría ser el dolor extremo o el placer extremo, o ambos a la vez, pero no quieren que oigamos lo que dicen las No Mujeres.

Primero aparecen el título y algunos nombres —que están tachados con carboncillo para que no podamos leerlos—, y entonces veo a mi madre. Mi madre de joven, más joven de lo que la recuerdo, tan joven como debía de ser antes de que yo naciera. Lleva la clase de vestimenta que, según Tía Lydia, era típica de las No Mujeres en aquella época: un mono de tela tejana, debajo una camisa a cuadros verdes y malva, y zapatillas de lona; es la clase de ropa que en una época llevaba Moira, la clase de ropa que recuerdo haberme puesto hace mucho tiempo. Lleva el pelo recogido en la nuca con un pañuelo de color malva. Su joven rostro es muy serio, aunque bonito. Había olvidado que alguna vez mi madre fue tan bella y tan seria. Está reunida con otras mujeres que van vestidas de la misma manera; sostiene un palo, no, es la pértiga de una pancarta. La cámara toma una vista panorámica y vemos la inscripción, pintada en lo que debió de ser una sábana: DEVOLVEDNOS LA NOCHE. No la han tachado, pero se supone que nosotras no leemos. Las mujeres que están a mi alrededor jadean y en la sala se produce un movimiento semejante al de la hierba cuando la agita el viento. ¿Es un descuido, y por eso nos hemos librado de un castigo? ¿O ha sido algo deliberado, para recordarnos los viejos tiempos en los que no había ninguna seguridad?

Detrás de este cartel hay otros, y la cámara los capta brevemente: LIBERTAD PARA ELEGIR; QUEREMOS BEBÉS DESEADOS; RESCATEMOS NUESTROS CUERPOS; ¿CREES QUE EL LUGAR DE LA MUJER ES LA COCINA? Debajo del último cartel se ve el dibujo de una mujer sobre una mesa; le sale sangre a chorros del cuerpo.

A continuación mi madre avanza, sonríe, se echa a reír, todos avanzan con los puños en alto. La cámara se mueve en dirección al cielo, donde se elevan cientos de globos rojos que tienen pintado un círculo, un círculo con un rabo como el de una manzana, pero el rabo es una cruz. La cámara vuelve a descender; ahora mi madre forma parte de la multitud y ya no la veo.

Naciste cuando yo tenía treinta y siete años, me dijo mi madre. Era un riesgo, podrías haber nacido deforme, o algo así. Eras un bebé deseado, eso te lo aseguro, y mucha gente me criticó. Mi antigua amiga Tricia Foreman me acusó de pronatalista, la muy zorra. Yo se lo atribuí a los celos. Algunos, sin embargo, se portaron bien. Pero cuando estaba en el sexto mes de embarazo, muchos de ellos empezaron a enviarme esos artículos que explicaban que después de los treinta y cinco años aumenta el riesgo de tener hijos con taras congénitas. Exactamente lo que necesitaba. Y tonterías acerca de lo difícil que era ser una madre soltera. Llevaos de aquí esa mierda, les dije, he empezado esto y voy a terminarlo. En el hospital escribieron: «Primípara de edad», los sorprendí mientras lo apuntaban. Así llaman a las mujeres mayores de treinta años que esperan su primer bebé. Todo eso es basura, les dije, biológicamente tengo veintidós años, podría daros cien vueltas a todos vosotros. Podría tener trillizos y salir de aquí caminando mientras vosotros aún estaríais intentando levantaros de la cama.

Mientras lo decía, adelantaba la barbilla. La recuerdo así, con la barbilla prominente y una copa delante de ella, en la mesa de la cocina; no tan joven, seria y bonita como aparecía en la película, pero fuerte, valiente, la clase de anciana que no permitiría que alguien se colara delante de ella en la cola del supermercado. Le gustaba venir a mi casa a tomar un trago mientras Luke y yo preparábamos la cena, y contarnos lo que funcionaba mal en su vida, que siempre se convertía en lo que funcionaba mal en la nuestra. En aquel tiempo tenía el pelo canoso, por supuesto. Jamás se lo habría teñido. ¿Por qué aparentar?, decía. De todos modos, para qué lo quiero, no quiero a ningún hombre a mi lado, no sirven para nada, excepto por los diez segundos que emplean en hacer medio bebé. Un hombre es, sencillamente, el instrumento de una mujer para hacer otras mujeres. No digo que tu padre no fuera un buen chico y todo eso, pero no estaba preparado para la paternidad. Y no es que yo pretendiera eso de él. Haz tu trabajo y luego esfúmate, le dije, yo tengo un sueldo decente y puedo ocuparme de ella. De modo que se fue a la costa y me enviaba postales por Navidad. Tenía unos hermosos ojos azules. Pero a todos les falta algo, incluso a los guapos. Es como si siempre estuvieran distraídos, como si no lograsen recordar exactamente quiénes son. Miran mucho al cielo. Y pierden el contacto con la realidad. No tienen ni punto de comparación con las mujeres, salvo que son mejores arreglando coches y jugando al fútbol, que es justamente lo que necesitamos para el progreso de la raza humana, ¿verdad?

Así es como hablaba, incluso delante de Luke. A él no le importaba y le tomaba el pelo y le decía que las mujeres no estaban capacitadas para el pensamiento abstracto, y ella se tomaba otra copa y le dedicaba una sonrisa burlona.

Cerdo machista, le decía.

¿No te parece anticuada?, me preguntaba Luke, y mi madre lo miraba con cierta malicia, casi furtivamente.

Tengo derecho, replicaba. Soy lo bastante vieja, he pagado todas mis deudas, ahora me toca ser anticuada. Tú aún no sabes ni limpiarte los mocos. Tendría que haberte llamado cerdito.

En cuanto a ti, me señalaba, no eres más que un juego para él. Una llamarada que se extingue enseguida. El tiempo me dará la razón.

Pero esta clase de cosas sólo las decía después de la tercera copa.

Vosotros los jóvenes no sabéis apreciar lo que tenéis, proseguía. No sabéis por lo que hemos tenido que pasar para conseguir que estéis donde estáis. Ahí lo tienes, pelando zanahorias. ¿Sabéis cuántas vidas de mujeres, cuántos cuerpos de mujeres han tenido que arrollar los tanques para llegar a esta situación?

La cocina es mi pasatiempo predilecto, decía Luke. Disfruto cocinando.

Un pasatiempo muy original, replicaba mi madre. No tienes por qué darme explicaciones. En otros tiempos no te habrían permitido tener semejante pasatiempo, te habrían llamado marica.

Vamos, mamá, le decía yo. No discutamos por tonterías.

Tonterías, repetía en tono de amargura. Las llamas tonterías. Veo que no entiendes. No entiendes nada de lo que estoy diciendo.

A veces se echaba a llorar. Estaba tan sola..., decía. No tienes idea de lo sola que estaba. Y tenía amigos, era afortunada, pero de todos modos estaba sola.

En ciertos aspectos, yo admiraba a mi madre, aunque nuestra relación nunca fue fácil. Sentía que ella esperaba demasiado de mí. Esperaba que reivindicara su vida y las elecciones que ella había hecho. Yo no quería vivir mi vida según sus condiciones. No quería ser una hija modelo, la encarnación de sus ideas. Solíamos discutir por eso. No soy la justificación de tu existencia, le dije en una ocasión.

Quiero tenerla a mi lado otra vez. Quiero tenerlo todo otra vez, tal como era. Pero este deseo carece de sentido.

21

Aquí hace calor y hay demasiado ruido. Las voces de las mujeres se elevan a mi alrededor en un cántico que, aunque suave, para mí es demasiado fuerte después de tantos días de silencio. En un rincón de la habitación hay una sábana manchada de sangre, hecha un amasijo y tirada, de cuando Janine rompió aguas. No había reparado en ella hasta ahora.

La habitación también huele, el aire está cargado, tendrían que abrir una ventana. El olor que se percibe es el de nuestra propia carne, un olor orgánico, con un deje a hierro, que debe de proceder de la sangre de la sábana, y otro olor, más animal, que seguramente sale de Janine: olor a guarida, a cueva habitada, el olor de la manta a cuadros encima de la cual una vez parió la gata, antes de que la esterilizaran. Olor a matriz.

—Aspira, aspira —cantamos, tal como nos han enseñado—. Aguanta, aguanta. Expele, expele, expele —cantamos contando a cinco. Cinco para tomar aire, cinco para retenerlo y cinco para expulsarlo. Janine, con los ojos cerrados, intenta aminorar el ritmo de su respiración. Tía Elizabeth palpa en busca de las contracciones.

Ahora Janine está intranquila y quiere andar un poco. Las dos mujeres la ayudan a bajar de la cama y la sostienen mientras ella camina. De pronto, una contracción la obliga a doblarse. Una de las mujeres se arrodilla y le fricciona la espalda. Todas sabemos hacerlo, hemos recibido lecciones al respecto. Reconozco a Deglen, mi compañera de compras, a dos asientos de distancia del mío. El suave cántico nos envuelve igual que una membrana.

Llega una Martha con una bandeja: una jarra con zumo de frutas, como el que venía en polvo, al parecer de uva, y un montón de vasos de cartón. La deja sobre la alfombra, delante de las mujeres que cantan. Deglen, sin perder el ritmo, sirve el zumo, y los vasos pasan de mano en mano.

Recibo uno, me inclino hacia un costado para pasarlo y la mujer que está a mi lado me pregunta al oído:

—¿Estás buscando a alguien?

—Moira —respondo, también en voz baja—. Pelo oscuro y pecas.

—No —dice la mujer—. No la conozco, no estaba conmigo en el Centro, aunque la he visto comprando. Pero veré qué averiguo.

—¿Quién eres? —inquiero.

—Alma —contesta—. ¿Cuál es tu verdadero nombre?

Quiero decirle que en el Centro había otra Alma. Quiero decirle mi nombre, pero Tía Elizabeth levanta la cabeza y recorre la habitación con la mirada; debe de haber percibido una alteración en el cántico, de modo que no tengo tiempo. A veces, en los Días de Nacimiento, te enteras de cosas; pero no tendría sentido preguntar por Luke. No debe de haber estado en ningún sitio en el que alguna de estas mujeres pudiera haberlo visto.

El cántico prosigue, y empieza a contagiarme. Es difícil, tienes que concentrarte. Identificaos con vuestro cuerpo, decía Tía Elizabeth. Ya siento ligeros dolores en el vientre y pesadez en los pechos. Janine grita, débilmente, es una mezcla de grito y gemido.

—Está entrando en trance —anuncia Tía Elizabeth.

Una de las ayudantes le pasa a Janine un paño húmedo por la frente. Janine está sudando, unos mechones de pelo se le sueltan de la goma elástica y otros más pequeños se le pegan a la frente y el cuello. Tiene la piel húmeda y lustrosa.

—¡Jadea! ¡Jadea! ¡Jadea! —cantamos.

—Quiero salir —dice Janine—. Quiero dar un paseo. Me siento bien. Tengo que ir al baño.

Todas sabemos que está en un momento de transición, que no sabe lo que hace. ¿Cuál de estas afirmaciones es verdad? Probablemente la última. Tía Elizabeth hace una señal; dos mujeres se colocan junto al inodoro portátil y ayudan a Janine a sentarse en él. Ahora otro olor se añade a los que ya había en la habitación. Janine vuelve a gruñir e inclina la cabeza de modo que sólo vemos su cabellera. Así encogida, parece una muñeca con los brazos en jarras, una muñeca vieja a la que han maltratado y abandonado en un rincón.

Janine está otra vez de pie y camina.

—Quiero sentarme —dice.

¿Cuánto tiempo llevamos aquí? Minutos u horas. Estoy sudando, en las axilas tengo el vestido empapado, mi labio superior sabe a sal; me sobrevienen los falsos dolores, las demás también los sienten: lo sé por el modo en que se mueven. Janine está chupando un cubito de hielo. Luego, a unos pasos o a kilómetros de distancia, grita:

—No. Oh no, oh no, oh no.

Éste es su segundo bebé, tuvo un hijo, una vez. Me enteré en el Centro porque solía llamarlo a gritos por la noche, como las demás pero más ruidosamente. De modo que debería ser capaz de recordar esto, de recordar cómo es y qué ocurrirá. Pero ¿quién puede recordar el dolor una vez que éste ha desaparecido? Todo lo que queda de él es una sombra, ni siquiera en la mente o en la carne. El dolor deja una marca demasiado profunda para que se vea, una marca que queda fuera del alcance de la vista y de la mente.

Alguien ha echado alcohol al zumo de uva. Alguien ha robado una botella de abajo. No es la primera vez que ocurre algo así en una reunión de este tipo; pero ellos harán la vista gorda. Nosotras también necesitamos nuestras orgías.

—Bajad las luces —ordena Tía Elizabeth—. Decidle que ha llegado el momento.

Alguien se levanta, camina hasta la pared y la luz se debilita hasta que la habitación queda en penumbras; el tono de nuestras voces disminuye hasta convertirse en un coro de crujidos, de murmullos roncos, como saltamontes en la noche. Dos mujeres salen de la habitación; otras dos conducen a Janine a la Silla de Partos, donde se sienta en el asiento más bajo. Está más tranquila, el aire penetra en sus pulmones a ritmo uniforme; nosotras nos inclinamos hacia delante, estamos tan tensas que nos duelen los músculos de la espalda y el vientre. Está llegando, está llegando, como el sonido de un clarín que llama a tomar las armas, como una pared que se derrumba, nos produce la misma sensación que una piedra que desciende por el interior de nuestros cuerpos, y pensamos que vamos a estallar. Nos tomamos unas a otras de las manos, ya no estamos solas.

La Esposa del Comandante entra a toda prisa; todavía lleva puesto el ridículo camisón de algodón blanco, por debajo del cual asoman sus piernas larguiruchas. Dos Esposas, vestidas con traje y velo azul, la sostienen de los brazos, como si lo necesitara. En su rostro asoma una sonrisa tensa, como la de una anfitriona de una fiesta que habría preferido no celebrar. Debe de saber lo que pensamos de ella. Trepa a la Silla de Partos y se sienta en el asiento que está detrás y por encima de Janine, de tal manera que rodea el cuerpo de ésta: sus piernas quedan colocadas a los costados, como los brazos de un excéntrico sillón. Por extraño que parezca, lleva calcetines de algodón blanco y zapatillas azules de un material lanudo que recuerda esas fundas para tapas de inodoro. Pero nosotras no prestamos atención a la Esposa, tenemos la mirada fija en Janine. Bajo la luz tenue,

ataviada con su traje blanco, brilla como una luna que aso-
mara entre las nubes.

Janine gruñe a causa del esfuerzo.

—Empuja, empuja, empuja —susurramos—. Relájate.
Jadea. Empuja, empuja, empuja.

La acompañamos, somos una con ella, estamos ebrias.
Tía Elizabeth se arrodilla; en las manos tiene una toalla
extendida para sostener al bebé. He aquí la coronación de
todo, la gloria, la cabeza de color púrpura y manchada
de yogur, otro empujón y se deslizará hacia fuera, untada de
flujo y sangre, colmando nuestra espera. Oh, alabado sea.

Mientras Tía Elizabeth lo inspecciona, contenemos la
respiración; es una niña, muy pequeña, pero por el momento
está bien, no tiene ningún defecto, eso ya se ve, manos, pies,
ojos, los contamos en silencio, todo está en su sitio. Con el
bebé en brazos, Tía Elizabeth nos mira y sonríe. Nosotras
también sonreímos, somos una sola sonrisa, las lágrimas se
deslizan por nuestras mejillas, somos muy felices.

Nuestra felicidad es, en parte, recuerdo. Lo que yo recuerdo es a Luke cuando estaba conmigo en el hospital, de
pie junto a mi cabeza, sujetándome la mano, vestido con la
bata verde y la mascarilla blanca que le habían proporcionado. ¡Oh!, exclamó, oh, caramba, con un suspiro de sorpresa. Dijo que aquella noche se sentía tan importante que
no consiguió pegar ojo.

Tía Elizabeth está lavando con mucho cuidado al bebé,
que no llora demasiado. Lo más silenciosamente posible,
para no asustarlo, nos levantamos, rodeamos a Janine, la
abrazamos, le damos palmaditas en la espalda. Ella también
está llorando. Las dos Esposas de azul ayudan a la tercera
Esposa, la Esposa de la familia, a bajar de la Silla de Partos
y a subir a la cama, donde la acuestan y la arropan. El bebé,
ahora limpio y tranquilo, es colocado ceremoniosamente
entre sus brazos. Las Esposas que están en el piso de abajo
suben en tropel, se abren paso a empujones entre nosotras,
nos echan a un lado. Hablan en voz muy alta, algunas de

ellas aún llevan sus platos, sus tazas de café, sus vasos de vino, algunas todavía están masticando, se apiñan alrededor de la cama, de la madre y de la niña, felicitando y haciendo gorgoritos. La envidia emana de ellas, la huelo, como débiles vestigios de ácido mezclado con su perfume. La Esposa del Comandante mira al bebé igual que si de un ramo de flores se tratara, algo que ella ha ganado, un tributo.

Las Esposas están aquí como testigos de la elección del nombre. Son quienes lo eligen.

—Angela —dice la Esposa del Comandante.

—Angela, Angela —repiten las Esposas en pleno cacareo—. ¡Qué nombre tan dulce! ¡Oh, es perfecta! ¡Oh, es maravillosa!

Nos quedamos de pie entre Janine y la cama, para evitarle esa visión. Alguien le da un trago de zumo de uva, espero que le hayan agregado vino; aún siente los dolores posteriores al parto, llora desconsoladamente, consumida por las lágrimas. Sin embargo, nos sentimos alborozadas; esto es una victoria de todas nosotras. Lo hemos conseguido.

Le permitirán alimentar al bebé durante unos meses. Ellas creen en la leche materna. Después Janine será trasladada para comprobar si está en condiciones de hacerlo otra vez con algún otro que necesite un turno. Pero nunca será enviada a las Colonias, nunca la declararán No Mujer. Ésa es su recompensa.

El Nacimóvil está fuera, esperando para devolvernos a nuestras casas. Los médicos permanecen dentro de la furgoneta; a través de la ventanilla sus rostros son manchas blancas, como el rostro de un niño enfermo encerrado en su casa. Uno de ellos abre la puerta y se acerca a nosotras.

—¿Todo ha salido bien? —pregunta en tono de ansiedad.

—Sí —respondo.

En este momento me siento desgarrada, exhausta. Me duelen los pechos, incluso me gotean; no es verdadera leche, a algunas nos ocurre. Nos sentamos en nuestros bancos, frente a frente, mientras nos transportan; nos hemos quedado sin emoción, casi sin sensaciones, debemos de ser como fardos de tela roja. Nos duele todo. En nuestros regazos llevamos un espectro, un bebé fantasma. Ahora que el nerviosismo ha pasado, debemos hacer frente al fracaso. Mamá, pienso. Estés donde estés, ¿puedes oírme? Querías una cultura de mujeres. Bien, aquí la tienes. No es lo que pretendías, pero existe. Tienes algo que agradecer.

22

El Nacimóvil llega a la casa a última hora de la tarde. El sol brilla débilmente entre las nubes y en el aire flota el olor de la hierba húmeda que empieza a calentarse. He pasado todo el día en la ceremonia del Nacimiento y he perdido la noción del tiempo. La compra de hoy debe de haberla hecho Cora, porque yo estoy eximida de toda obligación. Subo la escalera con esfuerzo y sujetándome a la barandilla. Me siento como si hubiera estado en pie durante varios días, corriendo todo el tiempo; me duele el pecho y tengo agujetas, como si me faltara azúcar. Por una vez en la vida, ansío estar sola.

Me acuesto en la cama. Me gustaría descansar, dormir, pero estoy demasiado fatigada y al mismo tiempo tan excitada que no podría cerrar los ojos. Contemplo el techo, las hojas de la guirnalda. Hoy me recuerda un sombrero, uno de esos de ala ancha que en otro tiempo usaban las mujeres: sombreros como enormes aureolas, adornados con frutas y flores y plumas de pájaros exóticos; sombreros que representaban la idea del paraíso flotando exactamente por encima de la cabeza, un pensamiento solidificado.

Dentro de un minuto la guirnalda empezará a colorearse y yo empezaré a ver cosas. A este extremo llega mi cansancio: igual que cuando has conducido durante toda la noche, en la oscuridad, por alguna razón, no voy a pensar en eso ahora, en cuando nos contábamos historias para mantenernos despiertos y nos turnábamos al volante. A medida que saliera el sol empezaríamos a ver cosas con el rabillo del ojo: animales atroces en los arbustos que crecen a los costados de la carretera, siluetas desdibujadas de hombres que desaparecen cuando intentas fijar la mirada en ellas.

Estoy demasiado cansada para continuar con este cuento. Estoy demasiado cansada para pensar dónde estoy. Aquí va un cuento diferente, uno mejor. Éste es el cuento de lo que le ocurrió a Moira.

Puedo completar parte de él por mi cuenta, de la otra parte me enteré por Alma, que se enteró por Dolores, que se enteró por Janine. Janine se enteró por Tía Lydia. Incluso en sitios como éste, y en tales circunstancias, existen alianzas. Si de algo estoy segura es de que siempre habrá alianzas, de un tipo o de otro.

Tía Lydia llamó a Janine a su despacho.

Bendito sea el fruto, Janine, debió de decir Tía Lydia, sin levantar la vista del escritorio, ante el cual estaba sentada escribiendo algo. Todas las reglas tienen una excepción: de eso también estoy segura. A las Tías se les permite leer y escribir.

Que el Señor permita que madure, habría respondido Janine en tono neutro, con su voz transparente, su voz de clara de huevo cruda.

Siento que puedo confiar en ti, Janine, debió de proseguir Tía Lydia, levantando por fin los ojos de la página y fijándolos en Janine con esa expresión tan característica, dirigiéndole a través de las gafas una mirada que lograba ser al mismo tiempo amenazadora y suplicante. Ayúdame, decía esa mirada, estamos juntas en esto. Tú eres una chica de confianza, proseguía, no como algunas otras.

Creía que todos los lloriqueos y arrepentimientos de Janine significaban algo, creía que Janine se había quebrado, pensaba que Janine era una auténtica creyente. Pero en aquel entonces Janine era como un cachorro que ha recibido demasiadas patadas de demasiada gente, sin motivo alguno: se habría dejado llevar por cualquiera, habría dicho cualquier cosa, sólo por un instante de aprobación.

De modo que Janine debió de decir: Eso espero, Tía Lydia. Espero haberme hecho digna de tu confianza. O algo por el estilo.

Janine, dijo Tía Lydia, ha ocurrido algo terrible.

Janine clavó la vista en el suelo. Fuera lo que fuere, sabía que a ella no podrían culparla, ella era inocente. Pero ¿para qué le había servido ser inocente en el pasado? De modo que al mismo tiempo se sintió culpable, y como si estuviera a punto de sufrir un castigo.

¿Te has enterado, Janine?, le preguntó Tía Lydia suavemente.

No, Tía Lydia, respondió Janine. Sabía que en ese momento resultaba imprescindible levantar la vista y mirar a Tía Lydia a los ojos. Lo consiguió al cabo de unos segundos.

Porque si te has enterado, me sentiré muy defraudada, dijo Tía Lydia.

Pongo al Señor por testigo, repuso Janine en una muestra de su fervor.

Tía Lydia hizo una de sus pausas. Jugueteó con la pluma. Moira ya no está con nosotras, anunció finalmente.

Oh, musitó Janine. En eso era neutral. Moira no era amiga suya. ¿Ha muerto?, preguntó.

Entonces Tía Lydia le contó la historia. Durante los Ejercicios, Moira había levantado la mano para ir al lavabo. Y había desaparecido. Tía Elizabeth estaba de servicio en los lavabos. Se encontraba del lado de fuera, como de costumbre; Moira entró. Un momento después, Moira llamó a Tía Elizabeth: el retrete se estaba inundando, ¿podría Tía Elizabeth entrar y arreglarlo? Era verdad que a veces los retretes se inundaban. Personas no identificadas los llenaban de montones de papel higiénico para que ocurriera exactamente eso. Las Tías habían buscado algún sistema infalible para evitarlo, pero los recursos eran escasos y debían arreglárselas con lo que tenían a mano, y no se les había ocurrido ningún modo de guardar el papel higiénico bajo llave. Quizá deberían haberlo tenido al otro lado de la puerta, sobre una mesa, y entregar a cada persona una o varias hojas en el momento de entrar. Pero eso sería en el futuro. Lleva tiempo pillarle el truco a algo nuevo.

Tía Elizabeth, sin sospechar nada malo, entró en el lavabo. Tía Lydia tenía que admitir que había sido una insensatez por su parte. Por otro lado, en anteriores ocasiones había entrado para arreglar algún retrete y no le había ocurrido ningún contratiempo.

Moira no estaba sentada, el agua se había derramado por el suelo, junto con varios trozos de materia fecal desintegrada. No era nada agradable, y Tía Elizabeth estaba enfadada. Moira se hizo a un lado y Tía Elizabeth se apresuró a entrar en el cubículo y se inclinó sobre la cisterna. Intentó levantar la tapa de porcelana y manipular el dispositivo del interior. Estaba sosteniendo la tapa con las dos manos cuando sintió que algo duro, puntiagudo y probablemente metálico se le hundía en las costillas desde atrás. No te muevas, dijo Moira, o te lo clavaré hasta los pulmones.

Más tarde descubrieron que había desarmado una de las cisternas y había quitado la palanca puntiaguda y delgada que va unida por un extremo al brazo y por el otro a la cadena. No resulta muy difícil si se sabe cómo hacerlo, y a Moira se le daba bien la mecánica, ella misma arreglaba su coche cuando se trataba de algo sencillo. Inmediatamente después de este incidente, las tapas de las cisternas quedaron sujetas con cadenas, de tal manera que cuando se inundaban, lo que ocurría a menudo, llevaba mucho tiempo abrirlas.

Tía Elizabeth no veía con qué la amenazaba Moira. Es una mujer valiente...

Oh, sí, dijo Janine.

...Pero no temeraria, apuntó Tía Lydia frunciendo el ceño. Janine se había mostrado excesivamente entusiasta, lo que a veces tenía la fuerza de una negación. Hizo lo que Moira le dijo, prosiguió Tía Lydia. Moira le arrebató a Tía Elizabeth el aguijón y el silbato, tras ordenarle que los desenganchara de su cinturón, y luego la obligó a bajar deprisa la escalera que conducía al sótano. No estaban en el segundo piso sino en el primero, de modo que sólo tuvieron que bajar dos tramos de escalera. Como a esa hora había clase, los pasillos estaban vacíos. Vieron a otra de las Tías, pero se encontraba en el extremo opuesto del pasillo y miraba en otra dirección. En ese momento Tía Elizabeth podría haber gritado, pero sabía que Moira hablaba en serio; había adquirido mala fama.

Oh, sí, dijo Janine.

Moira hizo avanzar a Tía Elizabeth a lo largo del pasillo flanqueado por vestuarios vacíos, le hizo trasponer la puerta del gimnasio y entrar en la sala del horno. Le ordenó que se desnudara.

Oh, musitó Janine en tono débil, como si protestara por semejante sacrilegio.

...Y Moira se quitó la ropa y se puso la de Tía Elizabeth, que no era exactamente de su talla pero le sentaba bastante bien. No fue demasiado cruel con Tía Elizabeth, ya que le permitió ponerse su vestido rojo. Rompió el velo en tiras y con éstas inmovilizó a Tía Elizabeth detrás del horno. Le metió un trozo de tela en la boca y la amordazó. Le rodeó el cuello con una tira y le ató el otro extremo a los pies, por detrás. Es una persona astuta y peligrosa, añadió Tía Lydia.

¿Puedo sentarme?, preguntó Janine, como si todo aquello fuera demasiado para ella. Por fin tenía algo con que negociar, o que al menos le servía como vale.

Sí, Janine, respondió Tía Lydia sorprendida, pero sabiendo que en ese momento no podía negarse. Buscaba la atención de Janine, su colaboración. Señaló la silla del rincón. Janine la colocó más adelante.

Cuando Tía Elizabeth estuvo bien escondida y fuera de la vista, detrás del horno, Moira le dijo: Sabes que podría matarte. Y hacerte tanto daño que nunca más volverías a tener el cuerpo sano. Podría golpearte con esto o clavártelo en un ojo. Si alguna vez se presenta la ocasión, recuerda que no lo he hecho.

Tía Lydia no le contó esto último a Janine, pero imagino que Moira debió de decir algo así. Como quiera que sea, no mató ni mutiló a Tía Elizabeth, quien unos días más tarde, una vez que se hubo recuperado de las siete horas pasadas detrás del horno, y probablemente del interrogatorio —porque ni las Tías ni los demás habían desechado la posibilidad de que existiera connivencia—, volvió al Centro a trabajar.

Moira se irguió y miró con resolución al frente. Echó los hombros hacia atrás, enderezó la espalda y apretó los labios. Ésa no era nuestra postura habitual. Generalmente caminábamos con la cabeza gacha y la vista fija en nuestras manos o en el suelo. Moira no se parecía mucho a Tía Elizabeth, ni siquiera con la toca marrón puesta; pero su postura rígida bastó, al parecer, para convencer a los Ángeles que estaban de guardia y que nunca nos habían visto muy de cerca, ni siquiera a las Tías, y a éstas quizá menos que a nadie. Así que Moira avanzó hacia la puerta principal, con el porte de una persona que sabe adónde va; los Ángeles la saludaron y ella presentó el pase de Tía Elizabeth, que no se molestaron en examinar porque nadie ofendería de ese modo a una de las Tías. Y se marchó.

Oh, susurró Janine. ¿Quién sabe lo que habrá sentido? Quizá se alegró, en cuyo caso lo disimuló muy bien.

De modo que, Janine, dijo Tía Lydia, esto es lo que quiero que hagas.

Janine abrió los ojos como platos e intentó parecer inocente y atenta.

Quiero que permanezcas alerta. Tal vez alguna de las otras estaba implicada en este asunto.

Sí, Tía Lydia, repuso Janine.

Y que si oyes algo, vengas y me lo cuentes; ¿lo harás, querida?

Sí, Tía Lydia, contestó Janine. Sabía que nunca más tendría que arrodillarse delante de la clase, ni oír que todas le gritábamos que había sido culpa suya. Ahora le tocaría el turno a otra. Por el momento, salía del apuro.

El que le contara a Dolores todo acerca de la entrevista en el despacho de Tía Lydia no significaba nada. No significaba que no testificaría contra nosotras, contra cualquiera de nosotras, si se le presentaba la oportunidad. Lo sabíamos. En ese entonces la tratábamos como se suele tratar a los tullidos que venden lápices en las esquinas. La evitábamos siempre que podíamos y éramos caritativas con ella cuando no teníamos más remedio. Janine representaba un peligro para nosotras, y lo sabíamos.

Dolores debió de darle una palmada en la espalda y decirle que era una buena compañera al contárnoslo. ¿Dónde habrá tenido lugar este intercambio? En el gimnasio, mientras nos preparábamos para acostarnos. La cama de Dolores estaba al lado de la de Janine.

Esa noche, el relato de lo ocurrido se extendió entre nosotras, en la semipenumbra, en voz baja, de cama en cama.

Moira estaba fuera, en algún lugar. En libertad o muerta. ¿Qué haría? El pensamiento de lo que haría se expandió hasta ocupar toda la habitación. En cualquier momento podía producirse una explosión que lo destrozara todo, los cristales de la ventana caerían hacia dentro, las puertas se abrirían de par en par... Ahora Moira tenía poder, la habían puesto en libertad, se había puesto a sí misma en libertad. Era una mujer libre.

Creo que nos pareció espantoso.

Moira era como un ascensor con los costados abiertos. Nos producía vértigo. Ya estábamos perdiendo el gusto por la libertad, nos parecía que estas paredes eran seguras. En las capas más altas de la atmósfera te desintegrarías, te vaporizarías, no habría presión para mantenerte unida.

Con todo, Moira era nuestra fantasía. La abrazábamos y estaba con nosotras en secreto, igual que una risita ahogada. Era como la lava debajo de la corteza de la vida cotidiana. A la luz de Moira, las Tías resultaban menos temibles y más absurdas. Su poder presentaba grietas. Podían ser secuestradas en los lavabos. La audacia era lo que nos gustaba.

Suponíamos que en cualquier momento la traerían a rastras, como habían hecho anteriormente. No lográbamos imaginar lo que le harían esta vez. Fuera lo que fuere, sería terrible.

Pero no ocurrió nada. Moira no volvió a aparecer. De momento.

23

Esto es una reconstrucción. Todo esto es una reconstrucción. Es una reconstrucción que tiene lugar ahora, en mi cabeza, mientras yazgo en mi cama, repasando lo que debería o no debería haber dicho, lo que debería o no debería haber hecho, cómo debería haber actuado. Si alguna vez salgo de aquí...

Detengámonos en este punto. Tengo la intención de salir de aquí. Esto no puede durar toda la vida. Otros han pensado lo mismo anteriormente, en épocas malas, y siempre tuvieron razón, salieron de una u otra forma, y no duró toda la vida. Aunque para ellos haya durado toda su vida.

Cuando salga de aquí, si alguna vez soy capaz de dejar constancia de ello, de la manera que sea, incluso relatándoselo a alguien, también será una reconstrucción e incluso otra versión. Es imposible contar una cosa exactamente tal como ocurrió, porque lo que uno dice nunca puede ser exacto, siempre se deja algo, hay muchas partes, aspectos, contracorrientes, matices; demasiados detalles que podrían significar esto o aquello, demasiadas formas que no pueden ser totalmente descritas, demasiados aromas y sabores en el aire, en la lengua, demasiados colores. Pero si alguna vez, en el futuro, te conviertes en adulto, si logras llegar tan lejos, por favor, recuerda esto: nunca estarás tan atado como una mujer a la tentación de perdonar a un hombre. Es difícil resistirse, créeme. Pero recuerda también que el perdón es un signo de poder. Implorarlo es un signo de poder, y negarlo o concederlo es un signo de poder, tal vez el más grande.

Quizá nada de esto sea verificable. Quizá no se trate en realidad de quién puede poseer a quién, de quién puede hacer qué a quién, incluso matarlo, sin ser castigado. Quizá no se trate de quién puede sentarse y quién tiene que arrodillarse o estar de pie o acostarse con las piernas abiertas. Quizá se trate de quién puede hacer qué a quién y ser perdonado por ello. No me digáis que significa lo mismo.

Quiero que me beses, dijo el Comandante.

Bien, por supuesto, antes de eso ocurrió algo. Semejantes peticiones nunca caen como llovidas del cielo.

Después de todo, me fui a dormir, y soñé que llevaba pendientes, y uno de ellos estaba roto; nada más que eso, sencillamente el cerebro examinando sus archivos más recónditos, y Cora me despertó al traerme la bandeja de la cena, y el tiempo siguió su curso.

—¿Es un bebé bonito? —pregunta Cora mientras deja la bandeja. Ya debe de saberlo; ellas tienen una especie de telegrafía oral que difunde las noticias de casa en casa; pero a ella le produce placer oírlas, como si mis palabras las hicieran más reales.

—Es bonito —respondo—. Un encanto. Es una niña.

Cora sonríe, la suya es una sonrisa abarcadora. Momentos como éste la llevan a pensar que lo que hace merece la pena.

—Eso está muy bien —comenta. Su voz es casi melancólica, y yo pienso: Por supuesto. A ella le habría gustado estar allí. Es como una fiesta a la que no ha podido ir—.

Quizá nosotras pronto tengamos uno —añade en tono tímido.

Cuando dice «nosotras» se refiere a mí. A mí me corresponde pagar la recompensa, justificar la comida y los cuidados que recibo, como una hormiga reina con los huevos. Rita me desaprobaría, pero Cora no. Al contrario, depende de mí. Tiene esperanzas, y soy el vehículo de las mismas.

Lo que ella espera es algo muy simple: quiere que haya un Día de Nacimiento, aquí, con invitados, comida y regalos, quiere un niño para malcriarlo en la cocina, plancharle la ropa y darle galletas cuando nadie la vea. Yo debo proporcionarle esas alegrías. Preferiría su desaprobación, siento que merezco algo mejor.

Para cenar, guiso de ternera. Me cuesta terminarlo, porque al llegar a la mitad recuerdo lo que el día de hoy había borrado por completo de mi cabeza. Lo que dicen es verdad, es un estado de trance, tanto dar a luz como estar allí, pierdes la noción del resto de tu vida, te concentras sólo en ese instante. Pero ahora acude de nuevo a mi mente, y sé que no estoy preparada.

El reloj del pasillo de la planta baja da las nueve. Aprieto las manos contra los costados de mis muslos, tomo aliento, avanzo por el pasillo y bajo la escalera en silencio. Serena Joy aún debe de estar en la casa donde se produjo el Nacimiento; eso se llama tener suerte, porque él no podía haberlo previsto. En días como éste, las Esposas haraganean durante horas, ayudando a abrir los regalos, chismorreando, emborrachándose. Tienen que hacer algo para disipar su envidia. Retrocedo por el pasillo, paso por delante de la puerta de la cocina y camino hasta la puerta siguiente, la suya. Espero fuera, sintiéndome como una niña a la que el director ha llamado a su despacho. ¿Qué es lo que he hecho mal?

Mi presencia aquí es ilegal. Tenemos prohibido estar a solas con los Comandantes. Nuestra misión es la de procrear: no somos concubinas, ni geishas, ni cortesanas. Al contrario, han hecho todo lo posible para apartarnos de esa categoría. No debe existir diversión con respecto a nosotras, no hay lugar para que florezcan deseos ocultos; los favores especiales están vedados tanto para ellos como para nosotras, no hay ninguna base en la que pueda asentarse el amor. Somos matrices con patas, eso es todo: somos recipientes sagrados, cálices ambulantes.

Así pues, ¿por qué querrá verme, de noche y a solas?

Si me sorprendieran, quedaría al albur de la piedad de Serena. Él no debe entrometerse en la disciplina de la casa, que es asunto exclusivo de las mujeres. Si me sorprendieran sería reclasificada, es probable incluso que me convirtiera en una No Mujer.

Pero si me negara a verlo, sería peor. No hay ninguna duda acerca de quién ostenta el poder real.

Él debe de desear algo de mí. Desear es tener alguna debilidad. Es ésta, cualquiera que sea, lo que me atrae. Es como una pequeña grieta en una pared hasta ahora impenetrable. Si aplico el ojo a ella, a esta debilidad suya, tal vez sea capaz de ver claramente cómo debo actuar.

Quiero saber qué quiere.

Levanto la mano y golpeo la puerta de esta habitación prohibida en la que nunca he estado, una habitación en la que las mujeres no entran, ni siquiera Serena Joy, y de la limpieza se encargan los Guardianes. ¿Qué secretos, qué tótemes masculinos se guardan aquí?

Me dicen que pase. Abro la puerta y entro.

Lo que encuentro al otro lado es normal. Debería decir: lo que encuentro al otro lado parece normal. Hay un escritorio, por supuesto, con un Compucomunicador, y una silla de cuero negro. Sobre el escritorio hay un tiesto con una planta, un juego de portaplumas y papeles. En el suelo, una alfombra oriental; y una chimenea en la que no arde fuego alguno, un pequeño sofá de felpa marrón, un televisor, una mesa y un par de sillas.

Todas las paredes están cubiertas de estanterías con libros. Libros, libros y más libros perfectamente a la vista, sin llaves ni cajones. No me extraña que no nos esté permitido entrar aquí. Esto es un oasis de lo prohibido. Intento no dejar la mirada fija en ellos.

El Comandante está de pie, de espaldas a la chimenea apagada, con un codo apoyado en la repisa de madera tallada y la otra mano en el bolsillo. Es una pose estudiada, de galán, sacada de una de esas revistas masculinas de papel satinado. Probablemente decidió de antemano que lo viese así en el instante en que entrara, y cuando he llamado a la puerta habrá corrido hasta la chimenea para adoptar esa postura. Debería llevar un ojo tapado con un parche negro y un pañuelo con un estampado de herraduras.

Me hace bien pensar estas cosas, que son como un repiqueteo, como un temblor de la mente. Como una burla para mis adentros. Pero lo que siento es pánico. La verdad es que estoy aterrorizada.

Permanezco en silencio.

—Cierra la puerta —dice en tono amable.

Hago lo que me pide, y me vuelvo hacia él.

—Hola —me saluda.

Es la manera antigua de saludarse. Hacía muchos años que no la oía. Dadas las circunstancias, parece fuera de lugar, incluso cómica, un retroceso en el tiempo, un estancamiento. No se me ocurre nada apropiado para responder.

Creo que voy a gritar.

Él debe de haberlo advertido, porque me mira con expresión de sorpresa y frunce un poco el ceño, lo cual decido interpretar como preocupación, aunque quizá sólo esté irritado.

—Ven aquí —dice—. Puedes sentarte.

Acerca una silla y la coloca frente a su escritorio. Luego lo rodea y se sienta lentamente y, a mi modo de ver, de manera estudiada. Esto me demuestra que no me ha hecho venir para tocarme contra mi voluntad, ni nada parecido. Sonríe. No es una sonrisa siniestra ni depredadora. Es simplemente una sonrisa, formal, amistosa pero un poco distante, como si yo fuera un gatito en un escaparate, al que mira sin intención de comprar.

Me siento en la silla, erguida y con las manos cruzadas en el regazo. Tengo la sensación de que mis pies, calzados con los zapatos rojos bajos, no tocan el suelo. Pero lo tocan, por supuesto.

—Esto debe de parecerte extraño —comenta.

Me limito a mirarlo. El eufemismo del año, una frase que mi madre usa. Usaba.

Me siento como un algodón de azúcar, casi toda aire. Si me estrujaran, me convertiría en una pequeña bolita de color rosado, húmeda y rezumante.

—Supongo que es un poco extraño —prosigue, como si yo hubiera respondido.

Creo que debería llevar puesto un sombrero atado con un lazo.

—Quiero... —añade.

Intento no inclinarme hacia delante. ¿Sí? ¿Sí, sí? ¿Qué? ¿Qué quiere? Pero no revelaré mi ansiedad. Es una sesión de negociaciones, se producirá alguna clase de intercambio. La que no vacila está perdida. No voy a regalar nada: sólo vendo.

—Me gustaría... —continúa—. Parecerá una tontería.

Y de verdad parece incómodo, tímido sería la palabra, tal como solían ser los hombres en otros tiempos. En verdad es lo bastante tímido para recordar cómo dar esa impresión, y para recordar también lo atractivo que lo encontraban las mujeres en otros tiempos. Los jóvenes no conocen esos trucos. Nunca han tenido que recurrir a ellos.

—Me gustaría que jugaras conmigo una partida de Scrabble —afirma.

Me quedo rígida. No muevo un solo músculo de la cara. ¡De modo que eso es lo que hay en la habitación prohibida! ¡Un Scrabble! Tengo ganas de reír, de reír a carcajadas hasta caerme de la silla. En otro tiempo éste era un juego con el que se distraían los viejos en verano o en las residencias de jubilados, cuando en la tele no pasaban nada bueno. O los adolescentes, hace muchos, muchos años. Mi madre tenía uno guardado en el fondo del armario del pasillo, junto con las cajas de cartón donde metía los adornos del árbol de Navidad. Una vez, cuando yo tenía trece años y era negligente y desdichada, mi madre intentó que me interesara por él.

Ahora, por supuesto, es diferente. Tenemos prohibido jugar. Es peligroso. Es indecente. Es algo que él no puede hacer con su Esposa. Ahora es atractivo. Ahora él se ha comprometido. Es como si me hubiera ofrecido droga.

—De acuerdo —respondo en tono neutro. En realidad, apenas puedo hablar.

No me explica por qué quiere jugar al Scrabble conmigo, y yo no se lo pregunto. Él se limita a sacar una caja de uno de los cajones de su escritorio y abrirla. Allí están las fichas de madera plastificada tal como las recuerdo, el tablero dividido en cuadros y los pequeños soportes para apoyar las letras. El Comandante vuelca las fichas encima del escritorio y empieza a ponerlas boca abajo. Lo ayudo.

—¿Sabes jugar? —me pregunta.

Asiento.

Jugamos dos partidas. Formo la palabra «laringe». «Doselera.» «Membrillo.» «Cigoto.» Sostengo las fichas brillantes de bordes suaves y paso el dedo por las letras. Me produce una sensación voluptuosa. Esto es la libertad, apenas un atisbo. Formo la palabra «cojear». «Hartar.» Qué placer. Las fichas son como caramelos de menta, igual de frescos. De niños los llamábamos «camelos». Me gustaría ponérmelas en la boca. También deben de tener sabor a lima. La letra C. Crujiente, ligeramente ácida al paladar, deliciosa.

Gano la primera partida, y le dejo ganar la segunda: aún no he descubierto cuáles son las condiciones, qué podré pedir a cambio.

Finalmente me dice que ya es hora de volver a casa. Ésa es la expresión que utiliza: Volver a casa. Se refiere a mi habitación. Me pregunta si llegaré bien, como si la escalera fuera una calle oscura. Le digo que sí. Abrimos la puerta de su despacho, sólo una rendija, para saber si llega algún ruido del pasillo.

Esto es como tener una cita. Es como entrar a hurtadillas en el dormitorio, después de la hora.

Es una conspiración.

—Gracias —me dice—. Por la partida —añade, y luego agrega—: Quiero que me beses.

Pienso cómo podría arrancar la parte de atrás del retrete de mi cuarto de baño, una de las noches en que me doy una ducha, rápida y silenciosamente para que Cora, que está fuera sentada en la silla, no me oiga. Podría sacar la varilla y ocultarla en mi manga, y traerla escondida la próxima vez que venga al despacho del Comandante, porque después de una petición como ésta siempre existe una próxima vez, al margen de que una diga sí o no. Me pregunto cómo haría para acercarme al Comandante y besarlo, aquí, a solas, y quitarle la chaqueta como si le permitiera o lo invitara a algo más, como una aproximación al amor verdadero, y rodearlo con los brazos y sacar la varilla de mi manga y súbitamente clavarle la punta afilada entre las costillas. Pienso en la sangre que derramaría, caliente como la sopa y llena de sexo, sobre mis manos.

En realidad, no pienso en nada por el estilo. Es algo que agrego después. Tal vez debería haberlo pensado en ese momento, pero no lo hice. Como he dicho, esto es una reconstrucción.

—De acuerdo —respondo.

Me acerco a él y pongo mis labios cerrados contra los suyos. Percibo el perfume de la loción para después del afeitado, la de siempre, con una pizca de olor a naftalina, bastante familiar para mí. Pero él es como alguien a quien acabo de conocer.

Se aparta y me mira. Vuelve a esbozar una sonrisa tímida. Qué sinceridad.

—Así no —dice—. Como si lo hicieras de verdad.

Él estaba muy triste.

Esto también es una reconstrucción.

IX

LA NOCHE

24

Regreso por el pasillo en penumbras, subo la escalera alfombrada y entro a hurtadillas en mi habitación. Me siento en la silla, con las luces apagadas, con el vestido rojo abrochado. Sólo se puede pensar claramente con la ropa puesta.

Lo que necesito es una perspectiva. La ilusión de profundidad creada por un marco, la disposición de las formas sobre una superficie plana. La perspectiva es necesaria. De lo contrario, sólo habría dos dimensiones. De lo contrario, una viviría con la cara aplastada contra una pared, todo sería un enorme primer plano de detalles, pelos, el tejido de la sábana, las moléculas de la cara. La propia piel como un mapa, un gráfico de lo insustancial entrecruzado por pequeñas carreteras que no conducen a ninguna parte. De lo contrario, se vive en el momento presente. Que no es donde quiero estar.

Pero es donde estoy, no hay escapatoria. El tiempo es una trampa en la que estoy atrapada. Debo olvidarme de mi nombre secreto y del camino de retorno. Ahora mi nombre es Defred, y aquí es donde vivo.

Vive el presente, saca el mayor partido de él, es todo lo que tienes.

Ha llegado la hora de hacer el inventario.

Tengo treinta y tres años y el cabello castaño. Mido uno setenta descalza. Tengo dificultades para recordar mi antiguo aspecto. Mis ovarios están sanos. Me queda una posibilidad.

Pero ahora, esta noche, algo ha cambiado. Las circunstancias se han modificado.

Puedo pedir algo. Tal vez no mucho, pero sí algo.

Los hombres son máquinas de practicar el sexo, decía Tía Lydia, y poca cosa más. Sólo quieren una cosa. Debéis aprender a manipularlos para vuestro propio beneficio. Llevadlos de las narices; es una metáfora. Así funciona la naturaleza. Así lo inventó Dios. Así son las cosas.

En realidad, Tía Lydia no dijo esto, pero estaba implícito en sus palabras. Flotaba sobre su cabeza, como las divisas doradas que llevaban los santos en la noche de los tiempos. Y al igual que ellos, era angulosa y descarnada.

Pero ¿cómo encaja el Comandante en todo esto, tal como vive en su despacho, con sus juegos de palabras y sus deseos, para qué? Para que juegue con él, para que lo bese con ternura, como si lo hiciera de verdad.

Sé que necesito considerar seriamente este deseo suyo. Quizá sea importante, un pasaporte, mi perdición. Debo tomármelo en serio, meditarlo bien. Pero haga lo que haga, aquí sentada en la oscuridad, con los reflectores iluminando el rectángulo de mi ventana desde fuera y a través de las cortinas diáfanas como un vestido de novia, como un ectoplasma, con una de mis manos sujetando la otra, balanceándome un poco hacia atrás y hacia delante, haga lo que haga, todo esto tiene algo de gracioso.

Quería que jugara al Scrabble con él y que lo besara como si lo hiciera de verdad.

Ésta es una de las cosas más curiosas que jamás me han ocurrido.

El contexto lo es todo.

. . .

Recuerdo un programa de televisión que vi una vez, una reposición de un programa hecho varios años antes. Yo debía de tener siete u ocho años, era demasiado joven para entenderlo. Era el tipo de programa que a mi madre le encantaba ver: histórico, educativo. Más adelante intentó explicármelo, contarme que las cosas que se veían allí habían ocurrido realmente, pero para mí no era más que un cuento, creía que alguien se lo había inventado. Supongo que todos los niños piensan lo mismo de cualquier historia anterior a su propia época. Si sólo es un cuento, parece menos espantoso.

Era un documental sobre una de aquellas guerras. Entrevistaban a la gente y mostraban fragmentos de películas de la época, en blanco y negro, y fotografías. No recuerdo mucho del documental, pero aún conservo en mi memoria la textura de las imágenes, en las que todo parecía cubierto por una mezcla de luz del sol y polvo, y lo oscuras que eran las sombras bajo las cejas y los pómulos.

Las entrevistas a las personas que aún estaban vivas habían sido rodadas en color. La que mejor recuerdo es la que le hacían a una mujer que había sido amante del jefe de uno de los campos donde encerraban a los judíos antes de matarlos. En hornos, según decía mi madre; pero no había ninguna imagen de los hornos, de modo que me formé el concepto, algo confuso, de que esas muertes habían tenido lugar en la cocina. Para un niño, una idea así encierra algo especialmente aterrador. Los hornos sirven para cocinar, y cocinar es lo que se hace antes de comer. Me imaginaba que a aquellas personas se las habían comido. Y supongo que, en cierto modo, es lo que les ocurrió.

Por lo que decían, aquel hombre había sido cruel y brutal. Su amante —mi madre me explicó el significado de esta palabra; no le gustaban los misterios: cuando yo tenía cuatro años me compró un libro sobre los órganos sexuales— había sido una mujer muy hermosa. Se veía una foto en blanco y negro de ella y de otra mujer, vestidas con bañador de dos piezas, zapatos de plataforma y pamela, indumentaria típica de aquella época; llevaban gafas de sol con forma de ojos de gato y estaban tendidas en unas tumbonas junto a la piscina. La piscina quedaba junto a la casa, que a su vez estaba cerca del campo donde se alzaban los hornos. La mujer decía que no había notado nada fuera de lo normal. Negaba estar enterada de la existencia de los hornos.

En el momento de la entrevista, cuarenta o cincuenta años más tarde, se estaba muriendo a consecuencia de un enfisema. Tosía mucho y se la veía muy delgada y demacrada. Pero aún se sentía orgullosa de su aspecto. (Mírala, decía mi madre un poco a regañadientes y con cierto tono de admiración. Aún se siente orgullosa de su aspecto.) Estaba cuidadosamente maquillada, con mucho rímel y colorete, y tenía la piel estirada como un guante de goma inflado. Llevaba joyas.

No era un monstruo, decía. La gente sostiene que él era un monstruo, pero no es verdad.

¿En qué debía de estar pensando? Supongo que en nada: no en el pasado, no en ese momento. Estaba pensando en cómo no pensar. Era una época anormal. Ella estaba orgullosa de su aspecto. No creía que él fuese un monstruo. No lo era, para ella. Probablemente tenía algún rasgo atractivo: silbaba bajo la ducha, desafinando, le gustaban las trufas, llamaba *Liebchen* a su perro y lo hacía sentar para darle trocitos de carne cruda. Qué fácil resulta inventar la humanidad de cualquiera. Qué tentación fácil de cumplir. Un niño grande, debía de decirse a sí misma. Con el corazón ablandado, debía de apartarle el pelo de la frente y besarle la oreja, no precisamente para obtener algo de él. Era el instinto tranquilizador, el instinto de mejorar las cosas. Vamos, vamos, le diría cuando él se despertaba a causa de una pesadilla. Esto es muy duro para ti. Eso es lo que ella debía de creer, porque de lo contrario, ¿cómo hizo para seguir viviendo? Debajo de esa belleza se ocultaba una mujer normal. Creía en la decencia, era amable con la criada judía, o bastante amable, o más amable de lo necesario.

Unos días después de que se rodara esta entrevista, se suicidó. Lo dijeron por la televisión.

Nadie le preguntó si lo había amado o no.

Lo que ahora recuerdo, de forma mucho más clara que cualquier otra cosa, es el maquillaje.

Me pongo de pie en la oscuridad y empiezo a desabotonarme el vestido. Entonces oigo algo dentro de mi cuerpo. Me he roto, algo se me ha partido, debe de ser eso. El ruido sube y sale desde el lugar roto hasta mi cara. Sin advertencia: yo no estaba pensando en nada. Si dejo que este sonido salga al aire, se convertirá en una carcajada demasiado fuerte, alguien podría oírla y en ese caso habría idas y venidas de pasos apresurados, órdenes y quién sabe qué más. Consecuencia: emoción inadecuada a las circunstancias. El útero que desvaría, solían pensar. Histeria. Y luego una aguja, una píldora. Podría ser fatal.

Me pongo las manos delante de la boca, como si estuviera a punto de vomitar; caigo de rodillas, la carcajada hierve en mi garganta como si fuera lava. Gateo hasta el armario y subo las rodillas; voy a ahogarme aquí dentro. Me duelen las costillas de tanto contener la risa. Tiemblo, me sacudo, sísmica, volcánica, a punto de estallar. El armario queda rojo por completo, carcajada rima con preñada, ah, morirse de risa.

Oculto la cara en los pliegues de la capa colgada, cierro con fuerza los ojos y empiezan a brotar las lágrimas. Intento calmarme.

Al cabo de un rato se me pasa, como si se tratara de un ataque de epilepsia. Aquí estoy, dentro del armario. *Nolite te bastardes carborundorum.* No logro verlo en la oscuridad, pero sigo las diminutas letras con la punta de los dedos, como si fuera un mensaje en braille. Ahora resuena en mi cabeza, no tanto como una oración sino como una orden, pero ¿para hacer qué? En cualquier caso, para mí es inútil, como un antiguo jeroglífico cuya clave se ha perdido. ¿Por qué lo escribió, por qué se molestó en hacerlo? No hay manera de salir de aquí.

Permanezco acostada en el suelo, respirando aceleradamente, luego más despacio, igual que en los ejercicios para el parto. Lo único que oigo ahora es el sonido de mi corazón, que se abre y se cierra, se abre y se cierra, se abre.

X

LOS PERGAMINOS
ESPIRITUALES

25

Lo primero que oí a la mañana siguiente fue un grito y un estrépito. Era Cora, que había dejado caer la bandeja del desayuno. Me despertó. Aún tenía medio cuerpo dentro del armario, y la cabeza sobre la capa, que no era más que un bulto. Supongo que la descolgué de la percha y me quedé dormida encima de ella. Al principio no conseguía recordar dónde me encontraba. Cora estaba arrodillada a mi lado, noté su mano en la espalda. Cuando me moví, volvió a gritar.

¿Qué pasa?, le pregunté. Rodé sobre mí misma y me incorporé.

Oh, dijo. Creía...

¿Qué creía?

Como...

Los huevos estaban en el suelo, rotos, y había zumo de naranja, y cristales hechos añicos.

Tendré que traer otro, masculló. Qué lástima. ¿Qué hacías tirada en el suelo? Me tomó de las manos para ayudarme a ponerme de pie y adoptar una postura respetable.

No quise confesarle que no me había acostado en toda la noche. No habría sabido cómo explicárselo. Le dije que debía de haberme desmayado. Fue casi peor, porque empezó a sacar sus conclusiones.

Es uno de los primeros síntomas, comentó en tono de satisfacción. Eso y los vómitos. Debería haberse percatado de que no había transcurrido el tiempo suficiente; pero tenía muchas esperanzas.

No, no es eso, le dije. Me había sentado en la silla. Estoy segura de que no es eso. Sencillamente me mareé. Estaba aquí, y todo empezó a oscurecerse.

Debe de haber sido por la tensión de ayer, aventuró. Quítate esto.

Se refería al Nacimiento, y repuse que sí. Ella estaba arrodillada a mi lado, recogiendo los trozos de huevo y los cristales rotos y poniéndolos en la bandeja. Secó parte del zumo de naranja con la servilleta de papel.

Tendré que ir por un paño, comentó. Querrán saber por qué traigo más huevos. A menos que te arregles sin ellos. Me miró de reojo, furtivamente, y comprendí que sería mejor que ambas fingiéramos que yo me había tomado todo el desayuno. Si ella informaba de que me había encontrado tirada en el suelo, habría demasiadas preguntas. De todos modos, tendría que explicar la rotura del vaso; pero Rita se pondría de mal humor si la obligaban a preparar el desayuno por segunda vez.

Me las arreglaré sin ellos, le aseguré. No tengo mucha hambre. Fue perfecto, porque encajaba con lo del mareo. Pero me comeré la tostada, agregué. No quería quedarme totalmente en ayunas.

Está en el suelo, me advirtió.

No importa, dije. Me puse a comer la tostada mientras ella entraba en el cuarto de baño y tiraba en el váter los restos del huevo.

Diré que he tropezado y se me ha caído la bandeja, anunció al salir.

Me gustó que estuviera dispuesta a mentir por mí, incluso en algo tan insignificante, aunque fuese en su propio beneficio. Era una manera de estar unidas.

Espero que nadie te haya oído, dije con una sonrisa.

214

Me he llevado un buen susto, reconoció, deteniéndose en la puerta, con la bandeja en la mano. Al principio creía que sólo era tu ropa. Luego me he dicho: ¿Qué hace su ropa en el suelo? He pensado que a lo mejor te habías...

Fugado, agregué.

Bueno, casi, reconoció; pero eras tú.

Sí, afirmé; era yo.

Y lo era, en efecto, y ella salió con la bandeja y volvió con un paño para limpiar el resto de zumo de naranja, y esa tarde Rita hizo un comentario malhumorado acerca de que algunas personas eran unas manazas. Tienen demasiadas cosas en la cabeza, no miran por dónde caminan, protestó, y seguimos así, como si nada hubiera ocurrido.

Eso sucedió en mayo. Ya ha pasado la primavera, los tulipanes han dejado de florecer y empiezan a perder los pétalos uno a uno, como si fueran dientes. Un día tropecé con Serena Joy, que se hallaba en el jardín, arrodillada sobre un almohadón; el bastón estaba a su lado, en la hierba. Se dedicaba a cortar los capullos con unas tijeras. Yo llevaba mi cesta con naranjas y chuletas de cordero, y al pasar la miré con el rabillo del ojo. Ella estaba concentrada, ajustando las hojas de la tijera, y al cortar sus manos parecían sufrir un espasmo convulsivo. ¿Sería la artritis, que reptaba por sus dedos? ¿O una guerra relámpago, un kamikaze lanzándose sobre los hinchados órganos genitales de las flores? El cuerpo fructífero. Cortando los capullos se consigue que el bulbo acumule energía.

Santa Serena, arrodillada, haciendo penitencia.

A menudo me divertía así, con bromas malintencionadas y agrias con respecto a ella; pero no durante mucho tiempo. No es conveniente demorarse mirando a Serena Joy desde atrás.

Lo que yo miraba con codicia eran las tijeras.

Bien. Además teníamos los lirios, que crecen hermosos y frescos sobre sus largos tallos, como vidrio soplado, como una acuarela congelada por un instante en una mancha, azul celeste, malva claro, y los más oscuros, aterciopelados y purpúreos como las orejas de un gato negro iluminadas por el sol, una sombra añil, y los del centro sangriento, de formas tan femeninas que resultaba sorprendente que una vez arrancados no duraran.

Hay algo subversivo en el jardín de Serena, una sensación de cosas enterradas que estallan hacia arriba, sin pronunciar palabra, bajo la luz, como si señalaran y dijeran: Aquello que sea silenciado clamará por ser oído, aunque en silencio. Un jardín de Tennyson, perfumado, lánguido; el retorno de la palabra «desvanecimiento». La luz del sol se derrama sobre él, es verdad, pero el calor brota de las flores mismas, se puede sentir: es como sostener la mano un centímetro por encima de un brazo o de un hombro. Emite calor, y también lo recibe. Al atravesar en un día como hoy este jardín de peonías, de claveles y clavellinas, casi se me va la cabeza.

El sauce luce un follaje abundante y contribuye sin remedio, con su insinuante susurro. «Cita», dice, «terrazas»; los silbidos recorren mi columna vertebral igual que un escalofrío producido por la fiebre. El vestido de verano me roza la piel de los muslos, la hierba crece bajo mis pies y con el rabillo del ojo veo que algo se mueve entre las ramas; plumas, un revoloteo, graciosos sonidos, el árbol convertido en pájaro, la metamorfosis se desboca. Ahora son posibles las diosas y el deseo satura el aire. Incluso los ladrillos de la casa se ablandan y se vuelven táctiles; si me apoyo contra ellos, quedarán calientes y flexibles. Es sorprendente lo que es capaz de hacer una negación. ¿Acaso el hecho de ver mi tobillo, ayer, en el puesto de control, cuando dejé caer mi pase para que él lo cogiera, hizo que se mareara y desvaneciese? Nada de pañuelos ni abanicos, uso lo que tengo a mano.

El invierno no es tan peligroso. Necesito la insensibilidad, el frío, la rigidez; no esta pesadez, como si yo fuera un melón sobre un tallo, esta madurez líquida.

El Comandante y yo tenemos un acuerdo. No es el primero de este tipo en la historia, aunque la forma que está adoptando no es la habitual.

Lo visito dos o tres veces a la semana, siempre después de la cena, pero sólo cuando recibo la señal. Y la señal es Nick. Si cuando salgo a hacer la compra, o cuando vuelvo, él está lustrando el coche y tiene la gorra ladeada, entonces acudo a la cita. Si él no está, o tiene la gorra bien puesta, me quedo en mi habitación, como de costumbre. Por supuesto, nada de esto se aplica durante las noches de Ceremonia.

Como siempre, la dificultad es la Esposa. Después de cenar se va al dormitorio de ambos, desde donde podría oírme mientras me escabullo por el pasillo, aunque tengo cuidado de no hacer ruido. O se queda en la sala, tejiendo una de sus interminables bufandas para los Ángeles, elaborando metros y metros de intrincadas e inútiles personas de lana (debe de ser su manera de procrear). Normalmente, cuando está en la sala, la puerta queda entreabierta, de modo que no me atrevo a pasar junto a ella. Si he recibido la señal pero no puedo bajar la escalera ni pasar por delante de la puerta de la sala, el Comandante comprende. Él, mejor que nadie, conoce mi situación, así como todas las reglas.

Sin embargo, a veces Serena Joy está fuera, visitando a alguna Esposa enferma; es el único sitio al que podría ir sola por la noche. Se lleva comida, por ejemplo una tarta, o un pastel, o un pan amasado por Rita, o un frasco de jalea preparada con las hojas de menta que crecen en su jardín.

Las Esposas de los Comandantes enferman a menudo, lo que añade interés a sus vidas. En cuanto a las Criadas e incluso las Marthas, evitamos la enfermedad. Las Marthas no quieren verse obligadas a retirarse porque ¿quién sabe adónde irían? Ya no se ven muchas ancianas por ahí. Y en cuanto a nosotras, cualquier enfermedad real, cualquier debilitamiento o indisposición crónica, una pérdida de peso o de apetito, la caída del cabello, un fallo de las glándulas, sería decisivo. Recuerdo que a principios de la primavera Cora corría por la casa a pesar de la gripe, y se agarraba de las puertas cuando creía que nadie la veía, haciendo esfuerzos para no toser. Cuando Serena le preguntó qué le pasaba, respondió que sólo era un ligero resfriado.

La misma Serena a veces se toma unos días de descanso y se queda en la cama. Entonces es ella la que recibe visitas; las otras Esposas suben ruidosamente la escalera y parlotean; ella recibe las tartas y los pasteles, la jalea y los ramos de flores de los jardines de las demás.

Se turnan. Hay una especie de lista invisible y tácita. Cada una se cuida de no acaparar la atención más de lo que le corresponde.

Cuando a Serena le toca salir una noche, yo sé a ciencia cierta que me llamarán.

La primera vez me sentía confusa. No conocía sus necesidades, y lo que yo podía recibir a cambio me pareció ridículo, risible, como una obsesión por los zapatos de cordones.

Además me había llevado una especie de decepción. ¿Qué esperaba yo la primera vez, detrás de la puerta cerrada? ¿Algo inenarrable, quizá posturas a cuatro patas, perversiones, azotes, mutilaciones? Como mínimo alguna manipulación sexual menor, algún pecadillo prohibido por la ley y que se castiga con la amputación. En cambio, el hecho de que me pidiera que jugara al Scrabble, como si fuéramos una pareja de ancianos o un par de niños, me pareció extremadamente raro, a su manera también una violación. Como requerimiento, fue obtuso.

De modo que cuando abandoné la habitación, aún no tenía claro qué quería, ni por qué, ni si estaría en condiciones de concedérselo. Cuando se trata de un negocio, deben enunciarse los términos del intercambio. Ciertamente, eso era algo que él no había hecho. Pensé que estaba jugando al gato y al ratón, pero ahora creo que sus motivos y sus deseos no eran obvios ni siquiera para él. Aún no habían alcanzado el nivel verbal.

La segunda noche empezó igual que la primera. Fui hasta su puerta, que estaba cerrada, llamé, y él me dijo que entrara. Luego siguieron las dos partidas con las suaves fichas de color beige. «Minucioso», «cuarzo», «quicio», «sílfide», «ritmo», todos los viejos trucos que logré imaginar o recordar para usar las consonantes. Sentía la lengua entumecida a causa del esfuerzo de deletrear. Era como emplear un idioma que alguna vez supe pero que casi había olvidado, un idioma que tiene que ver con costumbres desaparecidas mucho tiempo atrás: *café au lait* en una terraza, con un brioche, ajenjo servido en un vaso largo o camarones en un cucurucho de papel; cosas acerca de las cuales había leído, pero que nunca había visto. Era como intentar caminar sin muletas, como aquellas escenas tan artificiales de las antiguas películas de la televisión. *Puedes hacerlo. Sé que puedes.* Así tropezaba y se tambaleaba mi mente entre las angulosas erres y tes, deslizándose sobre las vocales ovoides igual que si lo hiciera sobre guijarros.

El Comandante se mostraba paciente cuando yo dudaba o le preguntaba cuál era la ortografía correcta de determinada palabra. Siempre estamos a tiempo de consultar el diccionario, decía. «Estamos», decía. Me di cuenta de que la primera vez me había dejado ganar.

Esperaba que aquella noche todo fuera igual, incluyendo el beso de despedida. Pero cuando terminamos la partida se echó hacia atrás en la silla, apoyó los codos en los brazos de la silla, juntó las yemas de los dedos y me miró.

Tengo un pequeño regalo para ti, anunció.

Esbozó una sonrisa, luego abrió el cajón superior de su escritorio y sacó algo. Lo sostuvo un instante entre las manos, como decidiendo si dármelo o no. Aunque desde donde yo estaba la veía del revés, la reconocí de inmediato. En un tiempo habían sido algo muy corriente. Se trataba de una revista, una revista femenina, según deduje al observar la foto impresa en papel satinado: una modelo con el cabello ahuecado, el cuello envuelto en una bufanda, los labios pintados; la moda de otoño. Yo creía que todas esas revistas habían sido destruidas, pero quedaba una y estaba ahí, en el despacho del Comandante, donde menos esperabas encontrarte algo así. Miró a la modelo, que estaba de cara a él; aún sonreía, con esa sonrisa melancólica que lo caracterizaba. Su mirada fue la misma que se dedicaría en el zoo a un animal cuya especie está casi extinguida.

Clavé los ojos en la revista, mientras él la balanceaba delante de mí como si fuera cebo en un anzuelo, y la deseé. La deseé intensamente, tanto que me dolían las yemas de los dedos. Al mismo tiempo, mi actitud se me antojó frívola y absurda, porque en el pasado me había tomado bastante a la ligera ese tipo de revistas. Las leía en la consulta del dentista y a veces en los aviones; las compraba para llevarlas a las habitaciones de los hoteles, como una manera de ocupar el tiempo libre mientras esperaba a Luke. Una vez que las había hojeado, las tiraba, porque eran absolutamente desechables, y uno o dos días más tarde era incapaz de recordar lo que había leído en ellas.

Sin embargo, en ese momento lo recordé. Lo que había en ellas era una promesa. Comerciaban con la transformación; sugerían una interminable serie de posibilidades que se extendían como una imagen en dos espejos enfrentados, multiplicándose, réplica tras réplica, hasta desaparecer. Sugerían una aventura tras otra, un guardarropa tras otro, una reforma tras otra, un hombre tras otro. Sugerían el rejuvenecimiento, la derrota y la superación del dolor, el amor infinito. La verdadera promesa que encerraban era la inmortalidad.

Eso era lo que él sostenía entre las manos, sin saberlo. Pasó rápidamente las páginas, y noté que me iba inclinando hacia delante.

Es antigua, comentó, una especie de curiosidad. De la década de los setenta, creo. Es una *Vogue*, añadió, como un experto en vinos que deja caer un nombre. He pensado que te gustaría mirarla.

Me eché hacia atrás. Quizá estuviera sometiéndome a una prueba para saber hasta qué punto había influido en mí el adoctrinamiento. No está permitida, respondí.

Aquí sí, dijo con serenidad. Comprendí de inmediato. Si se había roto el tabú principal, ¿por qué dudar ante uno menos importante? Y ante otro, y otro. ¿Quién podía saber dónde terminarían? Detrás de aquella puerta, el tabú quedaba desterrado.

Tomé la revista de sus manos y le di la vuelta. Ahí estaban, otra vez, las imágenes de mi niñez: atrevidas, arrolladoras, seguras de sí mismas, con los brazos abiertos como si exigieran espacio, con las piernas abiertas y los pies firmemente apoyados en el suelo. Había algo renacentista en la pose, pero yo pensaba en los príncipes y no en las doncellas con cofias y rizos. Aquellos ojos sinceros, sombreados con maquillaje, sí, pero iguales a los ojos de los gatos, fijos y esperando el momento de saltar. Sin retroceder ni aferrarse, al menos con esas capas y esos trajes de *tweed* basto y esas botas hasta las rodillas. Esas mujeres eran como piratas, con sus elegantes carteras para guardar el botín y sus dentaduras caballunas y codiciosas.

Advertí que el Comandante me observaba mientras yo pasaba las páginas. No se me escapaba que estaba haciendo algo que no debía, y que a él le producía placer mirar cómo lo hacía. Tendría que haberme sentido perversa; a los ojos de Tía Lydia, era una perversa. Pero no me sentía así. Al contrario, me sentía como aquellas postales de la época eduardiana, con dibujos de mujeres en la costa: atrevida. ¿Qué me daría a continuación? ¿Una faja?

¿Por qué motivo la guarda?, le pregunté.

Algunos de nosotros, explicó, apreciamos las cosas antiguas.

Pero se suponía que éstas habían sido quemadas, argumenté. Se hicieron registros casa por casa, hogueras...

Lo que representa un peligro en manos de las masas, prosiguió, en un tono que podía ser irónico, pero tal vez no, está a salvo en manos de aquellos cuyos motivos son...

Impecables, concluí.

Asintió con expresión grave. Era imposible saber si hablaba en serio o no.

Pero ¿por qué me la enseña?, inquirí, y de inmediato me sentí estúpida. ¿Qué iba a responder? ¿Que se estaba divirtiendo a costa mía? Porque él debía de saber lo mucho que me dolía recordar el pasado.

No estaba preparada para lo que en realidad respondió. ¿A qué otra persona podría enseñársela?, dijo mostrando otra vez una expresión de tristeza.

¿Y si fuera más lejos?, pensé. No quería apremiarlo ni presionarlo. Sabía que yo era prescindible. Sin embargo, le pregunté con mucha cautela: ¿Y su Esposa?

Pareció reflexionar. No, contestó. Ella no comprendería. De todos modos, ya casi no me habla. Parece ser que ahora no tenemos muchas cosas en común.

Lo había dicho, había revelado lo que pensaba: su esposa no lo comprendía.

De modo que yo estaba ahí por esa razón. Lo mismo de siempre. Demasiado trivial para ser cierto.

• • •

La tercera noche le pedí un poco de crema para las manos. No quería parecer aprovechada, pero necesitaba saber qué podía conseguir.

¿Un poco de qué?, me preguntó en tono amable, como de costumbre. Estaba frente a mí, al otro lado del escritorio. Nunca me tocaba mucho, salvo para el beso obligatorio. Ni manoseos, ni jadeos, ni nada de eso; en cierto sentido habría estado fuera de lugar, tanto para él como para mí.

Crema para las manos, repetí. O para la cara. Se nos seca mucho la piel. Por alguna razón, dije «nos» en lugar de «me». Me habría gustado pedirle también unas sales de baño, de esas que se conseguían antes, semejantes a pequeños globos de colores, y que tan mágicas me parecían cuando las veía en casa, en el bol redondo de cristal que mi madre tenía en el cuarto de baño. Pero pensé que él no sabría de qué se trataba. Además, lo más probable era que ya no las fabricaran.

¿Se os seca?, preguntó el Comandante, como si nunca hubiera pensado en ello. ¿Y qué hacéis para remediarlo?

Usamos mantequilla, le expliqué. Cuando la conseguimos. O margarina. La mayor parte de las veces esto último.

Mantequilla, repitió en tono reflexivo. Una idea muy inteligente. Mantequilla. Y se echó a reír.

Sentí deseos de abofetearlo.

Creo que podría conseguir un poco, comentó como quien complace a un niño que pide un dulce. Pero ella podría notar el olor.

Me pregunté si ese temor se basaría en alguna experiencia pasada. Mucho tiempo atrás: lápiz de labios en el cuello de la camisa, perfume en los puños, una escena a altas horas de la noche, en la cocina o en el dormitorio. Un hombre que no hubiera vivido semejante experiencia no pensaría en eso. A menos que fuera más astuto de lo que parecía.

Tendré cuidado, le aseguré. Además, ella nunca está tan cerca de mí.

A veces sí, señaló.

Bajé la mirada. Lo había olvidado. Sentí que me ruborizaba. Esas noches no me la pondré, dije.

La cuarta noche me llevó la crema para las manos en un frasco de plástico sin etiqueta. No era de muy buena calidad, olía ligeramente a aceite vegetal. Para mí no existía el Lirio de los Valles. Esa crema debía de ser algo que fabricaban para usar en los hospitales, para curar las llagas o algo así. Pero de todos modos se lo agradecí.

El problema, dije, es que no tengo dónde guardarla.

En tu habitación, repuso, como si fuera obvio.

La encontrarían, objeté. Alguien la encontraría.

¿Por qué?, preguntó, como si realmente no lo supiera. Y tal vez no lo sabía. No era la primera vez que daba muestras de ignorar las condiciones reales en que vivíamos.

Nos revisan, expliqué. Revisan nuestras habitaciones.

¿Para qué?, inquirió.

Creo que en ese momento perdí ligeramente los estribos. Cuchillas de afeitar, le espeté. Libros, escritos, cosas conseguidas en el mercado negro. Todas esas cosas que se supone que no debemos tener. Dios, usted debería saberlo. Sonaba más furiosa de lo que pretendía, pero él ni siquiera pestañeó.

Entonces tendrás que guardarla aquí, concluyó.

Y eso hice.

Mientras yo extendía la crema por mis manos y luego por mi cara, me miró con la misma expresión de quien mira a través de unos barrotes. Quise volverme de espaldas a él —era como si estuviera conmigo en el cuarto de baño—, pero no me atreví.

Para él, debo recordarlo, sólo soy un capricho.

26

Dos o tres semanas más tarde, cuando llegó la noche de la Ceremonia, tuve la impresión de que las cosas eran diferentes. Percibí una incomodidad que nunca había existido. Antes yo la consideraba un trabajo, un trabajo desagradable que había que hacer lo más rápido posible para quitárselo de encima. Sé dura como el hierro, solía decir mi madre antes de los exámenes por los que yo no quería pasar, o de los baños de agua fría. Por entonces nunca pensé mucho en lo que la frase significaba, pero tenía algo que ver con el metal, con una armadura, y decidí que seguiría ese consejo: ser de hierro. Fingir que no estaba presente; no en carne y hueso.

Supe que ese estado de ausencia, de existencia separada del cuerpo, también era verdad en el caso del Comandante. Quizá pensara en otras cosas cuando estaba conmigo; con nosotras, porque por supuesto Serena Joy también se encontraba allí aquellas noches. Debía de pensar en lo que había hecho durante el día, o en la partida de golf, o en lo que había comido para cenar. El acto sexual —aunque lo ejecutaba de manera mecánica— para él debía de ser, en gran medida, algo inconsciente, igual que rascarse.

Pero aquella noche, la primera después de este nuevo acuerdo entre nosotros —fuera lo que fuere, no sabría cómo llamarlo—, sentí vergüenza, en primer lugar por el modo en que me miraba, que no me gustó. Las luces estaban encendidas como de costumbre, puesto que Serena Joy se ocupaba de eliminar cualquier detalle que creara la mínima aureola de sensualidad o erotismo, por leve que fuese: luces por encima de nuestras cabezas, que resultaban molestas a pesar del dosel. Era como estar sobre una mesa de operaciones bajo un foco deslumbrante, o en un escenario. Era consciente de que tenía las piernas cubiertas de ese vello disperso que crece en las piernas que ya han sido depiladas. También era consciente del vello de mis axilas, aunque por supuesto él no podía verlo. El acto de la cópula, la fecundación tal vez —que para mí no debería haber sido más de lo que una abeja es para una flor—, se había convertido, a mi modo de ver, en algo indecoroso, en una incorrección, algo que nunca había sentido.

Él ya no era una cosa para mí. Ahí estaba el problema. Me di cuenta aquella noche, y esa comprensión no me ha abandonado. Las cosas se complican.

Serena Joy también ha cambiado para mí. Antes sencillamente la odiaba por participar en lo que me hacían; y porque ella también me odiaba y tomaba a mal mi presencia, y porque sería la que criaría a mi hijo, si era capaz de tener uno. Pero en aquel momento, aunque la odiaba —en cualquier caso no más que cuando me apretaba las manos con tanta fuerza que sus anillos me pellizcaban la piel, y al mismo tiempo me las sujetaba, lo que debía de hacer adrede para que me sintiera tan incómoda como ella—, no era el mío un odio puro y simple. En parte, yo estaba celosa; pero ¿cómo era posible que lo estuviese de una mujer tan obviamente marchita y desgraciada? Se supone que sentimos celos de quien tiene algo que nos pertenece, lo que no era mi caso, y aun así...

También me sentía culpable con respecto a ella, como si yo fuese una intrusa en un territorio que le pertenecía a ella. Ahora que veía al Comandante a escondidas, aunque sólo fuera para acompañarlo en sus juegos y oírlo hablar, nuestros papeles ya no eran tan diferentes como deberían haber sido en teoría. Aunque ella no lo supiera, yo le estaba quitando algo. Estaba robando. No importaba que se tratara de algo que ella aparentemente no quería o necesitaba, o que incluso rechazaba; aun así era suyo, y si yo se lo quitaba, si le quitaba esa cosa misteriosa que me resulta imposible definir —dado que el Comandante no me amaba, me negaba a creer que sintiera por mí algo tan extremo—, ¿qué le quedaría?

¿Por qué preocuparse?, pensé. Ella no significa nada para mí, no le gusto, si pudiera inventar alguna excusa me echaría de esta casa de inmediato. Si lo descubriera, por ejemplo. Él no estaría en condiciones de intervenir para salvarme; las transgresiones de las mujeres de la casa —sea una Martha o una Criada— sólo están bajo la jurisdicción de las Esposas. Yo sabía que ella era una mujer malvada y vengativa. Sin embargo, no podía evitar que me remordiese de algún modo la conciencia.

Además, aunque Serena Joy no lo sabía, yo ejercía cierto poder sobre su persona. Y lo disfrutaba. ¿Por qué fingir? Lo disfrutaba muchísimo.

El Comandante, sin embargo, podría haberme delatado muy fácilmente, con una mirada, un gesto, cualquier desliz que revelara que había algo entre nosotros. Estuvo a punto de hacerlo la noche de la Ceremonia. Tendió la mano como si fuera a tocarme la cara; yo eché la cabeza hacia un lado, abrigando la esperanza de que Serena Joy no lo hubiera advertido, y él apartó la mano y se concentró en sus pensamientos y en su viaje interior.

No vuelva a hacerlo, le dije cuando nos encontramos otra vez a solas.

¿Hacer qué?, preguntó.

Intentar tocarme de esa manera cuando estamos... cuando ella está allí.

¿Eso hice?, se asombró.

Podría provocar que me trasladaran, le dije. A las Colonias, ya lo sabe. O algo peor. Yo pensaba que delante de los demás seguiría actuando como si yo fuera un enorme florero, o una ventana: parte del decorado, inanimada o transparente.

Lo siento, se disculpó. No era mi intención; pero me resulta...

¿Qué?, lo insté a que concluyera la frase.

Impersonal, afirmó.

¿Y ahora lo descubre?, inquirí. Por mi manera de hablar, se habrá advertido que nuestra relación ya había cambiado.

Para las generaciones venideras, aseguraba Tía Lydia, todo será más fácil. Las mujeres vivirán juntas y en armonía, formando una sola familia. Para ellas seréis como hijas, y cuando el nivel de la población se haya estabilizado otra vez no tendremos que trasladaros de una casa a otra, porque seréis suficientes. Bajo tales condiciones podrán crearse verdaderos lazos afectivos, añadía guiñándonos un ojo. ¡Las mujeres estarán unidas por un único objetivo! Se ayudarán mutuamente en las tareas cotidianas mientras recorran juntas el sendero de la vida, cada una cumpliendo con el trabajo que se le haya asignado. ¿Por qué dejar que una sola mujer cargue con todas las labores necesarias para la correcta administración de una casa? No es razonable, ni humano. Vuestras hijas gozarán de mayor libertad. Estamos luchando con el fin de darle un pequeño jardín a cada una de vosotras —volvía a juntar las manos y bajaba la voz—, y eso es sólo un ejemplo. Levantaba el índice y lo agitaba delante de nuestras narices. Pero hasta que llegue ese día no podemos comportarnos como cerdas tragonas y pedir demasiado, ¿no os parece?

· · ·

La realidad es que soy su amante. Los hombres de la alta sociedad siempre han tenido amantes, ¿por qué iba a ser diferente ahora? Los arreglos no son exactamente los mismos, por supuesto. Antes las amantes solían vivir en casas más pequeñas, o en apartamentos de su propiedad, pero en la actualidad las cosas se han amalgamado. Aunque en el fondo es lo mismo, más o menos. En algunos países las llamaban «mujeres independientes». Yo soy una mujer independiente. Mi trabajo consiste en proporcionar lo que, de lo contrario, se echa en falta. Incluso el Scrabble. Es una situación absurda y, al mismo tiempo, ignominiosa.

A veces pienso que ella lo sabe. A veces se me ocurre que están en connivencia. A veces creo que ella lo incita a esto, y que se ríe de mí; como yo misma, de vez en cuando, me río de mi situación con cierta ironía. Dejémosla que cargue con lo más pesado, debe de decir para sus adentros. Tal vez se haya apartado de él casi por completo, tal vez ésta sea su versión de la libertad.

Pero incluso así, y de manera bastante estúpida, soy más feliz que antes. En primer lugar, se trata de un quehacer. Algo para llenar el tiempo por las noches, en lugar de sentarme sola en mi habitación. Algo más en lo que pensar. No amo al Comandante, ni nada por el estilo, pero me interesa, ocupa un espacio, es más que una sombra.

Por otra parte, para él ya no soy sólo un cuerpo utilizable. Para él no soy un buque sin carga, un cáliz sin vino, un horno —digámoslo con toda la crudeza— al que le faltan los bollos. Para él no estoy sencillamente vacía.

27

Recorro la calle con Deglen, bajo el sol. Hace calor y hay humedad. Antes, en esta época del año nos habríamos puesto un vestido de playa y sandalias. En nuestras cestas llevamos fresas —es la época, de modo que comeremos fresas hasta hartarnos— y pescado bien envuelto. El pescado lo compramos en Panes y Peces, que también tiene su letrero de madera con el dibujo de un pez con pestañas, sonriente. Sin embargo, no venden pan. La mayoría de las familias hornean su propio pan, aunque, cuando se les acaba, en El Pan de Cada Día se pueden conseguir panecillos secos y buñuelos pasados. Panes y Peces casi nunca está abierta; ¿para qué molestarse en abrir si no tienen qué vender? La pesca marina dejó de existir hace años; el poco pescado que hay procede de piscifactorías, y sabe a fango. Las noticias dicen que las áreas costeras están «en reposo». Recuerdo el lenguado, el abadejo, el pez espada, las vieiras, el atún; y la langosta al horno y rellena, y el salmón, rosado y graso, asado a la parrilla. ¿Es posible que se hayan extinguido todos, igual que las ballenas? He oído ese rumor, me lo transmitieron con palabras mudas, con un movimiento apenas perceptible de los labios, mientras estábamos fuera haciendo cola, esperando que abriera la tienda, en cuyo escaparate se veía el dibujo de unos suculentos filetes de pescado blanco. Cuando tienen algo, ponen el dibujo en el escaparate; si no, lo quitan. Un lenguaje de señas.

Hoy, Deglen y yo caminamos lentamente; tenemos calor con nuestros vestidos largos, nos sudan las axilas y estamos cansadas. Al menos con esta temperatura no nos obligan a llevar guantes. En algún lugar de esta calle había una heladería. No logro recordar el nombre. Las cosas pueden cambiar tan rápidamente, pueden demoler los edificios o transformarlos en cualquier otra cosa, y resulta difícil recordarlos tal como eran. Había cucuruchos dobles, y si querías te ponían ralladura de chocolate por encima. Éstos tenían nombre de hombre, ¿Johnnies? ¿Jackies? No logro recordarlo.

Íbamos cuando ella era pequeña, y yo la levantaba en brazos para que viera a través del cristal del mostrador los recipientes con los helados de colores suaves: naranja pálido, verde pálido, rosa pálido, y yo le leía los nombres para que ella pudiera escoger. De todos modos, no los elegía por el nombre, sino por el color. Sus vestidos y sus batas también eran de esos colores. Helados al pastel.

Jimmies, así se llamaban.

Ahora, Deglen y yo nos sentimos más cómodas, nos hemos acostumbrado a estar juntas. Como hermanas siamesas. Ya no nos molestamos en cumplir con las formalidades del saludo; sonreímos y echamos a andar, en tándem, recorriendo serenamente nuestra ruta diaria. De vez en cuando variamos el itinerario; no hay nada que lo prohíba siempre que permanezcamos dentro del límite de las barreras. Una rata que está dentro de un laberinto es libre de ir a donde quiera, siempre que permanezca dentro de él.

Ya hemos ido a las tiendas, y a la iglesia, y ahora nos encontramos frente al Muro. Hoy no hay nada, en verano no dejan los cadáveres colgados tanto tiempo como en invierno, debido a las moscas y el olor. En otra época esto fue el reino de los ambientadores, Pino y Floral, y la gente conserva la afición por ellos; sobre todo los Comandantes, que aconsejan la pureza de todas las cosas.

—¿Tienes todo lo de tu lista? —me pregunta Deglen, aunque sabe que lo tengo.

Nuestras listas nunca son largas. Ella ha abandonado su pasividad de los primeros días, y parte de su melancolía. A menudo es la que inicia la conversación.

—Sí —respondo.

—Entonces demos una vuelta —propone.

Quiere decir que bajemos hasta el río. Hace tiempo que no vamos allí.

—Fantástico —digo.

Sin embargo, no me vuelvo de inmediato, sino que echo un último vistazo al Muro. Ahí están los ladrillos rojos, los reflectores, la alambrada de alambre de espino, los ganchos. De alguna manera, el Muro resulta aún más agorero si está vacío, como hoy. Cuando hay alguien colgado, por lo menos se sabe lo peor. Pero vacío también es algo en potencia, como una tormenta que se aproxima. Cuando veo los cuerpos, los cuerpos reales, cuando por los tamaños y las formas consigo adivinar que ninguno de ellos es Luke, entonces pienso que quizá aún esté vivo.

No sé por qué espero verlo en este muro. Hay cientos de lugares diferentes donde podrían haberlo matado. Pero no logro sacarme de la cabeza la idea de que en este momento está allí, detrás de los ladrillos rojos.

Intento imaginar en qué edificio se encuentra. Recuerdo la distribución de los edificios que se alzan al otro lado del Muro; antes, cuando era una universidad, podíamos caminar libremente por el interior. Aún entramos, de vez en cuando, para los Salvamentos de Mujeres. La mayor parte de los edificios también son de ladrillo rojo; algunos tienen puertas con figura de arco, un efecto románico del siglo XIX. Ya no nos permiten entrar en los edificios, pero ¿a quién le interesa? Pertenecen a los Ojos.

Tal vez esté en la Biblioteca. En algún lugar de las bóvedas. En las estanterías.

La Biblioteca es como un templo. Una larga escalinata blanca conduce a la hilera de puertas. En el interior, otra escalera blanca. A los lados de ésta, en la pared, se ven ángeles. También hay unos hombres luchando, o a punto de luchar, de aspecto limpio y noble, para nada sucios, ensangrentados y malolientes, como deberían haber estado. A un lado de la puerta interior se ve la Victoria, guiándolos, y al otro la Muerte. Es un mural en honor de alguna guerra. Los hombres que se encuentran junto a la Muerte aún están vivos. Se van al Cielo. La Muerte es una mujer hermosa que lleva alas y un pecho casi al descubierto. ¿O ésa es la Victoria? No me acuerdo.

Esto no lo habrán destruido.

Nos volvemos de espaldas al Muro y caminamos hacia la izquierda. Aquí hay varios almacenes vacíos con los cristales de los escaparates garabateados con jabón. Intento recordar qué vendían en otros tiempos. ¿Cosméticos? ¿Joyas? La mayor parte de las tiendas que vendían artículos para hombre aún están abiertas; solamente han obligado a cerrar a las que vendían lo que ellos llaman «vanidades».

En la esquina hay una tienda llamada Pergaminos Espirituales. Es una franquicia: hay Pergaminos Espirituales en el centro de cada ciudad, en cada barrio residencial, o eso dicen. Deben de producir enormes beneficios.

El escaparate de Pergaminos Espirituales es de cristal irrompible. Detrás de él se ven varias hileras de máquinas impresoras; estas máquinas se conocen con el nombre de Rollos Sagrados, pero sólo entre nosotras, porque es un nombre irrespetuoso, un mote. Lo que imprimen las máquinas son plegarias, rollos y más rollos que nunca terminan de salir. Los pedidos se hacen por Compufono; un día, por casualidad, oí que la Esposa del Comandante lo hacía. El hecho de pedir plegarias a Pergaminos Espirituales es una muestra de piedad y lealtad al régimen, de modo que, naturalmente, las Esposas de los Comandantes lo hacen muy a menudo. Beneficia las carreras de sus esposos.

Existen cinco tipos diferentes de plegarias: para la salud, la riqueza, una muerte, un nacimiento, un pecado. Escoges la que quieres, marcas el número de tu cuenta para que te carguen el importe, y luego indicas la cantidad de copias que deseas de la plegaria.

Mientras imprimen las plegarias, las máquinas hablan; si quieres, puedes entrar y escuchar sus voces inexpresivas y metálicas que repiten la misma cantinela una y otra vez. Cuando las plegarias han sido pronunciadas e impresas, el papel vuelve a entrar por otra ranura y se recicla para un nuevo uso. En el interior del edificio no hay nadie: las máquinas funcionan solas. Desde fuera no se oyen; sólo llega un murmullo, un canturreo, como el de una devota multitud arrodillada. Cada máquina tiene pintado al costado un ojo dorado, flanqueado por dos pequeñas alas del mismo color.

Intento recordar qué vendían aquí cuando esto era una tienda, antes de que se convirtiera en Pergaminos Espirituales. Creo que era una tienda de lencería. ¿Estuches rosados y plateados, medias de colores, sujetadores de encaje, fulares de seda? Todo se ha perdido.

Deglen y yo nos detenemos en Pergaminos Espirituales; observamos el escaparate de cristal irrompible, observamos las plegarias que brotan de las máquinas y vuelven a desaparecer por la ranura, de regreso al reino de lo innombrado. Aparto la vista. Lo que veo no son las máquinas sino a Deglen, reflejada en el cristal del escaparate. Me mira fijamente.

Nos estamos mirando a los ojos. Por primera vez. Nunca había visto su mirada así: directa, firme, no de soslayo. Tiene el rostro ovalado, rosado, relleno sin ser gordo, y los ojos, redondos.

Mira mi reflejo en el cristal, de forma firme y penetrante. Ahora me cuesta apartar la vista, lo cual me produce cierto sobresalto. Es como sorprender desnudo a un desconocido. De pronto, entre nosotras se instala un peligro que antes no existía. El mero hecho de mirarse a los ojos supone un riesgo. Sin embargo, no hay nadie cerca de nosotras.

Por fin, Deglen rompe el silencio.

—¿Crees que Dios oye estas máquinas? —pregunta en un susurro, como solemos hacer en el Centro.

En el pasado, semejante observación habría sido casi trivial, una especie de especulación erudita. Ahora es un acto de traición.

Podría ponerme a gritar, salir corriendo, apartarme de ella en silencio, demostrarle que no toleraré esta clase de conversaciones en mi presencia. Subversión, sedición, blasfemia, herejía, todo en uno.

Me hago de hierro.

—No —respondo.

Deja escapar un largo suspiro de alivio. Hemos atravesado juntas un límite invisible.

—Yo tampoco —afirma.

—De todos modos, supongo que se trata de un tipo de fe —comento—. Como los molinillos de oraciones tibetanos.

—¿Qué es eso? —pregunta.

—Sólo sé lo que he leído —explico—. Funcionaban movidos por el viento. Ya no existen.

—Igual que todo lo demás —apunta. Sólo ahora dejamos de mirarnos.

—¿Este lugar es seguro? —musito.

—Supongo que es el más seguro —responde—. Es como si estuviéramos rezando, eso es todo.

—¿Y qué me dices de ellos?

—¿Ellos? —inquiere en voz baja—. La calle siempre es más segura, no hay micros, y además, ¿por qué iban a poner uno justamente aquí? Deben de pensar que nadie se atrevería. Pero ya llevamos aquí demasiado tiempo. No tiene sentido llegar tarde. —Nos volvemos—. Mantén la cabeza baja mientras caminamos —me indica—, e inclínate un poco hacia mí. Así te oiré mejor. Si se acerca alguien, no hables.

Caminamos con la cabeza gacha, como de costumbre. Estoy tan excitada que me cuesta respirar, pero avanzo con paso firme. Ahora más que nunca debo evitar llamar la atención.

—Creía que eras una auténtica creyente —confiesa Deglen.

—Yo pensaba lo mismo de ti —respondo.

—Siempre te mostrabas asquerosamente piadosa.

—Tú también. —Siento deseos de reír, de gritar, de abrazarla.

—Podemos unirnos —propone.

—¿Unirnos? —pregunto. Eso significa que existe un «nosotros». Lo sabía.

—No creerás que soy la única, ¿verdad?

No lo creía. ¿Y si ella fuese una espía y ésta una estratagema para atraparme? Tal es el terreno en el que nos movemos. Pero me niego a creerlo. La esperanza surge en mi interior como la savia de un árbol. O la sangre en una herida. Hemos abierto una brecha.

Quiero preguntarle si ha visto a Moira, si sabe de alguien que esté en condiciones de averiguar qué le ha ocurrido a Luke, a mi hija, incluso a mi madre, pero ya no hay tiempo. Nos acercamos a la esquina de la calle principal, donde se encuentra la primera barrera. Habrá demasiada gente.

—No digas una sola palabra —me advierte Deglen, aunque no es necesario—. Bajo ningún concepto.

—Por supuesto que no —la tranquilizo.

¿A quién iba a decírselo?

• • •

Caminamos en silencio por la calle principal, pasamos por delante de Azucenas y Todo Carne. Esta tarde, en las aceras se ve más gente que de costumbre: debe de ser a causa del calor. Mujeres vestidas de verde, de azul, de rojo, a rayas; también hay hombres, algunos de uniforme y otros de paisano. El sol es de todos, aún sigue allí para disfrutar de él. Aunque ahora nadie toma baños de sol, al menos en público.

También hay más coches, Whirlwinds con sus chóferes y sus apoltronados ocupantes, vehículos de menor categoría conducidos por hombres de menor categoría.

Está ocurriendo algo: se produce un alboroto, una agitación entre los coches. Algunos se acercan al bordillo como apartándose a un lado. Echo una mirada rápida: es una furgoneta negra con el ojo blanco en un costado. No lleva conectada la sirena, pero de todos modos los otros coches la eluden. Atraviesa la calle lentamente, como si buscara algo, igual que un tiburón al acecho.

Me quedo inmóvil y un escalofrío recorre mi cuerpo. Debía de haber micrófonos, seguro que nos han oído, pienso.

Deglen se cubre la mano con la manga y me toma del brazo.

—No te detengas —murmura—. Haz como si no hubieras visto nada.

Pero no puedo dejar de mirar. La furgoneta frena justo delante de nosotras. Dos Ojos vestidos con traje gris abren las puertas traseras y se apean. Se arrojan sobre un hombre que va caminando, un hombre con un maletín, un hombre de aspecto corriente, y lo empujan contra el costado de la furgoneta. Él se queda allí por un instante, aplastado contra el metal, como si estuviera pegado a él. Entonces uno de los Ojos se le acerca y realiza un movimiento brusco y brutal que hace que el hombre se doble y caiga como un guiñapo. A continuación lo levantan y lo arrojan a la parte posterior de la furgoneta, como si fuera una saca del correo. Luego suben ellos, las puertas se cierran y la furgoneta arranca.

Todo ocurre en cuestión de segundos, y el tráfico se reanuda como si nada hubiera pasado.

Siento alivio. No se trataba de mí.

28

Esta tarde no tengo ganas de dormir la siesta, aún tengo la adrenalina muy elevada. Me instalo en el asiento de la ventana y miro a través de las cortinas semitransparentes. Camisón blanco. La ventana está abierta al máximo, por ella penetra una leve brisa, caliente a causa del sol, y la tela blanca me golpea la cara. Desde fuera —con el rostro tapado por la cortina y sólo el perfil a la vista, la nariz, la boca vendada, los ojos ciegos— seguramente parezco un capullo, un espectro. Me gusta la sensación de la tela suave al rozarme la piel. Es como estar en una nube.

Me han proporcionado un ventilador eléctrico pequeño, que disipa la humedad del aire. Está en un rincón, en el suelo, y sus aspas —cubiertas por una rejilla— emiten un zumbido. Si yo fuera Moira, sabría cómo desarmarlo para utilizar sus bordes cortantes. No tengo destornillador, aunque si fuese ella no lo necesitaría. Pero no soy Moira.

¿Qué opinaría ella del Comandante, si estuviera aquí? Lo más probable es que no le gustase. Tampoco le gustaba Luke, en aquel entonces. No es que no le gustara Luke, sino el hecho de que estuviera casado. En una ocasión me dijo que yo era como un pescador furtivo, y que me estaba metiendo en el terreno de otra mujer. Repliqué que Luke no era un pez, ni un trozo de tierra, sino un ser humano, y que podía tomar sus propias decisiones. Argumentó que yo estaba racionalizando el problema, y le expliqué que estaba enamorada. Replicó que eso no era una justificación. Moira siempre ha sido más lógica que yo.

Le dije que puesto que ahora prefería a las mujeres, ya había resuelto ese problema, y que, por lo que yo veía, no tenía escrúpulos en robarlas o tomarlas prestadas cuando le apetecía. Respondió que era diferente, porque entre las mujeres el poder quedaba equilibrado de tal manera que el sexo se convertía en una transacción cojonuda. Afirmé que, si era por eso, ella acababa de emplear una expresión sexista, y que de todos modos ese argumento estaba pasado de moda. Me reprochó el que yo hubiese trivializado el tema y añadió que, si pensaba que el argumento era anticuado, vivía en otro mundo.

Hablábamos de todo esto en la cocina de mi casa, bebiendo café, sentadas a la mesa, en aquel tono de voz bajo y profundo que empleábamos para ese tipo de discusiones cuando apenas teníamos veinte años; una costumbre de nuestra época de colegialas. La cocina estaba en un apartamento ruinoso de una casa de madera, cerca del río, de esas de tres pisos con una desvencijada escalera exterior en la parte de atrás. Yo vivía en la segunda planta, lo que significaba que tenía que soportar los ruidos del piso de arriba y los del piso de abajo, dos inoportunos tocadiscos que retumbaban a altas horas de la noche. Estudiantes, lo sabía. Yo trabajaba por entonces en una compañía de seguros; era mi primer empleo y no me pagaban mucho. Por lo tanto, cuando iba con Luke a los hoteles, éstos no sólo significaban amor para mí, ni siquiera únicamente sexo. También suponían que me libraba por un rato de las cucarachas, del grifo que goteaba, del linóleo que se despegaba del suelo a trozos, incluso de mis propios intentos de alegrar la casa pegando pósters en las paredes y colgando prismas en las ventanas. También tenía plantas, aunque siempre acababan plagadas de insectos o se morían por falta de agua. Me iba por ahí con Luke y me olvidaba de ellas.

Señalé que había más de una manera de vivir en otro mundo, y que si ella creía que iba a cumplir una utopía encerrándose en un círculo formado exclusivamente por mujeres, lo sentía pero estaba equivocada. Los hombres no van a desaparecer así como así, le advertí. No puedes pasarlos por alto.

Eso es lo mismo que decir que vas a pillar la sífilis por la sencilla razón de que existe, argumentó Moira.

¿Estás diciendo que Luke es un mal social?, le pregunté.

Moira se echó a reír. ¿Te has fijado cómo estamos hablando?, reflexionó. Mierda. Parecemos tu madre.

Entonces nos echamos a reír las dos, y cuando se dispuso a marcharse nos abrazamos como de costumbre. Hubo una época en que no nos abrazábamos, cuando me contó que era gay; pero después me dijo que yo no la excitaba, me tranquilizó, y retomamos la costumbre. Reñíamos, discutíamos y nos enfadábamos, pero en el fondo nada cambiaba. Ella aún era mi mejor amiga.

Lo es.

Más adelante conseguí un apartamento mejor, en el que viví los dos años que a Luke le llevó independizarse. Lo pagaba con lo que ganaba en mi nuevo empleo. Trabajaba en una biblioteca, no tan grande como la de la Muerte y la Victoria, sino más pequeña.

Mi tarea consistía en pasar los libros a disquetes para reducir el espacio de almacenamiento y los costes de reposición, según explicaban. Nos llamábamos a nosotros mismos «disqueros», y a la biblioteca, «discoteca», en broma. Una vez que quedaban grabados los libros, iban a parar a una trituradora, pero yo a veces me los llevaba a casa. Me gustaba su textura y su aspecto. Luke decía que yo tenía mentalidad de anticuaria. Le gustaba, a él también le encantaban las cosas antiguas.

Ahora resulta extraño pensar en tener una faena. Faena: es una palabra rara. Faenas son los trabajos de la casa. Haz tus faenitas, les decían a los niños cuando les enseñaban a hacer sus necesidades en el lavabo. O de los perros: ha hecho sus faenas en la alfombra. Mi madre decía que había que pegarles con un periódico enrollado. Recuerdo la época en que había periódicos, pero nunca tuve perros, sino gatos.

Menuda faena nos hicieron.

Había tantas mujeres que trabajaban... ahora resulta difícil pensarlo, pero había miles, millones de mujeres que trabajaban. Se consideraba algo normal. Ahora es como pensar en los tiempos en que aún existía el dinero de papel. Mi madre pegó algunos billetes en su álbum de recortes, junto con las primeras fotos. En aquel entonces ya eran obsoletos, no servían para comprar nada. Trozos de papel basto, grasientos al tacto, de color verde, con fotos en las dos caras, un anciano con peluca en una, y una pirámide con un ojo encima en la otra. Llevaba impresa la frase «Confiamos en Dios». Mi madre decía que, por hacer una broma, los comerciantes ponían junto a las cajas registradoras carteles en los que se leía: «Confiamos en Dios, todos los demás pagan al contado.» Ahora, eso sería una blasfemia.

Cuando ibas a comprar algo debías llevar esos billetes de papel, aunque cuando yo tenía nueve o diez años la mayoría de la gente usaba tarjetas de plástico. Pero no para comprar en las tiendas de comestibles, eso fue después. Parece tan primitivo, incluso totémico, como lo de las conchas de cauri. Yo misma debo de haber usado ese tipo de dinero durante un tiempo, antes de que todo pasara por el Compubanco.

Imagino que eso es lo que posibilitó las cosas, el hecho de que lo hicieran de repente, sin que nadie lo supiera con antelación. Si todavía hubiera existido el papel moneda, habría resultado más difícil.

Fue después de la catástrofe, cuando le dispararon al presidente, ametrallaron el Congreso y el ejército declaró el estado de excepción. En ese momento culparon a los fanáticos islamistas.

Hay que conservar la calma, aconsejaban por la televisión. Todo está bajo control.

Yo no daba crédito. Como todo el mundo, ya lo sé.

Era difícil de creer. El gobierno entero se había esfumado. ¿Cómo lo lograron, cómo ocurrió?

Fue entonces cuando suspendieron la Constitución. Dijeron que sería algo transitorio. Ni siquiera había disturbios callejeros. Por la noche la gente se quedaba en su casa viendo la televisión y esperando instrucciones. No existía un enemigo al cual denunciar.

Ten cuidado, me advirtió Moira por teléfono. Se acerca.

¿Qué es lo que se acerca?, pregunté.

Espera y verás, repuso. Lo tienen todo planeado. Tú y yo terminaremos ante el paredón, querida. Estaba citando una frase típica de mi madre, pero no pretendía sonar graciosa.

Durante semanas las cosas continuaron en ese estado de inmovilidad momentánea, aunque en realidad algo ocurrió. Se instauró la censura para la prensa y hasta se cerraron algunos periódicos aduciendo razones de seguridad. Empezaron a levantarse barricadas y a aparecer los controles de identificación. Todo el mundo lo aprobó, dado que era obvio que ninguna precaución resultaba excesiva. Dijeron que se celebrarían nuevas elecciones, pero que llevaría algún tiempo prepararlas. Lo que hay que hacer, declararon, es continuar como de costumbre.

Sin embargo, se clausuraron las tiendas de pornografía y dejaron de circular las furgonetas de Sensaciones sobre Ruedas y los Buggies de los Bollos. A mí no me dio pena que desapareciesen. Ya sabíamos que eran una lata.

Ya era hora de que alguien hiciera algo, dijo la mujer que atendía el estanco donde yo solía comprar los cigarrillos. Estaba en una esquina y pertenecía a una cadena de tiendas similares en las que además de tabaco vendían periódicos y chucherías; era una mujer mayor, de pelo canoso, de la generación de mi madre.

¿Los han prohibido o qué?, pregunté.

La mujer se encogió de hombros. Nadie lo sabe y a nadie le importa, repuso. Tal vez se los llevaron a otro sitio. Intentar librarse de eso por completo es como pretender eliminar a los ratones, ya se sabe. Pulsó mi Compunúmero en la caja registradora, casi sin mirarlo. En ese entonces yo era una clienta habitual. La gente empezaba a quejarse, afirmó.

A la mañana siguiente, de camino a la biblioteca, me detuve en el mismo estanco para comprar otro paquete de cigarrillos, porque se me habían terminado. Aquellos días estaba fumando más que de costumbre a causa de la tensión que se percibía como un murmullo subterráneo, aunque aparentemente reinaba la calma. También bebía más café, y me costaba conciliar el sueño. Todo el mundo estaba un poco alterado. En la radio se oía más música que nunca, y menos palabras.

Ya nos habíamos casado, parecía que hacía mucho tiempo; ella tenía tres o cuatro años e iba a la guardería.

Recuerdo que nos habíamos levantado y habíamos desayunado como de costumbre, con galletas, y Luke la había llevado en coche a la escuela. Iba vestida con el conjunto que le había comprado dos semanas antes, la bata a rayas y una camiseta azul. ¿Qué mes era? Debía de ser septiembre. La escuela tenía un servicio de recogida de niños, pero por alguna razón yo prefería que la llevara Luke; incluso el servicio de la escuela me preocupaba. Los niños ya no iban a la escuela a pie, había habido muchos casos de desaparecidos.

Cuando llegué al estanco, vi que la vendedora de siempre no estaba. En su lugar había un hombre que no debía de tener más de veinte años.

¿Está enferma?, le pregunté mientras le entregaba la tarjeta.

¿Quién?, me preguntó en un tono que me pareció agresivo.

La mujer que siempre atiende la tienda, respondí.

¿Cómo quiere que lo sepa?, soltó. Introducía mi código utilizando un solo dedo, y estudiaba cada número con detenimiento. Estaba claro que era la primera vez que lo hacía. Yo tamborileaba con los dedos sobre el mostrador, impaciente por fumar, y me preguntaba si alguna vez alguien le habría dicho que las espinillas que tenía en el cuello se podían eliminar. Recuerdo muy bien su aspecto: alto, algo encorvado, cabello oscuro y corto, ojos pardos —que parecían fijos en algún punto situado detrás de mi tabique nasal— y granos. Supongo que lo recuerdo tan bien por lo que dijo a continuación.

Lo lamento. Este número no es válido.

Imposible, protesté. Debe de haber un error, tengo varios miles en la cuenta. Pedí un extracto hace dos días. Vuelva a probar.

No es válido, repitió con obstinación. ¿Ve la luz roja? Significa que no es válido.

Debe de haberse equivocado, insistí. Pruebe de nuevo.

Se encogió de hombros y me dedicó una sonrisa de autosuficiencia, pero volvió a intentarlo. Esta vez observé sus dedos y comprobé las cifras que aparecían en la pantalla. Era mi número, pero la luz roja se encendió por segunda vez.

¿Lo ve?, me dijo mostrando la misma sonrisa, como si supiera algún chiste que no pensaba contarme.

Les telefonearé desde la oficina, afirmé. El sistema había fallado en otras ocasiones, pero por lo general después de una llamada telefónica se arreglaba. Aun así, estaba furiosa, como si me hubieran acusado injustamente de algo de lo que no tenía ni idea. Como si el error fuese mío.

Hágalo, repuso en tono de indiferencia. Dejé los cigarrillos sobre el mostrador, porque no los había pagado. Pensé que en el trabajo podría pedir que me invitaran a uno.

Al llegar a la oficina telefoneé, pero me respondió un contestador automático. Las líneas están sobrecargadas, decía la grabación. ¿Podía llamar más tarde?

Por lo que sé, las líneas siguieron así durante toda la mañana. Volví a llamar varias veces, pero sin éxito.

Alrededor de las dos, después del almuerzo, el director entró en la sala de ordenadores.

Debo comunicaros algo, dijo. Su aspecto era terrible: tenía el cabello revuelto y los ojos rojos y turbios, como si hubiera estado bebiendo.

Todos levantamos la vista de nuestras máquinas. Debíamos de ser ocho o diez en la sala.

Lo lamento, anunció, pero es la ley. Lo lamento de veras.

¿Qué es lo que lamenta?, preguntó alguien.

Os tengo que echar, explicó. Es la ley, he de hacerlo. Os tengo que echar a todos. Lo dijo casi con amabilidad, como si fuésemos animales salvajes o ranas que tuviera encerradas en un recipiente, como si se tratara de un acto humanitario.

¿Nos está despidiendo?, pregunté, y me puse de pie. Pero ¿por qué?

No es por nada que hayáis hecho, puntualizó. Os despido. No podéis trabajar más aquí, es la ley. Se pasó las manos por el pelo, y yo pensé que se había vuelto loco. Ha soportado demasiada tensión y ha terminado por perder el juicio.

No puede hacerlo así, sin más, dijo la mujer que se sentaba a mi lado. La frase sonó falsa, improbable, como una frase que uno pronunciaría por televisión.

No es cosa mía, argumentó él. No lo entendéis. Por favor, marchaos lo antes posible. Estaba elevando el tono de voz. No quiero problemas. Si surgieran dificultades podrían perderse los libros, todo quedaría destrozado... Miró por encima del hombro. Ellos están fuera, explicó, en mi despacho. Si no os marcháis ahora, vendrán ellos mismos. Me han dado diez minutos. En ese momento parecía más enajenado que nunca.

Está chalado, dijo alguien en voz alta; todos debíamos de pensar lo mismo.

Pero de pronto vi que en el pasillo había dos hombres de pie, con uniforme y ametralladoras. Era demasiado teatral para ser verdad, y sin embargo allí estaban, como una aparición, como marcianos, rodeados de un aura de ensueño; eran demasiado vívidos, demasiado incongruentes con el entorno.

Dejad las máquinas, añadió mientras recogíamos nuestras cosas y salíamos en fila. Como si hubiéramos podido llevárnoslas.

Nos reunimos en la escalera de la entrada a la biblioteca. Todos guardábamos silencio. Como nadie entendía qué había ocurrido, no podíamos decir gran cosa. Nos mirábamos y sólo veíamos consternación en nuestros rostros, y algo de vergüenza, como si nos hubieran sorprendido haciendo algo que no debíamos.

Es injusto, dijo una mujer, aunque sin convicción. ¿Qué era lo que nos hacía sentir como si nos lo mereciéramos?

Cuando llegué a casa no había nadie. Luke todavía estaba en su trabajo, y mi hija en la escuela. Me sentía cansada, exhausta, pero me senté y volví a levantarme de inmediato; no podía estarme quieta. Di vueltas por la casa, de una habitación a otra. Recuerdo que me puse a tocar los objetos que me rodeaban, no de manera consciente, sino simplemente poniendo los dedos sobre ellos; objetos como la tostadora, el azucarero, el cenicero de la sala. Un rato después cogí a la gata en brazos y di vueltas por la casa con ella. Quería que Luke regresara. Pensé que tenía que hacer algo, tomar alguna decisión; pero no sabía qué decisión tomar.

Intenté llamar de nuevo al banco; me respondió la misma grabación. Me serví un vaso de leche —decidí que estaba demasiado aterrorizada para tomarme otro café— y fui hasta la sala; me senté en el sofá y posé el vaso cuidadosamente en la mesa, sin beber ni un trago. Tenía la gata contra mi pecho y la oía ronronear.

Al cabo de un rato telefoneé a mi madre a su apartamento, pero no obtuve respuesta. En aquella época había sentado la cabeza y ya no se mudaba tan a menudo; vivía al otro lado del río, en Boston. Esperé un poco y llamé a Moira. Tampoco estaba, pero volví a probar media hora más tarde y la encontré. Durante el tiempo transcurrido entre una llamada y otra, permanecí sentada en el sofá. Pensé en los almuerzos de mi hija en la escuela. Me dio por pensar que tal vez le estaba dando demasiados bocadillos de mantequilla de cacahuete.

Me han echado, le dije a Moira, que prometió venir cuanto antes. En aquel tiempo trabajaba en el departamento editorial de una asociación de mujeres. Publicaban libros sobre control de natalidad, violencia sexual y temas por el estilo, aunque no había tanta demanda como antes.

Ahora mismo salgo para allí, me tranquilizó. Por el tono de mi voz debió de darse cuenta de que eso era lo que yo quería.

Llegó a casa poco después. Veamos, dijo. Se quitó la chaqueta y se dejó caer en el amplio sillón. Cuéntame. Pero primero tomemos un trago.

Se levantó, fue a la cocina y sirvió un par de whiskys; volvió, se sentó e intenté contarle lo que me había sucedido. ¿Hoy has intentado comprar algo con tu Computarjeta?, me preguntó cuando hube terminado.

Sí, respondí, y también le referí lo ocurrido.

Las han congelado, me explicó. La mía también. La de la asociación también. Todas las cuentas que tienen una H en lugar de una V. Sólo tuvieron que tocar unos cuantos botones. Nos han desconectado.

Pero yo tenía más de dos mil dólares en el banco, me lamenté, como si mi cuenta fuera la única que importaba.

Las mujeres ya no podemos tener nada de nuestra propiedad, me informó. Es una nueva ley. ¿Hoy has visto la tele?

No, contesté.

Lo han anunciado. No se habla de otra cosa. Ella no estaba tan asombrada como yo. De algún modo, y por extraño que suene, parecía alegre, como si eso fuera lo que llevaba esperando desde hacía tiempo y demostrara que había estado en lo cierto. Incluso se la veía más llena de energía, más decidida. Luke puede usar tu Compucuenta por ti, puntualizó. Le traspasarán tu cuenta, al menos eso dijeron. Al marido o al pariente masculino más cercano.

¿Y qué harán en tu caso?, pregunté. Ella no tenía a nadie.

Pasaré a la clandestinidad, respondió. Algunos gays se harán cargo de nuestras cuentas y nos comprarán lo que necesitemos.

Pero ¿por qué?, pregunté, indignada. ¿Por qué lo han hecho?

Ya no tiene sentido averiguar el porqué, concluyó Moira. Tenían que hacerlo de ese modo, las Compucuentas y los empleos al mismo tiempo. De lo contrario, ¿te imaginas lo que habría ocurrido en los aeropuertos? No quieren que vayamos a ningún sitio, eso dalo por hecho.

Fui a buscar a mi hija a la escuela. Conduje con un cuidado exagerado. Cuando Luke llegó a casa, yo estaba sentada junto a la mesa de la cocina. Ella estaba dibujando con los rotuladores en su mesita del rincón en el que habíamos pegado sus pinturas, junto a la nevera.

Luke se arrodilló a mi lado y me rodeó con sus brazos. Lo he oído en la radio del coche, dijo, mientras venía hacia aquí. No te preocupes, estoy seguro de que se trata de algo transitorio.

¿Han dado alguna explicación?, pregunté.

No respondió. Saldremos de ésta, me aseguró mientras me abrazaba.

No tienes idea de lo que representa, le dije. Me siento como si me hubieran amputado los pies. No lloraba. Y tampoco podía abrazarlo.

No es más que un contratiempo, repuso intentando calmarme.

Supongo que te quedarás con todo mi dinero, comenté. Y eso que aún no estoy muerta. Quería hacer una broma, pero me salió una frase macabra.

Calla, me pidió. Aún estaba arrodillado en el suelo. Sabes que siempre te cuidaré.

Ya empieza a tratarme con aire protector, pensé. Y tú ya empiezas a ponerte paranoica, me dije.

Lo sé, respondí. Te quiero.

Más tarde, cuando la niña estaba acostada y nosotros cenábamos, y dejé de temblar, le relaté lo que me había sucedido esa tarde. Le hablé del inesperado anuncio del director. Si no fuera tan espantoso, habría resultado divertido, comenté. Yo creía que estaba borracho, y tal vez lo fuera así, pero el ejército estaba allí de verdad.

Luego recordé algo que había visto pero en lo que, en aquel momento, no había reparado. No era el ejército. Era otro ejército.

Por supuesto, se organizaron marchas de montones de mujeres y algunos hombres, pero fueron menos importantes de lo que cualquiera hubiese pensado. Creo que la gente sentía pánico. Y cuando se supo que la policía, o el ejército, o quien fuera, abriría fuego apenas empezara una sola de esas marchas, éstas se interrumpieron. Volaron dos o tres edificios, oficinas de correos y estaciones de metro, pero ni siquiera se podía saber a ciencia cierta quién estaba haciendo todo eso. Podría haber sido el ejército, para justificar los registros informáticos y los otros, puerta a puerta.

No participé en ninguna de esas marchas. Luke opinaba que era inútil, y que yo tenía que pensar en ellos, en mi familia, en él y en ella. Y yo pensaba en mi familia. Empecé a dedicarme más a las tareas domésticas, a guisar. A la hora de comer intentaba contener las lágrimas. Pero aquella vez me eché a llorar de forma inesperada y me senté junto a la ventana de la habitación, mirando hacia fuera. Prácticamente no conocía a los vecinos, y cuando nos encontrábamos en la calle nos cuidábamos mucho de no intercambiar ni una palabra más que el saludo de costumbre. Nadie quería que lo denunciaran por deslealtad.

Al rememorar esta época, también recuerdo a mi madre años antes. Yo debía de rondar los catorce o quince años, la edad en que las hijas tienen más conflictos con su madre. Recuerdo que regresó a uno de sus muchos apartamentos con un grupo de mujeres que formaban parte de su siempre renovado círculo de amistades. Ese día habían participado en una manifestación; era la época de los disturbios a causa de la pornografía, o a causa de los abortos, iban muy unidos. Hubo unos cuantos atentados con bomba: clínicas, tiendas porno; era difícil seguir de cerca los acontecimientos.

Mi madre tenía un morado en la cara y un poco de sangre. No puedes atravesar un cristal con la mano sin cortarte, comentó. Jodidos cerdos.

Jodidos chupasangres, la corrigió una de sus amigas. Llamaban «chupasangres» a sus oponentes por la consigna de éstos: «Dejad que se desangren.» Así que debía de llegar de algún altercado.

Me fui a mi dormitorio porque no quería estar en su compañía. Hablaban demasiado, y en voz muy alta. No me hacían ni caso, y eso me ofendía. Mi madre y sus alborotadoras amigas. No entendía por qué tenía que vestirse de esa manera, con mono, como si fuera joven, y decir esas palabrotas.

Eres una mojigata, me decía, generalmente en tono de satisfacción. Le encantaba ser más escandalosa que yo, más rebelde. Las adolescentes siempre son unas mojigatas.

Estoy segura de que parte de mi desaprobación se debía a eso: trámite, pura rutina. Pero además esperaba de ella una vida más ceremoniosa, menos sujeta a la improvisación y a la huida constante.

Sabe Dios que fuiste una hija deseada, me aseguraba en otros momentos, mientras se entretenía mirando los álbumes de fotos donde me tenía guardada. Estaban llenos de bebés gordos, pero se estilizaban a medida que yo crecía, como si la población de mis dobles hubiera quedado asolada por alguna plaga. Lo decía con cierto pesar, como si yo no hubiera resultado exactamente lo que ella había esperado. Las madres nunca se ajustan por completo a la idea que un niño tiene de lo que debería ser una madre, y supongo que en el caso inverso ocurre lo mismo. Pero a pesar de todo, no nos llevábamos mal, e incluso la mayor parte del tiempo nos lo pasábamos bien.

Ojalá estuviera aquí, para decirle que finalmente lo he comprendido.

Alguien ha salido. Oigo una puerta cerrarse en algún punto del costado de la casa, y unos pasos en el camino. Es Nick, ahora lo veo; baja por el sendero hasta la explanada de césped para respirar el aire húmedo impregnado de olor a flores, a vegetación, a polen arrojado al viento en manojos, como huevecillos de ostras en el mar. Qué derroche de vida. Se despereza bajo el sol, detecto la ondulación de sus músculos, como un gato que arqueara el lomo. Va en mangas de camisa, y sus brazos desnudos asoman con descaro por debajo de la tela doblada. ¿Dónde terminará su bronceado? Desde aquella noche de ensueño en la sala iluminada por la luna, no he vuelto a hablar con él. Él sólo es mi bandera, mi semáforo. El nuestro es un lenguaje corporal.

En este momento tiene la gorra ladeada, lo que significa que me mandan llamar.

¿Qué obtiene él de todo esto, desempeñando el papel de paje? ¿Qué siente representando este ambiguo papel de alcahuete del Comandante? ¿Le disgusta, o le hace desear algo más de mí, desearme más? Porque no tiene ni idea de lo que en realidad ocurre allí dentro, entre los libros. Actos de perversión, por lo que sabe. El Comandante y yo cubriéndonos mutuamente de tinta y limpiándonos ésta con la lengua, o haciendo el amor sobre montones de papeles de periódicos prohibidos. Bueno, no debe de ir muy desencaminado.

Pero seguro que obtiene algún beneficio de ello. De alguna manera, todos estamos dispuestos a dejarnos sobornar. ¿Algún paquete extra de cigarrillos? ¿Alguna libertad que no suele concederse? Al fin y al cabo, ¿qué puede probar? Es su palabra contra la del Comandante, a menos que pretenda presentarse con una cuadrilla. Una patada a la puerta, y ¿qué os había dicho? Sorprendidos durante una pecaminosa partida de Scrabble. Anda, trágate esas palabras.

Tal vez le produzca satisfacción el simple hecho de estar al corriente de un secreto. O tener algún poder sobre mí gracias a lo que sabe, como solía decirse. Es la clase de poder que sólo se puede usar una vez.

Me gustaría tener mejor opinión de él.

Aquella noche, después de perder mi trabajo, Luke quiso que hiciéramos el amor. ¿Por qué me negué? Aunque sólo hubiera sido por desesperación, era un impulso normal. Pero aún me sentía paralizada. Apenas era capaz de sentir sus manos sobre mi cuerpo.

¿Qué ocurre?, me preguntó.

No lo sé, respondí.

Todavía tenemos... Pero no dijo qué era lo que todavía teníamos. Se me ocurrió pensar que no tenía derecho a hablar en plural, pues, que yo supiera, a él no le habían quitado nada.

Todavía nos tenemos el uno al otro, concluí. Y era verdad. Entonces, ¿por qué sonaba, incluso a mis oídos, tan indiferente?

Me besó, como si después de que yo pronunciara esa frase las cosas pudieran volver a la normalidad; pero algo había cambiado, ya no existía el mismo equilibrio. Sentí que me encogía, hasta el punto de que cuando me rodeó con sus brazos era tan pequeña como una muñeca. Sentí que el amor se alejaba sin mí.

A él no le importa, pensé. No le importa en absoluto. Quizá incluso le guste. Ya no nos pertenecemos el uno al otro. Por el contrario, yo soy suya.

Indigno, injusto, falso. Pero eso es lo que ocurrió.

Entonces, Luke, lo que quiero preguntarte, lo que necesito saber es si estaba en lo cierto. Porque nunca hablamos del tema. Cuando debería haberlo hecho, tuve miedo. No podía permitirme perderte.

29

Estoy sentada en el despacho del Comandante, al otro lado de su escritorio, como si fuera un cliente de un banco solicitando un préstamo cuantioso; pero más allá de mi ubicación en la estancia, entre nosotros no existe formalidad alguna. Ya no me siento rígida y con la espalda recta, los pies reglamentariamente juntos y la mirada alerta. Por el contrario, estoy relajada, e incluso cómoda. Me he quitado los zapatos rojos y tengo las piernas recogidas debajo del cuerpo, tapadas por la falda roja, es verdad, pero cruzadas, como si estuviera sentada delante de un fuego de campamento, como solíamos hacer en los tiempos en que íbamos de picnic. Si la chimenea estuviera encendida, su luz parpadearía sobre las superficies lustrosas, y brillaría suavemente sobre nuestra carne. La luz del hogar la añado yo.

En cuanto al Comandante, esta noche se muestra muy desenfadado. Se ha quitado la chaqueta y tiene los codos apoyados en la mesa. Sólo le falta un palillo a un costado de la boca para ser igual que un anuncio de la democracia rural, como salido de un aguafuerte. Una cagarruta de mosca, un viejo libro quemado.

Los cuadros del tablero que tengo delante empiezan a llenarse: estoy jugando la penúltima partida de la noche.

Formo la palabra «asaz», el mejor modo que tengo de usar la valiosa zeta.

—¿Esa palabra existe? —pregunta el Comandante.

—Podríamos consultar el diccionario —propongo—. Es un arcaísmo.

—De acuerdo —responde con una sonrisa.

Al Comandante le gusta que yo me distinga, que demuestre precocidad igual que un animalito doméstico siempre atento, con las orejas levantadas y ansioso por actuar. Su aprobación me envuelve como un baño caliente. No percibo en él ni una pizca de la animosidad que solía notar en los hombres, incluso en Luke, a veces. No me está diciendo mentalmente «puta». De hecho, es muy paternal. Le gusta pensar que lo estoy pasando bien; y así es, en efecto.

Suma nuestra puntuación final en su ordenador de bolsillo.

—Ganas tú de largo —señala.

Sospecho que me engaña para halagarme, para ponerme de buen humor; pero ¿por qué? Aún queda una pregunta: ¿Qué pretende obtener mimándome de ese modo? Tiene que haber algo.

Se echa hacia atrás en su silla y junta las yemas de los dedos, un gesto que ahora me resulta familiar. Entre nosotros se ha creado todo un repertorio de gestos y costumbres. Ahora me está mirando, no de manera poco benevolente, sino con curiosidad, como si yo fuera un rompecabezas que debe resolver.

—¿Qué te gustaría leer esta noche? —me pregunta.

Esto también se ha convertido en un hábito. De momento he leído un ejemplar entero de *Mademoiselle*, un antiguo *Esquire*, de la década de los ochenta, y una *Ms.* —una revista que recuerdo vagamente haber visto en alguna ocasión en alguno de los muchos apartamentos de mi madre cuando yo era una niña—, además de un ejemplar del *Reader's Digest*. Incluso tiene novelas. He leído una de Raymond

Chandler, y ahora voy por la mitad de *Tiempos difíciles*, de Charles Dickens. En estas ocasiones leo rápida y vorazmente, casi echando una ojeada e intentando llenar mi cabeza al máximo antes del prolongado ayuno que me espera. Si se tratara de comida, sería la glotonería del famélico; si se tratara de sexo, sería rápido, furtivo y practicado de pie en algún callejón.

Mientras leo, el Comandante permanece sentado y me observa, en silencio, pero sin quitarme los ojos de encima. El acto de mirarme es curiosamente sexual, y mientras lo hace me siento desnuda. Me gustaría que se volviera de espaldas, que se paseara por la habitación, que también leyera algo. Entonces quizá consiguiera relajarme más, tomarme mi tiempo. Así, en cambio, este acto ilícito de leer parece una especie de representación.

—Creo que prefiero hablar —comento. Sorprendida ante mi propia petición.

Él vuelve a sonreír. No parece sorprendido. Probablemente esperara eso, o algo parecido.

—Ah —dice—. ¿De qué te gustaría hablar?

Vacilo.

—De cualquier cosa, supongo. Bueno, de usted, por ejemplo.

—¿De mí? —Vuelve a sonreír—. Oh, no hay mucho que hablar sobre mí. Soy un tipo de lo más corriente.

La falsedad de la frase, e incluso el modo de decir «tipo», me resultan chocantes. Por lo general los tipos corrientes no llegan a Comandantes.

—Alguna virtud tendrá —señalo.

Sé que lo estoy provocando, adulando, intentando sonsacarle, y yo misma lo encuentro reprobable; de hecho, es nauseabundo. Pero nos pasamos la pelota. Si él no habla, lo haré yo. Lo sé, puedo sentir las palabras que se acumulan en mi interior, hace mucho tiempo que no hablo realmente con alguien. El breve susurro que hoy he cambiado con Deglen durante nuestro paseo apenas cuenta; pero ha sido una incitación, un preludio. Después del alivio que he sentido, incluso con una conversación tan breve, aún quiero más.

Pero, si hablo, me equivocaré, se me escapará algo. Lo noto, como una traición a mí misma. No quiero que él sepa demasiado.

—Oh, al principio me dedicaba a la investigación de mercado —explica en tono tímido—. Después amplié el campo de actividades.

De pronto, me doy cuenta de que, aunque sé que es un Comandante, ignoro de qué. ¿Qué controla, cuál es su campo de acción, como se solía decir? No tienen títulos específicos.

—Ah —comento, fingiendo entender.

—Se podría decir que soy una especie de científico —añade—. Dentro de ciertos límites, por supuesto.

Después, guarda silencio durante un rato, y yo también. Cada uno espera al otro.

—Bueno —digo al fin—, tal vez podría explicarme algo que me intriga desde hace tiempo.

Se muestra interesado.

—¿Qué es?

Sé que corro un riesgo, pero no puedo contenerme.

—Es una frase que recuerdo de algún sitio. —Es mejor no revelar de dónde—. Creo que es en latín, y pensé que tal vez...

Sé que tiene un diccionario de latín. De hecho, hay varios diccionarios en el estante superior, a la izquierda de la chimenea.

—Dime —me apremia, distante, pero más alerta, ¿o es mi imaginación?

—*Nolite te bastardes carborundorum* —recito.

—¿Qué? —se asombra.

No la he pronunciado correctamente. No sé cómo se pronuncia.

—Podría deletrearla —propongo—. O escribirla.

Vacila ante esta novedosa idea. Quizá no recordaba que sé escribir. Jamás he tomado una pluma o un lápiz dentro de esta habitación, ni siquiera para sumar los puntos. Las mujeres no saben sumar, dijo él una vez, en broma. Cuando le pregunté a qué se refería, respondió: Para ellas, uno más uno más uno más uno no es igual a cuatro.

—¿A qué es igual? —le pregunté, suponiendo que diría cinco, o tres.

—Sencillamente a uno más uno más uno más uno —concluyó.

Pero ahora responde:

—De acuerdo. —Me lanza su rotulador por encima del escritorio en actitud casi desafiante, como si aceptara un reto. Miro alrededor en busca de algo donde escribir, y él me pasa el bloc de los puntos, un taco de papeles con una pequeña sonrisa impresa en la parte superior de la hoja. Aún fabrican esa clase de cosas.

Escribo la frase con cuidado, copiando las palabras escondidas en mi mente, en el fondo del armario. *Nolite te bastardes carborundorum*. En este contexto no es ni una plegaria ni una orden, sino una triste inscripción alguna vez garabateada y luego olvidada. Percibo la sensualidad del rotulador entre mis dedos, casi como si estuviera vivo, noto su energía, el poder de las palabras que contiene. Rotulador es sinónimo de Envidia, decía Tía Lydia citando otro lema del Centro, advirtiéndonos que nos mantuviéramos apartadas de semejantes objetos. Y tenía razón, es sinónimo de envidia. El mero hecho de tomarlo produce envidia. Envidio el rotulador del Comandante. Es otra de las cosas que me gustaría robar.

El Comandante coge la hoja en la que acabo de escribir y la mira. Entonces se echa a reír, ¿se ruboriza?

—No es auténtico latín —afirma—. Sólo es un chiste.

—¿Un chiste? —pregunto, desconcertada. No puede ser sólo un chiste. ¿He corrido este riesgo, he hecho preguntas sólo por un chiste?—. ¿Qué clase de chiste?

—Ya sabes cómo son los colegiales —comenta.

Ahora comprendo que su risa es nostálgica, es una risa de indulgencia hacia su antiguo yo. Se pone de pie, se acerca a la librería y toma un libro de su botín; pero no es el diccionario. Es un libro viejo, quizá de texto, con las esquinas de las páginas dobladas y sucio de tinta. Antes de enseñármelo, lo hojea en actitud contemplativa y evocadora. A continuación, dice:

—Toma. —Y lo deja abierto sobre el escritorio, delante de mí.

Lo primero que veo es una ilustración, una foto en blanco y negro de la Venus de Milo, con bigote, sujetador negro y pelos torpemente dibujados en las axilas. En la página siguiente se ve el Coliseo de Roma con una leyenda escrita en inglés, y debajo una conjugación: *sum es est, sumus estis sunt.*

—Allí —dice señalando el margen, donde se ve escrito con la misma tinta empleada para el pelo de la Venus: *Nolite te bastardes carborundorum.*

»Es un poco difícil de explicar dónde está la gracia, a menos que sepas latín —puntualiza—. Solíamos escribir todo tipo de cosas de esta manera. No sé de dónde lo sacábamos, de los chicos mayores, tal vez. —Pasa las páginas, olvidándose de mí y de sí mismo—. Mira esto. —La ilustración se llama *Las Sabinas*, y en el margen se ve la inscripción: *Chul chus chut, chulum chuchus chupat*—. Y había otra —añade—. *Pim pis pit...* —Se interrumpe, retornando al presente, turbado. Vuelve a sonreír; esta vez es una especie de mueca. Me lo imagino con pecas y un remolino en el pelo. En este momento casi me gusta.

—Pero ¿qué significaba? —pregunto.

—¿Cuál? —dice—. Oh. Significaba: «No dejes que los cabrones te hagan polvo.» Supongo que entonces nos creíamos muy inteligentes.

Reacciono con una sonrisa forzada, pero ahora lo veo todo claro. Comprendo por qué ella escribió la frase en el panel del armario, así como que debió de aprenderla aquí, en esta habitación. ¿Qué otra explicación podría haber? Ella nunca fue una colegiala. Con él, durante alguna etapa previa de recuerdos de infancia, de intercambio de confidencias. De modo que no soy la primera en penetrar en su silencio, en jugar con él juegos infantiles de palabras.

—¿Qué se hizo de ella?

Apenas comprende mi pregunta...

—¿La conocías?

—Un poco —miento.

—Se ahorcó —dice en tono reflexivo, más que de pesadumbre—. Por eso quitamos la lámpara de tu habitación. —Hace una pausa—. Serena lo descubrió —prosigue, como si fuera una explicación. Y lo es.

Si se te muere el perro, cómprate otro.

—¿Con qué? —le pregunto.

No quiere darme ninguna idea.

—¿Qué importa? —responde. Con una sábana retorcida, imagino. Ya he considerado las posibilidades.

—Supongo que fue Cora quien la encontró —comento. Por eso gritó.

—Sí —responde—. Pobrecilla. —Se refiere a Cora.

—Tal vez debería dejar de venir —sugiero.

—Creía que lo pasabas bien —dice en voz apenas audible y mirándome con atención. Si no lo conociera, pensaría que tiene miedo—. Espero que sí.

—Quiere hacerme la vida llevadera —señalo.

No suena como una pregunta sino como una afirmación categórica, sin dimensiones. Si mi vida es llevadera, tal vez lo que ellos están haciendo es lo correcto, después de todo.

—Sí —admite—. Así es. Lo preferiría.

—Pues bien —prosigo.

Las cosas han cambiado. Ahora sé algo que puedo usar con él. Lo que sé es la posibilidad de mi propia muerte. Lo que puedo usar es su culpabilidad. Por fin.

—¿Qué quieres? —pregunta sin levantar la voz, como si se tratara de una transacción comercial, y además insignificante: golosinas, cigarrillos.

—¿Quiere decir además de la crema de manos? —pregunto.

—Además de la crema de manos —confirma.

—Me gustaría... Me gustaría saber. —Suena como una frase indefinida, incluso estúpida, pronunciada sin pensar.

—¿Saber el qué?

—Todo lo que hay que saber —afirmo, pero eso es demasiado petulante—. Lo que está ocurriendo.

XI

LA NOCHE

30

Cae la noche. O ha caído. ¿Por qué la noche cae, en lugar de levantarse, como el amanecer? Porque si uno mira al este, hacia el ocaso, ve que la noche no cae sino que se levanta; la oscuridad se eleva en el cielo, desde el horizonte, como un sol negro detrás de un manto de nubes. Como el humo de un incendio invisible, una línea de fuego justo por debajo del horizonte, una pincelada de fuego o una ciudad en llamas. Tal vez la noche cae porque es pesada, una gruesa cortina echada sobre los ojos. Un manto de lana. Me gustaría ver en la oscuridad mejor de lo que veo.

La noche ha caído, entonces. Siento que me aplasta como una lápida. No corre la más leve brisa. Me siento junto a la ventana semiabierta, con las cortinas descorridas —porque fuera no hay nadie, y no es necesario actuar con recato—; llevo puesto el camisón, que incluso en verano es de manga larga para mantenernos apartadas de las tentaciones de nuestra propia carne y evitar que nos acariciemos los brazos desnudos. Todo permanece inmóvil bajo la luz de la luna. El perfume del jardín asciende como el calor emitido por un cuerpo, debe de haber flores que se abren por la noche, por eso es tan intenso. Casi puedo verlo, una radiación roja vacilando en dirección ascendente, como la reverberación del asfalto de la carretera a mediodía.

Abajo, en el jardín, alguien emerge del manto de oscuridad proyectada por el sauce y da unos pasos hacia la luz, con su larga sombra pegada obstinadamente a los talones. ¿Es Nick, o tal vez otra persona, alguien sin importancia? Se detiene, mira mi ventana, logro ver el rectángulo blanco de su cara. Nick. Nos miramos. Yo no tengo ninguna rosa para tirarle, y él no tiene laúd. Pero es la misma clase de anhelo.

No me lo puedo permitir. Corro la cortina de la izquierda para que se interponga y me tape la cara, y un instante después él sigue caminando y se pierde de vista al doblar la esquina de la casa.

Lo que dijo el Comandante es verdad. Uno más uno más uno más uno no es igual a cuatro. Cada uno sigue siendo único, no hay manera de unirlos. Es imposible intercambiarlos o reemplazarlos. Nick por Luke, o Luke por Nick. Aquí no se aplica el potencial.

Nadie puede cambiar sus sentimientos, dijo Moira una vez, pero sí su manera de comportarse.

Lo cual está muy bien.

El contexto lo es todo; ¿o era la madurez? Uno u otro.

La noche anterior a nuestra partida de casa, yo estaba recorriendo las habitaciones. No hicimos las maletas porque no pensábamos llevarnos muchas cosas, y además no debíamos dar la mínima impresión de que nos íbamos. De modo que sencillamente me paseaba de aquí para allá, mirando las cosas, el orden que juntos habíamos creado en nuestras vidas. Se me ocurrió pensar que más adelante sería capaz de recordar cómo habían sido.

Luke estaba en la sala. Me abrazó. Los dos estábamos destrozados. ¿Cómo íbamos a saber que éramos felices, incluso entonces? Porque al menos teníamos eso: nuestros abrazos.

La gata, dijo.

¿La gata?, le pregunté, apretada contra la lana de su jersey.

No podemos dejarla aquí.

Yo no había pensado en la gata. Ninguno de los dos había pensado en prácticamente nada. Habíamos tomado la decisión súbitamente y luego habíamos tenido que planificar las cosas. Debí de dar por supuesto que nos la llevaríamos; pero no podíamos, uno no se lleva el gato cuando cruza la frontera por un día, para dar un paseo.

¿Por qué no la dejamos fuera?, propuse. Podríamos abandonarla.

Rondaría la casa y se pondría a maullar junto a la puerta. Alguien advertiría que nos hemos ido.

Podríamos regalarla, sugerí. A algún vecino. Mientras lo decía, comprendí que habría sido una estupidez.

Yo me ocuparé de eso, decidió Luke. Dijo «eso» en lugar de «ella»; y supe que se refería a «matarla». Eso es lo que uno tiene que hacer antes de matar, pensé: crear un «eso» donde antes no había nada. Primero se hace mentalmente, y luego en la realidad. Entonces es así como lo hacen, pensé. Me pareció que nunca lo había sabido.

Luke encontró a la gata, que estaba escondida debajo de la cama. Ellos siempre lo saben. Se la llevó al garaje. No sé qué hizo, y nunca se lo pregunté. Me quedé sentada en la sala, con las manos cruzadas en el regazo. Debería haber salido con él, asumir esa pequeña responsabilidad. Al menos debería habérselo preguntado después, para que él no tuviera que soportar la carga solo; porque ese pequeño sacrificio, esa aniquilación por amor, se hacía también por mí.

Ésa es una de las cosas a las que te obligan: a matar en tu interior.

Inútilmente, como se demostró. Me gustaría saber quién les informó. Quizá haya sido un vecino que nos vio salir en el coche por la mañana y, por pura intuición, se chivó para ganarse una estrellita dorada al lado de su nombre en alguna lista. Incluso pudo haber sido el tipo que nos consiguió los pasaportes; ¿por qué no cobrar dos veces? Hasta podría ser que las propias autoridades hubieran puesto a los falsificadores de pasaportes, como una trampa para incautos. Nada escapa a los Ojos de Dios.

Porque estaban preparados para pillarnos, y esperándonos. El momento de la traición es lo peor, cuando uno sabe, sin lugar a dudas, que ha sido traicionado, que otro ser humano le ha deseado la desgracia.

Fue como estar en un ascensor al que le cortan los cables. Caer y caer sin saber cuándo va a chocar.

Intento conjurar, evocar mis propios espíritus, se encuentren donde se encuentren. Necesito recordar qué aspecto tenían. Intento retenerlos detrás de mis ojos, como si sus rostros fuesen las fotos de un álbum. Pero se niegan a permanecer quietos, se mueven, una sonrisa que desaparece enseguida, sus rasgos se curvan y se doblan como un papel que se quema, la negrura los devora. Una visión momentánea, un pálido resplandor en el aire; arrebol, aurora, danza de electrones, otra cara, caras. Pero se desvanecen, y aunque tiendo los brazos hacia ellas, se escabullen igual que fantasmas al amanecer, para regresar al sitio del que vinieron. Quedaos conmigo, quiero pedirles, pero no me oyen.

Es culpa mía. Estoy olvidando demasiadas cosas.

Esta noche rezaré mis oraciones.

Ya no me arrodillo a los pies de la cama, sobre la dura madera del suelo del gimnasio, mientras Tía Elizabeth permanece junto a las puertas dobles, con los brazos cruzados y la aguijada colgada del cinturón, y Tía Lydia se pasea a lo largo de las filas de mujeres hincadas y vestidas con camisón, golpeándonos la espalda o los pies o el trasero o los brazos ligeramente, sólo un toque, un golpecito con el puntero de madera para que no nos relajemos. Quería que tuviéramos la cabeza perfectamente inclinada, las puntas de los pies juntas y apuntando hacia delante y los codos formando el ángulo correcto. En parte, su interés era estético: le gustaba la apariencia. Quería que pareciéramos algo anglosajón, tallado sobre una tumba; o ángeles de una postal de Navidad, uniformadas con nuestras túnicas de pureza. Pero también conocía el valor de la rigidez corporal, la tirantez del músculo: un poco de dolor despeja la mente, decía.

Rezábamos por estar vacías para merecer que nos llenaran: de gracia, de amor, de abnegación, de semen y niños.

Oh, Dios, Rey del universo, gracias por no haberme hecho hombre.

Oh, Dios, destrúyeme. Hazme fértil. Mortifica mi carne para que pueda multiplicarme. Permite que me realice...

Algunas se exaltaban con las oraciones. Era el éxtasis de la degradación. Las había que gemían y lloraban.

No es necesario que des un espectáculo, Janine, decía Tía Lydia.

Ahora rezo sentada junto a la ventana, mirando el jardín vacío a través de la cortina. Ni siquiera cierro los ojos. Allí fuera, o dentro de mi cabeza, reina la misma oscuridad. O la luz.

Dios mío, Tú que estás en el Reino de los Cielos, que es adentro.

Me gustaría que me dijeras Tu nombre, quiero decir el verdadero. Aunque Tú también servirá.

Quisiera saber qué Te propones. Sea lo que fuere, por favor, ayúdame a superarlo. Aunque tal vez esto no sea cosa

Tuya; no creo ni remotamente que lo que está ocurriendo aquí sea lo que Tú querías.

Tengo suficiente pan de cada día, de manera que no perderé el tiempo en eso. No es el principal problema. El problema está en tragártelo sin que te asfixie.

Llegamos a la parte del perdón. No te molestes en perdonarme. Hay cosas más importantes. Por ejemplo: si los demás están a salvo, que lo sigan estando. No permitas que sufran demasiado. Si tienen que morir, procura que sea de forma rápida. Tal vez puedas incluso brindarles un cielo. Para eso Te necesitamos. Para hacer el infierno nos bastamos solos.

Supongo que debería decir que perdono a quien ha hecho esto, quienquiera que haya sido, y lo que hacen ahora, sea lo que fuere. Lo intentaré, pero no es fácil.

Luego viene lo de la tentación. En el Centro, la tentación significaba mucho más que comer o dormir. Saber era una tentación. Lo que no sepáis no os puede tentar, solía decir Tía Lydia.

Quizá no quiera saber realmente qué está ocurriendo. Quizá sea mejor que lo ignore. Quizá no soportase saberlo. La Caída fue una caída de la inocencia al conocimiento.

Pienso mucho en la araña, aunque ahora ya no está. Pero podría usar una percha del armario. He analizado las posibilidades. Lo único que habría que hacer después de atarse sería inclinar el peso hacia delante y no ofrecer resistencia.

Líbranos del mal.

A continuación viene lo del reino, el poder y la gloria. Ahora resulta difícil creer en eso. Pero de todos modos lo intentaré. Con esperanza, como ponen en las lápidas.

Debes de sentirte bastante desgarrado. Supongo que no es la primera vez.

Si yo fuera Tú, estaría harta. Ya no podría más. Supongo que ésa es la diferencia entre nosotros.

Me siento irreal hablándote de este modo. Me siento como si le hablara a una pared. Me gustaría que Tú me contestaras. Me siento tan sola.

Completamente sola junto al teléfono. Salvo que no tengo teléfono. Y si lo tuviera, ¿a quién podría llamar?

Oh, Dios. Esto no es ninguna broma. Oh, Dios, oh, Dios. ¿Cómo seguir viviendo?

XII

EL JEZABEL

31

Todas las noches, cuando me voy a dormir, pienso: Mañana por la mañana me despertaré en mi propia casa y todo volverá a ser como antes.

Esta mañana tampoco ha ocurrido.

Me pongo mi ropa de verano, todavía estamos en verano; es como si el tiempo se hubiera detenido.

Julio: de día no se puede respirar y las noches son como una sauna y cuesta dormir. Me impongo la obligación de no perder la noción del tiempo. Tendría que marcar rayas en la pared, una por cada día de la semana, y tacharlas con una línea al llegar a siete. Pero carecería de sentido, esto no es una condena en la cárcel; no se trata de algo que termina después de cumplido cierto tiempo. De todos modos, lo que debo hacer es preguntar, averiguar qué día es. Ayer fue 4 de julio, que solía ser el Día de la Independencia, antes de que lo abolieran. El 1 de septiembre será el Día del Trabajo, que todavía se celebra. Aunque antes no tenía nada que ver con la procreación.

Pero yo calculo el paso del tiempo por la luna. Hora lunar, no solar.

Me agacho para atarme los zapatos; en esta época son más ligeros, con discretas aberturas, aunque no tan atrevidos como unas sandalias. Agacharse supone un esfuerzo; a pesar de los ejercicios, siento que mi cuerpo se va agarrotando poco a poco y que se vuelve inservible.

Así es como solía imaginar que sería cuando llegara a vieja. Esta manera de ser mujer se parece a como yo imaginaba la vejez: encorvada, con la columna doblada igual que un signo de interrogación, los huesos debilitados por la falta de calcio y porosos como la piedra caliza. Cuando era joven e imaginaba la vejez pensaba: Tal vez se aprecian más las cosas cuando a uno le queda poco tiempo de vida. Claro que olvidaba incluir la pérdida de energía. Algunos días sí aprecio más las cosas: los huevos, las flores, pero luego decido que sólo se trata de un ataque de sentimentalismo, que mi cerebro se convierte en una película en tecnicolor de tonos pastel, como aquellas postales de puestas de sol que en California solían abundar. Corazones de oropel.

El peligro es el desmayo.

Me gustaría que Luke estuviera aquí, en esta habitación, mientras me visto, y tener una pelea con él. Parece absurdo, pero es lo que quiero. Una discusión acerca de quién pone los platos en el lavavajillas, a quién le toca separar la ropa sucia por colores, fregar el cuarto de baño; algo cotidiano e insignificante dentro del panorama general. Incluso podríamos discutir sobre eso mismo, saber qué es importante y qué no lo es. Sería todo un placer. No es que lo hiciéramos muy a menudo. En los últimos tiempos imagino cada detalle de la discusión, y también la reconciliación posterior.

Me siento en la silla; la guirnalda del techo flota por encima de mi cabeza como un halo congelado, como un cero. Un agujero en el espacio, donde estalló una estrella. Un círculo en el agua, donde ha caído una piedra. Todas las cosas blancas y circulares. Espero que el día se despliegue, que la tierra gire de acuerdo con la cara redonda del reloj implacable. Días geométricos que giran una y otra vez, suavemente lubricados. Con el labio superior cubierto de sudor, espero la llegada del inevitable huevo, tibio como la habitación, cuya yema estará envuelta en una película verde y tendrá un leve sabor a sulfuro.

Hoy, más tarde, con Deglen, durante nuestra caminata para hacer la compra:

Vamos a la iglesia, como de costumbre, y miramos las lápidas. Luego visitamos el Muro. Hoy sólo hay dos colgados: un católico —que no es un sacerdote—, con una cruz invertida, y otro de una secta que no reconozco. El cuerpo sólo aparece marcado con una J de color rojo. No significa que sea judío: en ese caso pondrían estrellas amarillas. De todos modos, nunca ha habido muchos judíos. Como los declararon Hijos de Jacob, y por lo tanto algo especial, les dieron una alternativa. Podían convertirse o emigrar a Israel. La mayoría de ellos emigraron, si es que se puede creer las noticias. Los vi por la televisión, embarcados en un carguero, apoyados en las barandillas, vestidos con sus abrigos, sus sombreros negros y sus largas barbas, intentando parecer lo más judíos posible, con vestimentas rescatadas del pasado, las mujeres con chales en la cabeza, sonriendo y saludando con la mano, un poco envaradas, eso sí, como si estuvieran posando. Y otra imagen: la de los más ricos, haciendo cola para subir al avión. Deglen dice que mucha gente escapó así, haciéndose pasar por judíos; pero que no era fácil, a causa de las pruebas a que los sometían, y a que se habían vuelto más estrictos.

En cualquier caso, no cuelgan a nadie sólo por ser judío. Cuelgan al que es un judío ruidoso, que no ha hecho su elección. O que ha fingido convertirse. Eso también lo han pasado por televisión: redadas nocturnas, tesoros secretos de objetos judíos sacados de debajo de las camas, Torás, taledes, estrellas de David. Y los propietarios de esos objetos, taciturnos, impenitentes, empujados por los Ojos contra las paredes de sus habitaciones mientras la apesadumbrada voz del locutor nos habla de la perfidia y la ingratitud de esas personas.

O sea que la J no significa judío. ¿Qué podría significar? ¿Testigo de Jehová? ¿Jesuita? Sea lo que fuere, está tan muerto como cualquier otro.

Después de esta visita ritual seguimos nuestro camino, buscando como de costumbre un espacio abierto donde conversar. Si es que se puede llamar conversación a estos susurros entrecortados, proyectados a través del embudo de nuestras tocas blancas. Se parece más a un telegrama, a un semáforo verbal. Un diálogo amputado.

Nunca permanecemos mucho rato en un solo sitio. No queremos que nos acusen de holgazanear.

Hoy giramos en dirección opuesta a Pergaminos Espirituales, hacia donde hay una especie de parque con un edificio viejo y enorme, de estilo victoriano tardío, con vidrios de colores. Lo llamaban Memorial Hall, aunque nunca supe qué memoria pretende honrar. La de alguna clase de muertos.

Moira me contó una vez que era el sitio donde comían los estudiantes en los primeros tiempos de la universidad. Si entraba una mujer, me dijo, le arrojaban bollos.

¿Por qué?, le pregunté. Con el tiempo, Moira se volvió cada vez más versada en anécdotas como ésa. A mí no me entusiasmaba mucho este resentimiento hacia el pasado.

Para que se fuera, respondió Moira.

A lo mejor era más bien como tirarle cacahuetes a los elefantes, comenté.

Moira soltó una carcajada; siempre podía reírse. Monstruos exóticos, dijo.

Nos quedamos mirando ese edificio, que recuerda más o menos una iglesia, una catedral.

—He oído decir que aquí es donde los Ojos organizan sus banquetes —comenta Deglen.

—¿Quién te lo ha dicho? —pregunto. No hay nadie cerca, de modo que podemos hablar con mayor libertad, pero lo hacemos en voz baja por la fuerza de la costumbre.

—Radio macuto —responde. Hace una pausa y me mira de reojo; percibo un reflejo blanco mientras mueve la toca—. Hay una contraseña —añade.

—¿Una contraseña? ¿Para qué?

—Para saber —me explica—. Quién es y quién no es.

Aunque no comprendo qué sentido tiene que yo la sepa, le pregunto:

—¿Cuál es?

—Mayday —dice—. Una vez la probé contigo.

—Mayday —repito—. Recuerdo el día. *M'aidez*.

—No la uses a menos que sea necesario —me advierte—. No nos conviene saber demasiado de los otros que forman la red. Por si nos pillan.

Me resulta difícil creer en estos rumores, en estas revelaciones, aunque siempre me las creo en el momento que me las cuentan. En cambio, luego me parecen improbables, incluso pueriles, como algo que uno haría para divertirse; como un club de chicas, como los secretos en la escuela. O como las novelas de espionaje que yo solía leer los fines de semana en lugar de terminar los deberes, o como ver la televisión a altas horas de la noche. Contraseñas, cosas que no se podían contar, personas con identidades secretas, vinculaciones turbias: no parece que deba ser éste el verdadero aspecto del mundo. Pero es mi ilusión, los restos de una versión de la realidad que conocí en otro tiempo.

Y las redes. El «trabajo en red», una de las antiguas frases de mi madre, una jerga de antaño, pasada de moda. Incluso a sus sesenta años daba ese nombre a algunas cosas que hacía, aunque, hasta donde pude comprobar, no significaba mucho más que almorzar con alguna otra mujer.

Me despido de Deglen en la esquina.

—Hasta pronto —me saluda. Se aleja por la acera y yo subo por el sendero, en dirección a la casa. Observo que Nick lleva la gorra ladeada; hoy ni siquiera me mira. Sin embargo, debe de haber estado esperándome para entregarme su mudo mensaje, porque en cuanto se apercibe de que lo he visto, da al Whirlwind un último toque con la gamuza y se marcha a paso vivo hacia la puerta del garaje.

Camino por el sendero de grava, entre los arriates. Serena Joy está sentada debajo del sauce, en su silla, con el bastón apoyado en el codo. Lleva un vestido de algodón. El color que le corresponde es el azul, un tono acuarela, no el rojo que yo llevo, que absorbe el calor y al mismo tiempo arde con él. La veo de perfil, está tejiendo. ¿Cómo soporta tocar la lana con el calor que hace? Tal vez su piel se ha vuelto insensible, tal vez no nota nada, como si se hubiera escaldado.

Bajo la vista hasta el sendero y paso junto a ella con la esperanza de ser invisible, sabiendo que hará caso omiso de mí. Pero no esta vez.

—Defred —me llama.

Me detengo, insegura.

—Sí, tú.

Vuelvo hacia ella mi mirada limitada por la toca.

—Ven aquí. Te necesito.

Camino por la hierba y me detengo delante de ella con la mirada baja.

—Puedes sentarte —me comunica—. Aquí, en el cojín. Necesito que me sostengas la lana. —Tiene un cigarrillo; el cenicero está a su lado, sobre el césped, y también tiene una taza de algo, té o café—. Ahí dentro todo está cerrado, maldita sea. Necesitas un poco de aire —comenta.

Me siento, dejo la cesta (otra vez fresas, otra vez pollo) y tomo nota del exabrupto: algo nuevo. Ella ajusta la madeja alrededor de mis manos extendidas y empieza a devanar. Parece que yo esté atada, esposada mejor dicho, cubierta de telarañas. La lana es gris y ha absorbido la humedad del ambiente, es como la sábana mojada de un bebé y huele terriblemente a cordero húmedo. Al menos las manos me quedarán untadas de lanolina.

Serena sigue devanando; sostiene el cigarrillo encendido en un costado de la boca, dando caladas y soltando tentadoras bocanadas de humo. Ovilla la lana de forma lenta y dificultosa —a causa de la parálisis progresiva de sus manos—, pero con decisión. Quizá para ella tejer supone una especie de ejercicio de la voluntad; quizá incluso le hace daño. Tal vez se lo ha prescrito el médico: diez pasadas diarias del derecho y diez del revés. Aunque debe de hacer más que eso. Veo esos árboles de hoja perenne y los niños y niñas geométricos bajo otra óptica: como una prueba de su obstinación, como algo no totalmente despreciable.

Mi madre no hacía calceta, ni nada por el estilo. Pero cada vez que recogía las cosas del tinte —sus blusas buenas, sus chaquetas de invierno—, se guardaba los imperdibles y hacía con ellos una cadena. Prendía la cadena en algún sitio —su cama, la almohada, el respaldo de una silla, la manopla para abrir el horno—, a fin de no extraviarla. Luego se olvidaba de los imperdibles. Yo tropezaba con ellos en cualquier parte de la casa, de las casas; eran la huella de su presencia, los restos de alguna intención olvidada, como las señales de una carretera que no conduce a ninguna parte. Regresiones a la domesticidad.

—Pues bien —dice Serena. Interrumpe la tarea, dejándome las manos cubiertas de guirnaldas de lana, y se quita el cigarrillo de la boca tomándolo de la punta—. ¿Todavía nada?

Sé de qué está hablando. Entre nosotras no hay tantos temas de conversación; no tenemos muchas cosas en común, excepto este detalle misterioso e incierto.

—No —respondo—. Nada.

—Qué pena —afirma.

Resulta difícil imaginarla con un bebé. Pero las Marthas cuidarían de él la mayor parte del tiempo. Le gustaría que yo estuviera embarazada, que todo hubiese terminado y yo me quitara de en medio y se acabaran los sudorosos y humillantes enredos, los triángulos carnales bajo el dosel estrellado de flores plateadas. Paz y quietud. No logro imaginar otra explicación al hecho de que me desee tan buena suerte.

—Se te termina el tiempo —señala. No es una pregunta, sino una realidad.

—Sí —digo en tono neutro.

Enciende otro cigarrillo con manos temblorosas. Desde luego, las tiene cada vez peor. Sin embargo, sería un error ofrecerle ayuda, se ofendería. Sería un error advertir alguna debilidad en ella.

—Quizá él no puede —sugiere.

No sé a quién se refiere. ¿Al Comandante o a Dios? Si hablara de Dios, diría que no quiere. En cualquier caso, sería una herejía. Son las mujeres las únicas que no pueden, las que quedan obstinadamente cerradas, dañadas, defectuosas.

—No —digo—. Quizá él no puede.

Levanto la vista; ella la baja. Es la primera vez en mucho tiempo que nos miramos a los ojos. Desde que nos conocemos. El momento se prolonga, frío y penetrante. Ella intenta descifrar si yo estoy o no a la altura de las circunstancias.

—Quizá —repite, sujetando el cigarrillo, que no ha conseguido encender—. Tal vez deberías probar de otra manera.

¿Querrá decir a cuatro patas?

—¿De qué manera? —pregunto. Debo mantener la seriedad.

—Con otro hombre —declara.

—Sabe que no me está permitido —respondo, con cuidado de no revelar mi irritación—. Va contra la ley. Sabe cuál es el castigo.

—Sí —afirma. Estaba preparada para esto, lo tiene todo pensado—. Sé que oficialmente no puedes. Pero se hace. Las mujeres lo hacen a menudo. Constantemente.

—¿Quiere decir con los médicos? —pregunto, recordando los amables ojos pardos, la mano sin el guante. La última vez que fui, había otro médico. Quizá alguien descubrió al primero, o alguna mujer lo delató. Aunque no habrían creído en su palabra sin tener pruebas.

—Algunas hacen eso —me explica en tono casi afable pero distante; es como si estuviéramos decidiendo la elección de un esmalte de uñas—. Así es como lo hizo Dewarren. La esposa lo sabía, por supuesto. —Hace una pausa, para que yo asimile sus palabras—. Yo te ayudaría. Me aseguraría de que nada saliera mal.

Reflexiono.

—Con un médico, no —digo.

—No —concede, y al menos por un instante somos como dos amigas sentadas a la mesa de la cocina, hablando sobre un novio, sobre alguna estratagema femenina de diversión y coqueteo—. A veces hacen chantaje. Pero no tiene por qué ser un médico. En cualquier caso, debería ser alguien en quien confiemos.

—¿Quién? —inquiero.

—Estaba pensando en Nick —propone en un tono de voz casi suave—. Hace mucho que está con nosotros. Es leal. Yo podría arreglarlo con él.

Entonces él es quien le hace los recados en el mercado negro. ¿Es esto lo que obtiene a cambio?

—¿Y el Comandante? —pregunto.

—Bueno —dice en tono firme y con una mirada tensa, como el chasquido de un bolso al cerrarse—. No le diremos nada, ¿verdad?

La idea queda suspendida entre nosotras, casi invisible, casi palpable: pesada, informe, oscura, como una especie de connivencia, de traición. Ella quiere ese bebé.

—Es un riesgo —apunto—. Más que eso.

Es mi vida la que está en juego; pero lo va a estar tarde o temprano, de una manera u otra, lo haga o no. Ambas lo sabemos.

—Más vale que lo hagas —me aconseja. Y yo pienso lo mismo.

—De acuerdo —acepto—. Sí.

Se inclina hacia delante.

—Quizá podría conseguirte algo —me informa. Porque he sido buena chica—. Una cosa que quieres mucho —añade, casi en tono zalamero.

—¿Qué es? —pregunto.

No se me ocurre nada que yo realmente quiera y que ella sea capaz de darme.

—Una foto —anuncia, como si me propusiera algún placer juvenil, un helado o un paseo por el zoo. Vuelvo a levantar la vista hacia sus ojos, desconcertada—. De ella —puntualiza—. De tu pequeña. Pero sólo quizá.

Eso significa que sabe adónde se la han llevado, dónde la tienen. Lo ha sabido todo el tiempo. Algo me obstruye la garganta. La muy zorra, no decirme nada, no traerme noticias, ni la mínima noticia. Ni siquiera sugerirlo. Es como una piedra, o de hierro, no tiene la menor idea. Pero no debo decirle todo esto, no puedo perder de vista ni siquiera algo tan pequeño. No puedo dejar escapar esta posibilidad. No puedo hablar.

Ahora sonríe con coquetería; una sombra de su atractivo original de maniquí de la televisión parpadea en su rostro como una interferencia pasajera.

—Hace un calor condenado para trabajar con esto, ¿no te parece? —me dice. Aparta la lana de mis manos, donde la he tenido todo el tiempo. Luego toma el cigarrillo con el que ha estado jugueteando y con un movimiento un tanto torpe lo pone en la palma de mi mano y cierra mis dedos alrededor de él—. Ve por una cerilla —sugiere—. Están en la cocina; pídele una a Rita. Dile que te lo he dicho yo. Pero sólo una —agrega en tono travieso—. ¡No queremos echar a perder tu salud!

32

Rita está sentada a la mesa de la cocina. Frente a ella, sobre la mesa, hay un bol de cristal con cubitos de hielo flotando en agua. Entre éstos se ven rabanitos convertidos en flores, rosas o tulipanes. Está cortando algunos más sobre la tabla de picar, con un cuchillo de mondar, y sus manos se muestran hábiles pero indiferentes. El resto de su cuerpo permanece inmóvil, igual que la cara. Es como si lo hiciera dormida. Sobre la superficie de esmalte blanco hay una pila de rabanitos, lavados y sin cortar. Como corazones aztecas.

Cuando entro, apenas se molesta en levantar la vista.

—Habrás traído todo, supongo —dice mientras saco los paquetes para que ella los examine.

—¿Me puedes dar una cerilla? —le pregunto. Parece mentira, pero su rostro imperturbable y su entrecejo fruncido me hacen sentir como una criatura pequeña y pedigüeña, fastidiosa y llorona.

—¿Cerillas? ¿Para qué quieres cerillas?

—Ella ha dicho que podía coger una —respondo, sin admitir que es para el cigarrillo.

—¿Quién es «ella»? —Sigue cortando rabanitos, sin modificar el ritmo—. No hay ningún motivo para que tengas cerillas. Podrías quemar la casa.

—Si quieres, pregúntaselo —sugiero—. Está en el jardín.

Entorna los párpados y mira el techo, como si consultara en silencio a alguna deidad. Luego suspira, se levanta con esfuerzo y se seca las manos en el delantal con movimientos ostentosos, para mostrarme lo molesta que resulto. Se acerca al armario que hay encima del fregadero, lentamente, busca el manojo de llaves en su bolsillo y abre la puerta.

—En verano las guardamos aquí —explica, como si hablase consigo misma—. Con este tiempo no hace falta encender el fuego.

Recuerdo que en abril, cuando el tiempo es más frío, Cora enciende los fuegos de la sala y del comedor.

Las cerillas son de madera y vienen en una caja de cartón con tapa corredera, como las que yo guardaba y convertía en cajones para las casas de muñecas. Rita abre la caja y la inspecciona, como decidiendo cuál me entregará.

—Ella sabrá —refunfuña—. No tiene sentido decirle nada. —Mete su enorme mano en la caja, escoge una cerilla y me la entrega—. Ahora no le prendas fuego a nada —me advierte—. Ni a las cortinas de tu habitación. Ya hace demasiado calor así.

—No lo haré —la tranquilizo—. No es para eso.

Ni siquiera se digna preguntarme para qué es.

—A mí como si te la comes —afirma—. Ella ha dicho que puedes tenerla y yo te la doy, eso es todo.

Se aparta de mí y vuelve a sentarse a la mesa. Luego toma un cubito de hielo del bol y se lo lleva a la boca. Es algo inusual en ella. Nunca la he visto picar mientras trabaja.

—Toma uno si quieres —me invita—. Es una pena que te hagan llevar todas esas fundas en la cabeza, con este calor.

Estoy sorprendida: casi nunca me ofrece nada. Tal vez sienta que, si he sido ascendida a una categoría suficiente para que me den una cerilla, ella puede permitirse el lujo de tener un detalle conmigo. ¿Me habré convertido de pronto en una de esas personas con las que conviene congraciarse?

—Gracias —digo. Meto cuidadosamente la cerilla en el bolsillo de la manga donde he guardado el cigarrillo, para que no se moje, y tomo un cubito—. Estos rabanitos son preciosos —añado en recompensa por el regalo que me ha hecho tan espontáneamente.

—Me gusta hacer las cosas bien, eso es todo —afirma, otra vez en tono de mal humor—. De otro modo no tendría sentido.

Camino por el pasillo a toda prisa y subo la escalera. Paso en silencio por delante del espejo curvo del vestíbulo, una sombra roja en el extremo de mi propio campo visual, un espectro de humo rojo. El humo está en mi mente, pero ya lo siento en la boca, bajando hasta mis pulmones y llenándome en un prolongado y lascivo suspiro de canela, y luego el arrebato mientras la nicotina inunda mi torrente sanguíneo.

Después de tanto tiempo, cabe la posibilidad de que me haga daño. No me sorprendería. Pero incluso esa idea me gusta.

Mientras avanzo por el pasillo me pregunto dónde podría hacerlo. ¿En el cuarto de baño, dejando correr el agua para que el aire se despeje, o en la habitación, dejando escapar las bocanadas por la ventana abierta? ¿Alguien me descubrirá? Quién sabe.

Mientras me deleito pensando en lo que va a ocurrir, anticipando el sabor en la boca, pienso en algo más.

No necesito fumar este cigarrillo.

Podría deshacerlo y tirarlo al retrete. O comérmelo y sentir los efectos, un poco cada vez, y guardar el resto.

De ese modo me quedaría con la cerilla. Podría hacer un pequeño agujero en el colchón y deslizarla en el interior con mucho cuidado. Nadie repararía jamás en una cosa tan pequeña. Y por la noche, al acostarme, la tendría debajo de mí. Dormiría encima de ella.

Podría incendiar la casa. Es una buena idea, me hace temblar.

Y yo me escaparía por los pelos.

Me tumbo en la cama y finjo dormitar.

Anoche, mientras me aplicaba crema en las manos, el Comandante se quedó mirándome, con sus dedos entrelazados. Lo raro es que pensé en pedirle un cigarrillo y después decidí no hacerlo. Sé que no debo pedir demasiadas cosas al mismo tiempo. No quiero que crea que intento utilizarlo. Tampoco quiero que se canse.

Anoche se sirvió un vaso de whisky con agua. Se ha acostumbrado a beber en mi presencia, para relajarse de la tensión del día, explica. Debo deducir que recibe presiones. De todos modos, nunca me ofrece una copa, ni yo se la pido: ambos sabemos para qué sirve mi cuerpo. Cuando le doy el beso de despedida, como si lo hiciera de verdad, su aliento huele a alcohol, y lo inhalo como si se tratara de humo. Debo admitir que disfruto con esta pizca de disipación.

En ocasiones, después de unas copas se pone tonto y hace trampas en el juego. Me anima a que lo imite, y entonces cogemos algunas letras más y formamos palabras que no existen, como «chucrete» y «glung», y nos reímos con ellas. A veces enciende su radio de onda corta y me hace oír uno o dos minutos de Radio América Libre, para mostrarme que puede hacerlo. Luego la apaga. Malditos cubanos, protesta. Toda esa basura sobre la salud pública universal.

A veces, después de las partidas, se sienta en el suelo, a mi lado, y me toma de la mano. Su cabeza queda un poco por debajo de la mía, de manera que cuando me mira muestra un ángulo juvenil. Debe de divertirle esta falsa subordinación.

Él está arriba, dice Deglen. Él está en lo alto, y me refiero a lo más alto.

En momentos como ése es difícil imaginárselo.

De vez en cuando intento ponerme en su lugar. Lo hago como una táctica, para adivinar anticipadamente cómo se siente inclinado a tratarme. Me resulta difícil creer que tengo algún tipo de poder sobre él, pero lo hago. Sin embargo, es algo equívoco. De vez en cuando pienso que puedo verme a mí misma, aunque borrosa, tal como él me ve. Hay cosas que él quiere demostrarme, regalos que quiere darme, favores que quiere hacerme, ternura que quiere inspirar.

Quiere, muy bien. Sobre todo después de unos whiskys.

A veces se vuelve quejumbroso, y otras, filosófico; o deseoso de explicar cosas, de justificarse. Como anoche.

El problema no sólo lo tenían las mujeres, dice. El problema principal era el de los hombres. Ya no había nada para ellos.

¿Nada?, pregunto; si tenían...

No tenían nada que hacer, puntualiza.

Podían ganar dinero, replico en un tono algo brusco. Ahora no le temo. Resulta difícil temer a un hombre que está sentado mirando cómo te aplicas crema en las manos. Esta falta de temor es peligrosa.

No basta, dice. Es demasiado abstracto. Me refiero a que no tenían nada que hacer con las mujeres.

¿Qué quiere decir?, le pregunto. ¿Y los Pornorrincones? Estaban por todas partes, incluso los había motorizados.

No estoy hablando de sexo, me aclara. El sexo era una parte, y demasiado accesible. Cualquiera podía comprarlo. No había nada por lo que trabajar, nada por lo que luchar. ¿Sabes de qué se quejaba la mayoría en aquella época? De incapacidad para sentir. Los hombres incluso se desvincularon del sexo. Ya no les apetecía casarse.

¿Y ahora sienten?, pregunto.

Sí, afirma, mirándome. Claro que sienten. Se pone de pie y rodea el escritorio hasta quedar junto a mi silla, detrás de mí. Apoya las manos en mis hombros. No puedo verlo.

Me gustaría saber lo que piensas, dice a mi espalda.

No pienso mucho, respondo en voz baja. Lo que quiere son relaciones íntimas, pero eso es algo que no estoy en situación de darle.

No tiene demasiado sentido que yo piense nada, ¿verdad?, insinúo. Lo que yo piense no cuenta.

Que es la única razón por la cual me cuenta cosas.

Vamos, me anima, presionándome ligeramente los hombros. Me interesa tu opinión. Eres inteligente, debes de tener una opinión.

¿Sobre qué?, pregunto.

Sobre lo que hemos hecho, contesta. Sobre cómo han salido las cosas.

Me quedo muy quieta. Intento poner la mente en blanco. Pienso en el cielo, por la noche, cuando no hay luna. No tengo opinión, afirmo.

Él suspira, afloja la presión de las manos pero las deja sobre mis hombros. Sabe lo que pienso.

No se puede freír un huevo sin romperlo, sentencia. Pensábamos que haríamos que todo fuera mejor.

¿Mejor?, repito en voz baja. ¿Cómo es posible que crea que esto es mejor?

Mejor nunca significa mejor para todos, comenta. Para algunos siempre es peor.

Me acuesto; el aire húmedo me cubre como si fuera una tapa. Como la tierra. Ojalá lloviera. Mejor aún, que se desatara una tormenta con relámpagos, nubes negras y truenos ensordecedores. Y que se cortara la luz. Entonces yo bajaría a la cocina, diría que tengo miedo y me sentaría con Rita y Cora junto a la mesa, y comprenderían mi miedo porque es el mismo que sienten ellas, y me dejarían quedarme. Habría velas encendidas y nuestros rostros se verían sólo de modo intermitente en función del temblor de las llamas, o de los fogonazos de luz blanca y zigzagueante que entraría por la ventana. Oh, Señor, diría Cora. Oh, Señor, protégenos.

Después de eso, el aire se despejaría y sería más claro.

Miro el techo, el círculo de flores de yeso. Dibuja un círculo y métete en él, que te protegerá. En el centro estaba la araña, y de la araña colgaba un trozo de sábana enroscado. Allí es donde ella se balanceaba, con suavidad, como un péndulo; de la misma manera que se balancearía un niño agarrado a la rama de un árbol. Cuando Cora abrió la puerta, ella estaba a salvo, completamente protegida. A veces pienso que aún está aquí, conmigo.

Me siento enterrada.

33

A última hora de la tarde, el cielo se cubre de nubes y la luz del sol es difusa pero densa y ubicua, como bronce en polvo. Me deslizo por la acera con Deglen; vamos las dos, y frente a nosotras otro par, y en la acera de enfrente, otro más. Vistas desde la distancia, debemos de formar una bonita imagen: una imagen pictórica, como lecheras holandesas de una cenefa de papel pintado, como una estantería cubierta de saleros y pimenteros de cerámica con la forma de trajes de época, como una flotilla de cisnes, o cualquier otra cosa que se repite con un mínimo de gracia y sin variación. Relajante para la vista, para los ojos, para los Ojos, porque esta demostración es para ellos. Nos encaminamos al Exhibirrezo, para demostrar lo obedientes y piadosas que somos.

No se ve ni un solo diente de león, han limpiado el césped con esmero. Me gustaría que hubiera uno, sólo uno, insignificante y descaradamente libre, obstinado y siempre amarillo, como el sol. Alegre y plebeyo, brillando para todos por igual. Con ellos hacíamos anillos, coronas y collares, manchas de leche agria sobre nuestros dedos. O lo sostenía debajo de su barbilla: ¿Te gusta? Y al olerlos se le metía el polen en la nariz. (¿O era la pelusilla?) La veo correr por el césped, ese césped que está exactamente frente a mí, a los dos o los tres años, agitando el diente de león como si fuera una bengala, una pequeña varilla de fuego blanco, y el aire se llenaba de diminutos paracaídas. Sopla y adivina qué tiempo hará. Soplábamos a todas horas, bajo la brisa del verano. En cambio, para el amor había que deshojar margaritas, y también lo hacíamos.

Formamos una fila ante el puesto de control, para que nos procesen, siempre de a dos, como niñas de un colegio privado que se han ido a dar un paseo y han estado fuera demasiado tiempo, años, y todo les ha crecido demasiado, las piernas, el cuerpo, y junto con éste, el vestido. Como si estuvieran encantadas. Me gustaría creer que es un cuento de hadas. En cambio, a nosotras nos registran, de a pares, y continuamos caminando.

Un rato después giramos a la derecha, pasamos junto a Azucenas y bajamos en dirección al río. Me gustaría llegar hasta allí, hasta sus amplias orillas, donde solíamos echarnos a tomar el sol, donde se levantan los puentes. Si uno seguía su curso serpenteante, llegaba al mar; ¿y qué podía hacer allí? Juntar conchas y recostarse sobre las piedras lisas.

Sin embargo, nosotras no vamos al río, no veremos las pequeñas cúpulas de los edificios del camino, blanco con azul y un adorno dorado, una sobria expresión de alegría. Giramos en un edificio más moderno, que encima de la puerta tiene una enorme pancarta en la que se lee: HOY, EXHIBIRREZO DE MUJERES. La pancarta tapa el nombre original del edificio, el de algún presidente al que mataron a balazos. Debajo de las letras rojas hay una línea de letras más pequeñas, en negro, con sendos ojos alados en los extremos, y que reza: DIOS ES UN RECURSO NACIONAL. A cada lado de la entrada se encuentran los inevitables Guardianes, cuatro en total, dos parejas, con los brazos a los costados y la vista al frente. Parecen maniquíes, con el cabello limpio, los uniformes planchados y los jóvenes rostros de yeso. Éstos no tienen granos en la cara. Cada uno lleva una metralleta dispuesta para cualquier acto peligroso o subversivo que, por lo visto, creen que podríamos cometer en el interior.

La ceremonia del Exhibirrezo se celebrará en un patio cubierto en el que hay un espacio rectangular y un techo con tragaluz. No se trata de una peregrinación de toda la ciudad, en ese caso se celebraría en el campo de fútbol; sólo es para este distrito. A lo largo del costado derecho se han colocado hileras de sillas de tijera de madera, para las Esposas y las hijas de los oficiales o funcionarios de alto rango, no hay mucha diferencia entre ellas. Las galerías superiores, con sus barandillas de hormigón, son para las mujeres de rango inferior, las Marthas, las Econoesposas con sus vestidos a rayas multicolores. La asistencia al Exhibirrezo no es obligatoria para ellas, sobre todo si se encuentran de servicio o tienen hijos pequeños, pero aun así las galerías están abarrotadas. Supongo que es una forma de distracción, como un circo u otra clase de espectáculo.

Ya hay muchas Esposas sentadas, luciendo sus mejores trajes azules bordados. Mientras caminamos embutidas en nuestros vestidos rojos, de dos en dos, hasta el costado opuesto, sentimos sus miradas fijas en nosotras. Nos observan, nos evalúan, hacen comentarios sobre nosotras, lo notamos como si fueran diminutas hormigas que se pasean sobre nuestra piel desnuda.

Aquí no hay sillas. Nuestra zona está delimitada con un cordón de seda escarlata, como los que solían poner en los cines para impedir el paso al público. Esta cuerda nos aísla, nos distingue, impide que los demás se contaminen de nosotras, forma un corral, una pocilga en la que entramos y nos distribuimos en filas, arrodillándonos en el suelo de cemento.

—Vamos a la parte de atrás —murmura Deglen a mi lado—. Hablaremos mejor.

Nos arrodillamos e inclinamos ligeramente la cabeza; oigo un susurro a mi alrededor, como el de los insectos sobre la hierba seca: una nube de murmullos. Éste es uno de los sitios donde con mayor libertad podemos intercambiar noticias. A ellos les resulta difícil individualizarnos u oír lo que decimos. Y no les interesa interrumpir la ceremonia, menos aún delante de las cámaras de televisión.

Deglen me da un leve codazo para llamar mi atención y yo levanto la vista, despacio y con cautela. Desde donde estamos arrodilladas tenemos una buena perspectiva de la entrada al patio, al que sigue llegando gente. Deglen debe de querer decirme que mire a Janine, que forma pareja con una mujer que no es la de siempre y a quien no reconozco. Janine seguramente ha sido trasladada a una nueva casa, a un nuevo destacamento. Es muy pronto para eso, ¿o habrá fallado algo en la leche de sus pechos? Ése sería el único motivo para que la trasladaran, a menos que hubiera habido alguna pelea por el bebé, lo que ocurre más a menudo de lo que una se imagina. Después de tenerlo, podría haberse negado a entregarlo. Es comprensible. Debajo del vestido rojo, su cuerpo parece muy delgado, casi enjuto, y ha perdido el brillo del embarazo. Tiene el rostro blanco y macilento, como si le hubieran extraído todo el líquido del cuerpo.

—No salió bien, ¿sabes? —me cuenta Deglen acercando su cabeza a la mía—. Era un harapo.

Se refiere al bebé de Janine, al bebé que pasó por la vida de ésta en su camino a alguna otra parte. El bebé Angela. Fue un error darle un nombre tan pronto. Siento un dolor en la boca del estómago. No es un dolor, es un vacío. No quiero saber qué es lo que salió mal.

—¡Dios mío! —exclamo.

Pasar por todo eso para nada. Peor que nada.

—Es el segundo —me explica Deglen—. Sin contar el anterior. Tuvo un aborto a los ocho meses, ¿lo sabías?

Observamos a Janine, que atraviesa el recinto acordonado, vestida con su velo de intocable, de mala suerte. Me mira, debe de estar mirándome, pero no me ve. Ya no sonríe con expresión triunfal. Se vuelve y se arrodilla; ahora ya sólo veo su espalda y sus hombros delgados y caídos.

—Ella cree que es culpa suya —susurra Deglen—. Dos seguidos. Por haber pecado. Dicen que lo hizo con un médico, que no era de su Comandante.

No puedo confesarle que estoy al corriente, porque me preguntaría cómo me he enterado. Ella cree que es mi única fuente para este tipo de información; y es sorprendente lo mucho que sabe. ¿Cómo se habrá enterado de lo de Janine? ¿Por las Marthas? ¿Por la compañera de compras de Janine? O escuchando detrás de las puertas, cuando las Esposas se reúnen a tomar té o vino y a tejer. ¿Acaso Serena Joy hablará así de mí, si hago lo que ella quiere? «Estuvo de acuerdo enseguida, realmente no le importó, cualquier cosa con dos piernas y una buena ya sabes les parece bien. No tienen escrúpulos, no tienen los mismos sentimientos que nosotras.» Y las demás, sentadas en sus sillas, echadas hacia delante, Dios mío, todo horror y lascivia. ¿Cómo pudo? ¿Dónde? ¿Cuándo?

Como sin duda hicieron con Janine.

—Es terrible —digo.

De todos modos, es muy propio de Janine cargar con la responsabilidad, decidir que el desperfecto del bebé sólo fue culpa suya. Pero la gente es capaz de cualquier cosa con tal de no admitir que sus vidas carecen de sentido. O sea, que no sirven de nada. No tienen argumento.

Una mañana, mientras nos vestíamos, noté que Janine todavía llevaba puesto el camisón. Se había quedado sentada en el borde de su cama.

Eché un vistazo a las puertas dobles del gimnasio, junto a las cuales solía haber alguna Tía, para comprobar si había reparado en ello pero no vi a nadie. En aquella época confiaban más en nosotras, y de vez en cuando nos dejaban durante unos minutos sin vigilancia en la clase, e incluso en la cafetería. Probablemente iban a fumarse un cigarrillo o tomarse una taza de café.

Mira, le dije a Alma, cuya cama estaba junto a la mía.

Alma miró a Janine. Entonces las dos nos acercamos a ella. Vístete, Janine, dijo Alma a su espalda. No queremos rezar el doble por tu culpa. Pero Janine no se movió.

Moira también se había acercado. Fue antes de que se escapara por segunda vez. Aún cojeaba a causa de lo que le habían hecho en los pies. Rodeó la cama para poder ver el rostro de Janine.

Venid, nos dijo a Alma y a mí. Las demás también empezaban a reunirse en torno a la cama. Apartaos, pidió Moira. No hay que darle importancia. Si ella entrara...

Yo miraba a Janine, que tenía los ojos desmesuradamente abiertos, pero no me veía; su sonrisa parecía congelada. A través de ésta, a través de sus dientes, susurraba algo para sus adentros. Tuve que inclinarme hacia ella.

Hola, dijo, sin dirigirse a mí. Me llamo Janine. Esta mañana soy tu servidora. ¿Te traigo un poco de café para empezar?

Joder, musitó Moira a mi lado.

No digas tacos, le advirtió Alma.

Moira tomó a Janine por los hombros y la sacudió. Olvídalo, Janine, dijo en tono brusco. Y no pronuncies esa palabra.

Janine sonrió. Es un hermoso día, dijo.

Moira le dio dos bofetadas. Vuelve, insistió. ¡Vuelve ahora mismo! No puedes quedarte allí, ya no estás allí. Todo eso ha terminado.

Janine dejó de sonreír y se llevó la mano a la mejilla. ¿Por qué me has golpeado?, preguntó. ¿No era bueno? Puedo traerte otro. No hace falta que me golpees.

¿No sabes lo que harán? Moira hablaba en voz baja pero áspera, profunda. Mírame. Mi nombre es Moira y éste es el Centro Rojo. Mírame.

Janine empezó a centrar la mirada. ¿Moira?, dijo. No conozco a ninguna Moira.

No te van a enviar a la Enfermería, ni lo sueñes, continuó Moira. No se complicarán la vida intentando curarte. Ni siquiera se molestarán en trasladarte a las Colonias. Como máximo te subirán al Laboratorio y te pondrán una inyección. Luego te quemarán junto con la basura, como a una No Mujer. De modo que olvídalo.

Quiero irme a casa, dijo Janine. Y rompió a llorar.

Por el amor de Dios, protestó Moira. Ya basta. Ella volverá en un minuto, puedes estar segura. Así que ponte la puñetera ropa y cierra el pico.

Janine siguió sollozando, pero se puso de pie y empezó a vestirse.

Si vuelve a hacerlo y yo no estoy aquí, me dijo Moira, sólo tienes que abofetearla. No hay que permitir que pierda la noción de la realidad. Ese rollo es contagioso.

Por entonces ya debía de estar planeando cómo se las iba a arreglar para largarse.

34

El espacio del patio destinado a las sillas ya se ha llenado; nos movemos en nuestros sitios, impacientes. Por fin llega el Comandante que está a cargo del servicio. Es calvo y de espaldas anchas, con pinta de entrenador de fútbol de cierta edad. Luce su sobrio uniforme negro y varias hileras de insignias y condecoraciones. Es difícil no quedar impresionada, pero hago un esfuerzo: intento imaginármelo en la cama con su Esposa y su Criada, fertilizando como un loco, como un salmón en celo, fingiendo que no obtiene ningún placer. Cuando el Señor dijo creced y multiplicaos, ¿se refería a este hombre?

El Comandante sube la escalera que conduce a la tarima, adornada con una tela roja que lleva bordado un enorme ojo blanco con alas. Recorre la sala con la mirada y nuestras voces se apagan. Ni siquiera tiene que levantar las manos. Su voz entra por el micrófono y sale por los altavoces despojada de sus tonos más graves, de tal modo que suena ásperamente metálica, como si no la emitiera su boca, ni su cuerpo, sino los propios altavoces. Su voz tiene el color del metal y la forma de un cuerno.

—Hoy es un día de acción de gracias —comienza—, un día de plegaria.

Desconecto mis oídos de la parrafada sobre la victoria y el sacrificio. Luego hay una larga plegaria acerca de las portadoras indignas, y después un himno: *En Gilead hay un bálsamo*.

En Gilead hay una bomba, solía llamarlo Moira.

Ahora viene lo más importante. Entran los veinte Ángeles que acaban de llegar de los frentes, recientemente condecorados, acompañados por la guardia de honor, marchando uno-dos uno-dos hasta el centro del recinto. Atención, descansen. Y entonces las veinte hijas con sus velos blancos avanzan tímidamente, tomadas del brazo por sus madres. Ahora son las madres, y no los padres, quienes entregan a las hijas y facilitan los arreglos de las bodas. Los matrimonios, por supuesto, están concertados. Hace años que a estas chicas no se les permite estar a solas con un hombre; desde que empezó todo esto, ya ni sé cuándo.

¿Tienen edad suficiente para recordar algo de los tiempos pasados, como jugar al béisbol, vestirse con tejanos y zapatillas, montar en bicicleta? ¿Y leer libros, ellas solas? Aunque algunas no tienen más de catorce años —«iniciadlas pronto, no hay un momento que perder, es la norma»—, igualmente recordarán. Y las que vengan después de ellas, durante tres o cuatro o cinco años, también recordarán; pero después no. Habrán vestido siempre de blanco y formado grupos de chicas; siempre habrán guardado silencio.

Les hemos dado más de lo que les hemos quitado, dijo el Comandante. Piensa en los problemas que tenían antes. ¿Acaso no recuerdas los bares para solteros, la indignidad de las citas a ciegas en el instituto o la universidad? El mercado de la carne. ¿No recuerdas la enorme diferencia entre las que conseguían fácilmente un hombre y las que no? Algunas llegaban a la desesperación, se morían de hambre para adelgazar, se llenaban los pechos de silicona, se hacían recortar la nariz. Piensa en la miseria humana.

Movió la mano en dirección a las estanterías de revistas antiguas. Siempre se estaban quejando. Problemas por esto, problemas por aquello. Recuerda los anuncios de la columna de contactos: «Mujer alegre y atractiva, treinta y cinco años»... En cambio, así todas consiguen un hombre, sin excluir a ninguna. Y luego, si llegaban a casarse, las abandonaban con un niño, dos niños, sus maridos se hartaban, y se marchaban, desaparecían, y ellas tenían que vivir de la asistencia social. O, de lo contrario, él se quedaba y las golpeaba. O, si tenían trabajo, debían dejar a los niños en la guardería o al cuidado de alguna mujer cruel e ignorante, y tenían que pagarlo de su bolsillo, con sus sueldos miserables. Como la única medida del valor de cada uno era el dinero, las madres no obtenían ningún respeto. No me extraña que renunciaran a todo el asunto. De este modo están protegidas, pueden cumplir con su destino biológico en paz. Cuentan con apoyo y estímulo. Ahora dime. Eres una persona inteligente, me gustaría saber lo que piensas. ¿Qué es lo que pasamos por alto?

El amor, afirmé.

¿El amor?, se extrañó el Comandante. ¿Qué clase de amor?

Enamorarse, repuse.

Me miró de un modo franco e infantil. Oh, sí, dijo. He leído las revistas, es lo que ellas fomentaban, ¿verdad? Pero fíjate en la estadística, querida. ¿Valía realmente la pena enamorarse? Los matrimonios concertados funcionan igual de bien como mínimo, si no mejor.

Amor, dijo Tía Lydia en tono de disgusto. Que yo no os sorprenda en eso. Nada de estar en la luna, niñas. Agitando el dedo delante de nosotras. El amor no cuenta.

Históricamente hablando, aquellos años eran una anomalía, argumentó el Comandante. Un fiasco. Lo único que hemos hecho es devolver las cosas a lo que manda la Naturaleza.

· · ·

Los Exhibirrezos de las mujeres se organizan por lo general para casamientos en grupo, como éste. Los de los hombres son para las victorias militares. Son, respectivamente, nuestras mayores causas de regocijo. Sin embargo, en ocasiones, y en el caso de las mujeres, se organizan cuando una monja decide retractarse. La mayor parte de estos casos tuvieron lugar al principio, cuando las acorralaban; pero incluso en la actualidad descubren a algunas y las hacen abandonar la clandestinidad, donde han estado ocultándose como topos. Y tienen el mismo aspecto: los ojos debilitados, la mirada estupefacta por el exceso de luz. A las mayores las envían directamente a las Colonias, pero a las jóvenes y fértiles intentan convertirlas y, cuando lo logran, todas venimos aquí para verlas celebrar la ceremonia en la cual renuncian al celibato, lo sacrifican por el bien común. Se arrodillan y el Comandante reza, y luego ellas toman el velo rojo, tal como hemos hecho todas nosotras. Sin embargo, no se les permite convertirse en Esposas. Aún se las considera demasiado peligrosas para permitirles acceder a posiciones de tanto poder. Parecen rodeadas de olor a bruja, algo misterioso y exótico; algo que permanece en ellas a pesar de las friegas y de las llagas de los pies, y del tiempo que han pasado aisladas. Siempre tienen llagas, ya las tenían en aquel tiempo, o eso se rumorea: no desaparecen con facilidad. Sin embargo, muchas de ellas eligen las Colonias. A ninguna de nosotras nos gusta tenerlas como compañeras de la compra. Están más destrozadas que el resto; es difícil sentirse a gusto en su compañía.

Las madres han ubicado en su sitio a las niñas, todas ellas tocadas con velos blancos, y han regresado a sus sillas. Lloriquean un poquito entre ellas, intercambian palmaditas, se toman las manos, sacan los pañuelos con ostentación. El Comandante prosigue con el servicio.

—Ordeno que las mujeres luzcan indumentarias modestas —dice—, recatadas y sobrias; que no destaquen por el cabello trenzado, el oro, las perlas o los atavíos costosos.

»Sino (como corresponde a las mujeres que se declaran devotas) por sus buenas obras.

»Dejad que la mujer aprenda en silencio, con un sometimiento total. —En este punto nos dedica una mirada—. Total —repite.

»No tolero que una mujer enseñe, ni que usurpe la autoridad del hombre, sólo que guarde silencio.

»Porque primero fue creado Adán, y luego Eva.

»Y Adán no fue engañado, pero la mujer, siendo engañada, cometió una transgresión.

»No obstante, se salvará mediante el alumbramiento si persevera en la fe y la caridad y la santidad con una conducta sobria.

Salvarse mediante el alumbramiento, pienso. ¿Y qué es lo que nos salvaba antes?

—Eso debe decírselo a las Esposas —murmura Deglen—, cuando le dan al jerez.

Se refiere al párrafo acerca de la sobriedad. Ahora podemos volver a hablar, el Comandante ha concluido el ritual principal y se ponen los anillos y levantan los velos. Tongo, digo mentalmente. Fijaos bien, porque ahora es demasiado tarde. Los Ángeles tendrán derecho a las Criadas, más adelante, sobre todo si sus nuevas Esposas no consiguen engendrar. Pero a vosotras, niñas, os han timado. Lo que conseguís es lo que veis, con sus espinillas y todo. Nadie espera que lo améis. Lo descubriréis muy pronto. Sencillamente, cumplid con vuestra obligación en silencio. Cuando dudéis, cuando os tumbéis boca arriba, mirad el techo. Quién sabe lo que veréis allí arriba. Coronas funerarias y ángeles, constelaciones de polvo, estelar o del otro, los rompecabezas que dejan las arañas. Una mente inquieta siempre tiene algo en que ocuparse.

«¿Algo va mal, querida?», decía un viejo chiste.

«No, ¿por qué?»
«Te has movido.»
No os mováis.

Lo que pretendemos, dice Tía Lydia, es alcanzar un espíritu de camaradería entre las mujeres. Todas debemos actuar de común acuerdo.

Camaradería, y una mierda, mascula Moira a través del agujero del retrete. Que le den por el saco a la Tía Lydia, como solían decir. ¿Qué apuestas a que ha conseguido arrodillar a Janine? ¿Qué crees que traman en su despacho? Apuesto a que la hace trabajar en ese reseco, peludo, viejo y marchito...

¡Moira!, exclamo.

Moira, ¿qué?, susurra. Sabes que tú también lo has pensado.

No sirve de nada hablar así, afirmo, y sin embargo tengo ganas de reír. En esa época yo todavía imaginaba que debíamos intentar preservar algo parecido a la dignidad.

Siempre fuiste una mojigata, añade en tono afectado. Claro que sirve. Sirve.

Y tiene razón, ahora lo sé, mientras estoy arrodillada en este suelo irremediablemente duro, escuchando el ronroneo de la ceremonia. Hay algo convincente en el hecho de susurrar obscenidades sobre los que están en el poder. Hay algo delicioso, algo atrevido, sigiloso, prohibido, emocionante. Es como un hechizo, en cierto modo. Los rebaja, los reduce al común denominador en el que pueden ser encuadrados. Sobre la pintura del retrete alguien desconocido había garabateado: «Tía Lydia la chupa.» Era como una bandera agitada desde una colina durante una rebelión. La sola idea de que Tía Lydia hiciera semejante cosa resultaba alentadora.

De modo que ahora, entre estos Ángeles y sus blancas y agotadas esposas, imagino gruñidos y sudores trascendentales, encuentros húmedos y peludos, o mejor aún, fracasos ignominiosos, pollas como zanahorias pasadas de tres semanas, angustiosos toqueteos de la carne, fría e insensible como un pescado crudo.

Cuando por fin la ceremonia concluye y salimos, Deglen me dice en un débil pero penetrante susurro:

—Sabemos que lo ves a solas.

—¿A quién? —pregunto, resistiendo el impulso de mirarla. Sé a quién se refiere.

—A tu Comandante —contesta—. Sabemos que lo has estado viendo.

Le pregunto cómo.

—Simplemente lo sabemos —responde—. ¿Qué busca? ¿Perversiones sexuales?

Sería difícil explicarle qué es lo que él quiere, porque aún no sé cómo llamarlo. ¿Cómo describirle lo que realmente ocurre entre nosotros? En primer lugar, ella se reiría. Me resulta más fácil decir:

—En cierto modo. —Esta respuesta tiene, al menos, la dignidad de la coerción.

Ella cavila.

—Te sorprendería saber cuántos lo hacen —comenta.

—No puedo evitarlo —me justifico—. No puedo decirle que no iré. —Ella debería saberlo.

Estamos en la acera y no es conveniente hablar, nos encontramos muy cerca del resto y ya no contamos con la protección del murmullo de la multitud. Caminamos en silencio, rezagadas, hasta que ella cree prudente decir:

—Claro que no puedes. Pero averigua y cuéntanos.

—¿Que averigüe el qué? —inquiero.

Casi me parece percibir el ligero movimiento de su cabeza.

—Todo lo que puedas.

35

Ahora, en la atmósfera cálida de mi habitación, tengo un espacio por llenar, y también un tiempo; un espacio-tiempo, entre el aquí y el ahora, el allí y el después, interrumpido por la cena. La llegada de la bandeja, que alguien trae escaleras arriba, como si fuera para una inválida. Una inválida, alguien que ha sido invalidada. Sin pasaporte válido. Sin salida.

Eso fue lo que ocurrió el día en que intentamos cruzar la frontera, con nuestros flamantes pasaportes que demostraban que no éramos quienes éramos: que Luke, por ejemplo, nunca había estado divorciado, que por lo tanto cumplía con los requisitos de la nueva ley.

Cuando le explicamos que íbamos de picnic, el hombre echó una mirada al interior del coche, vio a nuestra hija dormida, rodeada por su zoo de sucios animales, y se fue adentro con nuestros pasaportes. Luke me dio unas palmaditas en el brazo y bajó del coche fingiendo que salía a estirar las piernas, y observó al hombre a través de la ventana del edificio de inmigración. Yo me quedé en el coche. Encendí un cigarrillo para tranquilizarme y di una larga calada de falsa relajación. Me dediqué a mirar a los dos soldados vestidos con esos uniformes desconocidos que, para ese entonces, empezaban a resultar familiares; permanecían junto a la barrera a rayas amarillas y negras, que estaba levantada. No hacían gran cosa. Uno de ellos miraba una bandada de pájaros que alzaban el vuelo, se arremolinaban y se posaban sobre la barandilla del puente, al otro lado. Yo lo miraba a él, y al mismo tiempo a los pájaros. Todo tenía el color de siempre, sólo que más brillante.

Todo saldrá bien, me dije, rezando para mis adentros. Oh, permítelo. Permítenos cruzar, permítenos cruzar. Sólo esta vez, y después haré lo que sea.

No tendría ningún sentido, y ni siquiera interés, saber lo que pensé que podría hacer por quienquiera que me estuviese escuchando.

Entonces Luke volvió a subir al coche, muy rápidamente, hizo girar la llave del contacto y dio marcha atrás. Ha levantado el teléfono, explicó. Y empezó a conducir a toda prisa, y después tomó un camino de tierra, el bosque, y entonces saltamos del coche y echamos a correr. Una casa de campo donde ocultarnos, una barca, no sé lo que pensamos.

Él había dicho que los pasaportes eran seguros, y tuvimos muy poco tiempo para planificarlo. Tal vez él había ideado algún tipo de plan. En cuanto a mí, me limité a correr y correr.

No quiero contar esta historia.

No tengo que contarla. No tengo que contar nada, ni a mí misma ni a nadie. Sencillamente podría quedarme sentada aquí, en paz. Apartarme. Se puede llegar tan lejos, hacia dentro, hacia abajo y hacia atrás, que ya no me encontrarían.

Nolite te bastardes carborundorum. Pues ya me dirás tú de qué le sirvió.

¿Por qué luchar?

· · ·

Jamás servirá.

¿Amor?, dijo el Comandante.

Eso está mejor. Eso lo conozco. De eso podemos hablar.

Enamorarse, repetí. Caer en las garras del amor, a todos nos ocurría, de un modo u otro. ¿Cómo pudo convertirlo en algo tan vacío? Incluso socarrón. Como si para nosotros fuera algo trivial, una pose, un capricho. Por el contrario, se trataba de un camino difícil. Era un asunto central; era como cada uno se entendía a sí mismo; si nunca te ocurría, te convertías en un mutante, una criatura de otra galaxia. Cualquiera lo sabía.

Caer en las garras del amor, decíamos; yo caí en los brazos de él. Éramos mujeres caídas. Creíamos en ello, en este movimiento descendente: tan hermoso como volar, y sin embargo, al mismo tiempo, tan terrible, tan extremo, tan improbable. Dios es amor, dijeron alguna vez, pero nosotras invertimos la frase y el amor, como el cielo, siempre estaba a la vuelta de la esquina. Cuanto más difícil nos resultaba amar al hombre que teníamos al lado, más nos empeñábamos en creer en el Amor, abstracto y total. Siempre esperábamos una encarnación. Esa palabra hecha carne.

Y en ocasiones ocurría, por una vez. Esa clase de amor viene y se va, y después es difícil recordarlo, como el dolor. Un día mirabas a ese hombre y pensabas: Yo te amaba, y lo pensabas en tiempo pasado, y te sentías maravillada, porque era una tontería, algo sorprendente y precario; y también comprendías por qué en aquel momento tus amigos se habían mostrado evasivos.

Ahora, al recordarlo, siento un gran consuelo.

O a veces, incluso cuando aún estabas amando, te levantabas en mitad de la noche, a esa hora en que la luna entraba por la ventana e iluminaba su rostro dormido, oscureciendo las sombras de las cuencas de sus ojos y volviéndolas más cavernosas que durante el día, y pensabas: ¿Quién sabe lo que hacen cuando están a solas, o con otros hombres? ¿Quién sabe lo que dicen o adónde van? ¿Quién está en condiciones de decir lo que son realmente? Bajo el disfraz de la cotidianidad.

Probablemente, en esos momentos pensarías: ¿Y si no me ama?

O recordarías historias que habías leído en los periódicos sobre mujeres que habían aparecido —a menudo eran mujeres, pero a veces también hombres, o niños, lo cual es terrible— en zanjas, o en bosques, o en neveras de habitaciones alquiladas y abandonadas, con la ropa puesta o no, vejadas sexualmente o no; asesinadas, en cualquier caso. Había lugares por los que no querías caminar, precauciones que tomabas y que guardaban relación con las cerraduras de ventanas y puertas, con el hecho de echar las cortinas y dejar las luces encendidas. Cada uno de estos actos era una especie de plegaria; esperabas que te salvara. Y en gran medida lo hacían. O si no eran ellos debía de ser otra cosa; podías asegurarlo por el hecho de que aún estabas viva.

Pero todo eso era pertinente sólo por la noche y no tenía nada que ver con el hombre al que amabas, al menos a la luz del día. Con ese hombre querías trabajar, querías que la cosa funcionara para así entrenarte, y el entrenamiento era algo que hacías con el fin de mantener tu cuerpo en forma para él. Si te entrenabas lo suficiente, tal vez él también lo hiciera. Tal vez fuerais capaces de hacerlo juntos, como si ambos formaseis parte de un rompecabezas que pudiera resolverse; de lo contrario, uno de los dos —lo más probable es que fuera él— se alejaría tomando su propio rumbo, llevándose consigo su cuerpo adictivo y dejándote con una angustia de abandono que podías contrarrestar mediante el ejercicio. Si no funcionaba, era porque uno de los dos adoptaba una actitud incorrecta. Se pensaba que todo lo que ocurría en nuestra vida se debía a alguna fuerza positiva o negativa que emanaba del interior de nuestras mentes.

Si no te gusta, cámbialo, nos decíamos mutuamente y a nosotras mismas. Y así, cambiábamos a ese hombre por otro. Estábamos seguras de que el cambio siempre se hacía para mejorar. Éramos revisionistas; nos revisábamos a nosotras mismas.

Resulta extraño recordar lo que solíamos pensar, como si lo tuviéramos todo al alcance, como si no existieran las contingencias, ni los límites; como si fuéramos libres de modelar y remodelar eternamente los perímetros de nuestra vida, en expansión permanente. Yo también era así, también lo hacía. Luke no fue el primer hombre en mi vida, y podría no haber sido el último. Si no hubiera quedado congelado de ese modo. Detenido en el tiempo, en el aire, entre los árboles, en mitad de la caída.

En otros tiempos te enviaban un pequeño paquete con sus pertenencias: lo que llevaba consigo en el momento de morir. Según mi madre, eso es lo que se estilaba en tiempos de guerra. ¿Durante cuánto tiempo se suponía que debías llevar luto, y qué decían ellos? Haz de tu vida un tributo al amado. Y lo fue, el amado. Él.

Es, me digo. Es, es, sólo dos letras, estúpida, ¿acaso no eres capaz de recordar una palabra tan corta como ésa?

Me seco la cara con la manga. Antes no lo habría hecho por miedo a mancharme, pero ahora es imposible que ocurra. Cualquier expresión que exista, invisible para mí, es real.

Tendréis que perdonarme. Soy una refugiada del pasado y, como otros refugiados, repaso las costumbres y hábitos que abandoné o que me obligaron a abandonar, y todo esto parece muy pintoresco, y soy muy obsesiva al respecto. Como un ruso blanco tomando el té en París, aislado en el siglo XX, retrocedo intentando recuperar aquellos senderos distantes; me vuelvo demasiado sensiblera, me pierdo. Me lamento. Lamentarse es lo que es, no es llorar. Me siento en esta silla y rezumo, igual que una esponja.

Entonces. Más espera. La dulce espera: así solían llamarla en las tiendas de ropa para embarazada. Como si estuvieran en una estación, esperando el tren. La espera también es un lugar: es donde se espera. Para mí, lo es esta habitación. Yo soy un espacio entre paréntesis. Entre otras personas.

Llaman a mi puerta. Es Cora, con la bandeja.

Pero no es Cora.

—Te he traído esto —dice Serena Joy.

Entonces alzo la vista, miro alrededor, me levanto de mi silla y camino en dirección a ella. La sostiene entre las manos, es una copia de una Polaroid, cuadrada y brillante. De modo que aún fabrican esas cámaras. Y también habrá álbumes familiares, llenos de niños; sin embargo, ni una sola Criada. Desde el punto de vista de la historia futura, seremos invisibles. Pero los niños sí que saldrán en las fotos para que puedan mirarlas las Esposas mientras picotean algo en el bufet, esperando un nuevo nacimiento.

—Sólo puedes tenerla cinco minutos —añade Serena Joy, en tono conspirador—. He de devolverla antes de que adviertan que ha desaparecido.

Se la habrá conseguido alguna Martha. Ellas forman una red de la que obtienen lo que necesitan. Es bueno saberlo.

La tomo de sus manos y le doy la vuelta para observarla del derecho. Es ella. ¿Éste es su aspecto? Mi tesoro.

Tan alta y cambiada. Sonriendo un poco, con su vestido blanco, como si se dispusiera a tomar la primera comunión, igual que en el pasado.

El tiempo no ha quedado estancado. Me ha mojado, me ha erosionado, como si yo no fuera más que una mujer de arena abandonada cerca del agua por un niño descuidado. He quedado borrada para ella. Ahora sólo soy una sombra lejana en el tiempo, detrás de la superficie lisa y brillante de esta fotografía. La sombra de una sombra, que es lo que terminan siendo las madres muertas. Se ve en sus ojos: no estoy allí.

Pero ella existe, con su vestido blanco. Crece y vive. ¿No es bueno eso? ¿No es una bendición?

Sin embargo, no soporto que me hayan borrado de esa manera. Habría sido mejor que no me trajese nada.

Me siento a la mesa pequeña a comer gachas con nata con un tenedor. Me dan tenedor y cuchara, pero nunca cuchillo. Cuando hay carne, me la cortan con antelación, como si yo no supiera manejar las manos, o no tuviera dientes. Pero no carezco de ninguna de las dos cosas. Por eso no me permiten usar cuchillos.

36

Llamo a su puerta, oigo su voz, compongo la expresión de mi rostro y entro. Él está de pie junto a la chimenea; en la mano sostiene un vaso casi vacío. Por lo general espera a que yo llegue para empezar a beber, aunque sé que acompañan la cena con vino. Tiene la cara ligeramente colorada. Intento calcular cuánto ha bebido.

—Bienvenida —me saluda—. ¿Cómo está la pequeña esta noche?

Por la afectada sonrisa que me dedica, calculo que poco. Se halla en la fase de la cortesía.

—Estoy bien —respondo.

—¿Preparada para una pequeña emoción?

—¿Cómo? —digo. Detrás de sus palabras percibo cierta incomodidad, una incertidumbre acerca de lo lejos que puede ir conmigo, y en qué dirección.

—Esta noche tengo una pequeña sorpresa para ti —anuncia, y suelta una carcajada. Es más bien una risita. Noto que esta noche todo es pequeño. Desea disminuirlo todo, incluida yo misma—. Algo que te gustará.

—¿Qué es? —pregunto—. ¿Damas chinas? —Me atrevo a tomarme estas libertades; a él parecen divertirle, especialmente después de un par de tragos. Prefiere que sea frívola.

—Algo mejor —puntualiza, intentando parecer seductor.

—Estoy impaciente.

—Bien. —Se acerca a su escritorio y hurga en un cajón. Luego se acerca a mí, con una mano a la espalda.

—Adivina.

—¿Animal, vegetal o mineral? —pregunto.

—Oh, animal —contesta con burlona gravedad—. Definitivamente animal, diría yo.

Tiende la mano hacia mí; en ella sostiene algo semejante a un puñado de plumas color malva y rosa. Las despliega. Es una prenda de vestir, o eso parece, y de mujer: se ven las dos copas para los pechos, cubiertas de lentejuelas color púrpura. Las lentejuelas son estrellas diminutas. Las plumas están colocadas alrededor de los huecos para las piernas, en el borde de la parte de arriba. O sea, que después de todo no estaba tan descaminada con respecto a la faja.

Me pregunto dónde la habrá encontrado. Se supone que toda la ropa de ese tipo ha sido destruida. Recuerdo haberlo visto en la televisión, en imágenes filmadas en diversas ciudades. En Nueva York se llamaba Limpieza de Manhattan. En Times Square había hogueras y las multitudes cantaban alrededor de ellas. Se veían mujeres que levantaban los brazos, agradecidas, cada vez que advertían que las cámaras las enfocaban, y hombres jóvenes de rostro pétreo y bien afeitado que arrojaban objetos a las llamas: prendas de seda, nailon y piel de imitación, ligueros verdes, rojos y violeta, raso negro, lamé dorado, plata brillante; tangas, sujetadores transparentes con corazones rosados de raso cosidos para tapar los pezones. Y los fabricantes, importadores y vendedores, arrodillados, arrepintiéndose en público, con la cabeza cubierta con sombreros cónicos de papel con la palabra VERGÜENZA pintada en rojo.

Pero algunas cosas deben de haberse salvado de las llamas, ya que lo más probable es que no las encontraran todas. La habrá conseguido igual que consiguió las revistas: de forma deshonesta; apesta a mercado negro. Y no es nueva, ha sido usada con anterioridad; debajo de los brazos está arrugada y ligeramente manchada con el sudor de alguna otra mujer.

—Tuve que adivinar la talla —me advierte—. Espero que te siente bien.

—¿Pretende que me ponga esto? —inquiero con asombro.

Sé que mi voz suena mojigata y desaprobadora. Sin embargo, hay algo atractivo en la idea. Nunca me he puesto nada ni remotamente similar a esto, tan brillante y teatral, y eso es lo que debe de ser, una vieja prenda de teatro, o de un número de un club nocturno desaparecido; lo más parecido que me puse alguna vez fueron trajes de baño y una camisola con encajes de color melocotón que Luke me compró en una ocasión. Sin embargo, hay algo seductor en esta prenda, encierra el pueril atractivo de engalanarse. Y sería tan ostentoso, una burla a las Tías, tan pecaminoso, tan libre... La libertad, como todo lo demás, es relativa.

—Bien —acepto, intentando no parecer demasiado interesada.

Quiero que sienta que estoy haciéndole un favor. Tal vez hemos llegado a su verdadero y profundo deseo. ¿Tendrá un látigo escondido detrás de la puerta? ¿Se pondrá unas botas y se arrojará sobre el escritorio o me arrojará a mí?

—Es un disfraz —me explica—. También tendrás que pintarte la cara; he traído todo lo necesario. No podrías entrar sin esto.

—¿Entrar dónde? —pregunto.

—Esta noche vamos a salir.

—¿Salir? —Es una expresión arcaica. Seguramente ya no queda ningún sitio al que salir con una mujer.

—Fuera de aquí —afirma.

Sé, sin necesidad de que me lo explique, que lo que propone es arriesgado para los dos, pero sobre todo para mí; aun así, quiero ir. Quiero cualquier cosa que rompa la monotonía, que subvierta el respetable orden de las cosas.

Le pido que no me mire mientras me pongo la prenda; delante de él, aún tengo pudor de mi cuerpo. Dice que se volverá de espaldas, y lo hace; me quito los zapatos y los calcetines, las bragas de algodón y me pongo las plumas, bajo la protección del vestido. Luego me quito el vestido y deslizo por mis hombros los delgados tirantes con lentejuelas. También hay un par de zapatos de color malva con tacones absurdamente altos. Nada es exactamente de mi talla: los zapatos son un poco grandes y el traje me queda demasiado ceñido en la cintura, pero servirán.

—Ya está —anuncio, y él se vuelve. Me siento estúpida; quiero verme en un espejo.

—Encantadora —comenta—. Y ahora, la cara.

Sólo tiene un lápiz de labios viejo, blando y con olor a uvas artificiales, un delineador y rímel. Ni sombra para párpados, ni colorete. Por un instante pienso que no recordaré cómo se hace, y mi primer intento con el delineador me deja un párpado manchado de negro, como si me lo hubiera hecho en una pelea, pero me lo limpio y vuelvo a probar. Aplico una pizca de lápiz de labios en los pómulos y lo extiendo. Mientras realizo la operación, él me sostiene un enorme espejo de mano de plata. Reconozco el espejo de Serena Joy. Debe de haberlo tomado de su habitación.

No puedo hacer nada con mi pelo.

—Estupendo —afirma. A estas alturas, está bastante excitado; es como si nos estuviéramos vistiendo para ir a una fiesta.

Va hasta el armario y saca una capa con una caperuza. Es de color azul claro, el color de las Esposas. También debe de ser de Serena.

—Échate la caperuza sobre la cara —indica—. Intenta no estropear el maquillaje. Es para pasar por los controles.

—¿Y mi pase? —pregunto.

—No te preocupes por eso —me tranquiliza—. Te he conseguido uno.

Y nos disponemos a salir.

Nos deslizamos juntos por las calles envueltas en penumbras. El Comandante me ha tomado de la mano derecha, como los adolescentes en las películas. Me cierro bien la capa igual que lo haría una buena Esposa. A través del túnel formado por la caperuza veo la nuca de Nick. Lleva la gorra bien puesta, está sentado con la espalda recta y el cuello estirado, perfectamente derecho. ¿Su postura es una señal de que desaprueba mi conducta, o me lo imagino? ¿Sabe lo que llevo puesto debajo de la capa, fue él quien lo consiguió? Si así fuera, ¿está enfadado, desea o envidia algo? Tenemos una cosa en común: ambos debemos ser invisibles, ambos somos funcionarios. Me pregunto si él lo sabe. Cuando le ha abierto la puerta del coche al Comandante, y por extensión a mí, he intentado atraer su mirada, hacer que fijara sus ojos en mí, pero él ha actuado como si no me viera. ¿Por qué? Para él es un trabajo fácil: pequeños recados, favores, y no creo que quiera arriesgar su situación.

En los puestos de control no surge ningún problema, todo sale tan bien como decía el Comandante, a pesar de la presión de la sangre en mis sienes. Cobarde de mierda, diría Moira.

Cuando pasamos el segundo puesto de control, Nick pregunta:

—¿Aquí, señor?

—Sí —responde el Comandante; se vuelve hacia mí y añade—: Ahora tendré que pedirte que te tiendas en el suelo del coche.

—¿En el suelo? —pregunto, asombrada.

—Tenemos que cruzar la puerta —me explica, como si eso significara algo para mí. Al preguntarle adónde íbamos, ha respondido que quería darme una sorpresa—. A las Esposas no se les permite la entrada.

De modo que me aplasto contra el suelo y el coche vuelve a arrancar, y durante unos minutos no veo nada. Debajo de la capa hace un calor sofocante. No es de algodón, como las de verano, y huele a naftalina. Debe de haberla sacado del armario de la ropa de invierno, sabiendo que ella no lo notará. Ha tenido la amabilidad de mover los pies para hacerme lugar. Aun así, tengo la frente contra sus zapatos. Nunca había estado tan cerca de sus zapatos. Parecen duros e impenetrables como el caparazón de las cucarachas: negros, lustrosos, inescrutables. Es como si no tuvieran nada que ver con los pies.

Cruzamos otro puesto de control. Oigo las voces impersonales y respetuosas, y la ventanilla que baja y sube para que él presente los pases. Esta vez no enseña el mío, el que se supone que es mío, porque oficialmente no existo, por ahora.

Luego el coche arranca y vuelve a detenerse, y el Comandante me ayuda a incorporarme.

—Tendremos que ir deprisa —comenta—. Es una entrada trasera. Le dejarás la capa a Nick. A la hora de siempre —le dice a Nick. O sea que esto también es algo que ha hecho antes.

Me ayuda a quitarme la capa; la puerta del coche está abierta. Noto el aire sobre mi piel casi desnuda y advierto que he estado sudando. Cuando me vuelvo para cerrar la puerta del coche, veo que Nick me mira a través del cristal. Ahora me observa. ¿Lo que veo es desdén, indiferencia o es simplemente lo que él esperaba de mí?

Estamos en un callejón, detrás de un edificio de ladrillos rojos, bastante moderno. Junto a la puerta hay una hilera de cubos de basura que huelen a pollo frito en descomposición. El Comandante introduce la llave en la cerradura de una puerta lisa y gris, alineada con la pared, creo que de acero. En el interior hay un pasillo de pare-

des y suelo de hormigón, iluminado con lámparas fluo-
rescentes.

—Es aquí —me indica el Comandante, colocándome
en la muñeca una etiqueta de color púrpura con una goma
elástica, como las etiquetas que dan en los aeropuertos para
el equipaje—. Si alguien te pregunta, di que te han alquila-
do para esta noche —me aconseja.

Me toma del brazo para guiarme. Lo que quiero es un
espejo para comprobar si tengo los labios bien pintados o si
las plumas son muy ridículas y están muy desordenadas.
Con esta luz debo de parecer muy pálida. Pero ya es demasiado tarde.

Idiota, dice Moira.

37

Caminamos por el pasillo, trasponemos otra puerta gris y avanzamos por otro pasillo, éste iluminado y cubierto con una moqueta de color rosa pardusco. A ambos lados se suceden las puertas numeradas: ciento uno, ciento dos, como cuando uno cuenta durante una tormenta para saber cuánto tiempo pasa entre el rayo y el trueno. De modo que es un hotel. Desde detrás de una de las puertas llegan las risas, de un hombre y una mujer. Hacía mucho tiempo que no oía reír.

Salimos a un patio central. Es amplio y alto, y hay varios pisos hasta la claraboya de la parte superior. En el centro hay una fuente redonda con un surtidor del que el agua brota formando la figura de un semillero de diente de león. Veo tiestos con plantas y retoños de árbol aquí y allá, y enredaderas que cuelgan de los balcones. Unos ascensores con cristales ovalados se deslizan arriba y abajo como moluscos gigantes.

Sé dónde me encuentro. He estado aquí antes: con Luke, por las tardes, hace mucho tiempo. Entonces era un hotel. Ahora está lleno de mujeres.

Me quedo quieta y las miro. Aquí puedo mirar fijamente, mirar alrededor, no tengo ninguna toca que me lo impida. Mi cabeza, despojada de ella, parece extrañamente ligera, como si le hubieran quitado un peso o parte de su sustancia.

Las mujeres están sentadas, repantigadas, paseándose o apoyadas las unas en las otras. Mezclados con ellas se ven algunos hombres, montones de hombres, que, vestidos con sus uniformes o trajes oscuros, tan parecidos entre sí, forman un segundo plano indiferenciado. Las mujeres, por su parte, tienen un aspecto tropical, van vestidas con todo tipo de ropas festivas y brillantes. Algunas llevan conjuntos como el mío, con plumas y adornos brillantes, abiertos en los costados y con profundos escotes. Algunas tienen puesta ropa interior como la que se usaba antes, camisones cortos, pijamas cortos y algún que otro salto de cama transparente. Otras llevan trajes de baño, enteros o biquinis; hay una con una prenda hecha con ganchillo y unas enormes conchas de vieira que le cubren las tetas. Las hay vestidas con pantalones cortos de deporte y blusas abiertas en la espalda, o con mallas de gimnasia como las que solían verse por televisión, ceñidas, y calentadores tejidos de color pastel. Incluso se ven algunas con trajes de animadoras, faldas cortas plisadas y enormes letras sobre el pecho. Imagino que han tenido que recurrir a lo que han podido birlar o rescatar. Todas van maquilladas, y me doy cuenta de lo extraño que me resulta ver mujeres maquilladas, porque sus ojos me parecen demasiado grandes, oscuros y brillantes, y sus bocas excesivamente rojas, como la de un payaso, húmedas, como si estuviesen bañadas en sangre.

Hay cierta alegría en la escena. Es como un baile de disfraces con niños demasiado crecidos para su edad, vestidos con trajes que han encontrado hurgando en un baúl. ¿Hay algo placentero en todo esto? Quizá, pero ¿lo han elegido? No se puede deducir a simple vista.

En esta sala hay una gran cantidad de traseros. Ya no estoy acostumbrada a ellos.

—Es como viajar al pasado —comenta el Comandante en tono de satisfacción, aparentemente encantado—. ¿No te parece?

Intento recordar si el pasado era así. Ya no estoy segura. Sé que contenía estas cosas, pero de algún modo la mezcla es diferente. Una película sobre el pasado no es lo mismo que el pasado.

—Sí —respondo.

Lo que siento no es una cosa sencilla. Ciertamente, estas mujeres no me espantan, no me impresionan. Reconozco en ellas al tipo de mujer holgazana. El credo oficial las rechaza, niega su existencia misma, y sin embargo aquí están. Al menos eso es algo.

—No te quedes mirando como una tonta —me aconseja el Comandante—, o te delatarás. Actúa con naturalidad. —Vuelve a guiarme. Un hombre lo ha reconocido, lo ha saludado y ha empezado a caminar en dirección a nosotros. El Comandante me toma del brazo con más fuerza—. Tranquila —susurra—. No pierdas la calma.

Lo único que tienes que hacer, me digo, es mantener la boca cerrada y parecer estúpida. No es tan difícil.

El Comandante habla sobre mí con este hombre y con los otros que vienen con él. No dice gran cosa, no lo necesita. Explica que soy nueva y ellos me miran, me desechan y se dedican a hablar de otras cosas. Mi disfraz cumple con su función.

Él sigue sujetándome del brazo y, mientras conversa, su columna se pone imperceptiblemente rígida, su pecho se ensancha, su voz adopta por momentos la vivacidad y la jocosidad de la juventud. Se me ocurre que está exhibiéndose y me está exhibiendo, y ellos, que comprenden y son lo bastante decorosos, mantienen las manos quietas pero me observan los pechos y las piernas como si no hubiera razón para no hacerlo. Pero también está exhibiéndose ante mí. Está demostrándome su dominio del mundo. Está quebrando las normas delante de sus narices, burlándose de ellos. Tal vez ha alcanzado ese estado de intoxicación que, según se dice, inspira el poder, ese estado que hace que algunos se sientan indispensables y crean que pueden hacer lo que les venga en gana. Por segunda vez, cuando cree que nadie lo mira, me guiña un ojo.

Toda esta situación me resulta patética, pura ostentación, pero la comprendo.

Cuando se harta de la conversación vuelve a llevarme cogida del brazo, esta vez hasta un mullido sofá floreado, como los que solía haber en los vestíbulos de los hoteles; de hecho, en este vestíbulo hay un diseño que aún recuerdo, unas flores rosadas de estilo *art nouveau* sobre un fondo azul oscuro.

—He pensado que con esos zapatos —explica— tal vez te duelan los pies. —Tiene razón, y me siento agradecida. Me ayuda a sentarme, y se sienta a mi lado. Pasa un brazo por mis hombros. La tela de su manga resulta áspera, tan desacostumbrada estoy a que me toquen—. ¿Y bien? —añade—. ¿Qué te parece nuestro pequeño club?

Vuelvo a mirar alrededor. Los hombres no forman una masa homogénea, como me parecía al principio. Junto a la fuente hay un grupo de japoneses vestidos con trajes de color gris claro, y en un rincón una mancha blanca: árabes ataviados con sus largas túnicas, sus tocados y las badanas a rayas.

—¿Es un club? —pregunto.

—Bueno, así lo llamamos nosotros: el club.

—Creía que estas cosas estaban prohibidas —comento.

—Oficialmente, sí —reconoce—; pero, al fin y al cabo, todos somos humanos.

Espero que me dé más detalles; como no lo hace, pregunto:

—¿Y eso qué significa?

—Significa que es imposible escapar a la naturaleza —asegura—. En el caso de los hombres, la naturaleza exige variedad. Es lógico, forma parte de la estrategia de la procreación. Es el plan de la naturaleza. —No respondo, de modo que continúa—: Las mujeres lo saben por instinto. ¿Por qué en aquel entonces se compraban tantas ropas diferentes? Para hacerles creer a los hombres que eran varias mujeres diferentes. Una mujer nueva cada día.

Lo dice como si lo creyera, pero es algo común en él. Tal vez lo crea o tal vez no, o quizá ambas cosas. Es imposible saber lo que piensa.

—Por eso, ahora que no tenemos diferentes ropas —sugiero—, ustedes sencillamente tienen diferentes mujeres. —Es una ironía, pero él no la capta.

—Esto resuelve un montón de problemas —dice sin inmutarse.

No respondo. Empiezo a estar harta de él. Tengo ganas de mostrarme fría, de pasar el resto de la velada con mala cara y callada. Pero no estoy en situación de permitirme ese lujo. Además, al menos paso una noche fuera.

Lo que realmente me gustaría hacer es charlar con las mujeres, pero comprendo que tengo pocas posibilidades de hacerlo.

—¿Quiénes son estas personas? —pregunto.

—Esto es sólo para oficiales —me aclara—. De todas las secciones; y para altos funcionarios. Y delegaciones comerciales, por supuesto. Estimula el comercio. Es un sitio ideal para conocer gente. Fuera de aquí apenas se pueden hacer negocios. Intentamos proporcionar al menos lo mismo que se consigue en cualquier otro sitio. También sirve para enterarte de cosas; información, ya sabes. A veces un hombre le dice a una mujer cosas que jamás le contaría a otro hombre.

—No —puntualizo—. Me refiero a las mujeres.

—¡Oh! —exclama—. Bueno, algunas de ellas son auténticas prostitutas. Chicas de la calle. —Suelta una carcajada y añade—: De los tiempos pasados. No había manera de asimilarlas, y de todos modos la mayoría de ellas prefieren esto.

—¿Y las otras? —inquiero.

—¿Las otras? Verás, tenemos una verdadera colección. Aquella de allí, la de verde, es socióloga. O lo era. Ésa era abogada, aquélla se dedicaba a los negocios, tenía un puesto ejecutivo en una especie de cadena de comida rápida, o tal vez fuesen hoteles. Me han dicho que si uno sólo tiene ganas de hablar, ella es la persona ideal para mantener una charla interesante. Ellas también prefieren estar aquí.

—¿Prefieren esto a qué otra cosa? —pregunto.

—A las alternativas —responde—. Incluso tú podrías preferir esto a lo que tienes —añade en tono tímido; está buscando elogios, quiere que le haga cumplidos, y sé que la parte seria de la conversación ha llegado a su fin.

—No lo sé —digo, como analizando la posibilidad—. Debe de ser un trabajo duro.

—Tendrías que vigilar tu peso, eso sin duda —afirma—. Son muy estrictos con eso. Si llegas a engordar cuatro kilos, te envían a Aislamiento.

¿Está bromeando? Es lo más probable, pero no quiero saberlo.

—Ahora —añade—, para ponerte a tono con el ambiente, ¿qué te parece un trago?

—No debo beber —le recuerdo—. Lo sabe muy bien.

—Una copa no te hará ningún daño —insiste—. Por otra parte, no sería normal que no lo hicieras. ¡Aquí dentro, nada de tabúes con la nicotina y el alcohol! Ya ves que en este lugar se goza de ciertas ventajas.

—De acuerdo —acepto. Para mis adentros estoy encantada con la idea, hace años que no bebo un trago.

—Entonces, ¿qué te apetece? —me pregunta—. Aquí tienen de todo, e importado.

—Una ginebra con tónica —respondo—. Pero poca ginebra, por favor. No querría dejarle en ridículo.

—No lo harás —dice, sonriendo. Se pone de pie y, sorpresivamente, me toma la mano y me besa la palma. Luego se marcha en dirección al bar. Podría haber llamado a una camarera (hay unas cuantas, todas vestidas con minifalda negra y borlas en los pechos), pero parecen tan ocupadas que es difícil que respondan a una señal.

Entonces la veo. Moira. Está de pie cerca de la fuente, con otras dos mujeres. Tengo que volver a mirarla para asegurarme de que es ella, pero lo hago con disimulo, para que nadie lo advierta.

Está vestida con un absurdo conjunto negro de lo que alguna vez fue raso brillante y ahora es una tela desgastada. No lleva tirantes y en el interior tiene un alambre que le levanta los pechos, pero a Moira no le sienta bien; es demasiado grande, lo que hace que un pecho le quede erguido y el otro no. Ella tironea distraídamente de la parte superior, para levantarlo. Lleva una bola de algodón en la espalda, la veo cuando se pone de perfil; parece una compresa higiénica que hubiera reventado como una palomita de maíz. Me doy cuenta de que pretende ser un rabo. Atadas a la cabeza lleva dos orejas, no logro distinguir si de conejo o de ciervo; una ha perdido su rigidez, o el armazón de alambre, y está medio caída. Lleva una pajarita en el cuello, medias negras de tul y zapatos negros de tacón alto. Siempre ha odiado los tacones altos.

Todo el traje, antiguo y estrafalario, me recuerda algo del pasado, pero no atino a saber el qué. ¿Una obra de teatro, una comedia musical? Las chicas vestidas para Semana Santa, con trajes de conejo. ¿Qué significado tiene eso en este lugar, por qué se supone que los conejos son sexualmente atractivos para los hombres? ¿Cómo puede resultar atractivo un traje tan penoso?

Moira está fumando un cigarrillo. Da una calada y se lo pasa a la mujer de su izquierda, que lleva cuernos plateados y un vestido de lentejuelas rojas con una larga cola terminada en punta: va disfrazada de diablo. Ahora tiene los brazos cruzados debajo de los pechos, levantados también mediante un alambre. Desplaza el peso del cuerpo de un pie a otro; debe de estar cansada. Tiene la columna ligeramente encorvada. Recorre la habitación con la mirada, pero sin interés. Seguro que está familiarizada con este escenario.

Quiero que me vea, que advierta mi presencia, pero su mirada se desliza sobre mí como si yo no fuera más que otra palmera, otra silla. Seguramente volverá a mirar, lo deseo con todas mis fuerzas, debe hacerlo antes de que alguno de los hombres se acerque a ella, antes de que desaparezca. A una de las mujeres que estaban con ella, la rubia de la mañanita color rosa con un adorno de piel desgastada, ya le ha sido asignado un acompañante, ha entrado en el ascensor de cristal y ha subido con él. Moira vuelve nuevamente la cabeza, tal vez en busca de posibles clientes. Debe de resultar duro que nadie reclame tu compañía, como si estuvieras en un baile del instituto y ningún chico reparara en ti. Esta vez al fin advierte mi presencia. Me ve. Sabe que es mejor no reaccionar.

Nos miramos fijamente, con rostro inexpresivo, apático. Luego hace un leve movimiento con la cabeza, una ligera sacudida a la derecha. Vuelve a coger el cigarrillo que le ofrece la mujer de rojo, se lo lleva a la boca y deja la mano suspendida por un instante en el aire, con los cinco dedos estirados. Luego se vuelve de espaldas.

Nuestra antigua señal. Tengo cinco minutos para llegar al baño de las mujeres, que debe de estar en alguna parte, a su derecha. Miro alrededor: ni rastro del cuarto de baño. No puedo arriesgarme a subir y caminar sin rumbo fijo, sin el Comandante. No conozco el lugar, no estoy al corriente, podrían hacerme preguntas.

Un minuto, dos. Moira empieza a pasearse al ver que no aparezco. No le queda otra opción que confiar en que la he entendido y la seguiré.

El Comandante regresa con dos vasos. Me sonríe, coloca los vasos sobre la larga mesa de café, frente al sofá, y se sienta.

—¿Te diviertes? —me pregunta. Quiere que me divierta. Al fin y al cabo, estamos aquí para eso.

Le sonrío.

—¿Hay servicio? —pregunto.

—Por supuesto —responde. Bebe un sorbo. No me proporciona más información.

—Necesito ir. —Cuento mentalmente, ya no son minutos, sino segundos.

—Está allí —me indica.

—¿Y si alguien me detiene?

—Enséñale tu etiqueta —responde—. Bastará con eso. Sabrán que estás reservada.

Me levanto y cruzo la sala con paso vacilante. Al llegar a la fuente me tambaleo y estoy a punto de caer. Son los tacones. Sin el brazo del Comandante para sujetarme, pierdo el equilibrio. Varios hombres me miran, con asombro más que con lascivia, o eso creo. Me siento tonta. Pongo el brazo izquierdo delante de mi cuerpo, bien visible y doblado a la altura del codo con la etiqueta hacia fuera. Nadie dice nada.

38

Encuentro la entrada a los servicios de mujeres. En la puerta aún se lee la palabra «damas» escrita en letras doradas con adornos. Hay un pasillo que conduce a la puerta y, junto a ésta, una mujer sentada delante de una mesa, supervisando las entradas y las salidas. Es una mujer mayor que lleva un caftán color púrpura y los ojos pintados con sombra dorada, pero no hay duda de que se trata de una Tía: tiene la aguijada sobre la mesa y la correa alrededor de la muñeca. No está para tonterías.

—Quince minutos —me advierte. Me entrega un cartón rectangular de color púrpura que toma de una pila que hay sobre la mesa. Es como un probador de una tienda de las de antes. Oigo que le dice a la mujer que entra detrás de mí—: Acabas de estar aquí.

—Necesito ir otra vez —le explica la mujer.

—Un descanso por hora —dice la Tía—. Ya conoces las reglas.

La mujer empieza a protestar en tono desesperado y quejoso. Abro la puerta.

Recuerdo esto. Es la zona de descanso, suavemente iluminada en tonos rosados; hay varios sillones y un sofá con un estampado de brotes de bambú de color verde lima, y encima un reloj de pared con un marco de filigrana dorada. Aquí no han quitado el espejo, hay uno muy grande frente al sofá: necesitas saber el aspecto que tienes. Al otro lado de una arcada se encuentran los cubículos de los retretes, también rosados, y lavabos y más espejos.

Hay varias mujeres sentadas en las sillas y en el sofá; se han quitado los zapatos y están fumando. Cuando entro, me observan. En el aire se mezclan el olor a perfume, a humo y a carne en acción.

—¿Nueva? —me pregunta una de ellas.

—Sí —respondo mientras busco con la mirada a Moira, a quien no veo por ninguna parte.

Las mujeres no sonríen. Vuelven a concentrarse en sus cigarrillos como si se tratara de un asunto serio. En la sala del extremo, una mujer vestida con un traje de gato, con una cola de imitación piel de color naranja, se está arreglando el maquillaje. Es como estar en un camerino: maquillaje y humo, materiales de la ilusión.

Vacilo, no sé qué hacer. No quiero preguntar por Moira, pues ignoro hasta qué punto es seguro. Entonces se oye correr el agua de uno de los retretes y Moira sale. Se acerca a mí; espero una señal.

—Todo está bien —dice, dirigiéndose a mí y a las otras mujeres—. La conozco.

Las otras sonríen, y Moira me abraza. La rodeo con los brazos y el alambre que lleva por debajo del vestido se me clava en el pecho. Nos besamos, primero una mejilla, luego la otra.

Nos separamos.

—Qué horror —afirma, y me dedica una sonrisa—. Pareces la Puta de Babilonia.

—¿No es lo que se espera de mí? —pregunto—. Y a ti parece que te haya traído un gato a rastras.

—Sí —reconoce, echando la cabeza hacia atrás—, no es mi estilo, y esta cosa está a punto de caerse a pedazos. Ojalá encontraran a alguien que aún supiera cómo hacerlos.

—¿Lo escogiste tú? —Me pregunto si lo habrá preferido a los otros por ser menos chillón. Al menos éste sólo es blanco y negro.

—¡No, qué va! —exclama—. Es de los que reparte el gobierno. Supongo que pensaron que era el adecuado para mí.

Aún no me creo que sea ella. Vuelvo a tocarle el brazo. Me echo a llorar.

—No llores —me aconseja—. Se te correrá la pintura. Además, no hay tiempo. Apartaos —les dice en su habitual estilo perentorio y áspero a las dos mujeres que están sentadas en el sofá; y, como de costumbre, se sale con la suya.

—De todos modos se me termina el descanso —responde una de las mujeres, vestida con un traje azul pálido de Viuda Alegre y calcetines blancos. Se pone de pie y me estrecha la mano—. Bienvenida —me dice.

La otra mujer también se levanta y Moira y yo nos sentamos. Lo primero que hacemos es quitarnos los zapatos.

—¿Qué diablos estás haciendo aquí? —me pregunta por fin—. No es que no sea fantástico verte, pero no debe de ser tan fantástico para ti. ¿Qué error has cometido? ¿Te has reído de su polla?

Miro al techo.

—¿Hay micrófonos ocultos? —pregunto. Me enjuago los ojos cuidadosamente con los dedos. El delineador se me sale.

—Probablemente —admite—. ¿Quieres un pitillo?

—Me encantaría.

—Tú —le dice a la mujer que está a su lado—. Déjame uno, ¿quieres?

La mujer le entrega uno sin reparo. A Moira sigue dándosele bien el gorreo. Sonrío al comprobarlo.

—Por otro lado, puede que no —reflexiona Moira—. No creas que les importa lo que decimos. Ya lo han oído casi todo, y además nadie sale de aquí si no es en una furgoneta negra. Pero si estás aquí ya debes de saberlo.

Me acerco a ella y le susurro al oído:

—Lo mío es temporal. Sólo por esta noche. Se supone que no me corresponde estar aquí. Me ha colado él.

—¿Quién? —me pregunta, también en un susurro—. ¿Ese cabrón que te acompaña? Yo también estuve con él, es insoportable.

—Es mi Comandante —aclaro.

Asiente con la cabeza.

—Algunos de ellos lo hacen, les produce placer. Es como joder en el altar, o algo así. Las de tu pandilla tenéis que ser castas portadoras. Les encanta veros maquilladas. No es más que otro lamentable desliz del poder.

Nunca se me había ocurrido esta interpretación. Se la aplico al Comandante, pero me parece demasiado simple para él, demasiado tosca. Seguramente sus motivaciones son más delicadas. Aunque quizá sólo sea la vanidad lo que me mueve a pensar así.

—No nos queda demasiado tiempo —le advierto—. Cuéntamelo todo.

Moira se encoge de hombros.

—¿Qué interés tiene? —comenta. Pero sabe que sí lo tiene, de modo que comienza su relato.

Esto es lo que dice, lo que musita, más o menos. No puedo recordar las palabras exactas porque no tenía manera de anotarlas. He completado el relato por ella en la medida de lo posible: no teníamos mucho tiempo, de modo que sólo me hizo un resumen. Me lo contó en dos sesiones, nos las arreglamos para hacer juntas un segundo descanso. He intentado emplear su mismo estilo. Es una manera de mantenerla viva.

—Dejé a esa vieja bruja de Tía Elizabeth atada como un pavo de Navidad, detrás del horno. Quería matarla, de verdad que tenía ganas, pero ahora me alegro de no haberlo hecho, o las cosas habrían sido mucho peores para mí.

No podía creer lo fácil que era salir del Centro. Vestida con aquel traje marrón, me limité a caminar con paso firme. Seguí andando como si supiera adónde iba, hasta que estuve lo bastante lejos para que no me vieran. No tenía ningún plan; no fue algo organizado, como ellos creyeron, aunque cuando intentaron sonsacarme me inventé un montón de historias. Es lo que cualquiera hace cuando le ponen los electrodos, y otras cosas. No te importa lo que dices.

»Seguí con los hombros echados hacia atrás y la barbilla alta, avanzando e intentando pensar qué haría a continuación. Cuando destrozaron la imprenta se llevaron a muchas mujeres que conocía, y pensé que ya habrían pillado al resto. Estaba segura de que tenían una lista. Fuimos lo suficientemente tontas para pensar que lograríamos seguir como hasta ese momento, incluso en la clandestinidad, y trasladamos al sótano todo lo que teníamos en el despacho. De modo que sabía que no era conveniente que me acercara a ninguna de esas casas.

»Tenía una ligera idea del punto de la zona de la ciudad en que me encontraba, aunque no recordaba haber visto jamás la calle por la que caminaba. Por la posición del sol, sin embargo, calculé dónde estaba el norte. Después de todo, haber sido escultista tenía alguna utilidad. Pensé que más me valía seguir esa dirección y ver si lograba encontrar la estación, la plaza o lo que fuera. Entonces estaría segura de dónde me encontraba. También pensé que lo más conveniente sería ir directamente al centro de las cosas, en lugar de alejarme. Parecía más posible así.

»Mientras permanecíamos encerradas en el Centro, habían instalado más puestos de control; estaban por todas partes. Al ver el primero se me pusieron los pelos de punta. Me encontré con él repentinamente, al girar en una esquina. Sabía que no sería normal dar media vuelta y retroceder en sus propias narices, y conseguí engañarlos del mismo modo que lo había hecho en el Centro, echando los hombros hacia atrás, frunciendo el ceño, apretando los labios y mirándolos directamente, como si fueran llagas infectadas. Ya conoces la expresión que adoptan las Tías cuando pronuncian la palabra "hombre". Funcionó a las mil maravillas, lo mismo que en el siguiente puesto de control.

»Pero mi cabeza no paraba de dar vueltas, creía que me iba a volver loca. Sólo tenía tiempo hasta que encontraran a la vieja bruja y dieran la alarma. Pronto empezarían a buscarme: una Tía que va a pie, una impostora. Intenté pensar en algo, recorrí mentalmente la lista de gente que conocía. Finalmente intenté recordar la lista de personas a las que enviábamos información. Por supuesto, hacía tiempo que la habíamos destruido; mejor dicho, no la destruimos sin más, sino que antes de hacerlo cada una memorizó una sección. Aún usábamos el servicio postal, pero ya no poníamos nuestro logotipo en los sobres. Era demasiado arriesgado.

»De modo que intenté recordar mi fragmento de lista. No te diré el nombre que escogí porque no quiero meterlos en problemas, si es que no los han tenido ya. No me extrañaría que ya hubiera soltado toda esa mierda; es difícil recordar lo que dices cuando te lo están haciendo. Dirías cualquier cosa.

»Los elegí a ellos porque eran una pareja casada, y los matrimonios eran más seguros que un soltero, y más aún que cualquier homosexual. También recordé la inicial que había junto a sus nombres. Era una Q, que significaba "Cuáqueros". En el caso de la gente que tenía alguna religión, la marcábamos así. De esa manera sabíamos quién serviría para qué. Por ejemplo, no era conveniente llamar a un C para un aborto; y no es que hiciéramos muchos últimamente. También recordaba su domicilio. Nos habíamos torturado las unas a las otras con las direcciones, era importante recordarlas con exactitud, incluido el código postal.

»Para entonces ya había llegado a la avenida Mass, y no solamente supe dónde estaba, sino también dónde estaban ellos. De pronto comenzó a preocuparme otra cosa: cuando esa gente viera que una Tía se acercaba a su casa, ¿no cerraría la puerta con llave y fingiría que no había nadie? Aun así debía intentarlo, no tenía alternativa. Pensé que era poco probable que me dispararan. En ese momento debían de ser las cinco. Estaba agotada de tanto caminar, sobre todo de esa manera en que lo hacían las Tías, como un maldito soldado, con el culo levantado; además, no había comido nada desde la hora del desayuno.

»Lo que, como es lógico, no sabía era que en aquellos días nadie estaba al corriente de la existencia de las Tías, ni siquiera del Centro. Al principio, todo lo que ocurría detrás de las alambradas se mantenía en secreto. Incluso entonces, alguien podría haber objetado a lo que estaban haciendo. Así que aunque algunos hubieran visto a la extraña Tía, en realidad nadie sabía quién era. Podrían haber pensado que se trataba de una especie de enfermera del ejército. La gente ya no hacía preguntas, a menos que no tuviera más remedio.

»Aquellas personas me dejaron entrar enseguida. Quien vino a abrir la puerta fue la mujer. Le dije que estaba haciendo una encuesta. Lo hice para que, en el caso de que alguien nos viera, no notase su asombro. Pero en cuanto estuve dentro de la casa, me quité el tocado y les expliqué quién era. Sé que corría el riesgo de que llamaran a la policía, o algo así, pero, como digo, no tenía elección. En cualquier caso, no lo hicieron. Me proporcionaron algunas ropas, incluido un vestido de la mujer, y quemaron el traje de la Tía y el pase; sabían que era lo primero que había que hacer. Estaba claro que no les gustaba tenerme en su casa, los ponía nerviosos. Tenían dos hijos pequeños, ambos menores de siete años. Comprendí su situación.

»Fui al retrete, qué alivio. Y luego la bañera, llena de peces de plástico, etcétera. Después me quedé arriba, en la habitación de los niños, y jugué con ellos y sus cubos de plástico mientras sus padres estaban abajo, decidiendo qué hacer conmigo. No estaba asustada, en realidad me sentía bastante bien. Fatalista, dirías tú. Después la mujer me preparó un bocadillo y una taza de café y el hombre me dijo que iba a llevarme a otra casa. No se habían arriesgado a llamar por teléfono.

»Los de la otra casa también eran Cuáqueros y eran un chollo, porque el lugar constituía una de las estaciones del Tren Metropolitano de las Mujeres. Cuando la primera pareja se fue, me dijeron que intentarían sacarme del país. No diré cómo, porque tal vez alguna de las estaciones aún funciona. Cada una de éstas sólo estaba en contacto con una de las otras, que a su vez estaba en contacto únicamente con la siguiente, etcétera. Tenía varias ventajas, por ejemplo si te atrapaban, pero también desventajas, porque si arrasaban una estación toda la cadena quedaba desmantelada hasta que lograban establecer contacto con uno de sus correos, que diseñaba un nuevo itinerario. Sin embargo, estaban mejor organizados de lo que cualquiera podría suponer. Habían conseguido infiltrarse en un par de lugares útiles; uno de ellos era la oficina de correos. Allí tenían un conductor que llevaba uno de esos prácticos carritos. Logré atravesar el puente y entrar en la ciudad misma dentro de una saca del correo. Al pobre lo pillaron poco después. Terminó colgado en el Muro. Siempre te enteras de estas cosas, de hecho, te sorprendería saber la cantidad de cosas de las que te enteras aquí. Los propios Comandantes te las cuentan; me imagino que deben de preguntarse por qué no iban a hacerlo, no hay nadie a quien podamos pasarle la información, excepto al resto de nosotras, y eso no importa.

»Tal como lo cuento parece fácil, pero no lo fue. Estuve todo el tiempo medio muerta de miedo. Una de las peores cosas era saber que esa gente estaba arriesgando el pellejo por mí sin tener ninguna obligación. Pero decían que lo hacían por motivos religiosos y que yo no debía considerarlo algo personal. Eso me ayudó, en cierto modo. Cada noche organizaban una sesión de plegarias silenciosas. Al principio me resultó difícil acostumbrarme, pues me recordaba demasiado la mierda del Centro. A decir verdad, me producía dolor de estómago. Tuve que hacer un esfuerzo y decirme a mí misma que aquello era completamente distinto. Al principio lo odiaba. Pero supongo que es lo que les permitía seguir adelante. Sabían lo que les ocurriría si los descubrían. No detalladamente, pero lo sabían. En ese entonces habían empezado a pasar por televisión los juicios y cosas por el estilo.

»Esto fue antes de que comenzaran en serio las redadas contra las sectas. Al principio, mientras dijeras que eras cristiano y estabas casado, te dejaban en paz. Primero se concentraron en los otros; pero antes de empezar con los demás, pusieron a los primeros más o menos bajo control.

»Debí de permanecer en la clandestinidad unos ocho o nueve meses. Me llevaban de un piso franco a otro, en aquel tiempo había más. No todos eran cuáqueros, algunos de ellos ni siquiera eran religiosos. Sencillamente se trataba de personas a las que no les gustaba el rumbo que estaban tomando los acontecimientos.

»Estuve a punto de conseguirlo. Me trasladaron a Salem, y luego a Maine en un camión lleno de pollos. Estuve a punto de vomitar a causa del olor. ¿Te has imaginado alguna vez todo un camión de pollos cagándose encima de ti? Estaban planificando hacerme cruzar la frontera por allí; no en coche ni en camión, porque ya resultaba muy difícil, sino en barco, por la costa. No lo supe hasta esa misma noche: nunca te comunicaban cuál era el paso siguiente hasta el último minuto. Así de cuidadosos eran.

»No sé qué ocurrió a continuación. Tal vez alguien se asustó o alguna persona de fuera empezó a sospechar. O quizá pensaron que aquel tío salía demasiadas veces con su bote por la noche. En aquel momento el lugar debía de ser un hervidero de Ojos, como cualquier sitio cercano a la frontera. Como quiera que sea, nos pillaron justo cuando salíamos por la puerta trasera para bajar al muelle. A mí y al tío, y también a su esposa. Era una pareja mayor, de unos cincuenta años. Él se había dedicado al negocio de la langosta, antes de que ocurriera todo el asunto de la pesca en las costas. No sé qué fue de ellos después de eso, porque a mí me llevaron en otra furgoneta.

»Pensé que era el fin. O que me devolverían al Centro, al cuidado de Tía Lydia y su cable de acero. Ya sabes cómo le gustaba. Fingía toda esa mierda de "ama al pecador, odia el pecado", pero disfrutaba. Consideré la posibilidad de escaparme, y tal vez lo habría hecho si hubiera tenido alguna opción. Pero en la parte de atrás de la furgoneta iban conmigo dos de ellos, vigilándome como buitres. Iban callados, no me quitaban el ojo de encima, así que era inútil.

»Sin embargo, no fuimos al Centro sino a otro sitio. No entraré en detalles sobre lo que ocurrió después. Será mejor que no lo mencione. Todo lo que puedo decir es que no me dejaron ninguna marca.

»Cuando hubo terminado, me hicieron ver una película. ¿Sabes sobre qué? Sobre la vida en las Colonias. En las Colonias se pasan el tiempo limpiando. Les preocupa mucho la limpieza. A veces sólo se trata de cadáveres, después de una batalla. Los de los guetos de las ciudades son los peores, porque los dejan tirados mucho tiempo y se descomponen. A esa gente no le gusta que los cadáveres queden tirados porque temen que haya una epidemia o algo por el estilo. De manera que las mujeres de las Colonias se ocupan de quemarlos. De todos modos, las otras Colonias son peores a causa de los vertidos tóxicos y la radiación. Calculan que como máximo se puede sobrevivir allí tres años, antes de que se te caiga la nariz a pedazos y la piel a tiras. No se molestan en alimentarlas mucho ni en darles ropa protectora ni nada de eso, resulta más barato así. Además, se trata en su mayoría de gente de la que quieren deshacerse. Dicen que hay otras Colonias, menos terribles, en las que se dedican a la agricultura: algodón, tomates, esa clase de cosas. Pero no eran ésas las que aparecían en la película que me mostraron.

»Son mujeres mayores, apuesto a que te habrás preguntado por qué ya no se ven mujeres mayores por ahí, y Criadas que han echado a perder sus tres oportunidades, o incorregibles como yo. Todas las que somos consideradas desechos. Son estériles, por supuesto. Y si no lo son al principio, terminarán siéndolo tras pasar un tiempo allí. Cuando no están seguros, te hacen una pequeña operación para que no haya ningún error. La cuarta parte de la gente que envían a las Colonias son hombres. No todos los que ellos llaman Traidores al Género terminan sus días en el Muro.

»Todos llevan vestidos largos, como los del Centro, pero grises. Las mujeres, y también los hombres, a juzgar por lo que se veía en la película. Supongo que el hecho de que hagan llevar vestido a los hombres es para degradarlos. Mierda, a mí me desmoraliza bastante. ¿Y tú cómo lo soportas? Pensándolo bien, prefiero ir vestida así.

»Después de eso me dijeron que era demasiado peligroso concederme el privilegio de regresar al Centro Rojo. En su opinión, yo sería una influencia corruptora. Podía escoger: esto, o las Colonias. Mierda, sólo una tonta elegiría las Colonias. Quiero decir que no soy ninguna mártir. Ya me había hecho ligar las trompas hacía años, así que ni siquiera necesitaba la operación. Además, aquí nadie tiene ovarios fértiles, imagínate la clase de problemas que eso podría provocar.

»Y aquí estoy. Hasta te proporcionan crema para la cara. Tendrías que encontrar la manera de que te trasladaran. Estarías bien dos o tres años hasta que se pasara tu oportunidad y te enviaran a la fosa común. La comida no es mala, y si te apetece te dan bebida y drogas, y sólo trabajamos por las noches.

—Moira —balbuceo, azorada—. No hablas en serio.

Empieza a asustarme, porque lo que percibo en su voz es indiferencia, falta de voluntad. ¿Realmente le han hecho esto, le han quitado algo (¿el qué?) que solía ser primordial para ella? ¿Cómo puedo pretender que lo logre, que aún responda a mi idea de ella como una persona valiente, que sobreviva, si yo misma soy incapaz de hacerlo?

No quiero que sea como yo; no quiero que se dé por vencida, que se resigne, que salve el pellejo. A eso quedamos reducidas. De ella espero valor, bravuconería, heroísmo, autosuficiencia: todo aquello de lo que carezco.

—No te preocupes por mí —me tranquiliza. Debe de imaginarse lo que pienso—. Aún estoy aquí, ya ves que soy yo. Considéralo así: no es tan malo, estoy rodeada de un montón de mujeres. Podríamos decir que es el paraíso de las tortilleras.

Ahora está bromeando, demostrándome que le quedan energías, y me siento mejor.

—¿Os lo permiten? —le pregunto.

—¿Si nos lo permiten? Demonios, nos incitan a ello. ¿Sabes cómo llaman a este sitio? Jezabel. Las Tías suponen que, como nos han dejado por imposibles y estamos condenadas, da igual la clase de vicio que cojamos, y a los Comandantes les importa un pimiento lo que hagamos en nuestro tiempo libre. Además, parece que ver a una mujer con otra los excita.

—¿Y las demás? —pregunto.

—Digamos que no son muy aficionadas a los hombres.

Vuelve a encogerse de hombros. Debe de ser resignación.

Esto es lo que me gustaría contar. Me gustaría contar cómo Moira se escapó, esta vez con éxito. Y si no puedo contar eso, me gustaría decir que hizo explotar el Jezabel con cincuenta Comandantes dentro. Me gustaría que terminara con algo atrevido y espectacular, algún atentado, algo propio de ella. Pero, por lo que sé, nada de eso ocurrió. Ignoro cómo terminó, incluso si terminó de algún modo, porque no volví a verla.

39

El Comandante tiene la llave de una habitación. La ha cogido del escritorio de enfrente, mientras yo esperaba en el sofá floreado. Me la muestra con gesto tímido. Se supone que debo entender.

Subimos en el medio huevo de cristal del ascensor y pasamos junto a los balcones adornados con enredaderas. También debo entender que estoy en exposición.

Mete la llave en la cerradura y abre la puerta de la habitación. Todo está igual, exactamente igual que hace siglos. Las cortinas son las mismas, las más gruesas con un estampado de flores —amapolas de color naranja sobre fondo azul— a juego con el cubrecama, y las finas de color blanco para tamizar la luz del sol; la cómoda y las mesillas de noche, rinconeras, impersonales; las lámparas y los cuadros de las paredes: un bol con fruta, manzanas estilizadas, flores en un florero, ranúnculos y gladiolos a tono con las cortinas. Todo sigue igual.

Le digo al Comandante que espere un minuto y entro en el cuarto de baño. Me zumban los oídos a causa del cigarrillo, y la ginebra me ha relajado por completo. Humedezco una toallita y me la aplico a la frente. Un momento después compruebo si hay alguna pastilla pequeña de jabón con envoltorio individual. Sí, las hay, y son de esas que provienen de España, con el dibujo de una gitana.

Aspiro el olor del jabón, un olor desinfectante, y me quedo en el cuarto de baño, escuchando los sonidos distantes del agua que corre, de las cadenas de los inodoros. Es extraño, pero me siento cómoda, como en casa. Hay algo tranquilizador en los cuartos de baño. Al menos las funciones físicas aún son democráticas. Todo el mundo caga, diría Moira.

Me siento en el borde de la bañera y observo las toallas lisas. Hubo un tiempo en que las encontraba excitantes. Representaban las secuelas del amor.

Vi a tu madre, me dijo Moira.

¿Dónde?, le pregunté. Sentí que me estremecía, y caí en la cuenta de que había estado pensando en ella como si estuviera muerta.

No en persona, sino en la película que me mostraron sobre las Colonias. Había un primer plano en el que aparecía. Estaba envuelta en una de esas cosas grises, pero sé que era ella.

Gracias a Dios, dije.

¿Gracias a Dios por qué?, se extrañó Moira.

Pensé que estaba muerta.

Sería mejor que lo estuviera. Es lo que deberías desearle.

No consigo recordar cuándo fue la última vez que la vi. Se me mezcla con todas las otras; fue alguna ocasión sin importancia. Debió de dejarse caer por mi casa; solía hacerlo, entraba y salía despreocupadamente, como si yo fuera la madre y ella la hija. Aún conservaba toda su viveza. A veces, mientras se mudaba de un apartamento a otro, traía su ropa sucia para lavarla. Tal vez pasó por casa para pedirme algo prestado: una olla, el secador de pelo. Era otra costumbre suya.

No sabía que sería la última vez que nos veríamos; de lo contrario, la habría recordado mejor. Ni siquiera me acuerdo de qué hablamos.

Una semana después, dos semanas, tres, cuando de repente las cosas empeoraron, la llamé, pero no obtuve respuesta, y más tarde, cuando volví a intentarlo, tampoco.

No me había dicho que pensara ir a algún sitio, pero existía la posibilidad de que se hubiera marchado sin avisarme; no siempre lo hacía. Tenía su propio coche, y no era demasiado mayor para conducir.

Finalmente logré hablar por teléfono con el vigilante del edificio. Me explicó que llevaba un tiempo sin verla.

No podía evitar sentirme preocupada. Temí que hubiese tenido un ataque cardíaco o de apoplejía, aunque no era probable porque, por lo que yo sabía, no había estado enferma. Siempre gozaba de muy buena salud. Aún se ejercitaba en Nautilus e iba a nadar cada dos semanas. Yo solía decir a mis amigos que ella tenía mejor salud que yo, y tal vez estuviese en lo cierto.

Fuimos en coche a la ciudad, y Luke obligó al vigilante a abrir el apartamento. Tal vez esté en el suelo, muerta, insistió Luke. Cuanto más tiempo la deje, peor será. ¿Se imagina el olor? El vigilante dijo algo acerca de que hacía falta un permiso, pero Luke supo ser persuasivo. Le aclaró que no pensábamos esperar ni irnos. Yo me eché a llorar. A lo mejor fue eso lo que terminó de convencerlo.

Cuando el hombre abrió la puerta, lo que encontramos fue un verdadero caos. Había muebles patas arriba, el colchón estaba desgarrado, los cajones de la cómoda tirados en el suelo, boca abajo, y el contenido de éstos desparramado y amontonado. Pero mi madre no estaba.

Voy a llamar a la policía, dije. Había dejado de llorar, me castañeteaban los dientes y un escalofrío me recorría el cuerpo de los pies a la cabeza.

No lo hagas, me aconsejó Luke.

¿Por qué no?, le pregunté mirándolo fijamente, furiosa. Él se limitó a mirarme. Se metió las manos en los bolsillos, en uno de esos gestos que la gente adopta de forma inconsciente cuando no sabe qué hacer.

Sencillamente, no lo hagas, respondió.

Tu madre es estupenda, me dijo Moira cuando íbamos a la universidad. Tiempo después: Qué mona es. Más tarde aún: Tiene chispa.

No es mona, respondí. Es mi madre.

Ja, se rió Moira, tendrías que ver a la mía.

Pienso en mi madre recogiendo toxinas letales; así solían acabar sus días las ancianas en Rusia, barriendo mugre. Sólo que esta mugre la matará. No puedo creerlo. Seguro que con su chispa, su optimismo y su energía, su astucia, se librará de eso. Se le ocurrirá algo.

Pero sé que no es verdad. Lo estoy dejando todo en sus manos, como hacen los niños con las madres.

Ya he llorado su muerte, y aun así volveré a hacerlo, una y otra vez.

Retorno al presente, al hotel. Aquí es donde necesito estar. Me miro en este enorme espejo, bajo la luz blanca.

Me doy un buen repaso, lento y con detenimiento. Estoy hecha una ruina. El maquillaje se me ha vuelto a correr a pesar de los retoques de Moira, el lápiz de labios se ha desteñido y tengo el pelo revuelto. Las plumas rosadas se ven chillonas como las de una muñeca de carnaval y algunas de las lentejuelas en forma de estrella se han caído. Probablemente faltaban desde el principio, y yo no lo noté. Parezco un travesti mal maquillado y con las ropas de otra persona, oropel gastado.

Me gustaría tener un cepillo de dientes.

Podría quedarme aquí, pensando en todo esto, pero el tiempo pasa.

Debo estar de vuelta en la casa antes de medianoche; de lo contrario, me convertiré en una calabaza... ¿O eso es lo que le pasaba al carruaje? Según el calendario, mañana se celebra la Ceremonia, de modo que Serena quiere que esta noche me monten; si no estoy allí descubrirá el motivo, ¿y entonces qué?

El Comandante está esperando, para variar; lo oigo pasearse en la habitación principal. Ahora se detiene al otro lado de la puerta del cuarto de baño y se aclara la garganta con un teatral ejem. Abro el grifo del agua caliente para dar a entender que estoy lista, o algo parecido. Debo acabar con esto. Me lavo las manos. Tengo que cuidarme de la inercia.

Cuando salgo lo encuentro tendido en la enorme cama y advierto que se ha quitado los zapatos. Me tiendo junto a él sin necesidad de que me lo indique. Preferiría no hacerlo, pero estoy muy cansada.

Al fin solos, pienso. La cuestión es que no quiero estar a solas con él, y menos en la cama. Preferiría que también Serena estuviese presente. Preferiría jugar al Scrabble.

Pero mi silencio no lo desanima.

—Es mañana, ¿verdad? —pregunta en tono suave—. He pensado que podríamos... anticiparnos. —Se vuelve hacia mí.

—¿Por qué me ha traído aquí? —pregunto en tono gélido.

Empieza a acariciarme el cuerpo; de proa a popa, como solían decir, con manoseos gatunos a lo largo del costado izquierdo, incluida la pierna. Se detiene al llegar al pie y me rodea el tobillo con los dedos, brevemente, como un brazalete, donde está el tatuaje, como si leyera el sistema Braille, como si fuera una marca de ganado. Significa propiedad.

Me recuerdo a mí misma que no es un hombre desagradable, que en otras circunstancias incluso me gustaría.

Sus manos se detienen.

—He pensado que un cambio quizá te gustara. —Sabe que eso no es suficiente—. Como una especie de experimento. —Eso tampoco es suficiente—. Dijiste que querías saber.

Se incorpora y empieza a desabotonarse la ropa. ¿Será peor verlo despojado del poder que le confieren sus vestiduras? Se ha quitado la camisa, debajo de la cual aparece una barriga triste y pequeña. Y unos mechones de pelo.

Me baja uno de los tirantes y desliza la otra mano entre las plumas; pero no sirve de nada: me quedo quieta como un pájaro muerto. Él no es un monstruo, pienso. No me puedo permitir el orgullo ni el asco, hay muchas cosas a las que se debe renunciar bajo determinadas circunstancias.

—Quizá sería mejor si apagara la luz —dice el Comandante, consternado y, sin duda, defraudado.

Antes de que apague la luz, lo veo. Sin el uniforme parece más pequeño, más viejo, como si empezara a secarse. El problema es que no puedo comportarme con él de manera distinta de la habitual. Y habitualmente permanezco inerte. Seguro que aquí hay algo más para nosotros, algo que no sea esta futilidad tan prosaica.

Finge, pienso. Debes recordar cómo hacerlo. Acaba con esto de una vez o te pasarás aquí toda la noche. Muévete. Jadea. Es lo mínimo que puedes hacer.

XIII

LA NOCHE

40

Por la noche hace más calor que durante el día. A pesar de que el ventilador está encendido, todo permanece inmóvil; las paredes acumulan calor y lo despiden como si fueran un horno encendido. Pronto lloverá. ¿Por qué lo deseo? Sólo significa que habrá más humedad. A lo lejos relampaguea, pero no se oye el trueno. Lo veo desde la ventana, una luz trémula —similar a la fosforescencia que se percibe en un mar proceloso—, detrás del cielo encapotado, muy bajo y de un tenue gris infrarrojo. Los reflectores están apagados, lo que no es habitual. Un fallo en la corriente eléctrica. O quizá sea Serena Joy quien lo haya dispuesto así.

Me siento en la oscuridad; no tiene sentido dejar la luz encendida, se darían cuenta de que sigo despierta. Estoy completamente vestida, otra vez con mi hábito rojo, tras quitarme las lentejuelas y limpiarme el lápiz de labios con papel higiénico. Espero que no se note, espero no oler a maquillaje, ni a él.

Estará aquí a medianoche, tal como dijo. La oigo, un débil golpecito, un débil arrastrar de pies sobre la gruesa alfombra del pasillo, y a continuación un suave golpe en la puerta. No digo nada, pero la sigo por el pasillo y luego escaleras abajo. Camina rápidamente, es más fuerte de lo que yo pensaba. Aprieta la barandilla con la mano izquierda, tal vez a causa del dolor, y también para sujetarse. Pienso: Se está mordiendo el labio inferior, está sufriendo. No hay duda de que quiere el bebé. Veo nuestras figuras en el ojo de cristal del espejo, una azul, una roja. Yo y mi anverso.

Vamos hasta la cocina. Está desierta y han dejado encendida una lamparilla; se percibe la calma que reina durante la noche en las cocinas vacías. Los cuencos en la repisa, las latas y los recipientes de barro surgen, redondos y gruesos, entre las sombras. Los cuchillos están guardados en su soporte de madera.

—No saldré contigo —susurra. Resulta extraño oírla susurrar, como si fuera una de nosotras. Por lo general, las Esposas no bajan la voz—. Sal por la puerta y gira a la derecha. Encontrarás otra puerta; estará abierta. Sube la escalera y llama, él te está esperando. Nadie te verá. Yo me quedo aquí. —De modo que me esperará, por si surge algún problema. Por si Cora o Rita se levantan, vaya uno a saber por qué, y vienen a la parte de atrás de la cocina. ¿Que les dirá? Que no podía dormir. Que quería un poco de leche caliente. Será lo bastante hábil para contarles una mentira, eso ya lo sé—. El Comandante está arriba, en su habitación —me explica—. A estas horas de la noche no bajará. Nunca lo hace. —Eso es lo que ella cree.

Abro la puerta de la cocina, salgo y espero un momento para que mis ojos se adapten a la oscuridad. Hace mucho tiempo que no estoy fuera sola, por la noche. De pronto se oye un trueno, la tormenta se está acercando. ¿Qué habrá hecho con respecto a los Guardianes? Corro el peligro de que me disparen pensando que soy un merodeador. Les habrá pagado con algo, o eso espero: cigarrillos, whisky, o tal vez estén al corriente de este asunto del semental, y si no funciona pretenda, después, que pruebe con ellos.

La puerta que da al garaje está a pocos pasos de distancia. Camino por la hierba con paso silencioso y me deslizo en el interior. La escalera está a oscuras, tanto que no veo nada. Subo a tientas, escalón por escalón: hay una alfombra, me imagino que es de color champiñón. Alguna vez esto debió de ser el apartamento de un estudiante, una persona joven y soltera con un trabajo. En casi todas estas casas grandes había un apartamento así. Un piso de soltero, un estudio, así es como llamaban a este tipo de apartamento. Me gusta comprobar que soy capaz de recordarlo. «Entrada independiente», ponían en los anuncios, lo cual significaba que podían llevar a una amiguita sin que nadie lo advirtiera.

Llego al final de la escalera y llamo a la puerta. Me abre él mismo, ¿quién si no? Sólo hay una lámpara encendida, pero es lo bastante potente para hacerme parpadear. Estudio la habitación, no quiero mirarlo a los ojos. Es una habitación individual con una cama plegable, que ya está preparada, y una cocina pequeña empotrada en el otro extremo y otra puerta que debe de conducir al cuarto de baño. Es una habitación minúscula, estilo militar. No hay cuadros en las paredes, ni plantas. Él sencillamente acampa aquí. La manta que hay sobre la cama es gris y lleva la inscripción U. S.

Da un paso hacia atrás para invitarme a entrar. Va en mangas de camisa y en la mano tiene un cigarrillo encendido. Percibo el olor del tabaco, en él, en el aire caliente de la habitación, en todas partes. Me gustaría quitarme la ropa y bañarme en este olor, restregarme la piel con él.

Nada de preliminares; él sabe por qué estoy aquí. Ni siquiera dice nada, para qué perder el tiempo en tonterías, se trata de un trabajo. Se aparta de mí y apaga la lámpara. Fuera, como una puntuación, se ve el destello de un relámpago; casi de inmediato se oye el trueno. Él me está quitando el vestido, es un hombre hecho de oscuridad, no veo su cara, apenas puedo respirar, y no me resisto. Siento su boca sobre mí, sus manos, no puedo esperar y él ya se está moviendo, amor mío, hace tanto tiempo, siento que la vida late en mi piel, otra vez, los brazos alrededor de él, como si cayera al agua con suavidad, sin encontrar el fin. Sabía que podría ser sólo una vez.

Me lo he inventado. No ocurrió así. Lo que ocurrió es lo siguiente:

Llego al final de la escalera y llamo a la puerta. Me abre él mismo. Hay una lámpara encendida; parpadeo. Estudio la habitación, es una habitación individual, de estilo militar, la cama ya está preparada. No hay cuadros, pero la manta lleva la inscripción U. S. Él va en mangas de camisa y tiene un cigarrillo.

—Ten —me dice—, da una calada.

Nada de preliminares, sabe por qué estoy aquí. Para quedar embarazada, para meterme en problemas, en camisa de once varas, como se decía antes. Tomo el cigarrillo que me ofrece, doy una profunda calada y se lo devuelvo. Nuestros dedos apenas se tocan. El humo que inhalo me marea.

Él no dice nada, se limita a mirarme con expresión grave. Sería mejor y más agradable si me tocara. Me siento estúpida y horrible, aunque sé que no soy ninguna de las dos cosas. Sin embargo, ¿qué piensa él, por qué no dice nada? Quizá crea que en el Jezabel me he estado revolcando con el Comandante. Me molesta que encima me preocupe lo que piensa. Seamos prácticos.

—No tengo mucho tiempo —le advierto. Suena torpe e inoportuno, no es lo que quería decir.

—Podría soltar un chorro en una botella y después tú podrías metértela —replica sin sonreír.

—No hace falta ser tan basto —le digo. Tal vez se sienta usado. Quizá espera algo de mí, alguna emoción, algún reconocimiento de que él también es humano, de que es algo más que una simple simiente—. Sé que para ti es difícil —sugiero.

Se encoge de hombros.

—Yo me saco un dinero —dice en tono malhumorado, pero sigue sin moverse.

Tú te sacas un dinero, yo no lo hago porque quiero, juego a las rimas en silencio. O sea que así es como lo haremos. A él no le gusta el maquillaje ni las lentejuelas. Vamos a ser duros.

—¿Vienes aquí a menudo?

—¿Y qué hace una chica como yo en un sitio como éste? —respondo. Ambos sonreímos: eso está mejor. Es un reconocimiento de que estamos actuando, porque ¿qué otra cosa podemos hacer en semejante situación?

—La abstinencia ablanda el corazón.

Estamos citando frases de películas viejas, de otros tiempos, que ya entonces eran películas antiguas: esa manera de hablar corresponde a una época bastante anterior a la nuestra. Ni siquiera mi madre hablaba así, que recuerde. Tal vez nadie habló así jamás en la vida real y todo fue una invención desde el principio. Sin embargo, resulta asombrosa la facilidad con que acuden a la mente estas bromas trilladas y falsamente alegres de tipo sexual. Ahora comprendo qué sentido tienen, qué sentido han tenido siempre: mantener la esencia de cada uno fuera de peligro, encerrada, protegida.

Estoy triste, nuestra manera de hablar es infinitamente triste: una música que se desvanece, flores de papel que se marchitan, raso desgastado, el eco de un eco. Todo ha terminado, ya nada es posible. De pronto me echo a llorar.

Por fin él se mueve, me rodea con los brazos, me acaricia la espalda, me consuela.

—Venga —dice—. No tenemos mucho tiempo. —Sin separar su brazo de mis hombros me conduce hasta la cama plegable y me acuesta, apartando antes la sábana. Empieza a desabotonarse, luego me acaricia y me besa la oreja—. Nada de fantasías románticas —añade—. ¿De acuerdo?

Alguna vez esto debió de significar otra cosa. Alguna vez debió de significar: Nada de ataduras. Ahora significa: Nada de heroísmos. Significa: Si se diera el caso, no te arriesgues por mí.

Y así fue como ocurrió.

Sabía que sólo sería una vez. Adiós, pensé, incluso en ese momento, adiós.

Pero no sonó ningún trueno, eso lo he agregado yo.

Para disimular los ruidos que me avergüenza hacer.

Tampoco ocurrió así. No estoy segura de cómo ocurrió, no exactamente. Tan sólo puedo aspirar a reconstruirlo: la sensación que produce el amor es siempre una mera aproximación.

En medio de todo esto pensé en Serena Joy, que estaba sentada en la cocina, pensando a su vez: Ha resultado fácil. Se abrirían de piernas por cualquiera. Basta con darles un cigarrillo.

Y después pensé: Esto es una traición. No el hecho en sí mismo, sino mi reacción. Si tuviera la certeza de que él está muerto, ¿habría alguna diferencia?

Desearía no sentir vergüenza. Me gustaría ser una descarada. Me gustaría ser ignorante. Entonces no sabría lo ignorante que sería.

XIV

EL SALVAMENTO

41

Preferiría que este relato fuera diferente. Preferiría que fuera más civilizado. Preferiría que diera una mejor impresión de mí, si no de persona feliz, al menos más activa, menos vacilante, menos distraída por las banalidades. Preferiría que tuviera una forma más definida. Preferiría que fuera acerca del amor, o de los logros importantes de la vida, o del ocaso, o de pájaros, temporales o nieve.

Tal vez, en cierto sentido, es una historia acerca de todo esto; pero mientras tanto, hay muchas cosas que se cruzan en el camino, muchos susurros, muchas especulaciones sobre otras personas, muchos cotilleos que no pueden verificarse, muchas palabras no pronunciadas, mucho sigilo y secretos. Y hay mucho tiempo que soportar, un tiempo tan pesado como la comida frita o la niebla espesa; y, repentinamente, estos acontecimientos sangrientos, como explosiones, en unas calles que de otro modo serían decorosas, serenas y sonámbulas.

Lamento que en esta historia haya tanto dolor. Y lamento que sea en fragmentos, como alguien sorprendido entre dos fuegos o descuartizado por fuerza. Pero no puedo hacer nada para cambiarlo.

También he intentado mostrar algunas de las cosas buenas, por ejemplo las flores, porque ¿adónde habríamos llegado sin ellas?

Me hace daño contarlo una y otra vez. Con una fue suficiente: ¿acaso no lo fue para mí en su momento? Por eso sigo con esta triste, ávida, sórdida, coja y mutilada historia, porque después de todo quiero que la oigáis, como me gustaría oír la tuya si alguna vez se presenta la oportunidad, si te encuentro o si te escapas, en el futuro, o en el Cielo, en la cárcel o en la clandestinidad, en cualquier otro sitio. Lo que tienen en común es que no están aquí. Al contarte algo, lo que sea, al menos estoy creyendo en ti, creyendo que estás allí, creyendo en tu existencia. Porque al contarte esta historia logro que existas. Yo cuento, luego tú existes.

De modo que continuaré. Me obligaré a continuar. Hemos llegado a una parte que no te va a gustar, porque no me porté bien, pero aun así intentaré no dejarme nada en el tintero. Después de todo lo que has pasado, te mereces lo que queda, que no es mucho pero contiene la verdad.

De manera que ésta es la historia.

Volví a reunirme con Nick. Una y otra vez, por mi cuenta, sin que Serena lo supiera. Nadie me lo pidió, no había excusas. No lo hice por él, sino sólo por mí. Ni siquiera pensé que me entregaba a él, porque, ¿qué tenía yo para dar? Cada vez que me recibía no me sentía generosa sino agradecida. Él no tenía ninguna obligación.

A causa de esto me volví imprudente, corrí riesgos estúpidos. Después de estar con el Comandante subía la escalera como de costumbre, pero a continuación me escabullía por el pasillo y bajaba por la escalera de las Marthas y salía cruzando la cocina. Cada vez que oía el chasquido de la puerta a mi espalda —tan metálico como el de una trampa para ratones o el de un arma—, pensaba en echarme atrás, pero no lo hacía. Me apresuraba a salvar los pocos metros de césped iluminado; la luz de los reflectores volvía a pasar y yo esperaba sentir en cualquier momento que me atravesaban las balas, incluso antes de oír los disparos. Subía la escalera a tientas y me apoyaba en la puerta; me palpitaban las sienes. El miedo es un estimulante poderoso. Entonces llamaba a la puerta con suavidad, como lo haría un pordiosero. Siempre temía que él se hubiera ido; o, peor aún, que no me dejara entrar, que me dijese que no quería seguir quebrantando las normas, que no quería estar con la soga al cuello por mi culpa. O, todavía peor, que afirmara que ya no le interesaba. Que nunca llegase a hacer nada de eso me parecía de una benevolencia y una fortuna increíbles. Ya te he dicho que el asunto se ponía feo.

La cosa funciona así.

Él abre la puerta. Va en mangas de camisa, con la camisa fuera del pantalón; en la mano sostiene un cepillo de dientes, o un cigarrillo, o un vaso con alguna bebida. Aquí tiene su propio escondite, supongo que de cosas obtenidas en el mercado negro. Siempre lleva algo en la mano, como si estuviera ocupándose en las cosas de costumbre, como si no me esperara. Y quizá no me espera. Tal vez no tiene idea del futuro, o no se molesta o no se atreve a imaginarlo.

—¿Llego demasiado tarde? —pregunto.

Responde que no con un movimiento de cabeza. Entre nosotros ya está sobreentendido que nunca es demasiado tarde, pero cumplo con la cortesía ritual de preguntárselo. Eso me hace sentir más tranquila, como si hubiera alguna alternativa, una decisión que pudiera tomarse en un sentido u otro. Él se aparta, yo entro y cierra la puerta. Luego cruza la habitación y cierra la ventana; a continuación apaga la luz. En esta fase, no nos hablamos; yo ya casi me he desnudado. Guardamos la conversación para más tarde.

Cuando estoy con el Comandante, cierro los ojos, incluso cuando sólo se trata del beso de despedida. No quiero verlo tan de cerca. En cambio, aquí siempre mantengo los ojos abiertos. Me gustaría que hubiera alguna luz encendida, tal vez una vela encajada en una botella, alguna reminiscencia de la época de la escuela, pero no valdría la pena correr el riesgo; de modo que tengo que conformarme con el reflector y el resplandor que llega desde abajo, filtrado por las cortinas blancas, que son iguales a las mías. Quiero ver todo lo posible de él, abarcarlo, memorizarlo, guardarlo en mi mente para después vivir de su imagen: las líneas de su cuerpo, la textura de su piel, el brillo del sudor sobre su piel, su rostro largo, sardónico y poco revelador. Debería haber hecho lo mismo con Luke, prestar más atención a los detalles, a los lunares y las cicatrices, a las arrugas; no lo hice, y ahora su imagen empieza a desvanecerse. Se esfuma día tras día, noche tras noche, y yo me vuelvo más infiel.

Si este hombre lo quisiera, me pondría plumas rosadas, estrellas púrpura o cualquier otra cosa, incluido el rabo de un conejo. Pero él no me exige adorno alguno. Hacemos el amor cada vez como si supiéramos sin la menor sombra de duda que no habrá otra ocasión, para ninguno de los dos, con nadie, nunca. Y cuando llega la siguiente ocasión, siempre es una sorpresa, un añadido, un regalo.

Estar aquí con él es estar a salvo, en una especie de cueva en la que nos acurrucamos mientras fuera se desata la tormenta. Es una ilusión, por supuesto. Esta habitación es uno de los sitios más peligrosos en los que yo podría estar. Si me sorprendieran sería mi fin, pero no me importa. ¿Y cómo he llegado a confiar en él de esta manera, tan temeraria de por sí? ¿Cómo puedo suponer que lo conozco, aunque sea mínimamente, y que sé lo que hace en realidad?

Paso por alto estos molestos susurros. Hablo demasiado. Le cuento cosas que no debería contarle. Le hablo de Moira, de Deglen; pero nunca de Luke. Quiero hablarle de la mujer de mi habitación, la que estuvo antes que yo, pero no lo hago. Estoy celosa de ella. Si ha compartido esta cama con él, no quiero enterarme.

Le digo mi nombre verdadero y a partir de ese momento me siento reconocida. Me comporto como una tonta, y sé que no debo hacerlo. Lo he convertido en un ídolo, un recortable de cartón.

Él, por su parte, habla poco: ni respuestas evasivas ni bromas. Apenas hace preguntas. Parece indiferente a la mayor parte de cuanto le digo y sólo se muestra interesado en las posibilidades de mi cuerpo, aunque cuando hablo me mira. Me mira a la cara.

Me resulta imposible pensar en que alguien por quien siento tanta gratitud pudiera traicionarme.

Ninguno de los dos pronuncia la palabra «amor», ni una vez. Sería tentar a la suerte; significaría romance, y desdicha.

Hoy hay unas flores distintas, más secas, más definidas, son las flores de pleno verano: margaritas y rudbequias, que crecen a los costados de la cuesta. Las veo en los jardines, mientras camino con Deglen de un lado a otro. Apenas la escucho; ya no la creo. Las cosas que me dice me parecen irreales. ¿Qué sentido tienen ahora para mí?

Podrías entrar en su habitación por la noche, susurra, y mirar en su escritorio. Debe de haber papeles, anotaciones.

La puerta está cerrada con llave, le aclaro.

Te conseguiremos una llave, afirma. ¿No quieres saber quién es, qué hace?

El Comandante ya no representa un interés inmediato para mí. Tengo que hacer un esfuerzo para que no se note mi indiferencia hacia él.

Sigue haciendo todo exactamente como hasta ahora, me aconseja Nick. No cambies nada; de lo contrario lo notarían. Me besa, mirándome todo el tiempo. ¿Prometido? No metas la pata.

Apoyo su mano sobre mi vientre. Ha ocurrido, anuncio. Así lo siento. Un par de semanas más y tendré la confirmación.

Sé que es pura fantasía.

Él estará encantado contigo, me dice. Y ella también.

Pero es tuyo, le digo. Será tuyo, de verdad. Quiero que lo sea.

De todos modos no es nuestra aspiración.

No puedo, le digo a Deglen. Tengo mucho miedo. Además, no lo haría bien, me pillarían.

Ni siquiera me tomo el trabajo de parecer apesadumbrada, hasta ese punto llega mi pereza.

Podríamos sacarte, insiste. Estamos en condiciones de sacar a la gente si realmente es necesario, si está en peligro, en peligro inminente.

La cuestión es que ya no quiero irme, ni escapar, ni cruzar la frontera hacia la libertad. Quiero quedarme aquí, con Nick, a su lado.

Al pronunciar estas palabras, me avergüenzo de mí misma. Pero eso no es todo. Incluso ahora, reconozco que esta confesión es una especie de alarde. En ella hay una nota de orgullo, porque demuestra lo extremo de la situación y, por lo tanto, la justifica. Bien vale la pena. Es como la historia de una enfermedad de la cual alguien se ha recuperado después de estar al borde de la muerte; como los relatos de guerra. Demuestran cierta gravedad.

Nunca me había parecido posible semejante gravedad con respecto a un hombre.

A veces era más racional. Yo, para mí, nunca lo llamaba amor. Pensaba: Aquí, en cierto modo, he hecho mi vida por mi cuenta. Eso mismo debían de pensar las esposas de los colonizadores, y las mujeres que sobrevivían a las guerras, si aún tenían un hombre. La humanidad es muy adaptable, decía mi madre. Es sorprendente la cantidad de cosas a las que llega a acostumbrarse la gente si existe alguna clase de compensación.

Ahora no tardará mucho, comenta Cora, acomodando en una pila mis paños higiénicos de este mes. No mucho, y me sonríe con expresión tímida y al mismo tiempo astuta. ¿Lo sabe? ¿Ella y Rita saben lo que hago, saben que por la noche bajo por la escalera que ellas utilizan? ¿Acaso yo misma me habré delatado soñando despierta, sonriendo por cualquier tontería, tocándome suavemente la cara cuando creo que no me ven?

Deglen empieza a darse por vencida con respecto a mí. Cada vez susurra menos y habla más del tiempo. No lo lamento. Es un alivio.

42

Doblan las campanas; las oímos desde muy lejos. Es la mañana, y no hemos desayunado. Al llegar a la puerta principal, salimos formando filas de a dos. Hay un gran contingente de guardias, Ángeles especialmente destacados, con equipos antidisturbios —los cascos con visores de plexiglás oscuro que les dan aspecto de escarabajos, las largas cachiporras, los botes de gas—, formando un cordón alrededor de la parte de fuera del Muro. Todo esto es por si se da algún caso de histeria. De los ganchos del Muro no cuelga nada.

Éste es un Salvamento local, sólo de mujeres. Los Salvamentos siempre son separados. Éste lo anunciaron ayer. Nunca lo hacen hasta un día antes. Es poco tiempo para acostumbrarse.

Al son de las campanas, avanzamos por los caminos que antaño transitaban los estudiantes, y pasamos junto a edificios que en otros tiempos fueron aulas y dormitorios. Resulta muy extraño estar aquí otra vez. Visto desde fuera, nada parece haber cambiado, excepto que la mayor parte de las ventanas están cerradas. Ahora, estos edificios pertenecen a los Ojos.

Marchamos en fila por el amplio prado, frente a lo que antes era la biblioteca. La escalinata blanca sigue siendo la misma, y la entrada principal permanece intacta. Sobre el césped han levantado una tarima de madera, semejante a la que solían poner cada primavera para la ceremonia de graduación, hace años. Pienso en los sombreros que llevaban algunas de las madres y en las togas negras que se ponían los estudiantes, y en las rojas. Pero después de todo, esta tarima no es la misma; la diferencia está en los tres postes de madera que hay encima, y los lazos de cuerda.

En la parte delantera de la tarima hay un micrófono; la cámara de la televisión está discretamente colocada a un costado.

Hasta ahora, sólo he estado en uno de estos actos, hace dos años. Los Salvamentos de Mujeres no son frecuentes. No son tan necesarios. En estos tiempos nos portamos muy bien.

No quiero contar esta historia.

Ocupamos nuestros sitios en el orden de costumbre: las Esposas y las hijas en las sillas de tijera de madera instaladas en la parte de atrás, las Econoesposas y las Marthas a los lados y en los escalones de la biblioteca, y las Criadas delante, donde todos pueden vigilarnos. No nos sentamos en sillas sino que nos arrodillamos, y esta vez tenemos cojines pequeños, de terciopelo rojo, sin ninguna inscripción, ni siquiera la palabra FE.

Por fortuna, hace buen tiempo: no demasiado caluroso, nublado pero claro. Sería lamentable tener que estar aquí de rodillas bajo la lluvia. Quizá por eso lo anuncian tan tarde, para prever qué tiempo hará. Es una razón tan buena como cualquier otra.

Me arrodillo en mi cojín de terciopelo rojo. Intento pensar en esta noche, en hacer el amor en la oscuridad mientras la luz se refleja en las paredes blancas. Recuerdo los abrazos.

Hay un largo trozo de cuerda que se balancea como una serpiente frente a la primera fila de cojines, sobre la segunda, y llega hasta las filas de sillas curvándose como un río viejo y lento visto desde el aire. La cuerda es gruesa, de color marrón, y huele a alquitrán. El otro extremo de la cuerda se encuentra encima del escenario. Parece una mecha, o el hilo de un globo.

A la izquierda del escenario se hallan las que van a ser salvadas: dos Criadas y una Esposa. No es habitual que haya Esposas, y muy a mi pesar miro a ésta con interés. Quiero saber qué ha hecho.

Las han traído antes de que se abrieran las puertas. Las tres están sentadas en sillas de tijera de madera, como si fueran estudiantes graduadas que se disponen a recibir un premio. Tienen las manos sobre el regazo, como si las mantuvieran cruzadas con toda tranquilidad. Se balancean un poco, tal vez les han dado píldoras o alguna inyección, para que no molesten. Es mejor que las cosas transcurran en calma. ¿Estarán atadas a las sillas? Con tanta ropa como llevan, es imposible saberlo.

La comitiva oficial se acerca al escenario y sube los escalones de la derecha; son tres mujeres: una Tía y, un paso más atrás, dos Salvadoras vestidas con capas y capuchas negras. Detrás de ellas marchan las otras Tías. Los murmullos cesan. Las tres mujeres se acomodan y se vuelven hacia nosotras; la Tía queda flanqueada por las dos Salvadoras vestidas de negro.

Es Tía Lydia. ¿Cuántos años hacía que no la veía? Había empezado a pensar que sólo existía en mi imaginación, pero aquí está, un poco más vieja; la veo perfectamente, veo las profundas arrugas a ambos lados de la nariz, la marca en el entrecejo. Parpadea, sonríe nerviosamente, mira con atención a derecha e izquierda examinando al público, levanta una mano y juguetea con su tocado. A través del sistema de altavoces nos llega un sonido extraño y estrangulado: Tía Lydia se está aclarando la garganta.

He empezado a tiritar. Se me llena la boca de odio, como si fuera saliva.

Sale el sol y el escenario y sus ocupantes se iluminan como un belén. Observo las arrugas debajo de los ojos de Tía Lydia, la palidez de las mujeres que están sentadas, las hebras de la cuerda que pende frente a mí, las briznas de hierba. Exactamente delante de mí hay un diente de león del color de una yema de huevo. Estoy hambrienta. Las campanas dejan de repicar.

Tía Lydia se levanta, se alisa la falda con las manos y se acerca al micrófono.

—Buenas tardes, señoras —saluda, y se oye el instantáneo y ensordecedor zumbido del sistema de altavoces.

Parece increíble, pero entre nosotras surgen algunas carcajadas. Resulta difícil no reír a causa de la tensión y la cara de contrariedad de Tía Lydia mientras ajusta el sonido. Se supone que esto es algo solemne.

—Buenas tardes, señoras —repite, esta vez en tono metálico y apagado. El que diga «señoras», en lugar de «niñas», se debe a la presencia de las Esposas—. Estoy segura de que todas somos conscientes de las lamentables circunstancias que nos reúnen en esta hermosa mañana, y no me cabe duda de que todas preferiríamos estar haciendo otra cosa, al menos así es en mi caso; pero el deber es un verdadero tirano, tal vez en este caso debería decir tirana, y es en nombre del deber que hoy nos encontramos aquí.

Prosigue en esta tónica durante unos minutos, pero no la escucho. He oído este discurso, o uno parecido, bastantes veces: los mismos lugares comunes, los mismos lemas, las mismas frases sobre la antorcha del futuro, la cuna de la raza, el deber que nos espera. Resulta difícil creer que después de esta perorata no se produzca un amable aplauso y se sirvan té y pastas en el jardín.

Creo que eso era el prólogo. Ahora irá al grano.

Tía Lydia hurga en su bolsillo y saca un trozo de papel arrugado. Le lleva un tiempo excesivo desplegarlo y echarle un vistazo. Es como si nos lo restregara por la nariz, haciéndonos saber quién es ella exactamente, obligándonos a mirarla mientras lee en silencio haciendo alarde de sus prerrogativas. Es una obscenidad, pienso. Acabemos con esto de una vez.

—En el pasado —dice— existía la costumbre de comenzar los Salvamentos con un detallado informe de los delitos por los cuales se condenaba a los prisioneros. Sin embargo, hemos considerado que un informe público de este tipo, sobre todo cuando se trata de un acto televisado, es seguido invariablemente por un brote, si es posible llamarlo así, una ola casi diría, de delitos exactamente iguales. De manera que hemos decidido, por el bien de todos, romper con esta práctica. Los Salvamentos se desarrollarán sin más explicaciones.

Se oye un murmullo colectivo. Los delitos de los demás son un lenguaje secreto entre nosotras. A través de ellos nos demostramos de qué somos capaces, al fin y al cabo. No se trata de una declaración popular. Pero nadie lo sabría mirando a Tía Lydia, que sonríe y parpadea, como abrumada por los aplausos. Ahora nos dejan que nos las arreglemos solas, que hagamos nuestras propias especulaciones. La primera, la que ahora levantan de su silla, las manos con guantes negros en alto: ¿por leer? No, por eso sólo te amputan una mano, en la tercera condena. ¿Infidelidad, o un atentado contra la vida de su Comandante? Lo más probable es que sea contra la de la Esposa del Comandante. Eso es lo que estamos pensando. En cuanto a la Esposa, por lo general hay una sola razón por la que la someterían al Salvamento. Ellas pueden hacernos casi cualquier cosa, pero no están autorizadas a matarnos, al menos legalmente. Ni con agujas de tejer, ni con tijeras de jardín, ni con cuchillos hurtados de la cocina, y menos aún si estamos embarazadas. Quizá se trate de un caso de adulterio; eso siempre es posible.

O intento de fuga.

—Decharles —anuncia Tía Lydia.

No la conozco. La hacen avanzar; camina como si de verdad se concentrara en la tarea, un pie, luego el otro, no hay duda de que está drogada. En su boca se dibuja una sonrisa descentrada y débil, y contrae un costado de la cara en un guiño sin coordinación dirigido a la cámara. Por supuesto, no lo mostrarán, esto no es en directo. Las dos Salvadoras le atan las manos a la espalda.

Detrás de mí alguien hace una arcada.

Por eso no nos dan el desayuno.

—Seguramente es Janine —susurra Deglen.

He visto esto antes: la bolsa blanca en la cabeza, ayudan a la mujer a subir al alto taburete como si la ayudaran a subir los escalones de un autobús, y la sostienen allí arriba, el lazo ajustado alrededor del cuello como un escapulario, y luego una patada al taburete para apartarlo. He oído el prolongado suspiro que se eleva a mi alrededor, un suspiro como el aire de un colchón hinchable, he visto a Tía Lydia colocar la mano sobre el micrófono para amortiguar los sonidos que llegan desde detrás de ella, me he inclinado hacia delante para tocar junto con las demás mujeres, con las dos manos, la cuerda que está delante de mí, esa cuerda peluda y pegajosa de alquitrán recalentado por el sol, y luego me he puesto la mano en el corazón para mostrar mi unidad con las Salvadoras, mi consentimiento y mi complicidad en la muerte de esta mujer. He visto los pies dando patadas y a la pareja que va vestida de negro agarrada a ellos y tirando hacia abajo con todas sus fuerzas. No quiero verlo más. En cambio, miro el césped. Describo la cuerda.

43

Los tres cuerpos quedan allí colgados; incluso con los sacos blancos que les cubren la cabeza parecen extrañamente estirados, como pollos colgados del pescuezo en una pollería, como pájaros a los que les hubieran cortado las alas, incapaces de volar, como ángeles destruidos. Es difícil quitarles los ojos de encima. Los pies cuelgan por debajo del dobladillo del vestido, dos pares de zapatos rojos, un par de azules. Si no fuera por las cuerdas y los sacos, podría tratarse de una especie de coreografía, un ballet captado en el aire por una cámara fotográfica. Todo parece parte de un espectáculo, hasta su ubicación. Debe de haber sido Tía Lydia quien puso a la de azul en el medio.

—El Salvamento de hoy ha concluido —anuncia Tía Lydia por el micrófono—. Pero...

Nos volvemos hacia ella, la escuchamos, la observamos. Siempre ha sabido dónde hacer las pausas. Entre nosotras se produce un murmullo y un movimiento. Quizá ocurra algo más.

—Pero debéis levantaros y formar un círculo. —Sonríe con expresión de generosidad y munificencia. Está a punto de darnos algo. De concedernos algo—. En orden.

Nos está hablando a nosotras, a las Criadas. Algunas Esposas empiezan a irse, al igual que algunas hijas. La mayoría se queda, sin embargo, pero en la parte de atrás, más lejos, sencillamente observando. No forman parte del círculo.

Dos Guardianes han avanzado y están enrollando la gruesa cuerda. Otros recogen los cojines. Nos apiñamos sobre el césped, delante del escenario, algunas intentamos encontrar sitio cerca del centro, unas cuantas empujan lo suficiente para abrirse paso hasta allí, donde estarán protegidas. Es un error vacilar demasiado en un grupo como éste; quien lo haga será tachada de poco entusiasta y carente de ardor. Aquí se produce un despliegue de energía, un murmullo, un estremecimiento de rapidez y furia. Los cuerpos se tensan, los ojos se vuelven más brillantes, como si apuntaran a algo.

No quiero estar delante, pero tampoco detrás. Ignoro a ciencia cierta qué ocurrirá, aunque presiento que será algo que no quiero ver de cerca. Pero Deglen me toma del brazo y me arrastra consigo; nos colocamos en la segunda fila, apenas protegidas por una delgada hilera de cuerpos. Aunque no quiero ver, tampoco retrocedo. He oído rumores, pero sólo los creo a medias. A pesar de todo lo que sé, me digo a mí misma: No llegarán a ese extremo.

—Ya conocéis las reglas de una Particicución —afirma Tía Lydia—. Esperaréis hasta que toque el silbato. Después de eso, lo que hagáis es asunto vuestro, hasta que yo vuelva a tocar el silbato. ¿Entendido?

Se produce un murmullo general de asentimiento.

—Pues bien —añade Tía Lydia.

Asiente con la cabeza y dos Guardianes, que no son los que han apartado la cuerda, se acercan desde detrás del escenario. Entre ambos llevan casi a rastras a otro hombre. Éste también va vestido de Guardián, pero no lleva puesta la gorra y tiene el uniforme sucio y desgarrado. Tiene la cara llena de cortes y magulladuras, moretones de un rojo amarronado; la carne hinchada, salpicada de bultos, mal cubierta por un rastrojo de barba. No parece una cara, sino una especie de vegetal, un bulbo despedazado o un tubérculo deforme, algo que se ha estropeado al crecer. A pesar de la distancia que nos separa me llega su hedor a mierda y a vómito. Unos mechones de pelo rubio le caen sobre el rostro, apelmazados. ¿Será el sudor seco?

Lo miro fijamente, con repugnancia. Parece borracho. Parece un borracho que ha estado en una pelea. ¿Por qué habrán traído aquí a un borracho?

—Este hombre —explica Tía Lydia— ha sido condenado por violación. —Hay un temblor en su voz, fruto de la ira, algo así como un triunfo—. Era un Guardián. Ha deshonrado su uniforme. Ha abusado de la confianza depositada en él. Su cómplice ya ha sido ejecutada. Como sabéis, la violación se castiga con la muerte. Deuteronomio, veintidós; versículos veintitrés y veintinueve. Debo añadir que este delito implicaba a dos de vosotras, y que se realizó a punta de pistola. Y que fue brutal. No voy a ofender vuestros oídos con más detalles, sólo os diré que una mujer estaba embarazada y que el bebé ha muerto.

Se oye un gemido entre nosotras; a pesar de mí misma, aprieto las manos. Esta violación es excesiva. Lo del bebé también, después de todo lo que debemos soportar. Es verdad, hay un ansia de sangre; siento deseos de romper, de arrancar, de destrozar.

Empujamos hacia delante, nuestra cabeza gira de un lado a otro, nuestras fosas nasales se ensanchan olfateando la muerte, nos miramos las unas a las otras para ver nuestro odio. Se merecía algo peor que la muerte. El hombre vuelve la cabeza, atontado. ¿La habrá oído siquiera?

Tía Lydia aguarda un momento; luego esboza una sonrisa y se lleva el silbato a los labios. Lo oímos, estridente y prístino, un eco de una partida de voleibol de épocas pretéritas.

Los dos Guardianes sueltan los brazos del tercer hombre y retroceden. El hombre se tambalea —¿está drogado?— y cae de rodillas. Entorna los ojos, como si la luz

374

fuera demasiado brillante para él. Lo han tenido encerrado en la oscuridad. Se lleva una mano a la mejilla, como si quisiera comprobar si aún está ahí. Todo esto ocurre rápidamente, pero parece lento.

Nadie se mueve. Las mujeres lo miran con horror, como si fuera una rata medio muerta que se arrastra por el suelo de la cocina. Nos mira, observa el círculo de mujeres rojas. Por increíble que parezca, una comisura de su boca se levanta... ¿Será una sonrisa?

Intento penetrarlo con la mirada, ver dentro del rostro tumefacto, averiguar cuál será su aspecto real. Debe de tener unos treinta años. No es Luke.

Pero sé que podría haberlo sido. Podría tratarse de Nick. Sé que, al margen de lo que haya hecho, no me está permitido tocarlo.

Dice algo. Sus palabras son poco claras, como si tuviera la garganta hinchada, la lengua demasiado grande, pero de todos modos lo oigo. Dice:

—Yo no...

Se produce un movimiento hacia delante, como si fuéramos una multitud en un concierto de rock de otros tiempos y esperáramos con ansiedad a que se abrieran las puertas. El aire está impregnado de adrenalina, todo nos está permitido, esto es la libertad, la siento en mi cuerpo, siento vértigo, una mancha roja se extiende por todas partes, pero antes de que la marea de ropas y cuerpos empiecen a golpearlo, Deglen se abre paso entre las mujeres dando codazos a diestro y siniestro y corre hacia él. Lo hace caer de costado y le patea la cabeza con furia, una, dos, tres veces, con golpes secos y certeros. Se oyen gemidos, un sonido débil semejante a un gruñido, gritos, los cuerpos rojos caen hacia delante y ya no veo nada; él ha quedado oculto por brazos, puños y pies. En algún sitio se oye un aullido, como el relincho de terror de un caballo.

Me quedo a cierta distancia. Algo me golpea por detrás y me tambaleo. Cuando vuelvo a recuperar el equilibrio miro alrededor y veo a las Esposas y a las hijas inclinarse en sus sillas, y a las Tías observar con interés la escena desde la tarima, disfrutando, seguramente, de una mejor perspectiva.

Él se ha convertido en *eso*.

Deglen está otra vez a mi lado. Veo su rostro tenso e inexpresivo.

—He visto lo que has hecho —le digo. Empiezo nuevamente a sentirme agraviada, asqueada. Barbarie—. ¿Por qué lo has hecho? ¡Precisamente tú! Creía que...

—No me mires —me advierte—. Están vigilándonos.

—No me importa —replico, y no puedo evitar levantar la voz.

—Domínate —me aconseja. Finge apartarme tomándome del brazo y el hombro y acerca su cara a mi oído—. No seas estúpida. Él no era un violador, sino un político. Era uno de los nuestros. Lo dejé sin conocimiento para evitarle el dolor. ¿No ves lo que le están haciendo?

Uno de los nuestros, pienso. Un Guardián. Parece imposible.

Tía Lydia vuelve a hacer sonar el silbato, pero las mujeres no se detienen de inmediato. Los dos Guardianes deben intervenir para apartarlas de los restos del hombre. Algunas quedan tendidas en el césped, golpeadas o pateadas por error. Otras se han desmayado. Las demás se dispersan en grupos de dos o de tres, o solas. Parecen aturdidas.

—Buscad vuestra pareja y formad fila —ordena Tía Lydia a través del micrófono. Unas pocas la obedecen. Una mujer se acerca a nosotras, caminando como si avanzara a tientas en la oscuridad: es Janine. Tiene una mancha de sangre en la cara y algunas más en la parte blanca de su tocado. Nos dedica una brevísima sonrisa. Tiene la mirada perdida.

—Hola —saluda—. ¿Cómo estás? —Sujeta algo con la mano derecha. Es un mechón de pelo rubio. Ríe tontamente.

—Janine... —le digo. Pero ahora se deja ir por completo, en actitud de abandono.

—Que pases un buen día —dice, y pasa junto a nosotras, en dirección a la entrada.

La observo. Ten cuidado, pienso. Ni siquiera siento pena por ella, aunque debería sentirla. Lo que siento es rabia. No me enorgullezco de ello ni de nada de lo que acaba de ocurrir. Pero es que sirve precisamente para eso.

Me huelen las manos a alquitrán caliente. Quiero regresar a la casa, subir al cuarto de baño y restregarme una y otra vez con el jabón duro y la piedra pómez hasta eliminar de mi piel cualquier rastro de este olor que aborrezco.

Y también estoy hambrienta. Parece monstruoso, y sin embargo es verdad. La muerte me da hambre. Quizá se deba a que he quedado vacía; o tal vez sea el modo que tiene mi cuerpo de comprobar que estoy viva, y sigo repitiendo como en una plegaria: Estoy, estoy. Aún estoy.

Quiero irme a la cama y hacer el amor, ahora mismo.

Pienso en la palabra «deleite».

Me comería un caballo.

44

Las cosas han vuelto a la normalidad.

¿Cómo puedo llamar normalidad a esto? Aunque, comparado con lo de esta mañana, es normal.

Para almorzar me han dado un bocadillo de pan moreno con queso, un vaso de leche, unas ramitas de apio y peras en conserva. Un almuerzo de escolar. Me lo he comido todo, pero no rápidamente, sino disfrutando de la exuberancia de sabores. Ahora iré a la compra, como de costumbre. Casi espero ese momento con impaciencia. En cierto modo, la rutina nos brinda consuelo.

Salgo por la puerta trasera y echo a andar por el sendero. Nick está lavando el coche y lleva la gorra ladeada. No me mira. Ahora intentamos no mirarnos. Seguramente nos pondríamos en evidencia, incluso aquí, al aire libre, donde nadie nos ve.

Me detengo en la esquina para esperar a Deglen. Se está retrasando. Finalmente, la veo venir, una silueta de ropa roja y blanca, como una cometa, caminando con paso firme como nos han enseñado.

La veo y al principio no advierto nada. Pero a medida que se acerca observo que algo no está bien. Tiene un aspecto raro. Ha cambiado de manera indefinida; no está herida ni cojea. Es como si de algún modo se hubiera encogido.

Entonces me doy cuenta. No es Deglen. Tiene la misma estatura, pero es más delgada, y su cara es beige en lugar de rosada. Se detiene delante de mí.

—Bendito sea el fruto —dice a modo de saludo. Imperturbable. Mojigata.

—Y que el Señor permita que se abra —contesto. Intento no revelar mi asombro.

—Tú debes de ser Defred —añade. Respondo que sí y echamos a andar.

¿Y ahora?, pienso. La cabeza me da vueltas, esto no significa nada bueno, ¿qué habrá sido de ella?, ¿cómo averiguarlo sin que se note demasiado mi preocupación? No podemos crear amistades ni lealtades entre nosotras. Intento recordar cuánto tiempo tenía que pasar Deglen en su actual destacamento.

—Hace muy buen tiempo —comento.

—Lo cual me llena de gozo. —La suya es una voz plácida, monótona, inexpresiva.

Pasamos por el primer puesto de control sin agregar palabra. Ella se muestra taciturna, y yo también. ¿Está esperando que me ponga a hablar, que me delate, o es una creyente que está absorta en la meditación?

—¿Deglen ha sido trasladada? ¿Tan pronto? —pregunto, sabiendo que no la han trasladado. La he visto esta misma mañana. Me lo habría dicho.

—Yo soy Deglen —responde. Lo sé perfectamente. Por supuesto que lo es, es la nueva; y Deglen, esté donde esté, ya no es Deglen. Nunca supe su verdadero nombre. Así es como una puede perderse en un mar de nombres. Ahora no sería fácil encontrarla.

Vamos a Leche y Miel, y a Todo Carne, donde yo compro un pollo y la nueva Deglen un kilo de hamburguesas. Hay cola, como de costumbre. Veo a varias mujeres que reconozco e intercambio con ellas los infinitesimales movimientos de la cabeza con los que nos demostramos mutuamente que al menos alguien nos conoce, que aún existimos. Cuando salimos de Todo Carne, le digo a la nueva Deglen:

—Deberíamos ir al Muro. —No sé qué pretendo con esto; tal vez encontrar la manera de que reaccione, de ponerla a prueba. Necesito saber si es una de las nuestras o no. Si lo es, si logro comprobarlo, quizá ella pueda decirme qué le ha ocurrido realmente a Deglen.

—Como quieras —dice. ¿Es indiferencia o cautela?

En el Muro están colgadas las tres mujeres de esta mañana, con los vestidos todavía puestos y las bolsas blancas en la cabeza. Les han desatado los brazos, que ahora cuelgan rígidamente a los costados del cuerpo. La de azul está en el medio y las dos de rojo a los lados, pero los colores ya no son tan brillantes; parecen haberse desteñido, deslustrado, como las mariposas muertas o como un pez tropical que empieza a secarse en la arena. Han perdido el brillo. Las observamos en silencio.

—Que esto nos sirva de advertencia —sentencia la nueva Deglen.

Al principio no digo nada porque intento descifrar qué quiere decir. Quizá sea una advertencia de la injusticia y la brutalidad del régimen. En ese caso tendría que responder que sí. O tal vez pretenda decir lo contrario, que debemos hacer lo que nos ordenan y no meternos en problemas, porque en caso contrario, recibiremos el justo castigo. Si su intención es decir esto, debería responderle «así sea». Pero su voz ha sonado suave, inexpresiva, no me ha proporcionado ninguna pista.

Corro el riesgo y respondo:

—Sí.

No contesta, pero percibo un destello blanco, como si se hubiera vuelto rápidamente para mirarme.

Un momento después emprendemos el largo camino de regreso, coordinando nuestros pasos tal como está establecido para que parezca que actuamos de común acuerdo.

Pienso que tal vez sería mejor esperar antes de hacer un nuevo intento. Es demasiado pronto para insistir, para tantear. Debería aguardar una semana, dos semanas, tal vez más, y observarla con atención, escuchar los tonos de su voz, las palabras imprudentes, tal como Deglen me escuchó a mí. Ahora que Deglen se ha ido, vuelvo a estar alerta, mi pereza ha desaparecido, mi cuerpo ya no se limita a experimentar placer, sino que percibo el peligro que éste encierra. No debo precipitarme ni correr riesgos innecesarios. Pero necesito saber. Me contengo hasta que dejamos atrás el último puesto de control, sólo nos quedan unas pocas manzanas, y entonces pierdo los estribos.

—No conocía muy bien a Deglen —comento—. Me refiero a la primera.

—¿No? —pregunta. El hecho de que haya respondido, aunque con cautela, me estimula.

—Sólo la conozco desde mayo —continúo. Siento que me arde la piel y se me acelera el corazón. Esto es delicado. Por una parte, se trata de una mentira. ¿Y cómo hago ahora para llegar a la palabra vital?—. Creo que fue alrededor del primero de mayo. Lo que antes solían llamar May Day.

—¿Ah, sí? —responde en tono débil, indiferente, amenazador—. No recuerdo esa expresión. Me sorprende que la recuerdes. Deberías procurar... —Hace una pausa—. Eliminar de tu mente semejantes... —Otra pausa—. Resonancias.

Siento que el frío brota en mi piel como si fuera agua. Lo que dice es una advertencia.

No es una de las nuestras. Pero sabe.

Camino las últimas manzanas dominada por el terror. Una vez más he actuado como una estúpida. Más que como una estúpida. No se me ha ocurrido antes, pero ahora me doy cuenta: si Deglen ha sido descubierta, quizá hable de otras personas y también de mí. Y hablará. No podrá evitarlo.

Pero en realidad yo no he hecho nada, me digo a mí misma. Lo único que he hecho es saber. Lo único que he hecho es no denunciar.

Ellos saben dónde está mi pequeña. ¿Y si la traen y la amenazan en mi presencia? ¿Y si le hacen algo? No soporto pensar lo que serían capaces de hacerle a Luke, ¿y si tienen a Luke? O a mi madre, o a Moira, o a cualquiera. Dios mío, no me obligues a elegir. Sé que no lo soportaría; Moira tenía razón con respecto a mí. Diré lo que quieran, delataré a quien sea. Es verdad, al primer grito, incluso al primer gemido quedaré destrozada, confesaré cualquier delito y terminaré colgada de un gancho del Muro. Mantén la cabeza baja, solía decirme a mí misma, y compréndelo. No tiene sentido.

Esto es lo que me digo mientras regresamos a casa.

Al llegar a la esquina nos colocamos una frente a la otra, como de costumbre.

—Que Su Mirada te acompañe —se despide la nueva y traidora Deglen.

—Que Su Mirada te acompañe —respondo, intentando parecer devota. Como si, ahora que hemos llegado hasta este extremo, esta comedia sirviera de algo.

Entonces hace algo extraño. Se inclina hacia delante —de tal manera que las rígidas anteojeras de nuestras cabezas están a punto de tocarse y puedo ver de cerca el color beige pálido de sus ojos, y la delicada red de líneas que surcan sus mejillas— y susurra muy rápidamente y en tono apagado, como si su voz fuera una hoja seca:

—Ella se colgó. Después del Salvamento. Vio que la furgoneta venía a llevársela. Es mejor así.

Y se aleja de mí, calle abajo.

45

Aguardo un momento; me falta el aire, como si me hubieran dado una patada.

Entonces, ella está muerta y yo estoy a salvo. Lo hizo antes de que ellos llegaran. Siento un enorme alivio. Le estoy agradecida. Ha muerto para que yo viva. Ya lloraré su muerte más adelante.

A menos que esta mujer mienta. Siempre existe la posibilidad.

Respiro hondo y suelto el aire, en busca de oxígeno. Todo se oscurece y luego se aclara. Ahora veo por dónde camino.

Giro, abro la puerta, dejo la mano apoyada por un instante para tranquilizarme y entro. Allí está Nick, todavía lavando el coche, y silbando. Tengo la sensación de que se encuentra muy lejos.

Dios mío, pienso, haré lo que quieras. Ahora que me has librado, me destruiré si eso es lo que realmente deseas; me vaciaré, me convertiré en un cáliz. Renunciaré a Nick, me olvidaré de los demás, dejaré de lamentarme. Aceptaré mi destino. Me sacrificaré. Me arrepentiré. Abdicaré. Renunciaré.

Sé que esto no es justo, pero aun así lo pienso. Todo lo que nos enseñaron en el Centro Rojo, todo aquello a lo que me he resistido vuelve a mí como un torrente. No quiero sentir dolor, no quiero ser una bailarina ni tener los pies en el aire y la cabeza convertida en un rectángulo de tela blanca, sin rostro. No quiero ser una muñeca colgada del Muro, no quiero ser un ángel sin alas. Quiero seguir viviendo, como sea. Cedo mi cuerpo libremente para que lo usen los demás. Pueden hacer conmigo lo que les venga en gana. Soy despreciable.

Por primera vez siento el verdadero poder que ellos tienen.

Paso junto a los arriates y el sauce, en dirección a la puerta trasera. Entraré y al fin estaré a salvo. Caeré de rodillas en mi habitación y respiraré agradecida, llenando mis pulmones con el aire viciado y sintiendo el olor a muebles lustrados.

Serena Joy está esperando en la escalera que conduce a la puerta principal. Me llama. ¿Qué querrá? ¿Me pedirá que vaya a la sala y la ayude a devanar la lana gris? No podré mantener las manos firmes, ella notará algo. Pero no tengo otra opción que acercarme a ella.

Se yergue ante mí, de pie en el último escalón. El azul de sus brillantes ojos contrasta con el blanco de su piel arrugada. Aparto la vista de su rostro y miro el suelo; junto a sus pies veo la punta del bastón.

—He confiado en ti —me dice—. He intentado ayudarte.

Sigo sin mirarla. Me invade un sentimiento de culpabilidad. Me han descubierto, pero ¿qué es lo que han descubierto? ¿De cuál de mis muchos pecados se me acusa? El único modo de averiguarlo es guardar silencio. Empezar a excusarme ahora de esto o de aquello sería un error. Podría revelar algo que ella ni siquiera imagina.

Quizá no sea nada importante. Quizá se trate de la cerilla que escondí en el colchón. Bajo aún más la cabeza.

—¿Y bien? —me apremia—. ¿No tienes nada que decir?

La miro.

—¿Sobre qué? —logro tartamudear. En cuanto lo hago me parece una insolencia.

—Mira —me indica. Retira la mano de detrás de su espalda. Lo que sostiene es su capa, la de invierno—. Estaba manchada de lápiz de labios —añade—. ¿Cómo pudiste ser tan vulgar? Le he dicho a él... —Deja caer la capa y veo que en su huesuda mano hay algo más. También lo arroja al suelo. Las lentejuelas de color púrpura caen sobre los escalones y se deslizan como la piel de una serpiente, resplandecientes bajo la luz del sol—. A mis espaldas —prosigue—. Podrías haberme dejado algo. —Entonces, ¿lo ama? Levanta el bastón. Creo que va a golpearme, pero no lo hace—. Recoge esta porquería y vete a tu habitación. Exactamente igual que la otra. Una zorra. Y acabarás igual.

Me agacho y lo recojo. Nick, que está detrás de mí, ha dejado de silbar.

Quiero volverme, correr hacia él y abrazarlo. Pero sería una tontería. Él no puede hacer nada para ayudarme. Caería conmigo.

Camino hacia la puerta trasera, entro en la cocina, dejo la cesta y subo la escalera. Estoy tranquila.

XV

LA NOCHE

46

Me siento en mi habitación, junto a la ventana, y espero. En el regazo tengo un puñado de estrellas aplastadas.

Tal vez sea la última vez que tenga que esperar. Pero no sé qué estoy esperando. ¿Qué estás esperando?, se solía decir. Lo que significaba: «Date prisa.» No se esperaba una respuesta. Otra cosa es preguntar qué es lo que estás esperando, y para ésta tampoco tengo respuesta.

Aunque no es exactamente esperar. Se parece más a una forma de suspensión. Sin ningún suspense. Por fin se acaba el tiempo.

He caído en desgracia, que es lo contrario de la gracia. Debería sentirme peor.

Pero me siento tranquila, en paz, impregnada de indiferencia. No dejes que los cabrones te hagan polvo, repito para mis adentros, pero no me sugiere nada. Sería como decir: Que no exista el aire. O también: No seas.

Supongo que se podría decir eso.

No hay nadie en el jardín.

Me pregunto si lloverá.

• • •

Fuera, la luz empieza a desvanecerse. El cielo ya está rojizo. Pronto oscurecerá. Ya está más oscuro. No ha tardado mucho.

Hay unas cuantas cosas que podría hacer. Por ejemplo, pegar fuego a la casa. Haría un bulto con algunas de mis ropas y con las sábanas y encendería la cerilla que tengo guardada. Si no prendiera, no pasaría nada. Pero si prendiera, al menos habría una señal de algún tipo que marcara mi salida. Unas pocas llamas que se apagarían fácilmente. En el intervalo dejaría escapar unas nubes de humo y moriría asfixiada.

Podría romper la sábana en tiras, retorcerlas como una cuerda, atar un extremo a la pata de mi cama e intentar romper el cristal de la ventana. Que es irrompible.

Podría recurrir al Comandante, echarme al suelo completamente despeinada, abrazarme a sus rodillas, confesar, llorar, implorar. *Nolite te bastardes carborundorum*, podría decir. No como una plegaria. Imagino sus zapatos, negros, lustrosos, impenetrables, guardando silencio.

También podría atarme la sábana al cuello, colgarme del armario, dejar caer mi cuerpo hacia delante y estrangularme.

Podría esconderme detrás de la puerta, esperar a que ella viniera cojeando por el pasillo, trayendo alguna sentencia, una penitencia, un castigo; derribarla y patearle la cabeza con un golpe seco y certero. Para evitarle el dolor, lo mismo que a mí. Para evitarle nuestro dolor.

Así ganaría tiempo.

Podría bajar la escalera con paso firme, salir por la puerta principal hasta la calle, intentando dar la impresión de que sé adónde voy, y ver hasta dónde puedo llegar. El rojo es un color muy visible.

Podría ir a la habitación de Nick, como he hecho hasta ahora, y preguntarme si él me dejaría entrar o no, si me daría refugio. Ahora que lo necesito de verdad.

. . .

Pienso en todo esto distraídamente. Cada una de las posibilidades parece tan importante como el resto. Ninguna parece preferible a otra. La fatiga se apodera de mí, de mi cuerpo, mis piernas y mis ojos. Esto es lo que ocurre al final. La fe no es más que una palabra bordada.

Miro el atardecer y me imagino que estamos en invierno. La nieve cae con suavidad, fácilmente, cubriéndolo todo de finos cristales, la niebla que oculta la luna antes de que llueva, desdibujando los contornos, borrando los colores. Dicen que la muerte por congelación es indolora. Te recuestas sobre la nieve como un ángel hecho por unos niños y te duermes.

Siento su presencia detrás de mí, la de mi antepasada, mi doble, que aparece suspendida en el aire, debajo de la araña, con su traje de estrellas y plumas como un pájaro detenido en mitad del vuelo, una mujer convertida en ángel, esperando ser hallada. Esta vez por mí. ¿Cómo pude creer que estaba sola? Siempre fuimos dos. Acaba de una vez, me dice. Estoy cansada de este melodrama, estoy cansada de guardar silencio. No hay nadie a quien proteger, tu vida no tiene valor para nadie. Quiero que esto se termine.

Mientras me levanto, oigo la furgoneta negra. La oigo antes de verla; surge de su propio sonido mezclada con el crepúsculo, como una solidificación, un coágulo de la noche. Gira en el camino de entrada y se detiene. Apenas distingo el ojo blanco y las dos alas. La pintura debe de ser fosforescente. Dos hombres se desprenden de ella como de un molde, suben los escalones de la entrada, pulsan el timbre. Oigo el sonido del timbre, ding-dong, como el fantasma de una vendedora de cosméticos.

Ahora viene lo peor.

He estado perdiendo el tiempo. Debería haberme ocupado de las cosas cuando aún tenía la posibilidad de hacerlo. Debería haber robado un cuchillo de la cocina, buscado el modo de conseguir las tijeras del costurero. También estaban las tijeras del jardín, las agujas de tejer. El mundo está lleno de armas, si uno las busca. Debería haber prestado atención.

Pero es demasiado tarde para pensar en eso, sus pisadas ya suenan en la alfombra de la escalera; los pasos mudos y pesados retumban en mi frente; estoy de espaldas a la ventana.

Espero ver a un desconocido, pero es Nick quien abre la puerta de golpe y enciende la luz. No comprendo, a menos que sea uno de ellos. Siempre ha existido esa posibilidad. Nick, el Ojo secreto. Los trabajos sucios los hacen las personas sucias.

Eres una mierda, pienso. Abro la boca para decirlo, pero él se acerca a mí y me susurra:

—Todo está bien. Es Mayday. Vete con ellos. —Me llama por mi verdadero nombre. ¿Por qué esto iba a significar algo?

—¿Ellos? —pregunto. Veo a los dos hombres que están detrás de él; la luz del pasillo convierte sus cabezas en calaveras—. Debes de estar loco. —Mi suspicacia queda suspendida en el aire, un ángel oscuro me envía una advertencia. Casi puedo verlo. ¿Por qué no iba a saber él lo de Mayday? Todos los Ojos deben de saberlo; lo han exprimido, estrujado y escurrido de demasiados cuerpos, de demasiadas bocas.

—Confía en mí —insiste; aunque eso nunca fue un talismán, no representa garantía alguna.

Sin embargo, me aferro a esta oferta. Es todo cuanto me queda.

• • •

Me escoltan para bajar la escalera; uno va delante y el otro detrás. Avanzamos a ritmo pausado; las luces están encendidas. A pesar del miedo, todo me resulta normal. Desde donde estoy veo el reloj. No es ninguna hora en especial.

Nick ya no está con nosotros. Debe de haber bajado por la escalera de atrás, para que no lo vieran.

Serena Joy se encuentra en el pasillo, debajo del espejo, observándonos con expresión de incredulidad. Detrás de ella, junto a la puerta abierta de la sala, está el Comandante. Tiene el pelo muy gris. Parece preocupado e impotente, pero empieza a apartarse de mí, a tomar distancia. Al margen de lo que significara para él, hemos llegado a un punto en el que también constituyo un fracaso. Sin duda han discutido por mí; sin duda ella se las ha hecho pasar moradas. Yo aún las estoy pasando moradas, no puedo sentir pena por él. Moira tiene razón, soy una mojigata.

—¿Qué ha hecho? —pregunta Serena Joy. Entonces no los ha llamado ella. No sé lo que me reservaba, pero se trataba de algo más privado.

—No estamos autorizados a decirlo, señora —responde el que va delante de mí—. Lo siento.

—Quiero ver la autorización —exige el Comandante—. ¿Tenéis autorización legal?

Ahora podría ponerme a gritar, agarrarme a la barandilla, renunciar a toda dignidad. Podría detenerlos, al menos por un momento. Si son los auténticos, se quedarán, de lo contrario echarán a correr. Y me dejarán aquí.

—No la necesitamos, señor, pero todo está en orden —dice el mismo hombre—. Violación de secretos de Estado.

El Comandante se lleva una mano a la cabeza. ¿Qué habré dicho, y a quién, y cuál de sus enemigos lo ha descubierto? Su seguridad quizá corra peligro. Estoy más arriba que él, mirándolo; y se está encogiendo. Entre ellos ya ha habido purgas, y habrá algunas más. Serena Joy palidece.

—Zorra —me insulta—. Después de todo lo que ha hecho por ti.

Cora y Rita llegan corriendo desde la cocina. Cora está deshecha en llanto. Yo era su esperanza, y la he defraudado. Nunca tendrá niños.

La furgoneta espera en el camino de entrada, con las puertas dobles abiertas. Los dos hombres —ahora uno a cada lado— me toman de los brazos y me ayudan a subir. No tengo manera de saber si éste es mi fin o un nuevo comienzo: me he entregado a unos extraños porque era inevitable.

Subo y penetro en la oscuridad del interior; o en la luz.

Notas históricas sobre
El cuento de la criada

Transcripción parcial de las actas del Duodécimo Simposio de Estudios Gileadianos, celebrado como parte del Congreso de la Asociación Histórica Internacional, que tuvo lugar en la Universidad de Denay, Nunavit, el 25 de junio de 2195.

Presidenta: *Profesora Maryann Crescent Moon, del Departamento de Antropología Caucásica de la Universidad de Denay, Nunavit.*

Orador inaugural: *Profesor James Darcy Pieixoto, director de los Archivos de los siglos XX y XXI, de la Universidad de Cambridge, Inglaterra.*

CRESCENT MOON:

Estoy encantada de darles la bienvenida y satisfecha al comprobar que muchos de ustedes asisten al discurso, sin duda fascinante y provechoso, del profesor Pieixoto. Los miembros de la Asociación Gileadiana de Investigación consideramos que este período merece un estudio más exhaustivo, en la medida en que fue responsable de la modificación del mapa del mundo, sobre todo en este hemisferio.

Antes de pasar a ello, sin embargo, quisiera hacer algunos anuncios. La expedición de pesca saldrá mañana, como estaba programado, y a aquellos que no hayan traído un equipo adecuado para la lluvia y repelente de insectos, les informo de que pueden conseguirlos con cargo a su cuenta en recepción. La Marcha de la Naturaleza y el desfile al aire libre de trajes de época han sido postergados para pasado mañana, ya que nuestro infalible profesor Johnny Running Dog nos ha anunciado que para entonces se producirá un cambio del tiempo.

Permítanme recordarles el resto de las actividades patrocinadas por la Asociación Gileadiana de Investigación y que ustedes pueden realizar durante este congreso como parte de la programación de este Duodécimo Simposio. Mañana por la tarde, el profesor Gopal Chatterjee, del Departamento de Filosofía Occidental de la Universidad de Baroda, de la India, disertará sobre «Los elementos Krishna y Kali en la religión estatal del período primitivo de Gilead», y el jueves por la mañana intervendrá la profesora Sieglinda Van Buren, del Departamento de Historia Militar de la Universidad de San Antonio, República de Tejas. La profesora Van Buren ofrecerá lo que, sin duda, será una fascinante conferencia ilustrada sobre «La táctica de Varsovia: la política de cerco del núcleo urbano en las guerras civiles gileadianas». Estoy segura de que todos querremos asistir.

También debo recordarle a nuestro orador inaugural, aunque estoy segura de que no es necesario, que se ciña al tiempo que le ha sido asignado, a fin de dedicar una parte a las preguntas, y supongo que nadie querrá perderse el almuerzo, como ocurrió ayer. *(Risas.)*

El profesor Pieixoto prácticamente no necesita presentación, ya que es bien conocido por todos nosotros, si no personalmente, al menos a través de sus numerosas publicaciones. Entre ellas se incluyen «Las leyes suntuarias a través de las épocas: un análisis de documentos», y el ya conocido estudio «Irán y Gilead: dos monoteocracias de finales del siglo XX vistas a través de los diarios». Como todos ustedes saben, es coeditor, junto con el profesor Knotly Wade, también de Cambridge, del manuscrito que hoy nos ocupa y colaboró en la transcripción, en los comentarios y en la publicación del mismo. El título de esta charla es «Problemas de autentificación con relación a *El cuento de la criada*».

Profesor Pieixoto.

(Aplausos.)

PIEIXOTO:

Gracias. Estoy seguro de que todos disfrutamos del té helado de la cena de anoche y ahora estamos disfrutando en igual medida de nuestra entusiasta presidenta. Utilizo la palabra «disfrutar» en dos sentidos, excluyendo, naturalmente, el tercero, ya obsoleto. *(Risas.)*

Pero seamos serios. Desearía, tal como indica el título de esta pequeña charla, considerar algunos de los problemas vinculados con el supuesto manuscrito que ya es bien conocido de todos ustedes y que lleva el título de *El cuento de la criada*. Digo supuesto porque lo que tenemos ante nosotros no es el artículo en su forma original. En términos estrictos, cuando lo descubrimos no era en absoluto un manuscrito, y no llevaba título. La inscripción «El cuento de la criada» fue incluida por el profesor Wade, en parte como homenaje al gran Geoffrey Chaucer; pero aquellos de ustedes que como yo hayan tratado al profesor Wade en un contexto más informal estarán de acuerdo en que él sabía que ese título traería cola, si se me permite usar la palabra «cola» en la acepción que supone hasta cierto punto la base de sustentación de esa fase de la sociedad gileadiana de la que trata nuestra saga. *(Risas, aplausos.)*

Este artículo, no me atrevo a utilizar la palabra «documento», fue descubierto en el emplazamiento de lo que otrora fue la ciudad de Bangor, en lo que, en la época anterior al comienzo del régimen gileadiano, había sido el estado de Maine. Sabemos que esta ciudad fue un importante apeadero de lo que nuestra autora denomina «el Tren Metropolitano de las Mujeres», ya que algunos de nuestros bromistas historiadores le dieron el apodo de «el Tren Metropolitano de las Gachís». *(Risas y silbidos.)* Por esta razón, nuestra asociación se ha interesado especialmente en él.

El artículo en su estado original se componía de un pequeño baúl metálico, propiedad en un inicio del Ejército de Estados Unidos, quizá hacia 1955. Este hecho en sí mismo no tiene por qué ser significativo, pues es sabido que esos cofres se vendían con frecuencia como «desechos del ejército», y por lo tanto pueden haber quedado dispersados. Dentro de esta caja metálica, precintada con cinta adhesiva como la que se usaba antiguamente para los paquetes postales, había alrededor de treinta casetes, del tipo de las que se volvieron obsoletas alrededor de los ochenta o los noventa, con la llegada de los discos compactos.

Les recuerdo que no se trata del primer descubrimiento de este tipo. Sin duda les resulta familiar el artículo conocido como «Las memorias de A.B.», hallado en un garaje de un suburbio de Seattle, y «El diario de P.», desenterrado por accidente durante la construcción de un nuevo templo en las proximidades de lo que una vez fuera Syracuse, en Nueva York.

El profesor Wade y yo estábamos muy entusiasmados con este nuevo hallazgo. Por fortuna, varios años antes, con la ayuda de nuestro técnico anticuario residente, habíamos fabricado un aparato capaz de reproducir esa clase de casetes, y de inmediato emprendimos la cuidadosa tarea de la transcripción.

En la colección había en total unas treinta casetes, con proporciones variables de música y palabras. En general, cada casete comienza con dos o tres canciones, sin duda utilizadas como camuflaje: luego la música se interrumpe y a continuación se oye una voz. Se trata de una voz de mujer y, según nuestros expertos en fonética, es la misma desde el principio hasta el fin. Las etiquetas de las casetes eran auténticas y databan, por supuesto, de una época anterior al comienzo de la primera era gileadiana, ya que, bajo este régimen, toda esa música profana quedó prohibida. Por ejemplo, había cuatro casetes bajo el título «Los años dorados de Elvis Presley», tres de «Canciones populares de Lituania», tres de «Grandes éxitos de Boy George» y dos de «Los violines melodiosos de Mantovani», así como algunos títulos de los que sólo había una casete; «Las Twisted Sisters en el Carnegie Hall» es una de mis predilectas.

Si bien las etiquetas son auténticas, no siempre fueron colocadas en la casete con las canciones correspondientes. Además, las casetes no guardaban ningún orden especial, sino que se encontraban sueltas en el fondo del baúl, y tampoco estaban numeradas. De modo que nos correspondió al profesor Wade y a mí mismo ordenar los bloques de diálogo en el orden en que parecían sucederse; pero, como he dicho alguna vez, el resultado se basa en conjeturas y debe ser considerado como algo aproximado y pendiente de una investigación más profunda.

Tras hacer la transcripción y revisarla varias veces, debido a las dificultades que planteaba el acento, las alusiones a referentes desconocidos y los arcaísmos, nos vimos obligados a tomar algunas decisiones con respecto al material que con tanto esfuerzo habíamos conseguido. Se nos presentaban varias posibilidades. En primer lugar, las casetes podían ser fraudulentas. Como ustedes saben, se han dado varios casos de fraudes de este tipo por los que los editores han pagado sumas elevadas, deseando sin duda aprovecharse del sensacionalismo de esos relatos. Parece ser que ciertos períodos de la historia se convierten enseguida, tanto para otras sociedades como para aquellas que los viven, en tema de leyendas no especialmente edificantes y en motivo de autocomplacencia hipócrita. Si se me permite un comentario al margen, diré que en mi opinión debemos ser prudentes en nuestros juicios morales sobre los gileadianos. Ya hemos aprendido que tales juicios están forzosamente condicionados por cada cultura específica. Además, la sociedad gileadiana se encontraba bajo una fuerte presión, demográfica y de otro tipo, y sujeta a factores de los que nosotros mismos estamos libres. Nuestra misión no consiste en censurar sino en comprender. *(Aplausos.)*

Volviendo al tema que nos ocupa, resulta bastante difícil falsificar una casete como ésta de manera convincente, y los expertos que las analizaron nos aseguraron que los objetos físicos en sí mismos eran genuinos. Tenemos la certeza de que la grabación misma, o sea la superposición de la voz sobre la música, no podría haberse hecho en los cien ni en los cincuenta últimos años.

Suponiendo, entonces, que las casetes son auténticas, ¿qué decir de la naturaleza del relato? Obviamente, no pudo haber sido grabado en el mismo período de tiempo del que habla, puesto que, si la autora dice la verdad, no habría tenido a su alcance ni magnetófono ni casete, y tampoco habría tenido dónde esconderlos. Además, hay en su narración cierta calidad reflexiva que, en mi opinión, descartaría la simultaneidad. Despide un olorcillo a emociones recogidas, si no desde la tranquilidad, al menos *post facto.*

Pensamos que si podíamos establecer la identidad de la narradora podríamos encontrar una manera de explicar cómo este documento, permitidme llamarlo así en nombre de la brevedad, salió a la luz. Para ello utilizamos dos líneas de investigación.

Primero intentamos, utilizando planos urbanos de Bangor y otros documentos disponibles, identificar a los habitantes de la casa que debía de encontrarse en aquel entonces en el sitio del descubrimiento. Probablemente, razonamos, ésta había sido una especie de piso franco del Tren Metropolitano de las Mujeres de aquel tiempo, y la autora podría haberlo ocultado en el ático o en la bodega, por ejemplo, durante semanas o meses, tiempo durante el cual habría tenido la oportunidad de realizar las grabaciones. Por supuesto, no había ningún indicio que nos permitiera descartar la posibilidad de que las casetes hubieran sido trasladadas al emplazamiento en cuestión una vez grabadas. Abrigamos la esperanza de rastrear y localizar a los descendientes de los hipotéticos ocupantes, que, esperábamos, nos conducirían al descubrimiento de nuevo material: diarios, quizá, o incluso anécdotas familiares transmitidas de generación en generación.

Por desgracia, esto no nos condujo a nada. Lo más probable es que estas personas, si realmente representaban un enlace en la cadena clandestina, hubiesen sido descubiertas y arrestadas, en cuyo caso cualquier documentación referente a ellas habría quedado destruida. De manera que continuamos con la segunda línea de ataque. Estudiamos los archivos de la época, intentando relacionar los personajes históricos con los individuos que aparecían en el relato de nuestra autora. Los archivos que han llegado hasta nuestros días se hallan en muy malas condiciones, pues el régimen gileadiano tenía la costumbre de arrasar con sus propias computadoras y destruir el material escrito después de las diversas purgas y golpes palaciegos; pero algún material escrito ha sobrevivido. Por cierto, parte de éste pasó de forma clandestina a Inglaterra para uso propagandístico de las diversas sociedades de Protección de la Mujer, que en aquella época proliferaban en las islas Británicas.

No abrigamos ninguna esperanza con respecto a localizar directamente a la narradora. Algunas pruebas internas nos demostraron que ella formaba parte de la primera oleada de mujeres reclutadas con fines reproductores y asignadas a aquellos que solicitaban tales servicios y estaban en situación de reclamarlos, dada su pertenencia a una minoría selecta. El régimen creó de inmediato una reserva de mujeres mediante la simple táctica de declarar adúlteros todos los segundos matrimonios y las uniones no maritales. Arrestaban a las mujeres y, sobre la base de que estaban moralmente incapacitadas, confiscaban a los niños, que eran adoptados por parejas sin hijos pertenecientes a las clases superiores y ansiosas por tener descendencia a toda costa. (Durante el período medio, esta política se extendió hasta abarcar a todos los matrimonios no contraídos por la Iglesia estatal.) Los hombres que ocupaban altos cargos en el régimen podían elegir y escoger entre las mujeres que habían demostrado sus aptitudes reproductoras por el hecho de haber tenido uno o más niños saludables, característica deseable dada la caída en picado del índice de natalidad, un fenómeno observable no sólo en Gilead sino en la mayoría de las sociedades caucásicas septentrionales de aquella época.

Las causas de esta disminución no nos quedan del todo claras. Parte del fracaso con respecto a la reproducción quizá se deba a la amplia disponibilidad de diversos tipos de métodos de control de la natalidad, incluido el aborto, durante el período pregileadiano. La ausencia de fertilidad era en parte deseada, lo cual se podría explicar por las diferentes estadísticas entre caucásicos y no caucásicos, pero no en toda su magnitud. ¿Acaso necesito recordarles que ésta fue la era de la cepa R de la sífilis, así como de la infame epidemia de sida que eliminó a gran parte de la población joven y sexualmente activa de la reserva reproductora? Nacimientos de niños muertos, abortos espontáneos y malformaciones genéticas se extendieron y aumentaron, y esta tendencia se ha relacionado con los diversos accidentes en centrales nucleares, cierres de las mismas e incidentes de sabotaje que caracterizaron el período, por no mencionar el uso incontrolado de insecticidas, herbicidas y otros pulverizadores, las fugas de productos químicos y de sustancias para la guerra biológica y los así llamados cementerios de desechos tóxicos, de los que existían varios miles tanto legales como ilegales. En algunos casos estos materiales sencillamente se vertían en el alcantarillado.

Pero, fueran cuales fueren las causas, los efectos resultaron perniciosos, y en aquel momento el régimen de Gilead no fue el único en reaccionar ante ellos. En la década de los ochenta, por ejemplo, Rumanía se había anticipado a Gilead mediante la prohibición de todos los métodos de control de la natalidad, imponiendo a la población femenina la realización obligatoria de pruebas de embarazo y supeditando los ascensos y los aumentos de salario a la fertilidad.

La necesidad de lo que yo llamaría «servicios de nacimiento» ya fue reconocida en el período pregileadiano, donde se realizaban, de forma inadecuada, mediante inseminación artificial, clínicas de fertilidad y el uso de madres de alquiler, que eran contratadas con este propósito. El régimen de Gilead proscribió las dos primeras por considerarlas contrarias a los preceptos religiosos, pero legitimó y estimuló la tercera por entender que tenía precedentes bíblicos; así, reemplazaron la poligamia común consecutiva del período pregileadiano por la forma más antigua de poligamia simultánea practicada tanto en los primeros tiempos del Antiguo Testamento como en el antiguo estado de Utah durante el siglo XIX. Como sabemos por el estudio de la historia, ningún sistema nuevo puede imponerse al anterior si no incorpora muchos de los elementos de éste, tal como demuestra la existencia de elementos paganos en la cristiandad medieval, y la evolución hasta llegar al KGB ruso a partir del anterior servicio secreto del zar; y Gilead no fue una excepción a la regla. Sus principios racistas, por ejemplo, estaban firmemente arraigados en el período pregileadiano, y los temores racistas proporcionaron parte del aliciente emocional que permitió que la toma del poder en Gilead fuera un éxito.

Nuestra autora fue una entre tantas y debe ser considerada dentro de las líneas generales de la época histórica en que le tocó vivir; pero ¿qué más sabemos de ella, aparte de su edad, de algunas características que podrían atribuirse a cualquiera, y de su lugar de residencia? No mucho. Al parecer se trataba de una mujer culta, en la medida en que podría llamarse culta a una graduada de cualquier universidad de Estados Unidos. *(Risas, algunos silbidos.)* Pero, como ustedes dirían, existían muchísimos ejemplares de este tipo, así que no nos sirvió de mucho. Ella no nos proporciona su nombre original y, en efecto, todos los archivos oficiales posteriores a su ingreso en el Centro de Reeducación Raquel y Lía han quedado destruidos. El nombre «Defred» no nos proporciona ninguna pista, ya que, al igual que «Deglen» y «Dewarren», se trata de un patronímico compuesto por la preposición posesiva y el primer nombre del caballero en cuestión. Tales nombres eran adoptados por estas mujeres una vez que entraban en contacto con la familia de un Comandante determinado y se despojaban de ellos una vez que abandonaban a esa familia.

Los otros nombres que figuran en el documento resultan igualmente inútiles al efecto de una identificación y autenticación. «Luke» y «Nick» no significan nada, lo mismo que «Moira» y «Janine». Lo más probable, de todos modos, es que fueran seudónimos adoptados para proteger a estos individuos en el caso de que las casetes resultaran descubiertas. Si así fuera, esto justificaría nuestro punto de vista de que las casetes se grabaron dentro de los límites de Gilead con el objeto de que pasaran de contrabando a la red clandestina de Mayday.

Después de eliminar las posibilidades anteriores, sólo nos quedaba una. Pensamos que el hecho de identificar al escurridizo «Comandante» supondría al menos algún progreso. Consideramos que un individuo tan altamente situado probablemente habría participado en los primeros grupos de reflexión ideológica llamados Hijos de Jacob, en los que se forjó la filosofía y la estructura social de Gilead. Esta organización se formó poco después de que las superpotencias detuvieran la carrera armamentística y de la firma del llamado Acuerdo de las Esferas de Influencia, que dejaba a las superpotencias libertad de acción, sin interferencias, con respecto a las crecientes rebeliones que tenían lugar dentro de sus fronteras. Los archivos oficiales de las reuniones de los Hijos de Jacob fueron destruidos después de la Gran Purga del período medio, que deshonró y liquidó a algunos de los primeros artífices de Gilead; pero disponemos de alguna información a través del diario cifrado realizado por Wilfred Limpkin, uno de los sociobiólogos de la época. (Como es sabido, la teoría sociobiológica de la poligamia natural fue utilizada como una justificación científica de algunas de las prácticas menos corrientes del régimen, así como el darwinismo había sido utilizado por ideologías anteriores.)

Gracias al material de Limpkin sabemos que existen dos candidatos posibles, o sea los dos que incorporan a sus nombres el elemento «Fred»: Frederick R. Waterford y B. Frederick Judd. No ha quedado ninguna fotografía de ellos, aunque Limpkin describe al último como una persona envarada y, cito, «alguien para quien el calentamiento preliminar es lo que se hace antes de entrar en el campo de golf». *(Risas.)* El propio Limpkin no sobrevivió mucho tiempo al régimen de Gilead, y si tenemos su diario sólo es porque él intuyó su propio fin y se lo entregó a su cuñada de Calgary.

Tanto Waterford como Judd tienen características que los hacen dignos de análisis. Waterford poseía conocimientos de investigación de mercado y, según Limpkin, fue el responsable del diseño de los trajes femeninos y de la idea de que las Criadas vistieran de rojo, inspirada, al parecer, en los uniformes de los prisioneros de guerra alemanes que se encontraban en los campos de prisioneros de Canadá durante la época de la Segunda Guerra Mundial. Fue también el creador del término «particicución», para lo cual se inspiró en un programa de ejercicios muy popular durante el último tercio del siglo; de todos modos, la ceremonia colectiva de la cuerda fue sugerida por una costumbre de un pueblo inglés del siglo XVII. El término «salvamento» también debió de ser suyo, aunque, en los tiempos de la instauración de Gilead, dicho término, originario de Filipinas, se empleaba para referirse a la eliminación de los enemigos políticos. Como he dicho en alguna otra ocasión, en Gilead hubo muy pocas ideas verdaderamente originales: su genialidad consistió en la síntesis.

Por otro lado, Judd parece haberse interesado menos en las formas y más en las tácticas. Fue él quien sugirió el uso de un panfleto desconocido de la CIA sobre la desestabilización de los gobiernos extranjeros como manual de estrategias de los Hijos de Jacob, y también quien elaboró las primeras listas de «americanos» prominentes de la época. También se sospecha que organizó el Día del Asesinato del Presidente, que debió de requerir una gran infiltración de los sistemas de seguridad del Congreso y sin el cual la Constitución jamás podría haber quedado suspendida. La Patria Nacional y el proyecto de expulsión de los judíos también fueron creación suya, al igual que la idea de privatizar el programa de repatriación de los mismos, con el resultado de que más de un barco cargado de judíos fue hundido en el Atlántico con el objeto de aumentar los beneficios. Por lo que sabemos de Judd, esto no debió de preocuparle mucho. Pertenecía a la línea dura, y Limpkin hace la siguiente observación con respecto a él: «Nuestro gran error fue enseñarle a leer. No volveremos a cometerlo.»

Es a Judd a quien se atribuye el haber ideado la forma, ya que no el nombre, de la ceremonia de Particicución, argumentando que no sólo era una manera horripilante y eficaz de deshacerse de los elementos subversivos, sino que actuaba como válvula para los miembros femeninos de Gilead. Las víctimas propiciatorias han sido notablemente útiles a lo largo de la historia, y a estas Criadas, tan rígidamente controladas en otros tiempos, debía de resultarles muy gratificante destrozar a un hombre de vez en cuando con sus propias manos. Semejante práctica llegó a ser tan popular y eficaz que fue regularizada durante el período medio, cuando tenía lugar cuatro veces al año, durante los solsticios y los equinoccios. Aquí hay reminiscencias de los ritos de fertilidad que se practicaban en los primeros cultos a las diosas terrenales. Tal como oímos decir en el coloquio de ayer por la tarde, Gilead, aunque indudablemente patriarcal en la forma, también fue en ocasiones matriarcal en el contenido, al igual que algunos sectores de la estructura social que la originó. Como bien sabían sus artífices, para imponer un sistema totalitario eficaz, o cualquier otro sistema, deben ofrecerse algunos beneficios y libertades, al menos a unos pocos privilegiados, a cambio de los que se suprimen.

A este respecto, creo pertinente hacer algunos comentarios sobre la curiosa agencia de control femenino conocida como las «Tías». Según el material proporcionado por Limpkin, Judd fue desde el principio de la opinión de que el modo más eficaz de controlar a las mujeres en la reproducción y otros aspectos era mediante las mujeres mismas. Existen varios precedentes históricos de ello; de hecho, ningún imperio impuesto por la fuerza o por otros medios ha carecido de esta característica: el control de los nativos mediante miembros de su mismo grupo. En el caso de Gilead, había muchas mujeres deseosas de servir como Tías, ya fuera por auténtica creencia en lo que llamaban «valores tradicionales», o por los beneficios que de ello podían obtener. Cuando el poder es escaso, resulta tentador. También tenía un aliciente negativo: las mujeres mayores, sin hijos o estériles que no estaban casadas podían prestar servicio como Tías y librarse así del desempleo y el consecuente traslado a las infames Colonias, que estaban compuestas por poblaciones flotantes utilizadas sobre todo como equipos prescindibles de eliminación de sustancias tóxicas, aunque la que tenía suerte podía ser asignada a tareas menos peligrosas, como la recolección del algodón o la cosecha de la fruta.

La idea, pues, partió de Judd, pero la ejecución llevaba el sello de Waterford. ¿A qué otro miembro de los Hijos de Jacob se le habría ocurrido la idea de que las Tías llevaran nombres derivados de productos comerciales utilizados por las mujeres en el período pregileadiano, y por lo tanto familiares y tranquilizadores para ellas, como los nombres de productos cosméticos, de mezclas para pasteles, de postres helados e incluso de medicinas? Fue un golpe brillante, y nos confirma, en nuestra opinión, que en sus mejores tiempos Waterford fue un hombre de un ingenio considerable. Al igual que Judd, en su estilo.

Se sabía que ninguno de los dos hombres había tenido hijos y por lo tanto podían disfrutar del derecho a la descendencia de las Criadas. En el artículo que escribimos juntos, «La noción de "simiente" en los primeros tiempos de Gilead», el profesor Wade y yo llegamos a la conclusión de que ambos hombres, al igual que muchos Comandantes, habían entrado en contacto con un virus que provocaba esterilidad, desarrollado mediante experimentos secretos de combinación genética con las paperas durante el período pregileadiano, con la intención de insertarlo en el sucedáneo de caviar que consumían los altos funcionarios de Moscú. (El experimento fue abandonado después del Acuerdo de las Esferas de Influencia, porque se consideró que el virus era absolutamente incontrolable y también muy peligroso para muchos, aunque algunos querían diseminarlo por el territorio de la India.)

Como quiera que sea, ni Judd ni Waterford estuvieron casados jamás con ninguna mujer que se llamara Pam o Serena Joy. Este último nombre parece haber sido una maliciosa invención de nuestra autora. El nombre de la esposa de Judd era Bambi Mae, y el de la esposa de Waterford, Thelma. Sin embargo, esta última había sido una estrella de la televisión del tipo que describe la narradora. Nos enteramos de ello a través del material de Limpkin, quien hace varias observaciones sarcásticas al respecto. El propio régimen se esmeró en cubrir las desviaciones de la ortodoxia por parte de las esposas de las clases privilegiadas.

Las pruebas inclinan la balanza a favor de Waterford. Sabemos, por ejemplo, que probablemente murió poco después de los acontecimientos que nuestra autora describe, en una de las primeras purgas; se lo acusó de tener tendencias liberales y de estar en posesión de una importante colección no autorizada de material pictórico y literario de tipo herético, así como de encubrir a una persona subversiva. Esto ocurrió antes de que el régimen empezara a celebrar los juicios en secreto, y por lo tanto aún los televisaban, de manera que ese juicio fue retransmitido en Inglaterra vía satélite y se conserva grabado en nuestros archivos. Las tomas de Waterford no son muy buenas, pero sí lo bastante claras para asegurar que su cabello era, en efecto, gris.

En cuanto a la persona subversiva que Waterford presuntamente encubrió, podría haber sido la propia Defred, ya que su huida puede haberla colocado en esa categoría. Como demuestra la existencia misma de las casetes, lo más probable es que fuera Nick quien ayudó a Defred a escapar. El modo en que lo hizo lo señala como un miembro de la organización clandestina Mayday, que no era la misma que el Tren Metropolitano de las Mujeres, pero tenía relaciones con ésta. La segunda era un mero grupo de rescate, mientras que la primera tenía una naturaleza cuasi militar. Se sabe que una serie de miembros de Mayday lograron infiltrarse en los más altos niveles de las estructuras del poder gileadiano y que la colocación de uno de sus miembros como chófer de Waterford habría supuesto, en efecto, un golpe doble, ya que Nick debió de ser al mismo tiempo un Ojo, como solía ocurrir en el caso de los chóferes y los sirvientes personales. Waterford, por supuesto, tenía que saberlo; pero, como todos los Comandantes de alto nivel, automáticamente era director de los Ojos y no debió de prestar mucha atención ni de permitir que ello interfiriera en su infracción de lo que él consideraba reglas menores. Como la mayoría de los primeros Comandantes de Gilead que más tarde fueron purgados, consideraba que su posición estaba por encima de cualquier ataque. El estilo del período medio de Gilead fue más cauteloso.

Hasta aquí nuestras conjeturas. Suponiendo que sean correctas, es decir, suponiendo que Waterford fuera efectivamente el «Comandante», aún quedan muchas incógnitas. Algunas de ellas podrían haber sido despejadas por nuestra autora anónima, si hubiera tenido una manera diferente de ver las cosas. Si hubiera tenido instinto de periodista, o de espía, nos habría explicado muchas cosas acerca del funcionamiento del imperio gileadiano. ¡Qué no daríamos ahora por veinte páginas escritas del ordenador privado de Waterford! De todos modos, debemos estar agradecidos por las migajas que la Diosa de la Historia se ha dignado concedernos.

En cuanto al destino final de nuestra narradora, permanece en las tinieblas. ¿La pasaron clandestinamente por la frontera de Gilead a lo que entonces era Canadá y, desde allí, se las arregló para ir a Inglaterra? Ésta habría sido una decisión inteligente, ya que el Canadá de aquella época no deseaba enemistarse con su poderoso vecino y organizaba redadas y extraditaba a los refugiados. En ese caso, ¿por qué no se llevó consigo la narración grabada? Tal vez su viaje se decidió en el último momento; tal vez temía que la detuvieran en el camino. Por otro lado, es probable que volviesen a capturarla. Si realmente llegó a Inglaterra, ¿por qué no dio a conocer su historia, como hicieron muchos una vez que consiguieron huir? Puede que temiera que tomasen represalias contra Luke, suponiendo que él aún viviera, lo cual es improbable, o incluso contra su hija, porque el régimen gileadiano era capaz de recurrir a tales medidas, y las tomaba con el fin de desalentar la publicidad adversa en los países extranjeros. Se sabe que más de un refugiado incauto recibió una mano, una oreja o un pie envasado al vacío y oculto, por ejemplo, en un bote de café. O tal vez se contaba entre las Criadas que huyeron y tuvieron dificultades para adaptarse a la nueva realidad, después de la vida protegida que habían llevado. Como ellas, es probable que se convirtiera en una solitaria. No lo sabemos.

Con respecto a las motivaciones de Nick para organizar la fuga, sólo podemos hacer deducciones. Suponemos que una vez descubierta Deglen, su compañera de asociación con Mayday, él mismo corría peligro, porque, como muy bien sabía en tanto que era miembro de los Ojos, la misma Defred sería interrogada. La pena por actividad sexual no autorizada con una Criada era severa, y su categoría de Ojo tampoco lo protegía. La sociedad gileadiana era en extremo bizantina, y cualquier transgresión era utilizada contra los enemigos no declarados en el interior del régimen. Por supuesto, él podría haberla asesinado, lo que habría sido el camino más inteligente, pero el corazón humano sigue siendo un factor decisivo y, como sabemos, ambos pensaban que ella quizá estuviera esperando un hijo de él. ¿Qué varón del período gileadiano era capaz de resistirse a la posibilidad de ser padre, algo tan preciado y que confería tanta categoría? En cambio, llamó a un equipo de rescate de los Ojos, auténticos o no, pero que en definitiva trabajaban bajo sus órdenes. Con esto es probable también que provocara su propia caída. Jamás lo sabremos.

¿Nuestra narradora logró huir sana y salva y construyó una nueva vida? ¿O fue descubierta en su escondite del ático, arrestada, enviada a las Colonias o al Jezabel, o incluso ejecutada? El documento con que contamos, aunque a su modo elocuente, no da respuesta a estas cuestiones. Podríamos convocar a Eurídice desde el mundo de los muertos, pero no conseguiríamos que respondiera; y cuando nos volvemos para mirarla, la divisamos sólo un momento, antes de que se nos deslice de las manos y se desvanezca.

Como todos los historiadores sabemos, el pasado es una gran tiniebla llena de resonancias. Desde ella nos llegan algunas voces; pero lo que nos dicen está imbuido de la oscuridad de la matriz de la cual salen. Y, por mucho que lo intentemos, no siempre logramos descifrarlas e iluminarlas con la luz, más clara, de nuestro propio tiempo.

(Aplausos.)

¿Alguna pregunta?